Fischer TaschenBibliothek

Es sind verschiedene Spuren, die sich durch den verschneiten Bergwald ziehen. Da sind die Schritte von Kommissar Jennerwein und dem Kollegen Stengele auf dem Weg zur Berghütte, wo das ganze Team gemeinsam feiern möchte. Da sind hastige Abdrücke, die von Blutstropfen begleitet sind. Und dann schnittige Streifen, wie sie nur von Snowboardern in den Schnee gezeichnet werden. Jennerweins Team freut sich auf einen entspannten Hüttenabend mit Anekdoten und Glühwein. Wenn da nur nicht diese merkwürdigen Störungen wären. Hat sich wirklich ein Gesicht am Hüttenfenster gezeigt? Sendet jemand aus dem Wald Lichtsignale? Birgt das rätselhafte Päckchen, das auf einmal vor der Hütte liegt, Explosives? Einmal nicht ans Ermitteln denken, war die Devise fürs Hüttenfest. Und so bemerken Jennerwein und sein Team lange Zeit nicht, in welch tödlicher Gefahr sie schweben. Bis Jennerwein begreift, was der Schnee verborgen hält …

Die Webseite des Autors: *www.joergmaurer.de*

Bestseller-Autor *Jörg Maurer* stammt aus Garmisch-Partenkirchen. Er studierte Germanistik, Anglistik, Theaterwissenschaften und Philosophie und wurde als Autor und Kabarettist mehrfach ausgezeichnet, u.a. mit dem Kabarettpreis der Stadt München, dem Agatha-Christie-Krimipreis, dem Ernst-Hoferichter-Preis, dem Publikumskrimipreis MIMI und dem Radio-Bremen-Krimipreis.

Weitere Informationen finden Sie unter www.fischerverlage.de

Jörg Maurer

Im Schnee wird nur dem Tod nicht kalt

Alpenkrimi

FISCHER TaschenBibliothek

Aus Verantwortung für die Umwelt hat sich der S. Fischer Verlag zu einer nachhaltigen Buchproduktion verpflichtet. Der bewusste Umgang mit unseren Ressourcen, der Schutz unseres Klimas und der Natur gehören zu unseren obersten Unternehmenszielen.

Gemeinsam mit unseren Partnern und Lieferanten setzen wir uns für eine klimaneutrale Buchproduktion ein, die den Erwerb von Klimazertifikaten zur Kompensation des CO_2-Ausstoßes einschließt.

Weitere Informationen finden Sie unter: www.klimaneutralerverlag.de

MIX
Papier aus verantwortungsvollen Quellen
FSC® C083411
FSC
www.fsc.org

Erschienen bei FISCHER Taschenbuch
Frankfurt am Main, November 2020

Satz: Dörlemann Satz, Lemförde
Druck und Bindung: CPI books GmbH, Leck
Printed in Germany
ISBN 978-3-596-52308-5

»Lebe glücklich, werde alt,
bis die Welt in Stücke knallt.«

(Beliebter Spruch fürs Poesiealbum)

Erstechen, Ertränken, Erwürgen, Vergiften – Die Faszination, die von gewaltsamen und unnatürlichen Toden ausgeht, bleibt ungebrochen. Aber wem sage ich das. Eine der dramatischsten Formen ist die öffentliche Hinrichtung mit dem Fallbeil. Darin haben sich besonders die Franzosen ausgezeichnet. Die letzte Veranstaltung dieser Art fand nicht etwa während der bluttriefenden Französischen Revolution statt, sondern im Februar 1939. Die Enthauptung des Serienraubmörders Eugen Weidmann muss einem Fest geglichen haben. Nach dem Fall des Beils tränkten Frauen, die im gegenüberliegenden Hotel gewartet hatten, ihre Taschentücher im Blut des »Mörders mit dem Samtblick«. Das Totenglöcklein hat einen süßen Klang. Denn gerade den Toden mit unnatürlicher Ursache haftet etwas zutiefst Romantisches und Verklärtes an. Dem Abtrennen des Kopfes, dem Ersticken und Ertränken werden sogar vielfach angenehme Gefühle zugeschrieben. Unzählige Heldinnen der Literatur sind ins Wasser gegangen, schmerzlos eins geworden mit dem Element, aus dem wir alle stammen. So erzählt man sich. Pustekuchen! Fragt man Mediziner, ist das Ersticken im Wasser äußerst schmerzhaft und dauert mehrere Minuten, genauso wie die meisten anderen künstlich herbeigeführten Tode. Auch die Explosion von Höllenmaschinen wird seit jeher verklärt zu revolutionären Aktionen und weltgeschichtlich bedeutsamen Attentaten, durchgeführt von sympathischen Bombenlegern und idealistischen Bastlern. Doch auch hier hält der Mediziner dagegen. Die Druckwelle einer mittleren TNT-Explosion, die bis zu 300 m/s erreicht, führt zu schauderhaften Verletzungen: Zerreißen innerer Organe (insbesondere der Lunge), Luftembolien, Pneumothorax, Schädelhirntraumata, Verletzung des Gehörsystems, Ruptur des Trommelfells. Die Verletzungen durch herumfliegende Trümmer sind noch gar nicht mitgezählt.

Daran dachte Verena Vitzthum, als sie die freigelegten Drähte des Zünders sah. Sie als medizinisch Kundige wusste, dass eine Explosion nicht zwangsläufig zu einem raschen Tod führen musste, selbst wenn man ganz in der Nähe saß. Ein letztes Mal blickte sie hinüber zu Kommissar Jennerwein, der mit versteinerter Miene aus dem Fenster starrte. Grauen überkam sie. Doch alles der Reihe nach.

1

Wie ein enges, weißes Totenkleid lag der Schnee auf den Hügeln des Vorgebirgskamms. Der Bergwind pfiff in kurzen, asthmatisch rasselnden Stößen und rüttelte wütend an den Tannen. Vergeblich. Sie standen da wie eingefrorene Figuren aus dem Eisballett, streckten ihre marmorierten Nasen in alle Richtungen und schnüffelten reglos. Und ruhig war es. Nicht einfach still und friedlich, viel schlimmer: ruhig wie vor dem Urknall. Jetzt aber bewegte sich einer der starren Baumtrolle, erzitterte, räusperte sich, gab schließlich einen Teil der Schneelast frei, die sich fein klirrend auf den harten Boden ergoss. Am milchigen Himmel stand eine kalte, herzlose Wintersonne, unten im Schneetal waren zwei Paar tiefe, frische Stiefelspuren zu sehen.

Der Schuhgröße nach zu urteilen waren es zwei erwachsene Männer, die ohne große Eile nebeneinander hergegangen waren, es fehlten die energisch nach unten gedrückten Schuhspitzen, die dem Fährtenleser die schnellere Gangart verrieten. Vielleicht waren es geübte Winterwanderer, womöglich zwei sonnengebräunte Bergbauernburschen auf der traditionellen Brautschau am ersten Weihnachtsfeiertag. Auf der vereisten Hügelkuppe hatten sie Rast gemacht und ihre zwei kleinen, leichten Rucksäcke auf den Boden geworfen. Hatten sie die Aussicht auf die urzeitliche Gletscherrinne, die sie hochgestiegen waren, genossen oder sich schlicht orientiert? Davon verrieten die Spuren freilich nichts. Im Gewirr der Drehungen und Schritte fanden sich auch keine anderen Hinweise auf die Verursacher, kein Fuzzelchen Tabak, kein Krümelchen Brot. Sie waren nach der vermutlich rauch- und jausenlosen Rast im gleichen Tempo weitergestapft, wieder nebeneinander, Richtung Südwest, höher und höher, der Sonne entgegen. Geradewegs in die Falle.

Nach einem weiteren Hügel beschrieben die Spuren einen Bogen, die eventuellen Bauernburschen umgingen auf diese Weise eine Wechte, einen tückischen Schneeüberhang, der hinter dem Berg steinig und schroff abfiel. Es wären zwar nur zehn Meter gewesen, aber genug, um sich das Genick zu brechen. Manch braver, unkundiger Hans Guckindieluft war genau so umgekommen. Danach blieben sie wieder stehen, drehten sich um, vielleicht, um sich die überstandene Gefahr kurz anzusehen und sich den Schweiß symbolisch von der Stirn zu wischen. Puh! Jetzt führten die Stiefelabdrücke geradewegs ins Unterholz, an manchen Stellen hatten sie sich wohl gebückt fortbewegt, da und dort waren Abdrücke von Handschuhen zu erkennen. Und etwas Kleines, Glitzerndes lag neben der Spur und versank langsam im pulvrigen Schnee des Dickichts.

Die Spuren wiesen nun einen stark bewaldeten Hügel hoch, und bald waren nicht nur die Tapper im Schnee zu sehen, sondern die beiden Männer selbst. Sie sahen so aus, wie man sie sich vorgestellt hatte, groß und kräftig und mit einem festen Ziel vor Augen. Es fehlten nur noch ein paar Meter zu der dunkel gestrichenen Blockhütte, die stolz auf dem Hügel thronte. Als sie dort angekommen waren, blieben sie keuchend stehen, streiften ihre Rucksäcke ab und warfen sie auf den Boden. Der knochigere der beiden setzte sich auf die Holzbank neben der Tür, zückte sein Fernglas und blickte damit kurz ins Tal. Sein Haar war stoppelkurz geschnitten, aus seinen sonnenverbrannten Gesichtszügen leuchteten helle, wache Augen, denen nichts zu entgehen schien. Der andere, unauffälligere Mann war damit beschäftigt, sich den Schnee von Schuhen und Kleidung zu klopfen. Seine Bewegungen waren ruhig und zielsicher, auch er blickte ins Tal, lächelte versonnen, als hätte er etwas Altbekanntes entdeckt. Dann drehte er sich um und ging zur Tür. Er langte in die Hosentasche, schüttelte ärgerlich den Kopf, griff in die andere und suchte dann in den Taschen seines Anoraks.

»Das gibts doch nicht! Ich kann den Schlüssel nicht finden«, sagte Jennerwein.

»Echt jetzt?«, erwiderte Ludwig Stengele. Er lachte gutmütig. »Unsere Hüttengaudi geht ja schon gut los.«

Jennerwein schüttelte den Kopf.

»Ich bin mir ganz sicher, dass ich ihn mitgenommen habe.«

»Vielleicht ist er Ihnen vorhin herausgefallen, als Sie sich ein neues Päckchen Taschentücher gegriffen haben?«

Jennerwein schnitt eine unwillige Grimasse.

»Im Unterholz? Ja, das kann sein. Verdammter Schnupfen! Man ist einfach nicht voll konzentriert, wenn man so angeschlagen ist. Es tut mir leid, Stengele, aber das ist mir noch nie passiert.«

»Denken Sie sich nichts«, sagte der grobschlächtige Mann schulterzuckend. »Es gilt die alte Pfadfinderweisheit: Ein Hüttenabend, bei dem man nichts vergessen hat, ist kein guter Hüttenabend!«

»Aber gleich den Schlüssel! Normalerweise vergisst man den Korkenzieher. Oder das Feuerzeug.«

Nun lachten beide. Es waren keine Bauernburschen auf Brautschau, es waren Hubertus Jennerwein, erster Kriminalhauptkommissar der Mordkommission IV und Ludwig Stengele, ehemaliges Mitglied des Kernteams, jetzt Leiter der Spezialeinheit eines international operierenden Sicherheitsdienstes. Beide ließen sich die gute Laune, die sie beim Aufstieg gezeigt hatten, nicht verderben.

»Ich werde auch den Rucksack noch filzen«, sagte Jennerwein seufzend. »Ich glaube zwar nicht, dass er da drin ist. Aber sicherheitshalber –«

Während Stengele an der Tür rüttelte und sich das Schloss und den Rahmen näher besah, warf Jennerwein ein paar Kleidungsstücke und einige Medikamentenpäckchen auf den Boden und schüttelte den Rucksack aus. Stengele blickte mit skeptischer Miene auf.

»Ein Schlüssel wäre schon besser«, murmelte er. »Diese Tür lässt sich wahrscheinlich nur mit einem schweren Rammbock öffnen.«

»Wem sagen Sie das«, erwiderte Jennerwein geknickt. »Ich habe sie erst vor ein paar Monaten gegen Einbruch sichern lassen.«

2

Jjóoglyü und M'nallh stiegen aus dem Raumschiff auf den Planeten Erde und schnupperten. Sie als hochentwickelte und hyperintelligente Seidenspinnerschmetterlinge waren fähig, Duftstoffe über Tausende von Kilometern hinweg wahrzunehmen.

»Der Planet ist unbelebt«, sagte Jjóoglyü. »Hieß früher mal Erde.«

»Trotzdem rieche ich noch etwas«, erwiderte M'nallh und schob seine Mandibeln tastend vor.

Sie scannten die Stelle, aus der das Pheromon-Signal kam. »Hier hat mal meterdick Schnee gelegen.«

Sie sahen das Objekt sofort. Ein kleiner, glatter Metallstift mit einer durchlöcherten Platte auf der einen Seite und dicken, verzweigten Enden auf der anderen. Jjóoglyü schlug im galaktischen Universallexikon nach.

»Ein sogenannter Schlüssel«, sagte er. »Mit so etwas haben die ihre Türen geöffnet.«

M'nallh scannte die über die Jahrhunderte und Jahrtausende gut erhaltene DNA, die sich an dem Schlüssel befand.

»Der hat mal einem humanoiden Mann gehört. Mittelgroß, mittelmuskulös, mitteleuropäisch.«

An dem Schlüssel aus längst vergangener Zeit hing ein Amulett mit dem blassen Bild einer schlaksigen Frau mit Brille.

»Ein Liebespaar?«, fragte Jjóoglyü.

»Keine Ahnung«, erwiderte M'nallh. »Lass uns verschwinden. Hier ist nichts mehr los. Schon lange nicht mehr.«

3

Jennerwein stopfte seine Sachen wieder in den Rucksack und stellte ihn unwillig an die Hüttenwand.

»Haben Sie nicht irgendwo in der Nähe einen Ersatzschlüssel versteckt, Chef?«, fragte Stengele.

Jennerwein war schon lange nicht mehr Stengeles Chef. Doch der knorrige Allgäuer aus Mindelheim blieb bei dieser Anrede.

»Nein, inzwischen nicht mehr«, antwortete Jennerwein. »Ich habe einmal einen in das Vogelhäuschen dort drüben gelegt. Den hat sich dann aber die Elster geholt. Oder der Rabe. Na ja, egal, es war ohnehin kein besonders originelles Versteck.«

Jennerwein und Stengele machten sich am Schloss der Tür zu schaffen. Sie versuchten es abwechselnd mit EC-Karte und Büroklammern. Doch sie mühten sich vergeblich ab. Stengele deutete auf eines der beiden vergitterten Fenster an der Vorderfront der Hütte.

»Kann man das Gitter nicht abschrauben?«

»Nein, keine Chance«, erwiderte Jennerwein. »Ich habe vor kurzem erst einen Kollegen vom Einbruchsdezernat gebeten, sich das ganze Objekt mal anzusehen. Darauf hat der mir alles furchtbar einbruchsicher gemacht. Das habe ich nun davon.«

»Hatten Sie vorher unerwünschten Besuch?«

»Schon ein paarmal, ja. Aber zu klauen gibt es ja nicht viel. Und kaputt gemacht haben sie praktisch nichts.«

Stengele trat einen Schritt zurück.

»Gut, also zur Vorderseite kommen wir nicht rein. Gibt es noch weitere Fenster? Hinten vielleicht?«

»Ja, da gibt es zwei, aber die sind sehr schwer zugänglich. Kommen Sie mit.«

Als sie um die Hütte herumgestapft waren, pfiff Stengele durch die Zähne. Die vierte Wand der Hütte lag direkt über einem Steilhang – eine Meisterleistung baulicher Statik. Durch diese Fenster konnte nur einsteigen, wer eine waghalsige Kletterei über die vereisten Felsen auf sich nahm.

»Aber ein schönes Plätzchen ist das hier«, sagte Stengele grinsend. »Ich selber habe eine Hütte im Allgäu. Aber Ihre hier ist wesentlich größer. Und versteckter. Und – ähem – einbruchsicherer.«

Bis vor ein paar Wochen hatte noch gar niemand gewusst, dass Kommissar Jennerwein Besitzer einer Berghütte war. Doch in diesem Jahr hatte sich das Polizeiteam endlich dazu entschlossen, die langgeplante Feier im engsten Kreis zu veranstalten. Anlässe gab es viele. Zum Beispiel das über zehnjährige Bestehen der Truppe. Oder Weihnachten. Vielleicht auch die Gelegenheit, sich einmal woanders als an schaurigen Tatorten zu sehen. Polizeiobermeister Franz Hölleisen hatte den Fitnessraum des Reviers vorgeschlagen.

»Wenn man die Tischtennisplatte wegräumt –«

»Aber da reden wir doch bloß immer wieder von Ermittlungen und Vernehmungen!«, hatte Maria Schmalfuß, die Polizeipsychologin, zu bedenken gegeben. »Wir sollten eher einen neutralen Ort wählen.«

»Vielleicht die *Rote Katz*?«

Der Gasthof war der Anlaufpunkt für Beerdigungen, Familienfeiern, Hochzeiten und andere Dramen. Warum also nicht auch für die Polizeiweihnachtsfeier der legendären Mordkommission IV? Doch Maria hatte den Kopf geschüttelt.

»Noch geeigneter wäre meiner Ansicht nach ein Ort außerhalb des Kurorts. So etwas wie Venedig, nur näher.«

Schließlich hatte sich Jennerwein fast schüchtern zu Wort gemeldet.

»Ich weiß nicht, ob ich das schon einmal erwähnt habe. Ich bin Besitzer einer Berghütte. Sie bietet Raum für ein Dutzend Personen –«

Alle waren baff. Jennerwein und eine Hütte?

»So richtig aus Holz und mit Einrichtung?«, hatte Nicole Schwattke, die Preußin, gefragt. »Mit Ziehharmonika, Feuerstelle und Hüttenkäse? Ehrlich gesagt war ich noch nie auf einer richtigen Hütte.«

»Dann wird es aber langsam Zeit.«

»Vielleicht lerne ich auf diese Weise einmal boa-y-e-risch.«

»Das lernen Sie nie, Frau Kommissarin«, rutschte es Hölleisen heraus.

Nicole nahm es ihm nicht übel.

Man hatte sich schließlich auf Jennerweins geheimnisvollen Rückzugsort geeinigt, die Sause sollte am ersten Weihnachtsfeiertag steigen. Einzige Bedingung: nichts Berufliches. Kein Wort über Schmauchspuren, Ein- und Ausschusswinkel, unzuverlässige Zeugenaussagen, verdächtige Rauchentwicklungen …

Dolche, Schierlingsbecher & Salpeterstangen

Erstechen, Ertränken, Erwürgen, Vergiften – die Romantik dieser drastischen Todesarten zeigt sich vor allem in der Oper. Aber wem sage ich das.

Die Oper unterlegt solche unnatürlichen Abgänge liebend gerne mit Koloraturen und Paukenwirbeln. Die Oper ist, ähnlich wie der Kriminalroman, undenkbar ohne dramatische Leiche, wobei die Lieblingstatwaffe von Verdi, Donizetti & Co. das Messer zu sein scheint: *Maskenball*, *Rigoletto*, *Lucia di Lammermoor*, *Madame Butterfly*, *Carmen*, *Salome*, *Wozzeck* … Die Metzelei als bevorzugte Todesart hat freilich durchaus handfeste Gründe: Die Opfer können schließlich nach dem Stich noch gut und gerne weitersingen. Beim Ertrinken ist das zwar nicht so ohne weiteres möglich, trotzdem haftet diesem etwas zutiefst Melodramatisches und eben Opernhaftes an. Richard Wagner hat sich dem wässrigen Finale geradezu verschrieben. Im *Fliegenden Holländer* stürzt sich Senta ins Meer, in der *Götterdämmerung* wird Hagen von den Rheintöchtern in die Tiefe des Flusses gezogen. Auch der Fall aus großer Höhe ist in Musikdramen beliebt, Puccinis *Tosca* etwa stürzt sich von der Engelsburg. In diesem Zusammenhang wollen wir auch *Don Giovannis* Höllenfahrt als Sturz durchgehen lassen. Ferner seien genannt das Vergiften *(Lucrezia Borgia)*, Erschießen *(Lulu)*, Verbrennen *(Hänsel und Gretel)*, lebendig Einmauern *(Aida)* und das Erlöst-in-den-Himmel-Aufsteigen *(Mefistofele)*. Sogar das (eigentlich unehrenhafte) Erdrosseln findet sich in Verdis *Otello*: Der Mohr von Venedig erwürgt dort bekanntlich Desdemona, und das ausgerechnet an der empfindlichsten Stelle des Sängers, an der Gurgel.

Die unheimlichste und beängstigendste Todesart jedoch, nämlich die der Explosion von Höllenmaschinen, das Sprengen und Bombenlegen wird in der Oper so gut wie nie thematisiert, obwohl es von Revoluzzern, Anarchisten und Attentätern dort geradezu wimmelt. Oder gibt es doch eine Oper, bei der sich am Schluss alles auf diese Weise in Luft auflöst? Ja, durchaus: *Le prophète* (Der Prophet) ist eine Grand opéra in fünf Akten von Giacomo Meyerbeer, die im Jahre 1849 uraufgeführt wurde. Im fünften Akt passiert es im Kellergewölbe des Stadtpalastes zu Münster: Jean zündet den im Gewölbe lagernden Salpeter an, eine Explosion bringt das Schloss zum Einsturz und vernichtet alle Anwesenden. Hierzu Richard Wagner: »Mir ward übel von dieser Aufführrung. Nie vermochte ich je wieder diesem Werke die geringste Beachtung zu schenken.«

Dies alles ging Verena Vitzthum, der Opernkennerin, durch den Kopf, als sie die beiden Drähte sah, deren lose Enden nun gefährlich nahe beieinanderlagen. Der Sprengstoff reichte aus, um alles im Umkreis von zehn Metern zu pulverisieren. Sie blickte hinüber zu Jennerwein und hoffte inständig, dass er einen Plan hatte. Jennerweins Mundwinkel zuckten nervös. Doch alles der Reihe nach.

4

Jennerwein griff in die Tasche und fischte nach seinem Handy.

»Es gibt noch eine Möglichkeit«, sagte er zu Stengele. »Ich könnte meinen Nachbarn anrufen. Der hat vielleicht den Ersatzschlüssel.«

Jennerwein ging ein paar Schritte talabwärts in Richtung einer kleinen Baumgruppe. In der Nähe der Hütte war der Empfang sehr schlecht, aber fünfzig Meter weiter, inmitten dieses idyllisch gepflanzten Ensembles aus Latschen und Zirbelkiefern, kam man meistens durch.

Währenddessen suchte Stengele nach anderen Möglichkeiten. Er inspizierte den kleinen Schuppen, der sich seitlich an die Hütte duckte. Auch von hier aus gab es keinen Weg ins Innere. Der Allgäuer seufzte. Er konnte gar nicht anders, als die Umgebung zu scannen bezüglich Angriffswegen und Verstecken, Deckungsmöglichkeiten und Fluchtoptionen. Schon beim Heraufkommen hatte er es bemerkt: Die Vorderseite der Hütte war am wenigsten für eine eventuelle, natürlich höchst theoretische Attacke geeignet, es gab viel zu viel freie Fläche, einen Angreifer hätte man direkt ausschalten können. Die Rückseite der Hütte war noch ungeeigneter für einen Überfall, da kam nur ein Kletterer rauf, und den hätte man vom Fenster aus sofort bemerkt. An der linken Seite hingegen war die Bergkuppe mit mannshohen Zirbelkiefern und Latschen bewachsen, hier konnte sich vielleicht jemand verbergen und anschleichen. Stengele persönlich hätte dieses Gestrüpp als Erstes abgeholzt, nur dann hätte er sich in der Hütte ganz sicher gefühlt. Doch er vermutete, dass Jennerwein den Latschenurwald absichtlich gepflanzt hatte, so dekorativ stand er jetzt da. Sogar eine weitere Bank war aufgestellt worden. Nicht sein Problem. Jetzt fiel ihm in der hintersten Ecke des Schuppens ein kleiner Hackstock ins Auge. Er hob ihn an, schätzte ihn auf fünfunddreißig, vierzig Kilo. Daneben lagen U-förmige, verrostete Eisenklammern, solche, wie sie verwendet wurden, um Baubretter aneinanderzufügen. Er nickte zufrieden. Daraus konnte man, wenn Jennerweins Schlüssel nicht doch noch in einer Seitentasche des Rucksacks steckte, einen perfekten SEK-Rammbock basteln. Die Vordertür der Hütte war mit stabilen Sicherheitsschließbändern und Pilzzapfenverriegelung bestückt – Hochachtung vor dem Kollegen aus der Abteilung Raub / Einbruch, der die Hütte des Chefs in Fort Knox verwandelt hatte. Mit Dagegentreten oder Einrennen war sie sicher nicht zu öffnen. Aber mit diesem Rammbock konnte es vielleicht gelingen. Wenn er es geschickt anstellte, lockerte sich beim ersten Schlag lediglich die Schlosshalterung, dann wäre die Tür nicht völlig zerstört, und die Party könnte trotzdem stattfinden.

»Hallo! Jennerwein hier.«

»Ach, der Herr Nachbar. Fröhliche Weihnachten, Kommissar.«

»Das wünsche ich Ihnen auch.«

»Was gibts denn?«

»Ich habe ein Problem. Vor Jahren habe ich Ihnen doch mal einen Schlüsselbund zur Aufbewahrung gegeben. Könnten Sie vielleicht nachsehen, ob da ein Schlüssel mit extra breitem Bart dranhängt?«

»Mach ich, Kommissar.«

Schritte in der Wohnung. Geraschel. Wer ist denn dran, Schnuffi? Du wirst es nicht glauben! Rate mal. Jennerwein lauschte gespannt. Türen wurden geöffnet, Schubladen auf- und zugezogen, Kisten durchwühlt. Wie lange war es her, dass sie die Schlüssel getauscht hatten? Er konnte sich gar nicht mehr erinnern. Schließlich kam der Nachbar wieder ans Telefon.

»Tut mir leid, Kommissar. An Ihrem Bund gibt es keinen Schlüssel mit extrabreitem Bart. Brauchen Sie den so dringend?«

»Nun ja, ich stehe vor meiner Berghütte, fünfzehnhundert Meter hoch, bald wird es dunkel, ich habe einen Haufen Leute eingeladen, es ist kalt und ich habe keinen Ersatzschlüssel.«

»Ich könnte Ihnen meine Hütte anbieten, Kommissar. Aber die steht in Norwegen.«

Jennerwein lachte gequält.

»Danke, ein andermal vielleicht.«

»Schöne Feiertage noch. Dann werde ich mich mal wieder auf die Suche nach der Katze machen.«

Jennerwein konnte nicht anders. Er musste nachfragen.

»Was für eine Katze?«

»Die vom Nachbarsjungen, Sie kennen ihn vielleicht. Tobias. Er ist ganz traurig, weil seine Mieze seit zwei Tagen verschwunden ist. Sie haben sie nicht zufällig gesehen?«

Nein, hatte Jennerwein nicht. Er drückte weg.

Der Kommissar, der zumindest heute Abend keiner sein wollte, setzte sich auf die kleine, grob zusammengezimmerte Holzbank inmitten des Latschenensembles. Er dachte intensiv nach. Es gab ja noch einen dritten Schlüssel. Wo hatte er den aufbewahrt? Im Revier? Bei einem Bekannten? Oder doch in seinem Haus? Langsam gewöhnten sich seine erkältungsgeröteten Augen an die gleißende Helligkeit des Schnees. Der Mond ging schon auf, er schien zu warten, bis die Wintersonne ihren Abgang auf der anderen Seite der Bühne gemacht hatte. Zwei Stars gleichzeitig an der Rampe, das ging selten gut. Auf einmal fiel Jennerwein ein, dass man heute bei Dunkelheit den ›Supermond‹ zu sehen bekommen würde, der aus irgendwelchen Gründen größer war als sonst. Es würde nicht mehr lange dauern, bis es dämmerte. Jennerwein hatte den Eindruck, dass die Schneeflächen dadurch noch mehr blendeten, als würden sie sich wehren gegen die heranpreschende Nacht. Er steckte sein Telefon ein und sah hinunter ins Tal. Die Nebelsuppe, die den ganzen Kessel bedeckt hatte, floss langsam weg, oben rissen rosafarbene Föhnlinsen die Wolken auf. Der Nebel lichtete sich weiter, man konnte ganz undeutlich die Forststraße sehen, die sich in Serpentinen durch den Hochwald ins Tal quälte. Wann hatte er das letzte Mal hier oben auf der Hütte gesessen und hinuntergeschaut? Ein Lächeln huschte über Jennerweins Gesicht. Sein Blick blieb an dem verwinkelten Schulgebäude des Kurorts hängen. Es war das Gymnasium, das er ganze neun Jahre besucht hatte. Erinnerungen stiegen in ihm auf. Erinnerungen an die Vorweihnachtszeit Anfang der achtziger Jahre.

5

Anders als viele Menschen hatte Hubertus Jennerwein fast nur angenehme Erinnerungen an seine Schulzeit. Er war kein ganz guter Schüler gewesen, auch kein ganz schlechter. Er bewegte sich schon immer in der Gauß'schen Mitte und fiel dadurch nicht auf. Die Schule machte ihm Spaß, und er hatte das Glück, engagierte Lehrer zu haben. Die Kette von Ereignissen, die großen Einfluss auf sein künftiges Leben haben sollte, begann am 1. Dezember des Jahres 1980. *Super Trouper* von ABBA dudelte aus jedem Lautsprecher, das Birkhuhn war Vogel des Jahres geworden, Steve McQueen war gerade gestorben (bei John Lennon würde es nicht mehr lang dauern), und wegen des besonderen Datums standen Millionen von ersten Adventskalendertürchen sperrangelweit offen. Die Stimmung in der Schule war prächtig, in jedem Klassenzimmer brannte eine dicke, dunkelrote Kerze, alle waren von Frau Deutzl, der umtriebigen Elternbeiratsvorsitzenden, gestiftet worden. Nur in Mathe brannte keine. Der Mathelehrer fand, dass Mathematik und Kerzenschein nicht zusammenpassten, er blies sie aus, entzündete sie am Ende der Stunde wieder neu, für den nächsten Lehrer mit einem romantischeren Fach, wie zum Beispiel – äh – Chemie. So saß Hubertus Jennerwein im Chemiesaal des Gymnasiums, auf dem Pult vor der Tafel standen Dutzende von Gläsern mit verschiedenfarbigen Flüssigkeiten, der Chemielehrer mischte gerade zwei zusammen. Er hatte ein weiches, ballonartiges, gutmütiges Gesicht, das gar nicht zu den vielen gefährlichen Säuren und Laugen passen wollte, die er spielerisch und lustvoll ineinandergoss. Oberstudienrat Heinz Peterchen war beliebt, er erklärte anschaulich und leicht fasslich, man hatte ihm auch keinen albernen Spitznamen verpasst, was immer ein gutes Zeichen ist.

Hubertus starrte während des Zuhörens auf die Reagenzien, manche Gläser waren unverschlossen, aus einem schien Dampf emporzusteigen, während andere, vermutlich die giftigeren und übleren, still und unauffällig vor sich hin lauerten. Ihr werdet schon noch sehen, schien die zäh im Glas dahinätzende Kalilauge zu blubbern.

»Wir machen jetzt einen Versuch«, sagte Peterchen und schrieb die sperrige Strukturformel von Peroxycarbonsäure an die Tafel.

Hubertus Jennerwein notierte sich das Ungetüm. Alle in der Klasse waren über die Hefte gebeugt, niemand zeigte Desinteresse, lärmte oder störte. Viele hatten vor, später Medizin zu studieren, und brauchten deshalb einen guten Schnitt. Auch wollten die zukünftigen Ärzte den Durchblick in Chemie haben. So kam der Anschlag aus heiterem Himmel. Mitten in die konzentrierte Ruhe hinein. Plötzlich hatte sich im Klassenraum eine schwere, dumpfe Gestankwolke ausgebreitet, die allen den Atem nahm. Niemand verstand den üblen Geruch nach faulen Eiern sofort als Streich, die meisten brachten ihn mit den Flüssigkeiten auf dem Pult in Verbindung. Sie hatten die farbigen Mixturen dauernd vor Augen gehabt, deshalb nahmen alle an, dass etwas ausgelaufen sein musste. Dass es eine Stinkbombe war, darauf kam zunächst keiner. Es war auch kaum zu glauben. Das war so unmöglich vorpubertär, so kindisch!

»Pfui Teufel!«, platzte Ronni Ploch heraus. »Das gibts doch wohl nicht.«

»Ist ja widerlich!«, stöhnte Susi Herrschl und hielt sich angeekelt die Nase zu.

Einige sprangen auf, als ob sie dadurch der Zumutung entkommen könnten. Andere fächelten sich, genauso zwecklos, mit einem Collegeblock Luft zu. Der weißbekittelte Chemielehrer stürmte zum Fenster und riss es auf.

»So eine Sauerei«, rief er. Mit dem Ärger vergaß er sogar seine Weichheit. In seinem gutmütigen Luftballongesicht blitzte so etwas wie Zorn auf.

»Ja, wirklich, eine Riesensauerei«, fluchte Bernie Gudrian, Jennerweins Banknachbar. »Den Gestank hab ich jetzt in den Haaren. Am Nachmittag wollte ich mich mit Irene aus der 10b treffen. Das kann ich ja wohl vergessen.«

Mit Irene Gödeke aus der 10b war das ohnehin ein Problem. Ihre Eltern waren schweinemäßig begütert, sie besaßen eine weltweite Hotelkette. Deswegen fand sie auch keinen Freund. Niemand wollte sie angraben, weil keiner in den Verdacht kommen wollte, ein Geier zu sein. So ging es noch zu in den Achtzigern.

Jennerwein sah seinen Freund skeptisch an, als wäre das, was er gesagt hatte, schon so etwas wie ein Geständnis gewesen. Als hätte Bernie beim Werfen der Stinkbombe nicht bedacht, dass sich der Geruch auch in den eigenen frisch gekämmten Haaren festsetzt. Jennerwein schämte sich sofort, ausgerechnet ihn verdächtigt zu haben.

»Wer immer das getan hat«, sagte Peterchen mit einem traurigen, tief von der Schülerwelt enttäuschten Ton in der Stimme, »den erwartet eine Strafe, die sich gewaschen hat. Den kriegen wir! Aber hundertpro. Die Duftspur führt direkt zu ihm.« Er schritt zur Tür und riss sie auf. »Aber ich sorge erst mal für Durchzug.«

Er blickte kurz auf den Gang hinaus, sah nach links und nach rechts, schloss die Tür wieder.

»Es kommt vom Flur her«, sagte Peterchen etwas hilflos.

In diesem Augenblick regte sich in Jennerweins Innerem etwas, wofür er noch keinen Begriff hatte. Es war ein unbestimmtes, namenloses Gefühl, so etwas wie der Wunsch, aus einer trüben Suppe eine glasklare Flüssigkeit zu destillieren. Er wollte herausbringen, wer hinter der Tat steckte. Und dann mischte sich noch ein zweites Gefühl in dieses erste. Schon gleich nach dem Anschlag ahnte er, wer es getan hatte. Natürlich nicht konkret. Er hatte zwar kein Gesicht und erst recht keinen Namen von diesem Scherzkeks, das jetzt auch wieder nicht. Aber er hatte ein schemenhaftes Profil von ihm. Oder ihr. Oder ihnen. Jemand zog aus der drastischen Störung der weihnachtlichen Beschaulichkeit einen großen Lustgewinn. Jemand freute sich diebisch über die vielen gerümpften Nasen, über die zornig erregten Lehrer und die genervten Schüler. Der Begriff für solch einen Jemand sollte erst Jahre später aufkommen. Ein *Troll* hatte zugeschlagen.

»Ich hoffe ja schwer, dass es nicht jemand von euch war«, sagte Peterchen.

Hubertus blickte sich unauffällig um und musterte ein Gesicht nach dem anderen. Heinz Jakobi, Uta Eidenschink, Harry Fichtl … Er passte in dieser Stunde nicht auf, sondern checkte Verdächtige. Die nächste Klassenarbeit war dementsprechend.

6

Jennerwein riss sich von seinen Schulerinnerungen los und stapfte zurück zur Hütte, die still und friedlich in der zaghaft beginnenden Dämmerung lag. Darüber der witwengesichtige Mond und ein leichter Winselwind. Weit und breit war niemand zu sehen. Stengele war wohl bei seinem traditionellen und unverzichtbaren Sicherheitsrundgang. Er musste zwanghaft jede Umgebung checken und sie in verschiedene Sicherheitsstufen einteilen. Als sie noch in der Dienststelle zusammengearbeitet hatten, war Jennerwein einmal mit ihm essen gegangen, um einen Fall zu besprechen. Es war nicht auszuhalten gewesen. Der Allgäuer hatte das Menü kaum beachtet, hatte sich auf die Ausgänge der Kneipe konzentriert, die Bedienung misstrauisch beäugt und die Gerichte vorher beschnüffelt, bevor er sie hastig hinunterschlang. Unter dem Vorwand, sich verlaufen zu haben, war er sogar in das Allerheiligste des Restaurants eingedrungen.

»Entschuldigen Sie, wo bin ich denn hier gelandet? Ach, das ist die Küche!«

Zum genussvollen Essen waren sie damals eigentlich nicht gekommen. Sie hatten aber im Folgenden die Lebensmittelkontrolle wegen Salmonellengefahr alarmiert, zwei Schwarzarbeiter gefasst, die Brandschutzbehörde über das offene Feuer informiert, zwei Drogendealer hochgenommen, eine Geldübergabe verhindert …

Jennerwein klopfte sich erneut die Schuhe ab. Er überlegte. Es blieb wohl nichts anderes übrig, als die Hüttentür mit einer Ramme aufzubrechen. Aber war das überhaupt möglich? Die ganze Sache wurde ihm langsam wahnsinnig peinlich. Den Schlüssel verlieren! Vielleicht war es besser, seine Teamkollegen anzurufen und ihnen vorzuschlagen, doch im Kurort in der *Roten Katz* zu feiern, vielleicht sogar im Polizeirevier, wie ursprünglich vorgesehen. Genügend Getränke hatten sie ja eingekauft. Jennerwein stand nun fünf Schritte entfernt vor der Tür. Er warf ein weiteres Hustenbonbon ein, das zehntausendste heute. Er versuchte, sich zu erinnern, was er einst im Kurs Haussuchung / Gefahrenabwehr gelernt hatte, über den günstigsten Einschlagspunkt für die Ramme. Er meinte behalten zu haben, dass man am besten zwei Handbreit unterhalb der Türklinke zuschlägt, und das in einem leichten Winkel nach oben. Jennerwein betrachtete die Tür. Sie war neu, sah superstabil aus, der Kollege vom Einbruchsdezernat hatte sicher auch daran gedacht, sie rammbockfest zu machen. Doch plötzlich wurde Jennerwein jäh aus seinen Gedanken gerissen. Erschrocken zuckte er zusammen, trat unwillkürlich einen Schritt zurück, wäre dadurch fast in den Schnee gefallen und den Abhang hinuntergerutscht. Denn die Tür, die verschlossene, einbruchsichere Fort-Knox-Hüttentür öffnete sich langsam, Zentimeter für Zentimeter, wie von Geisterhand. Erst einen Spaltbreit, dann ging sie ganz auf. Ludwig Stengele trat grinsend aus der Hütte heraus ins Freie.

»Wo kommen Sie denn her?«, entfuhr es Jennerwein und war sich sofort der Widersinnigkeit seiner Frage bewusst.

»Sie meinen, *wie* ich das gemacht habe? Alte Schule, Chef. Während Sie telefoniert haben, bin ich aufs Dach gestiegen und habe die kleine Luke entdeckt.«

»Aber Sie sind doch nicht durch diese winzige –«

»So winzig ist die gar nicht. Ich habe bemerkt, dass das Holz des Dachfensterrahmens eine andere Farbe hat als das der übrigen Rahmen. Daraufhin habe ich mir die Luke genauer angeschaut und bin zu dem Schluss gekommen, dass da wohl irgendwann einmal ein anderes Fenster dringewesen sein muss.«

Jennerwein hatte sich wieder gefangen. Er schüttelte anerkennend den Kopf.

»Ja, das ist richtig. Das wurde ausgetauscht.«

»Aber eben nicht sorgfältig genug. Die seitlichen Bretter waren leicht zu lösen, ich habe sie fast ohne Werkzeug entfernen können. Eine der alten Bauklammern, die ich neben dem Hackstock gefunden habe, hat genügt. Und ich bin ohne größere Anstrengungen reingekommen. Nur geschnitten habe ich mich.«

»Brauchen Sie ein Pflaster?«

»Nein, im Speicher habe ich schon einen alten Verbandskasten entdeckt.«

Als sich Stengele das Pflaster angelegt hatte, war sein neugieriger Blick kurz an einer uralten Kartusche für einen Camping-Gaskocher hängengeblieben, die danebenlag. Ob die noch intakt war?

»Ich danke Ihnen jedenfalls sehr, Stengele«, sagte Jennerwein. »Ich bin richtig erleichtert. Die erste Anekdote für den Hüttenabend haben wir schon.«

»Sie wollen das allen erzählen, Chef?«

»Natürlich, wenn die Unterhaltung mal stocken sollte. Alter Verhörtrick, erinnern Sie sich nicht mehr? Der Lehrgang bei Szroczcki über ›Verhör- und Befragungstechniken‹: *Wenn das Schweigen unangenehm lang wird, ist es oft nützlich, ein kleines Missgeschick von sich selbst zu erzählen.*«

Stengele lachte. Jennerwein bat ihn an den großen Tisch. Hier drinnen schien es wesentlich kälter als draußen zu sein. Stengele deutete mit dem Daumen nach oben zur Decke.

»Da in dem kleinen Speicher, durch den ich gekommen bin, wissen Sie, dass Sie da einige Raritäten gelagert haben?«

»Ach, die alten Ski meinen Sie?«

»Mit Klappbindung, ja. Und dann die Skischuhe: handgenagelt und aus Leder. Richtig historisch.«

»Historisch? Wie bitte? Ich bin damit noch gefahren!«

Die beiden ehemaligen Teamkollegen packten ihre Rucksäcke aus und verstauten sie im Nebenraum. Elektrisches Licht gab es in Jennerweins Hütte nicht, ebenso wenig wie fließendes Wasser. Im Winter wurde es aus Schnee geschmolzen, im Sommer holte man es direkt vom Bach. Jennerwein zündete die Petroleumlampe und die Kerzen an, die in den wachsverkrusteten Haltern warteten. Stengele kümmerte sich sofort um den Ofen, bald züngelte schon ein erstes kleines Flämmchen.

»In einer Stunde haben wir die Bude warm.«

Die Hütte war geräumiger, als es von außen den Anschein hatte. In der Mitte stand ein alter, gemütlich aussehender Holztisch. Die beiden Fenster nach hinten waren größer als die nach vorne. Jennerwein nahm die Innensicherungsgitter ab und wies auf die Aussicht. Die dämmrige Senke lag vor ihnen. Unscharf konnte man in der Mitte des Tals einen Bach erkennen, der sich mühsam durch Schnee und Eis kämpfte. Stengele öffnete eines der Fenster, sah hinunter und stieß einen anerkennenden Pfiff aus.

»Vierzig oder fünfzig Meter geht es runter, schätze

ich mal. Frau Schmalfuß darf da nicht rausschauen, bei ihrer Höhenangst.«

Jennerwein lächelte.

»Wir werden die Vorhänge auf dieser Seite zuziehen, wenn sie kommt.«

Schon bald wurde es tatsächlich warm in der Hütte. Erst jetzt fiel Jennerweins Blick auf den Briefumschlag, der auf dem Tisch lag.

»Ach, das wird eine Nachricht vom letzten Besucher sein. Mike W. Bortenlanger ist ein befreundeter Detective aus Chicago. Er hat die Hütte ein paar Tage genutzt. Wahrscheinlich bedankt er sich für den Aufenthalt. Ich lese den Brief später.«

»Sie vermieten die Hütte ab und zu?«

»Vermieten ist zu viel gesagt. Ich stelle sie zur Verfügung. Hauptsächlich an Kollegen.«

Und Ganoven, fügte er insgeheim hinzu.

Stengele trat zu einem der vorderen Fenster und deutete hinaus.

»Ich glaube, wir bekommen Besuch. Vielleicht von Bob Marley.«

Tatsächlich stapfte ein hagerer Mann mit Rucksack den Hügel hoch. Zunächst schien es so, als würden dicke, dunkelbraune Dreadlocks aus seiner Mütze quellen, die ihm bis zu den Hüften reichten. Doch als er näher kam, entpuppten sich diese als mehrere Ketten von Räucherwürsten, die außen am Rucksack baumelten und auf diese Weise frisch und luftig transportiert wurden. Polizeiobermeister Franz Hölleisen war nicht den Weg gekommen, den sie gegangen waren, sondern schon mittags mit der Gondel zur Hemmacher Alm gefahren und von dort zur Hütte abgestiegen. Er begrüßte die beiden Kollegen freudig, half Stengele auch gleich beim Holzhacken.

»Wissen Sie, wen ich – knacks! – unten im Tal – knacks! – noch getroffen habe? Ich bin über den Friedhof gegangen –«

»Friedhof? Dann können es eigentlich bloß die Graseggers gewesen sein.«

»Alle vier. Ursel wollte mir – knacks! – selbstgebackene Plätzchen mitgeben. Ich habe höflich abgelehnt, habe gesagt, dass ich dann – knacks! – bei der Hüttenfeier keinen Appetit mehr hätte.«

»Alle vier Graseggers?«

»Ja, die Kinder waren auch dabei. Furchtbare Gören.«

»Wie alt sind die denn?«

»Um die – knacks! splitter! – dreißig, schätze ich.«

Jennerwein kümmerte sich indessen weiter ums Feuer, das langsam Fahrt aufnahm. Ihm fiel die Bemerkung seines Nachbarn über die verschwundene Katze wieder ein. Als er mit seinem Wanderrucksack am frühen Nachmittag aus dem Haus gegangen war, um sich mit Stengele zu treffen, war er an einem begrünten Seitenstreifen zwischen Straße und Radweg vorbeigekommen, der momentan mit einer dichten Schneedecke überzogen war. Er war kurz stehen geblieben, denn ihm war eine Erhebung auf der zugeschneiten Wiese aufgefallen. Und gleich hatte er das Bild wieder vor sich: Der kleine Hügel hatte ungefähr die Ausmaße einer Katze gehabt. Jennerwein ging nach draußen zu der Latschen- und Zirbelgruppe, zu der Stelle mit dem guten Handyempfang. Er rief Hansjochen Becker an, den Spurensicherer, der ebenfalls zur Party geladen war.

»Hallo, Jennerwein hier. Immer noch bei der Arbeit?«

»Kann man so sagen. Aber ich bin gleich fertig. Was gibts? Soll ich noch einen Träger Bier mitbringen?«

»Das weniger. Aber können Sie mir einen Gefallen tun? Fahren Sie bitte zu meiner Wohnung, am Haus vorbei, hundert Meter ortseinwärts. Auf dem Seitenstreifen, kurz vor der Ampel, da sehen Sie eine kleine, aber auffällige Erhebung. Es könnte sich um ein Tier handeln. Wenn das der Fall ist, bergen Sie es bitte.«

»Klar, mach ich, Chef.«

Jennerwein erzählte Becker von Tobias, dem Jungen, dem die Katze gehörte. Dann legte er auf und beeilte sich, wieder ins Warme zu kommen. Inzwischen wurde es dunkler, zumindest im Innenraum der Hütte. Hatte er da nicht ein Geräusch gehört? Er drehte sich um und blickte aus dem Fenster. Nichts. Keine weiteren Auffälligkeiten. Hölleisen und Stengele hackten – knacks! – Holz. Er konnte sich wegen des Schnupfens heute einfach nicht auf seine Sinne verlassen. Gut, dass er ganz privat und un-ermittlerisch unterwegs war. Er öffnete den Brief von Mike W. Bortenlanger. Der Detective begann mit einem herzlichen Dank an seinen Gastgeber. Für den Fall, dass Jennerwein wieder mal nach Chicago käme, am Michigansee besäße er ebenfalls eine Hütte, er wäre jederzeit willkommen. Das Feuer zischte, ein aufgebautes Holztürmchen fiel rasselnd und splitternd in sich zusammen. Jennerwein unterbrach die Lektüre und steckte den Brief wieder in die Tasche. Sein amerikanischer Freund kurvte jetzt sicher schon wieder im hektischen Chicago herum. Er würde den Brief später in Ruhe zu Ende lesen. Vielleicht auch erst morgen. Heute wollte er ganz für seine Gäste da sein.

7

Eine halbe Stunde von der Hütte entfernt bewegte sich ein großer, schwarzer Rucksack unruhig zitternd und nach allen Seiten hin unregelmäßig schlingernd durch den Wald. Er war zum Bersten vollgestopft, von innen drückten eckige und spitze Gegenstände an seine Hülle und formten schnuppernde Nasen und hässliche Beulen, dazu war er außen über und über bestückt mit eingerollten Decken und Matten. Die dünne Stange, die oben herausschaute und den Rucksack einen halben Meter überragte, sah einem in Tüchern eingehüllten Gewehr verdammt ähnlich.

Die gesichtslose, dunkel gekleidete Gestalt, die den Rucksack trug, stapfte durch den verschneiten Wald, nicht so leichtfüßig wie Polizeiobermeister Hölleisen, auch nicht so zielgerichtet und entschlossen wie Stengele und Jennerwein. Sie schleppte sich dahin, ächzte hörbar unter ihrer großen Last, schien auch leicht zu hinken, hatte sich wohl verletzt oder war einfach nur zu erschöpft, um Schritt vor Schritt gerade zu setzen. Jetzt blieb sie an einem Baum stehen, lehnte sich dagegen und verschnaufte. Sie atmete schwer in der Kälte. In diesem Teil des Waldes war es schon fast dunkel, die Tannenwipfel schluckten das Tageslicht.

Dann stellte die gesichtslose Gestalt den Rucksack auf den Boden und nestelte darin herum. Eine Taschenlampe flammte auf und beleuchtete einige Konserven mit Dörrfleisch. Schmutzige Hände in zerrissenen fingerfreien Handschuhen öffneten eine Dose, die Gestalt beugte sich drüber und verschlang den Inhalt gierig, dann vergrub sie das Leergut sorgfältig im Schnee. Sie zog eine abgegriffene Landkarte hervor und leuchtete mit der Taschenlampe darauf. Sie musste es vor der Dunkelheit noch schaffen. Sie musste Kontakt mit dem Team aufnehmen. Unbedingt. Jetzt streifte sie sich die breiten Schneeschuhe über, schulterte den Rucksack und hinkte weiter. Auf jeder Lichtung blickte sie nach oben in den aschfahlen Himmel. Fliegen, das wärs, hoch über alles wegfliegen, alles hinter sich lassen. Die Gestalt blieb stehen und lauschte. Aus der Ferne vernahm sie undeutliche Klänge. Der Wind hatte ein paar Fetzen Blasmusik aus dem Kurort heraufgeweht.

8

»Ein wirklich schönes Fleckerl haben Sie sich hier ausgewählt, Chef«, sagte Hölleisen, als er mit einem Stapel Holzscheite hereinkam. »Das hätte ich gar nicht von Ihnen – ich meine, das passt nicht zu – ja, wie soll ich jetzt sagen –«

Jennerwein lachte.

»Schon gut, Hölleisen. Vielleicht stimmt das wirklich nicht so recht mit meinem Profil überein. Dass der ungesellige Eigenbrötler eine solche Partyhütte hat, das kann man sich auch schwer vorstellen!«

»Nein, so habe ich das nicht – ganz im Gegenteil – ich finde gerade, dass –« Doch Hölleisen hatte sich endgültig verheddert. Er wechselte das Thema. »Seit wann haben Sie denn die Hütte?«

»Eigentlich schon ewig. Meine Eltern haben sie damals gekauft, ich bin schon als Kind hier gewesen. Sehr oft sogar. Aber das ist eine lange Geschichte.«

»Es wird ja auch ein langer Abend«, fügte Hölleisen augenzwinkernd hinzu.

Stengele kam schwerbeladen herein, er schichtete einen Holzstapel neben dem Ofen auf.

»Das dürfte für einige Zeit genügen. Wenn Sie

nichts dagegen haben, mache ich die Dachluke, durch die ich eingestiegen bin, ein bisschen einbruchsicherer. Ein paar Stützstreben von innen dürften genügen. Dann kommt hier keiner mehr rein.«

»Wenn Sie Werkzeug brauchen –«

»Ich habe draußen im Schuppen schon welches entdeckt.«

Und schon war er wieder verschwunden. Jennerwein und Hölleisen wärmten sich nun am verschmitzt knisternden Feuer. Als sich Jennerwein einmal kurz umdrehte, erschrak er. Ein Gesicht am Fenster! Und schon war es wieder verschwunden. Was war das gewesen? Eine Spiegelung? Vermutlich bloß wieder sein Schnupfen. Und die Medikamente. Die Beeinträchtigungen seiner Sinnesorgane nervten ihn. So etwas war er nicht gewohnt. Doch da war es wieder, das Gesicht. Ein Grinsen. Ein hämisches, fettes Grinsen. Diesmal war kein Irrtum möglich. Schnell trat Jennerwein ins Freie und leuchtete die Umgebung der Hütte mit der Taschenlampe ab. Nichts. Auch im Schnee waren keine Spuren zu finden. Merkwürdig. Wie konnte das sein? Spielte ihm seine Phantasie einen Streich? Er lauschte in den Wald. Es war sehr still. Und es war sehr einsam hier oben. Jennerwein schüttelte den düsteren Gedanken ab und richtete seine Aufmerksamkeit nach unten ins Tal. Ganz in der Ferne konnte er die zitternden Lichtkegel eines Jeeps erkennen. Das waren sicher die nächsten Hüttengäste, vermutlich Nicole und Maria, die die Forststraße heraufkamen. Jennerwein hörte bis hierher, wie der Motor aufjaulte. Wer von den beiden auch immer fuhr, sie hatten einen ziemlichen Zahn drauf.

Ludwig Stengele konnte sich in dem kleinen Speicher nur gebückt fortbewegen. Er versplintete das einzige Fenster so, dass eine schnelle Einstiegsoperation wie vorher nicht mehr möglich war. Von innen jedoch war die Luke nach wie vor zu öffnen. Er blickte hinaus. Schon hatte sich die Dämmerung vollständig über die Berge gelegt. Der Mond war über den blaugeriffelten Gebirgszügen aufgetaucht, aus der Farbe des Zwielichts leitete Stengele ab, dass ein Föhnsturm im Anzug war. Er stemmte sich hoch und kletterte aufs Dach. Die hintere Schräge führte direkt dem Abgrund zu, hier auf der glatten Oberfläche zu stehen war hochgefährlich. Stengele bewegte sich vorsichtig zum Dachrand und blickte hinunter in die Tiefe. Im Speicher hatte er eine Holztruhe mit Bergsteigerausrüstung entdeckt. Ihm kam eine Idee.

Nicole Schwattke, die Recklinghäuser Austauschkommissarin, und Maria Schmalfuß, die spindeldürre, kopfige Polizeipsychologin, saßen in dem kleinen, wendigen Jeep und fuhren den steilen Weg zu Jennerweins Hütte hinauf. Die Forststraße war auf keiner Landkarte eingezeichnet, man musste sie kennen, sonst hatte man sowieso keine Chance, die versteckte Hütte zu erreichen. Maria saß am Steuer, sie bretterte den schneebedeckten Waldweg in halsbrecherischer Geschwindigkeit hoch, dank der aufgezogenen Schneeketten war das möglich. Als sie die Hälfte der halbstündigen Auffahrt geschafft hatten, sagte Nicole:

»Machen Sie mal ein bisschen langsamer, Maria. Das hier ist keine Verfolgungsjagd.«

Anstatt einer Antwort betätigte Maria die Gangschaltung. Der Motor jaulte erbärmlich hochtourig auf.

»Das werden Sie als Flachländerin nicht verstehen, Nicole. Ich muss eine bestimmte Geschwindigkeit halten, sonst drehen wir durch. Also mit den Rädern, meine ich. Das ist gefährlich. Viele Preußen sind auf diese Weise schon hängen geblieben. Und erst Jahrzehnte später gefunden worden.«

Der Forstweg verlief jetzt nicht mehr in Serpentinen, sondern führte gerade durch den Wald, rechts und links lauerten große, uralt erscheinende Tannen. Er wurde immer schmaler, Maria war gezwungen, im Schritttempo zu fahren. Nicole lächelte.

»Sehen Sie, es geht auch so.«

»Aber es macht nicht so viel Spaß. Ich gebe es zu, ich gehöre zur Gruppe der Risikofreudigen. Ich verspüre einen gewissen Nervenkitzel, der eine Art lustbetonte Angst auslöst.«

»Ich wiederum habe mal in einem Psycho-Vortrag gelernt«, versetzte Nicole ironisch, »dass der Raser deshalb rast, weil er nicht zu viel nachdenken will. Rasen zwingt das Gehirn, in den existenzerhaltenden Modus umzuschalten. Es ist eine Grübelbremse.«

»Grübelbremse! Pah!«, rief Maria. »Das ist aber ein äußerst unscharfer psychologischer Terminus. Und ein veralteter noch dazu.«

»Ich habe nur Angst, dass wir von der Straße abkommen.«

Maria deutete schwungvoll nach hinten.

»Dann können wir uns ja mit der Winde selbst wieder herausziehen. Ich wollte das Ding ohnehin einmal ausprobieren.«

Sie schwiegen. Maria fuhr sehr gut, aber eben auch sehr schnell.

»Wir sind eigentlich noch nie zusammen gefahren«, sagte sie nach einem erneuten Spurt. »Wenigstens nicht allein.«

»Echt nicht?«

»Ach, doch, bei dem Marder-Fall, erinnern Sie sich? Da sind wir dem Täter nachgehetzt.«

»Wir wollten doch nicht über vergangene Fälle reden, Maria. Das haben Sie selbst vorgeschlagen!«

Wieder verging eine Weile. Der Forstweg wurde noch steiler. Schließlich sagte Nicole:

»Lassen Sie mich auch mal ans Steuer? Ich bin noch nie mit Schneeketten gefahren.«

»Gut, wenn Sie wollen.«

An einem flacheren Wegstück tauschten sie die Plätze. Nicole fuhr los, gab gefühlvoll Gas und sagte nach einer Weile:

»Fühlt sich echt gut an.«

Sie beschleunigte. Ein Rest von Helligkeit hatte sich noch gehalten. Maria sah deshalb die steil abfallende Schlucht schon von Weitem. Nicole wusste über Marias Höhenangst Bescheid, sie fand es völlig normal, dass sich die Psychologin jetzt einfach vom Sitz gleiten ließ und sich mit dem Gesicht nach unten auf den Fußboden des Jeeps kauerte. Es war einfacher so.

»Geben Sie mir Bescheid, wenn wir wieder auf einem normalen Weg sind?«, keuchte Maria.

»Aber natürlich, mach ich.«

»Am besten ist es, wenn wir uns weiter über etwas Belangloses unterhalten. Das lenkt mich ab.«

»Ja klar«, fuhr Nicole munter fort. »Es war wirklich eine Schnapsidee, ein Fässchen Bier mit auf die Hütte zu nehmen, finden Sie nicht, Maria? Das ist oben so durchgerüttelt, das muss erst ein paar Stunden stehen, bevor wir es anzapfen können.«

»Dann fangen wir halt mit dem Glühwein an«, krächzte Maria aus dem Fußraum.

Jetzt kam Nicole zu dem gefährlichen Wegabschnitt. Rechts schoss der Bergwald steil hoch, links fiel er genauso steil ab. Nicole konzentrierte sich. Sie musste darauf achten, nicht aus der Spur zu kommen. Gott sei Dank brauchte Maria das nicht mit anzusehen.

»Sie fragen sich sicher, Nicole, warum ich es eigentlich nicht schon längst mal mit einer Therapie probiert habe«, japste sie. »Die Wahrheit ist die, dass ich schon mehrere davon mitgemacht habe. Einen Lufthansa-Kurs. Einen von Air India. Und von der Aeroflot. Und und und. Es nützt nichts. Eine Angst kann man nicht ausradieren. Man kann sie nur überschminken.«

»Das sagen Sie als Psychologin?«

Maria redete weiter von ihren vergeblichen Bemühungen, ihre hinderliche Akrophobie zu bewältigen. Nicole drosselte das Tempo. Doch das hätte sie nicht tun sollen. Ein typischer Anfängerfehler. Der Jeep schlidderte, die Räder drehten durch, mit einem Rumms kam der Wagen zum Stehen. Und war nicht mehr weiterzubewegen. Nicole blickte sich vorsichtig um. Der Jeep hatte sich quergestellt, und nach ihrer Einschätzung hingen sie mit einem Rad über dem Abgrund.

»Sind wir schon da?«, fragte Maria ahnungslos aus der Höhe der Gummifußmatte.

»Nein, ich bin nur in einen Schneehaufen gefahren«, log Nicole. »Bleiben Sie in Ihrer Position, Maria. Momentan sind wir zwar mitten im Wald, aber da vorne sehe ich schon wieder ein steiles Stück.«

Maria erwiderte nichts. Nicole gab vorsichtig Gas, der Motor heulte ungut auf, der Jeep neigte sich Richtung Abgrund. Jetzt kroch ihr die Angst durch die Brust hoch in die Schläfen und wieder zurück. Hoffentlich bekam Maria nichts davon mit. Wenn sie jetzt durch die Fahrertür ausstieg, kippte der Jeep durch Marias Gewicht weg, wenn sie beide drinblieben, rutschte das Auto langsam ab. Sollte sie durchstarten? Nein, das war viel zu riskant. Es gab nur eine Lösung: Sie mussten beide das Fahrzeug schnellstmöglich verlassen.

»Auf Ihrer Seite können Sie nicht aussteigen«, log Nicole abermals. »Ich bin an eine Schneewand gefahren. Wir nehmen beide die Fahrertür, das ist einfacher. Kriechen Sie rüber.«

Nicole öffnete die Fahrertür vorsichtig. Dann ergriff sie Marias Hand und zog sie aus dem Fahrzeug. Der Jeep wackelte etwas, aber er kippte nicht, wie Nicole befürchtet hatte. Er stand quer auf der Straße und versperrte diese vollständig. Das rechte Hinterrad hing tatsächlich in der Luft. Maria erhob sich. Sie hatte die Augen geschlossen, wandte sich zusätzlich noch vom Auto ab.

»Was machen wir jetzt?«, fragte sie mit brüchiger Stimme. Nun ahnte sie wohl, dass etwas nicht mit rechten Dingen zuging.

Nicole überlegte. Zur Hütte war es nicht mehr weit, vielleicht eine Viertelstunde Fußmarsch. Eher weniger. Am besten wäre es, das Auto zu viert oder zu fünft wieder in die Spur zu bringen, und das möglichst ohne jemanden mit Höhenkoller. Sie rief Jennerwein an. Kein Empfang. Auch Stengele hatte keinen. Kurzentschlossen fischte sie ihren und Marias Rucksack aus dem Fond des Jeeps, befestigte das Fahrzeug mit der Winde an einem der größeren Bäume.

»Wir gehen zu Fuß rauf«, sagte sie bestimmt. »Halten Sie die Augen geschlossen und geben Sie mir Ihre Hand.«

»Und das Fass Bier hinten im Auto?«

»Das holen wir später.«

Ludwig Stengele war vom Dach der Hütte aus schnell und problemlos die Felswand abgestiegen. Er blickte nach oben. Die unregelmäßige, an manchen Stellen vereiste, an anderen Stellen etwas lehmige Wand hatte eine Höhe von vierzig Metern. Der Aufstieg würde genauso unproblematisch werden – so sicher war die Rückseite von Jennerweins Hütte bezüglich eines Einbruchs also doch nicht. Zumindest nicht für erfahrene Kletterer. Er sah sich um. Die Schneedecke reichte bis fast an den Wandfuß. In der Nähe hörte er das Rauschen des Baches. Eine Hütte mit eigener Wasserstelle, wirklich eine feine Sache. Stengele bückte sich und untersuchte den Boden. Keinerlei Trittspuren. Hier war in letzter Zeit keiner rauf- oder runtergeklettert. Und erst recht keiner abgestürzt. Genau das hatte er sich nämlich oben auf dem Dach mit leisem Erschaudern vorgestellt.

Langsam kam sich Stengele dann doch ein wenig lächerlich vor. Überall musste er sichern, Gefahrenszenarien ausschließen und Exit-Strategien entwickeln. Er war jetzt zwei Jahre im Sicherheitsdienst tätig und hatte sich das angewöhnt. Er musste aufpassen, dass es nicht zum Tick wurde. Am Anfang hatte er diesem Drang nachgegeben, um in Übung zu bleiben. Dann hatte er sich dabei ertappt, dass er gar nicht mehr anders konnte, als Katastrophenszenarien durchzuspielen. Stengele begann wieder mit dem Aufstieg. Im oberen Drittel der Wand machte er dann doch noch eine äußerst beunruhigende Entdeckung. Das musste er sich morgen bei Tageslicht nochmals anschauen.

9

Ein paar Kilometer von Jennerweins Hütte entfernt, etwas unterhalb des Maxenrainer-Grats, schoss eine Fontäne von feinem Pulverschnee hoch in die Luft. Die drei dunklen Gestalten kamen wie aus dem Nichts. Nacheinander hoben sie ab. Sie schwebten. Sie ruderten und kreisten. Sie drehten Schrauben, überschlugen sich und kamen mit einem scharf zischenden Geräusch wieder auf die Piste. Dann stiegen sie erneut hoch, machten sich klein, streckten sich zu den Sternen, schraubten und ästelten sich in die unterschiedlichsten Richtungen. Schließlich, nach drei besonders spektakulären und noch nie vorher gesehenen Figuren, landeten sie endgültig, fuhren winkend und johlend aufeinander zu und bremsten im letzten Augenblick scharf ab. Alter, Geschlecht, Nationalität, Ethnie und andere menschliche Eigenschaften waren bei dem Schlabberlook nicht zu erkennen, die unförmigen Anzüge verrieten sie schon von Weitem als Snowboarder. Sie trugen schwarzglitzernde Plexiglashelme.

»Ein praller run!«, rief der eine.

»Voll praller run«, erwiderte der andere. »Feinstes powder. Endcool. Japp.«

Alle Wintersportdisziplinen sind genau betrachtet nichts anderes als Varianten des Rutschens. Gerutscht wird hinunter, hinauf, auf irgendetwas zu, um etwas herum, mit und ohne irgendetwas, miteinander, gegeneinander, alleine, im Rudel. Die so ziemlich unnatürlichste und tollpatschigste menschliche Fortbewegungsart soll auf diese Weise geadelt und in den Olymp gehoben werden. Folgerichtig kommen deshalb auch alle vier Jahre weitere, zunächst unsinnig erscheinende Varianten des Rutschens dazu. Man würde sich beispielsweise nicht wundern, wenn beim nächsten Mal das Schnee-vom-Autodach-Räumen mit gelben Skiern zur olympischen Disziplin würde. Die Snowboarder nehmen hier allerdings eine Sonderstellung ein. Zwar rutschen auch sie, aber lediglich, um Schwung zu nehmen für die eigentlichen Leibesübungen, die in den Lüften stattfinden. Sie machen sich über das plumpe Gleiten und Schlingern quasi lustig, sie erheben sich darüber. Vielleicht sind sie deshalb immer so gut drauf.

Die drei Snowboarder klappten die Visiere ihrer schwarzen Helme hoch und blickten versonnen auf die Strecke, die sie gerade heruntergefahren waren. Sie waren zu dieser späten Stunde hier, weil sie die einzige Natur-Halfpipe der Alpen austesten wollten. Ein urzeitlicher Gletscher, der weiter oben schon durch die Landschaft gepflügt war, hatte hier eine zwanzig Meter breite Rinne gefräst, die so gleichmäßig röhrenartig geraten war, dass man kaum glauben konnte, dass der Bagger nicht nachgeholfen hatte. Die drei Snowboarder nickten zufrieden.

»Wo bleibt eigentlich Sloopy?«, fragte der Erste.

Er war es, der vorhin einen Dreifachsalto mit vierfacher Schraube gesprungen war. Entschuldigung: einen Backside Triple Cork oder 1260 Off The Heels oder, vielleicht, noch genauer, einen Cab 180 Quadruple Backflip Shifty Roast Beef.

»Sloopy müsste schon längst da sein«, sagte der Zweite.

Von ihm hatte man einen amtlichen Gestrecktsalto mit zweieinhalb Schrauben gesehen. Einen 3060 Triple-Grab, auch Deadman's Blues genannt.

»Lasst uns nochmals raufsteigen«, sagte der Dritte. »Vielleicht treffen wir Sloopy unterwegs.«

Der dritte Snowboarder hatte vorhin einen besonders waghalsigen Sprung probiert. Und hatte ihn bravourös gestanden. Die genaue Bezeichnung für seinen Trick nahm allerdings mehr Zeit ein als der Sprung selbst.

»Leute, lasst uns raufgehen und am Ende der Pipe noch nach rechts rausspringen«, sagte der Zweite.

Er deutete talabwärts. Dort war eine Art Schanze zu sehen, die ins Nichts führte. Doch die beiden anderen schüttelten den Kopf.

»Das ist viel zu gefährlich. Wir wissen nicht, ob unten auf dem Schotterfeld genug Schnee liegt.«

»Okay, das sollten wir morgen bei Tageslicht erst mal überprüfen.«

Die Snowboarder zogen ihre Visiere wieder herunter und schalteten die Stirnlampen an, die nun wie helle Schwerter auf die Piste niederfuhren. Dann nahmen sie ihre Boards über die Schulter und stapften hinauf. Sie sahen aus wie Yetis, die von einem Raubzug aus dem Tal heimkehrten.

10

Im Jahr 1980 starb Jean-Paul Sartre, kurz darauf brachte Mike Krüger seinen Nippel-Song heraus, dann überschwemmten Ernö Rubiks Zauberwürfel die Spielläden und Deutschland gewann in Italien gegen Belgien die Fußball-Europameisterschaft. Hubertus Jennerwein ging in diesem Jahr in die Klasse 11a des Gymnasiums. Er hatte gerade Chemie.

Nachdem er die Klassenzimmertür geschlossen hatte, fuhr Oberstudienrat Peterchen mit dem Unterricht fort, so, als wäre nichts geschehen. Sein Zorn war schnell verraucht, wenn ein solcher überhaupt in ihm aufgestiegen war. Jennerweins Gedanken gingen immer wieder in Richtung der übelriechenden Attacke, deren anfängliche beißende Wucht schon fast verflogen war. Verstohlen sah er sich in der Klasse um. Harry, Beppo, Uta, Simon – alle waren eigentlich aus dem Alter heraus, eine Stinkbombe zu werfen. Aber sicher konnte man sich nicht sein. Grinste nicht Harry Fichtl geradezu unverschämt vor sich hin? Und war Beppo Prallingers Körperhaltung nicht eine ganz andere als sonst?

»… so dass bei der Synthese von Stickoxyd …«

Wie auch immer. Der Täter saß jetzt irgendwo in diesem Schulgebäude und badete sich in dem Gefühl, den Schulfrieden empfindlich gestört zu haben. Und er genoss das sicher noch weitaus erregendere Gefühl, Herrscher über die Gedanken von sechs- bis siebenhundert Personen zu sein. Die meisten hassten oder verachteten ihn, einige bewunderten ihn aber vielleicht sogar. Jennerweins Blick fiel auf Antonia Beissle, eine humorlose Streberin und Musterschülerin. Sie verstand komplizierte Zusammenhänge, begriff aber die einfachsten Dinge nicht. Jennerwein wusste damals noch nicht, dass sich ihre Lebenswege später mehrmals kreuzen würden. Und zwar nicht immer positiv. Gerade blickte Antonia gelangweilt nach vorn zu Peterchen, notierte manches in ihren Block. Jetzt nahm sie einen Lippenstift aus ihrer Tasche und zog dessen Schutzkappe herunter.

»… Dihydrogensulfat, auch Schwefelsäure genannt …«

Sie drehte den grenadinefarbigen Stift mit Glitzereffekt bis zum Anschlag aus der Nockenhülse und betrachtete ihn neugierig von allen Seiten. Peterchen schrieb eine Formel an die Tafel, Antonia versuchte, den Boden der Drehhülse abzuziehen. Das gelang ihr auch nach mehreren Anläufen. Jennerwein grinste. Die interessiert sich ja wirklich null für Chemie, dachte er.

Der beißende Geruch war jetzt gänzlich verflogen, man konnte wieder durchatmen. Wann war so etwas das letzte Mal passiert? Jennerwein massierte sich die Schläfen, um sich besser erinnern zu können. War es in der Unterstufe gewesen? Also auf jeden Fall praktisch vor Jahrhunderten. Kaum hatte er sich wieder auf den träge dahinfließenden Redeschwall von Peterchen konzentriert, stürmte der Direktor zur Tür herein, ohne anzuklopfen. Er war offenbar auf hundert. Und er polterte gleich los.

»Ein Glasröhrchen ist genau vor eurem Klassenzimmer gefunden worden. Raus damit: Wer von euch war das?«

Alle schwiegen. Jennerwein schüttelte insgeheim den Kopf. So ging das doch nicht. Glaubte der wirklich, dass sich jemand freiwillig meldete und einfach so zugab, die Stinkbombe geworfen zu haben?

Der Direktor schritt die Reihen entlang und musterte jeden eindringlich. Er blickte einem nach dem anderen scharf ins Gesicht, das heißt, es sollte so aussehen, als täte er das, in Wirklichkeit war es nur lächerlich. Was erwartete er? Ein Geständnis? Jetzt hatte sich der Direktor vor Jennerwein aufgebaut. Der blickte ihn ohne Furcht an.

»Du!«, sagte der Direktor. Er duzte alle. Er interpretierte Jennerweins Furchtlosigkeit wahrscheinlich als Aufmüpfigkeit.

»Ja?«, sagte Jennerwein.

»Was heißt ja – wie ist dein Name?«

»Jennerwein. Hubertus Jennerwein.«

Der Direktor verzog die Mundwinkel. Dann kam der übliche Scherz mit dem Wildschütz. Es war ein Schütz in seinen besten Ja-ha-ren … Der Direktor schritt weiter durch die Reihen. Nachdem er alle gemustert hatte, ging er nach vorn zum Pult, um sich die Reagenzien genauer anzusehen. Und daran zu schnüffeln.

»Und Sie sind sich sicher, Herr Kollege, dass da nichts fehlt?«

»Ja, ganz sicher.«

Der Pausengong ertönte. Der Direktor wandte sich wieder an die Klasse. Sein Ton wurde unverschämt.

»So, alle die Hände vorstrecken!«

Jennerwein konnte es kaum fassen. Was machte der Direktor da? So brachte er die Klasse wirklich gegen sich auf. Und schon ging es los. Murren. Gelächter. Geflüster.

»Ich zeige meine Hände nicht her.«

»Ich habe doch meinen Spicker da reingeschrieben.«

»Geht die Faust auch, Herr Direktor?«

Susi Herrschl streckte ihm kokett die Hand zum Handkuss entgegen.

»Aber bitte schön, Herr Direktor!«

Wieder Gelächter. Der Direktor brach das Vorhaben ab. Jennerwein wusste jetzt schon, dass dieser Werfer ziemlich schlau war. Und er ahnte auch, dass das nicht die letzte Bombe sein würde.

11

Hansjochen Becker, der gewitzte Spurensicherer in Jennerweins Team, war ein stämmiger Mann mit kurzgeschnittenen Haaren und auffällig abstehenden Ohren. Er verschloss die Tür zu seinem Labor sorgfältig. Die Weihnachtsfeiertage über hatte er sich freiwillig für diese Schicht einteilen lassen, denn da war es ruhig, kaum jemand rief an und fragte ungeduldig nach ausstehenden Messergebnissen und Wahrscheinlichkeitsanalysen. Doch für heute hatte auch er Dienstschluss, es schien, dass sich seine ewig zusammengekniffenen Spurensucheraugen entspannt weiteten. Auf zu Jennerweins Party! Es hatte Becker außerordentlich gefreut, dass er, der Nicht-Ermittler, der reine Datensammler, Wasserträger und Technik-Freak, ebenfalls eingeladen worden war zu der für alle doch recht überraschenden Hüttenfeier. Wie Maria und Nicole hatte auch Becker vor, mit seinem Geländewagen hinaufzufahren. Als er den Schlüssel ins Zündschloss steckte, fiel ihm ein, dass er Jennerwein versprochen hatte, nach der verschwundenen Katze zu sehen. Die Stelle, die ihm der Kommissar beschrieben hatte, lag auf dem Weg.

Er parkte in der Nähe von Jennerweins Haus. Ganz wenige wussten, dass der Chef hier wohnte, auch Becker selbst hatte dieses Haus noch nie betreten. Die Ortschaft lag eine Dreiviertelstunde Bahnfahrt vom Kurort entfernt, bei Ermittlungen mietete sich Jennerwein deshalb oft in einer Pension im Kurort ein. Es war jedoch kein Zufall, dass Becker ebenfalls in diesem Ort wohnte. Viele Beamte residierten hier im ›Knick‹, das Gelände gehörte dem Freistaat. Der Knick war sozusagen eine Enklave der Staatstreuen. Es begann jetzt wieder zu schneien, die Flocken benetzten Beckers Gesicht und er ging die Straße entlang, so wie Jennerwein es ihm beschrieben hatte. Linker Hand wohnten einige Staatsanwälte, die am Oberlandesgericht brisante politische Fälle zu bearbeiten hatten, deshalb die relativ geschützte Lage ihrer Wohnungen. In einer großen hellen Villa mit riesigem Garten residierte ein ehemaliger Richter am Bundesarbeitsgericht. Einst war er bekannt für seine schroff-kompromisslosen Urteilsbegründungen, jetzt schrieb er launig-elegante Gerichtsanekdoten für große Tageszeitungen. Sein Hobby war der Garten, dort konnte man ihn häufig pflanzen und rupfen sehen. Momentan schippte er Schnee und führte dabei Selbstgespräche.

Becker hielt weiter nach der auffälligen Erhebung auf dem Seitenstreifen der Straße Ausschau. Dann wurde er fündig. Zuerst schoss er ein Foto von dem Hügelchen in Schuhkartongröße. Dann trat er näher und zückte den Beweissicherungsbeutel. Es hatte inzwischen noch mehr geschneit, aber die Beine und der Kopf zeichneten sich deutlich ab. Armer Junge, dem die Katze gehörte. Wie hieß er noch gleich? Tobias? Becker näherte sich vorsichtig. Vielleicht lag ja auch eine Straftat vor. Immer wieder war es geschehen, dass Köder ausgelegt wurden, um Hunde und Katzen zu vergiften. Becker bückte sich und streifte etwas Schnee ab. Er erwartete, im nächsten Augenblick nasses, gefrorenes Fell zu berühren, stattdessen stieß er auf etwas Hartes, fast Metallisches. Als er den Schnee weiter wegscharrte, glotzte ihn ein großes, bläulich blinkendes Auge an. Das war keine tote Katze.

12

Der Schüler Hubertus Jennerwein war überzeugt davon, dass diese Bombe nicht die letzte des Werfers war. So war er nicht überrascht, als es am nächsten Tag zum zweiten Mal passierte. Das erste Röhrchen war gestern schnell gefunden worden, vom Hausmeister, unten im Erdgeschoss. Es war in den Treppenhausschacht geworfen worden und am Boden aufgeknallt, nicht weit von der Tür des Chemiesaals entfernt. Würde der Übeltäter so ungeschickt sein, dasselbe ein zweites Mal zu versuchen?

Jennerwein hatte die Uhrzeit des ersten Wurfs in dem roten Büchlein notiert, das ihm seine Mutter zum Geburtstag geschenkt hatte. Er hatte zur Zeit des Anschlags auf seinem Platz gesessen, auch alle anderen Klassenkameraden konnten deshalb nicht verdächtigt werden. Vielleicht hatte der Täter aber auch mit Zeitverzögerung gearbeitet, mit irgendeinem Mechanismus, der das Röhrchen erst über die Brüstung schob, nachdem er schon längst wieder alibisicher im Unterricht saß. Mit einer Feder vielleicht, die an etwas Elastischem zog. In der nächsten Pause inspizierte Hubertus das ganze Treppenhaus und alle möglichen Abwurfstellen. Er fand nichts Verdächtiges. Als er aufblickte, stand der Direktor vor ihm.

»Du!«

»Ja?«

»Was machst du denn da?«

Jennerwein entschied sich für Offenheit.

»Ich sehe mir an, wie er es gemacht haben könnte.«

»Wer?«

»Der Täter.«

»So«, sagte der Direktor scharf, und dann, etwas sinnlos: »Pass bloß auf.«

Am zweiten Tag folgte Hubertus dem Unterricht wieder nur streckenweise. Er erwartete jeden Augenblick eine neue Duftattacke. Erst in der letzten Stunde war es so weit. Und dann auch noch an deren Ende. In der fünften und sechsten Stunde trafen sie sich in der großen Turnhalle zum Sportunterricht. Der dazugehörige Lehrer mit der seltsamen Fächerkombination Sport / Latein war ein durchtrainierter Bursche mit einem großen Hang zu außergewöhnlichen Randsportarten. Prellball. Schwingen. Brennball. Juchen. Affentennis. Tretze. Eine Sache aber hatte allen großen Spaß gemacht, eine erfundene Pseudo-Sportart, mit der sie sogar beim Schulfest aufgetreten waren.

»Seht euch mal die Bodenmarkierung in dieser Turnhalle an. Handball, Volleyball, Fußball, Basketball. Ihr bekommt einen Ball, ihr spielt immer zu siebt gegeneinander. Wir fangen mit einer Ballsportart an, auf meinen Pfiff und Ruf wechseln alle blitzartig in die nächste, die jeweiligen Regeln müssen genau befolgt werden.«

Heute jedoch wurde geturnt. Die ganze Doppelstunde lang geschah nichts, doch dann, als die schweren Reckstangen wieder eingesteckt und hinuntergefahren wurden, knirschte es verdächtig im Schacht. Und ein paar Sekunden darauf war die ganze Turnhalle verseucht mit dem gefürchteten Buttersäuregeruch. Es nützte auch nichts, den Deckel draufzuschrauben und Sportkleidung darüberzuwerfen. Der Gestank war allgegenwärtig, und alle stürmten schreiend nach draußen.

»Pfui Teufel!«

»Widerlich!«

»Das ist noch schlimmer als gestern!«

»Langsam wirds öde.«

Der Hausmeister war sofort zur Stelle.

»Und wie soll ich das je wieder sauberkriegen?«, stöhnte er. »Da kommt doch kein Mensch runter.«

Jennerwein wusste: Das geht weiter. Das war keine spontane Eingebung, der hatte einen Plan. Und da gestern der erste Dezember und heute der zweite war, ahnte er auch schon, wie dieser Plan aussah.

13

Draußen heulte ein Motor auf und erstarb gleich darauf wieder. Jennerwein blickte aus dem Fenster. Die Gerichtsmedizinerin war vorgefahren, ihr neuer Freund saß mit im Auto. Sie war eine schweigsame, fast wortkarge Frau, von der Jennerwein immer den Eindruck gehabt hatte, dass sie von ihrem Privatleben nichts preisgeben wollte. Eigentlich genau wie er. Und wie viele im Team. Jeder ging voll und ganz in seinem Beruf auf, das verband sie alle. Niemand hatte je danach gefragt, weshalb die Gerichtsmedizinerin im Rollstuhl saß, auch wussten nur wenige ihren Namen. Sie wurde von allen nur ›die Frau im Rollstuhl‹ genannt. Sie war auf dieses Hilfsmittel angewiesen, machte aber nicht viel Aufhebens darum. Wegen ihrer Behinderung hatte sie die Erlaubnis erhalten, ihr Pathologielabor zu Hause einzurichten. Jennerwein war ein paar Mal dort gewesen, um sich ein kriminologisches Präparat zu holen. Dabei hatte er kurz ihren Ehegatten René kennengelernt, einen auf den ersten Blick abweisend wirkenden Mann, an den Jennerwein sonst keine Erinnerung hatte. Heute Morgen jedoch hatte ihn die Gerichtsmedizinerin angerufen.

»Es ist wegen der Einladung, Jennerwein.«

»Sagen Sie bloß nicht, dass Sie nicht kommen können!«

»Doch, natürlich komme ich. Ich wollte Sie bloß fragen, ob es denn möglich wäre, dass ich meinen ›Neuen‹ mitbringe.«

»Den Neuen? Was meinen Sie damit?«

Sie zögerte ein wenig.

»Ich habe mich vor kurzem von meinem Mann getrennt. Und es ist besser, wenn ich jemanden dabei habe, der ein wenig Pflegeerfahrung hat.«

»Natürlich, Frau Doktor. Niemand von uns wird etwas dagegen haben.«

Jetzt parkte ihr behindertengerecht ausgestatteter Landrover fünfzig Meter von Jennerweins Hütte entfernt. Der Mann, der heraussprang, der Neue, öffnete die Kofferraumtür und hob den Rollstuhl heraus.

»Kann ich helfen?«, schrie Jennerwein durch den Handtrichter, doch er bemerkte sofort, dass der Neue alle nötigen Griffe professionell beherrschte. Sie schienen ein eingespieltes Team zu sein. Wie lange kannte sie diesen Mann schon? Das ging ihn aber nun wirklich nichts an. So lief er ihnen entgegen, begrüßte sie herzlich, und half ihnen mit den Rucksäcken. Der Neue war ein gutes Stück jünger als ihr Exmann, er war ein sympathischer Sonnyboy mit freundlichen Augen und einem verschmitzten

Lächeln. Seine schwarzen Locken hatte er mit einem modischen Stirnband gebändigt.

»Es freut mich, dass ich bei einem internen Polizeitreffen dabei sein darf«, sagte er mit heller, klarer Stimme und zwinkerte Jennerwein zu. »Sie haben sich bestimmt auf einen Abend unter langjährigen Kollegen gefreut.«

»Nein, nein«, erwiderte Jennerwein schnell. »Wir wollten das Berufliche ja gerade vermeiden. Keine Angst, wir werden nicht stundenlang fachsimpeln. Aber in welcher Sparte arbeiten Sie?«

Der Neue winkte ab.

»Wissen Sie, ich habe einen schrecklich langweiligen Beruf. Nicht solch einen spannenden wie Sie.«

Er sprach nicht weiter. Aber das Thema konnte man ja später in der Hütte vertiefen. Die Frau im Rollstuhl ließ sich von ihrem neuen Freund schieben. Sie hatte sich eine Decke über den Schoß gelegt, an der sie herumnestelte. Als sie sich unbeobachtet fühlte, sah Jennerwein zu ihr hin. Sie trug glatte, helle Haare, die ihr rundes, neugieriges Gesicht mit den blitzblauen Augen perfekt umrahmten. Auf ihren Wangen zeigten sich kleine Sommersprossen und winzige Grübchen. Sie war eine attraktive Frau, das Stupsnäschen gab ihr darüber hinaus etwas Schelmisches. Jetzt allerdings blickte sie sehr ernst. Gerade hob sie eine Hand, fasste mit zwei Fingern langsam an den Hals, um den Bereich leicht zu massieren. Jennerwein konnte sich ein Lächeln nicht verkneifen. Er selbst hatte eine ähnliche Angewohnheit, er rieb sich, wenn er nachdachte, die Schläfen mit Daumen und Mittelfinger. Hatte sie diese Denkhilfe übernommen? Oder machte sie sich über diese allseits bekannte Jennerwein'sche Marotte sogar lustig?

»Ich hoffe, es klappt mit deiner Infusion«, sagte der Neue zu ihr und unterbrach damit Jennerweins Gedanken. Sie nickte. Die drei waren inzwischen an der Tür angekommen und wurden von Hölleisen gebührend begrüßt. Auch der Kommissar freute sich sehr darüber, dass diese Kollegin zugesagt hatte. Er schätzte sie nicht nur wegen ihrer beruflichen Qualifikation, er war ihr überdies zu großem Dank verpflichtet. Sie hatte ihm schon mehr als einmal die entscheidenden Hinweise bei Ermittlungen gegeben. Und sie hatte ihm auch schon ziemlich aus der Patsche geholfen. Das war noch gar nicht so lange her. Letzten Sommer erst. Sie zog einen Ärmel ihres Pullis hoch, er sah, dass sie einen Druckverband am Unterarm trug.

»Eine Dauerinfusion«, sagte sie. »Mit einer elektronisch gesteuerten Pumpe. Meine Blutwerte waren heute Morgen nicht so besonders. Ich stabilisiere sie dadurch ein wenig.« Sie streifte den Ärmel wieder herunter. »Aber warum gucken mich denn alle so fragend an? Es ist alles in Ordnung. Mir geht es bestens!«

Kurz darauf wurde die Tür aufgerissen, und Maria Schmalfuß trat mit Nicole Schwattke in die Hütte. Sie schienen ziemlich durchgefroren, waren jedoch ebenfalls bester Laune, zwinkerten sich dabei kichernd und verschwörerisch zu. Auch sie hatten ihr erstes Abenteuer schon hinter sich.

»Ich habe Ihr Auto gar nicht gehört«, sagte Hölleisen.

»Kein Wunder, wir sind zu Fuß gekommen«, versetzte Nicole, jetzt doch etwas kleinlaut. »Wir sind mit dem Jeep kurz vor dem Ziel im Schnee stecken geblieben. Etwa eine Viertelstunde von hier. Ich will mich nur etwas aufwärmen, dann geh ich nochmals runter und ziehe die Karre raus. Vielleicht helfen mir zwei, drei kräftige Männer dabei.«

Hölleisen drehte sich erstaunt zu Nicole, dann zur Gerichtsmedizinerin.

»Aber das ist doch gar nicht möglich! Sie, Frau Doktor, müssen den Jeep doch gesehen haben! Sie müssen ja mit ihrem Landrover quasi direkt daran vorbeigefahren sein.«

Maria und Nicole blickten Hölleisen ungläubig an.

»Wo genau sind Sie liegen geblieben?«, fragte Jennerwein.

Nicole beschrieb die Stelle. Eine leichte Linkskurve durch einen Wald, dann der Steilweg, der auf einer Seite so gut wie unbefestigt war und jäh zur Gletscherrinne hin abfiel. Als Maria das hörte, riss sie die Augen auf und sah Nicole erschrocken an. Dann wandte sie sich ab und schüttelte seufzend den Kopf.

»Sie werden doch wohl nicht auf den *alten* Forstweg geraten sein«, mischte sich Jennerwein ein. »Sie haben wahrscheinlich die Abzweigung falsch genommen. Der normale Forstweg hat nämlich keine solche Stelle, wie Sie sie beschrieben haben.«

Maria musste sich setzen. Sie fächelte sich Luft zu.

»Das ist meine Schuld«, sagte sie. »Ich habe mich mehr auf das Fahrvergnügen konzentriert als auf den Weg.«

Nicole konnte sich die Bemerkung nicht verkneifen:

»Grübelbremse«, sagte sie spöttisch in Richtung Maria.

»Jedenfalls steht der Jeep dort gut, wo er steht, da kommt heute Abend niemand mehr vorbei«, sagte Jennerwein. »Lassen Sie ihn über Nacht dort. Wir können uns morgen bei Helligkeit darum kümmern.«

»Und das Bier?«, wandte Nicole ein.

»Wenn jemand von uns unbedingt Bier trinken will, muss er halt runtergehen.«

Stengele erschien in der Tür und begrüßte alle Anwesenden freudig. Jennerwein wunderte sich. Er war sich ganz sicher, dass der Allgäuer den Raum vorhin nach oben über die Luke verlassen hatte, die in den Speicher führte. Er blickte Stengele fragend an.

»Alles in Ordnung, Chef«, sagte der. Dazu krallte

er sich mit seinen Riesenpranken nacheinander in die Luft. Jennerwein verstand die Geste. Stengele hatte einen kleinen Kletterausflug hinter sich.

Schließlich saßen alle um den großen Holztisch herum und warteten darauf, dass der Glühwein, der auf dem Ofen stand, heiß genug war. Die Kerzen flackerten linkisch und geheimnisvoll, das Feuer brannte schon knackend und erzählte schaurige Geschichten. Hölleisen hatte die Aufgabe übernommen, den Topf zu beaufsichtigen. Er hatte nicht nur eine deftige Brotzeit, sondern auch Zimt, Gewürznelken, Sternanis und Zitronenschalen im Rucksack mitgebracht. Wein war genug vorhanden, den hatte Jennerwein vor ein paar Wochen schon für Detective Bortenlanger hochgebracht.

Hansjochen Becker, der Spurensicherer, trat sich draußen geräuschvoll den Schnee von den Schuhen, gerade als alle rätselten, was für einen Beruf der sympathische Begleiter der Gerichtsmedizinerin denn nun hatte. Arzt? Banker? Jurist?

»Kalt. Ganz kalt«, sagte der Neue lächelnd.

»Vielleicht Schauspieler?«, fragte Nicole und sah ihn erwartungsvoll an.

»Nein, die Verstellung ist nicht so meine Sache«, antwortete er augenzwinkernd und rückte sein Stirnband zurecht.

Nicole kicherte mädchenhaft und wich seinem Blick verschämt aus. Becker trat jetzt ein, begrüßte alle, stellte seinen Rucksack auf den Boden, kniete sich nieder und öffnete ihn.

»So, dann sind wir ja fast komplett«, sagte Hölleisen. »Es fehlt bloß noch Rosi!«

Alle lachten. Das war der Spitzname ihres Chefs, Polizeioberrat Dr. Rosenberger. Jennerwein hatte ihn ebenfalls eingeladen. Er wollte zu Fuß kommen, hatte auch angedeutet, einen Überraschungsgast mitzubringen. Becker zog seinen Anorak aus.

»Haben Sie die Katze gefunden?«, fragte ihn Jennerwein.

»Nein, leider nicht«, antwortete Becker. »Die unnatürliche Erhebung auf dem Seitenstreifen war keine Katze.« Beckers Mundwinkel zuckten, als ob er sich beherrschen müsste. »Ich habe mir gedacht, es würde alle freuen, wenn ich Ihnen mitbringe, was ich aus dem Schnee gegraben habe.«

Er griff in seinen Rucksack und nahm etwas in der Größe eines Schuhkartons heraus, das noch in einem Beweissicherungsbeutel steckte. Er legte die Tüte vorsichtig auf den Tisch, sie schien sich leicht zu bewegen. Dann entfernte er die Tüte und das Papier, in das das Ding eingewickelt war. Die meisten sprangen vor Schreck unwillkürlich vom Stuhl auf. Selbst die furchtlose Nicole stieß einen kleinen spitzen Schrei aus. Das Ding auf dem Tisch zitterte leicht. Die Fühler richteten sich auf. Es war ein Käfer von ungeheuren Ausmaßen. Ein Riesenkäfer mit dunkelbraunem Rückenpanzer und sechs schwarzen, starken Beinen. Er drehte sich leicht im Kreis und gab ein ungutes, leises Knirschen von sich. Dann hob er seine Deckflügel, blickte in Richtung der Gerichtsmedizinerin und glotzte sie mit seinen Facettenaugen an. Sie betrachtete ihn zunächst erschrocken, dann fasziniert, beugte sich sogar ein wenig vor, um ihn genauer zu studieren.

»Als Gregor Samsa eines Morgens aus unruhigen Träumen erwachte, fand er sich in seinem Bett zu einem ungeheueren Ungeziefer verwandelt«, flüsterte Maria.

»Boom goes the dynamite«
(Brian Collins, YouTuber)

Erstechen, Ertränken, Erwürgen, Vergiften – Nicht nur die Oper, auch das Kino nimmt sich all dieser gewaltsamen und unnatürlichen Tode lustvoll an. Der Spielfilm ist jedoch sicher das explosionsverliebteste Genre unter allen Künsten. Aber wem sage ich das. Die unaufhaltsame Feuerwelle in *Forrest Gump*, der spektakuläre Häusereinsturz in *Fight Club*, der endgültige Meteor-Einschlag in Paris in *Armageddon* und die herrlich traurige Selbstsprengung des Auftragsmörders Jean Reno in *Léon* – das alles sind reinigende Gustostücke für den Cineasten. Wenn das Auto in den Abgrund stürzt, hält der ganze Kinosaal die Luft an, bis es explodiert. Und sind nicht alle Filmexplosionen nur Variationen von *Lohn der Angst*?

So wurde jetzt auch Hölleisen drastisch an die vielen Filmszenen erinnert, die er in seinem Leben schon gesehen hatte. Der Zeitzünder mit den farbigen Drähten, das Display mit dem Countdown – Hölleisen erschrak darüber, dass die Schaltung einer Bombe tatsächlich so aussah. Er wandte den Kopf zu dem Mann hin, in dessen Augen ein böswilliges Glitzern erschien, als er das Modul hochhob und auf den Tisch legte. Jetzt hinhechten und die Drähte auseinanderreißen, dachte Hölleisen. Er warf einen kurzen Blick hinüber zu Verena Vitzthum, die regungslos dasaß. Schweiß stand auf ihrer Stirn. Als sie seinen Blick bemerkte, schüttelte sie nur kurz und energisch den Kopf. Doch alles der Reihe nach.

14

»Eine Drohne!«

Nach dem ersten Schreck erkannten alle in der Hütte, dass es sich um kein monströses Rieseninsekt, sondern um eines jener unbemannten kleinen Flugobjekte handelte, die man in letzter Zeit immer häufiger am Himmel sah. Dieses hier war einem Insekt nachgebildet, der Designer hatte sich an einer Mischung aus Kafkakäfer und biblischer Plage-Heuschrecke versucht. Die spitzen Schreie des Teams mündeten in befreiendem Gelächter.

»Der Becker wieder!«, rief Hölleisen. »Der mit seinem niederbayrischen Humor.«

»Ich sehe so ein Ding das erste Mal aus nächster Nähe«, sagte Stengele. »Wo haben Sie die denn her, Becker?«

Becker erzählte, wo er das Gerät gefunden hatte. Und dass er heilfroh war, dass es nicht die verschwundene Katze des kleinen Tobias war.

»Die genaue Bezeichnung ist Quadrokopter«, erklärte er. »Wegen der vier Rotoren, die Sie hier sehen und die durch die insektenbeinähnlichen Stelzen getarnt sind. Ich habe mich jedenfalls entschlossen, das drollige Tierchen mitzunehmen. Weil die Mechanik sehr empfindlich ist, ist es nicht gut, wenn so eine Drohne längere Zeit im Schnee liegt. Sie ist vermutlich abgestürzt, einer der Rotoren ist stark beschädigt. Fliegen kann das Ding nicht mehr. Ich werde morgen früh versuchen, den Besitzer ausfindig zu machen.«

Der Quadrokopter bekam den Namen Willi. Er wurde herumgereicht, jeder durfte ihn einmal in die Hand nehmen und bewundern. Willi war erstaunlich leicht. Er hatte sich vorhin nur scheinbar bewegt. Die oberen Abdeckplatten, die das Gehäuse vor Regen schützen sollten, hatten vibriert und gezittert, sie sahen dabei wie käfertypische Deckflügel aus. Und die glotzenden Facettenaugen entpuppten sich als kleine Kameras, die auf bewegliche Teleskop-Federstangen montiert waren. Das flackernde Kaminfeuer hatte diffuses, unwirkliches Licht erzeugt – jeder hatte deshalb den Eindruck eines zappelnden Insekts gewonnen. Willis Designer hätte es gefreut.

»Gibt es denn da eigentlich Schönheitswettbewerbe, wie bei den Hunden und Katzen?«, fragte der ›Neue‹, der sich inzwischen mit Namen vorgestellt hatte. Emil. Emil Prokop. Seinen Beruf wollte er immer noch nicht verraten.

»Manager? Handwerker? Ingenieur?«

»Kalt. Ganz kalt.«

»Künstler?«

»Es erstaunt mich«, hatte der sympathische Prokop gesagt, »dass gerade Sie als Ermittler nicht draufkommen.«

»Wir wollen aber doch heute alle Ermittlungen außen vor lassen!«, sagte Maria Schmalfuß gespielt streng.

»Ich verstehe«, lachte Prokop. Dann neigte er sich zu der Frau im Rollstuhl und flüsterte ihr, für alle hörbar, ins Ohr: »Das tut dir auch mal ganz gut.«

Becker wies auf die Drohne.

»Ich konnte allerdings nirgends einen Hinweis auf den Besitzer entdecken. Na, egal, ich werde den Fund ohnehin an die Polizeidienststellen in der Umgebung melden. Irgendjemand wird sich schon rühren.«

»Können Sie Willi nicht wieder flottmachen?«, fragte die Gerichtsmedizinerin.

Sie erntete einen vorwurfsvollen Blick von Prokop. Becker lachte.

»Sie trauen mir ja einiges zu, Frau Doktor. Nein, dieser Käfer hier empfängt keine Funkimpulse mehr vom Piloten. Der Akku ist leer, ich habe ihn zudem herausgenommen.«

»Wissen denn umgekehrt die Piloten, wo sich die Drohne momentan befindet?«, fragte Stengele mit einem Anflug von Besorgnis. »Sind wir in irgendeiner Weise zu orten?«

Becker schüttelte den Kopf.

»Möglich ist natürlich alles, aber ich halte es für unwahrscheinlich. Ich glaube, dass die Drohne keine Signale mehr senden oder empfangen kann.«

Becker verstaute seinen Fund wieder im Rucksack.

»Aber wir können uns doch die Video-Flugaufzeichnung ansehen«, hakte Nicole nach. »Dann wissen wir, woher sie kommt. Sehen Sie, da unten am Bauch hat Willis Herrchen eine Buchse für den USB-Stick montiert – «

»Nein«, schnitt ihr Becker das Wort ab. »Wir haben uns vorgenommen, heute nicht zu ermitteln.«

Hätten sie es nur getan.

Stengele machte ein Handzeichen, das Gespräch zu unterbrechen. Schlagartig waren alle still, er deutete mit dem Daumen nach draußen.

»Haben Sie das gehört?«, flüsterte er. »Das waren doch Schüsse!«

Er hatte schon wieder seine typische Ludwig-Stengele-allzeit-bereit-Haltung eingenommen. Tatsächlich waren in der Ferne jetzt nochmals einzelne dumpfe Böllerschläge zu hören. Auch Nicole hatte sich alarmiert aufgerichtet. Doch Franz Hölleisen winkte begütigend ab. Er hielt im Glühweinrühren inne und lächelte wissend.

»Das ist nur das Weihnachtsschießen, nichts weiter. Die Gebirgsschützen veranstalten das immer am ersten Feiertag. Es ist ein alter Brauch. Nachmittags gehts los, und es dauert bis spät in die Nacht. Böse Geister vertreiben, dem Winter die Stirn bieten, das neue Jahr begrüßen, Sie wissen schon. Es dient aber auch der Erinnerung an die Sendlinger Mordweihnacht 1705, bei der viele Männer aus dieser Gegend nach München marschiert sind, um dort mitzukämpfen. Aber jetzt, meine Herrschaften, jetzt ist der Glühwein fertig! Damit vertreiben *wir* die finsteren Wintergeister!«

Hölleisen schenkte aus.

»Auf unser erstes privates Zusammensein nach zehn Jahren gemeinsamer Arbeit«, rief Jennerwein und hielt das heiße Glas in die Höhe. »Ich glaube, wir können zunächst auch ohne den Herrn Oberrat anstoßen.«

»Wann kommt der eigentlich?«, fragte Emil Prokop interessiert.

Jennerwein sah auf die Uhr.

»Ich wundere mich, dass er noch nicht da ist. Aber er erscheint sicher bald. Er hat mir übrigens gesagt, dass er noch einen Überraschungsgast mitbringen will.«

Alle zeigten fragende Gesichter.

»Vielleicht ist es der Polizeipräsident«, spekulierte Hölleisen. »Oder noch eins drüber: der Innenminister. Mit dem ist der Herr Oberrat doch ganz speziell. Ich habe ja gehört, dass er selber in die Politik will.«

»Ich glaube nicht, dass uns Rosenberger so etwas

wie einen Innenminister zumutet«, lachte Jennerwein.

Bei Rosenberger wusste man das allerdings nie so ganz genau.

Jennerweins Blick fiel auf die Frau im Rollstuhl. Jetzt machte sie es schon wieder. Sie zupfte mit Daumen und Zeigefinger an ihrem Kehlkopf. Sie hatte sich doch tatsächlich die Marotte mit dem Massieren angewöhnt. Ihre Blicke trafen sich. In ihrem Gesicht zuckten die Schatten des Feuers. Jennerwein lächelte ihr prostend zu. Sie lächelte freundlich zurück.

»Oder ist der Überraschungsgast vielleicht ein Knastbruder, Entschuldigung: ein Strafgefangener, der entlassen worden ist«, spekulierte Hölleisen weiter. »Einer, den wir gefasst haben und der sich nun bei uns dafür bedankt.«

Stengele schüttelte den Kopf.

»Ich wüsste nicht, wer sich für einen Gefängnisaufenthalt bedanken sollte.«

Stengele ging im Kopf trotzdem die Fälle durch, die sie gemeinsam gelöst hatten und bei denen ein Übeltäter dingfest gemacht worden war. Er kam auf eine erstaunlich große Liste.

Maria Schmalfuß stellte ihr Glas ab. Sie war hochzufrieden mit dieser Party und fühlte sich pudelwohl. Ein Abend ohne Fachsimpelei und Ermittlungsgeschichten! Na ja, fast. Aber jedenfalls keine Kabbeleien mit diesem groben Klotz von Stengele – herrlich! Auch Hubertus schien trotz seiner schnupfigen Nase ganz entspannt zu sein. Es gab ihn also doch, den Privatmenschen Jennerwein, den Mann hinter dem Ermittler. Wer hätte das gedacht. Ihr Blick wanderte weiter zu Becker und Nicole, die ins Gespräch vertieft waren. Da hatten sich zwei Techniknerds gefunden! Gerade ließ sich die Recklinghäuserin die Möglichkeiten der Energieversorgung einer Drohne erläutern. Maria selbst interessierte sich nicht die Bohne für Technik. Sie machte sich vielmehr Gedanken über die Beziehung der Gerichtsmedizinerin zu ihrem neuen Freund. Emil Prokop, der Lockenkopf mit dem Stirnband, war auf jeden Fall ein fröhlicher Tatmensch, einer, der hinlangte und nicht lange zauderte. Sie meinte, aus seinen Bemerkungen ein klein wenig das naive Wesen eines ausgeglichenen und mit der Umwelt im Reinen befindlichen Menschen herauszulesen. Ob er wohl einen medizinischen Beruf hatte? Vermutlich schon. Seine neue Freundin gab sich jedenfalls voll und ganz in seine Obhut. Aber deshalb musste er nicht unbedingt Mediziner sein. Maria hatte bei ihren verschiedenen Tätigkeiten in diversen Krankenhäusern genug blutige Laien und Neulinge gesehen, die den heilerischen Medicus-Daumen besaßen, während andere, langjährige Pfleger und Ärzte, sich zwar redlich bemühten, aber kein Gefühl für den Patienten hatten. Diesem Emil Prokop war jedoch der hippokratische Daumen angewachsen, so viel war sicher. Maria kannte die Frau im Rollstuhl nicht besonders gut, sie hatte sie immer nur erlebt, wenn sie DNA-Proben entgegennahm und Halsquerschnitte analysierte. Aber die Psychologin vermutete, dass sich da ein ideales gegensätzliches Paar gefunden hatte, sie der Kopf, er der Körper, sie die ernste Forscherin, er ihr weltläufiger Spaßvogel. Ein tolles Gespann!

Hoffentlich bringt Rosenberger als Überraschungsgast niemanden aus meiner Vergangenheit mit, dachte Jennerwein. Einen Schulkameraden oder, noch peinlicher, eine Jugendliebe. Der Oberrat hatte bei seiner Ankündigung recht anzüglich geschmunzelt. Jennerwein beschloss, es locker zu sehen und sich überraschen zu lassen.

»Vielleicht ist es ein Bewunderer von Ihnen, Chef«, sagte Hölleisen, der entweder seine Gedanken erraten oder über Ähnliches nachgedacht hatte. »Er hält ja viele Vorträge in der ganzen Welt, der Herr Rat. Wer weiß, vielleicht schleppt er einen indischen Polizeichef hierher, einen mit einem Turban.«

Jennerwein wiegte schmunzelnd den Kopf.

»Vielleicht bringt er ja auch seine Frau mit. Es ist schließlich Weihnachten, das Fest der Familie.«

»Also, *meine* Frau ist ganz froh, dass ich heute

nicht zu Hause bin, da kann sie sich in Ruhe um die Schwiegereltern kümmern.«

Maria Schmalfuß fand immer mehr, dass sich die beiden ›Mediziner‹ hervorragend ergänzten. Sie prognostizierte ihnen eine gute, langanhaltende Beziehung. Sie lächelte die Gerichtsmedizinerin an, diese lächelte zurück, vielleicht eine Spur zu kühl. Hatte sie bemerkt, dass Maria sie beobachtet und analysiert, ihre Beziehung klassifiziert hatte? Vielleicht ergab sich später ein kleines Einzelgespräch. Die Gerichtsmedizinerin sah wieder weg. Jetzt legte ihr Emil Prokop die Hand auf die Schulter, nicht pflegerisch herablassend oder medizinisch allwissend, sondern wohlmeinend freundschaftlich. Er hob fragend die Brauen, unmerklich, nur für das scharfe Psychologinnenauge sichtbar, sie nickte genauso unmerklich zurück. Ein perfektes Paar. Schön, dass es so etwas noch gab.

Das Feuer prasselte, der Glühwein dampfte, man stieß öfter an, auf den und jenen Kollegen und Freund, der nicht mehr hier sein konnte. Jennerweins Augen begannen wieder, stärker zu tränen. Er legte den Kopf in den Nacken und starrte zur Decke. Vielleicht war es ja auch sein alter Freund, Detective Mike W. Bortenlanger, den Rosenberger mitbrachte. Den amerikanischen Kollegen aus Chicago hatte er schon lange nicht mehr gesehen. Vielleicht war er noch gar nicht zurückgeflogen, sondern hatte sich mit dem Oberrat getroffen. Er sollte aber dann den Brief zu Ende lesen, den er ihm hinterlassen hatte. Jennerwein griff in die Tasche.

»Wann haben Sie die wunderbare Hütte denn gekauft?«, fragte Stengele.

»Die hat schon meinen Eltern gehört«, antwortete Jennerwein und steckte den Brief wieder zurück. Er zögerte einen kurzen Augenblick. War der Überraschungsgast womöglich sein Vater? Oder gar seine Mutter? Sein Vater hatte die schiefe Bahn zwar endgültig verlassen, aber trotzdem –

»Also ein Familienerbstück!«, unterbrach Nicole seine Gedankengänge.

»Ja, das ist eine wilde Geschichte«, fuhr Jennerwein fort. »Ich war noch ein kleiner Junge. Meine Eltern hatten einen Handel mit dem Vorbesitzer. Ich wusste nichts Genaues darüber, habe nur so viel mitbekommen, dass sie ihm Geld geliehen haben und er diese Hütte als Pfand gesetzt hat. Er konnte das Geld nicht zurückzahlen, und so ist die Familie Jennerwein zu einer Hütte gekommen.«

»Dann sind Sie also in dieser Gegend aufgewachsen, Kommissar?«, fragte die Gerichtsmedizinerin.

»Nein, ein Einheimischer im engeren Sinn bin ich nicht«, erwiderte Jennerwein. »Ich bin allerdings in der Gegend zur Schule gegangen. Man sieht das

Gymnasium von hier oben. Ich habe grade vorhin hinuntergeschaut und einen Blick auf den alten Uhrenturm geworfen.«

»Sind Sie gern in die Schule gegangen, Chef?«

»Sehr gerne. Ich habe viel dort gelernt. Nicht unbedingt das, was auf dem Lehrplan stand. Aber vieles andere.«

Draußen ertönte wieder ein Böllerschuss. Dann hörte man den Wind pfeifen, und ein Fuchs bellte heiser. Das Feuer knisterte, und eine feine, bittersüße Geruchsmischung aus Zimt, Nelken und Zitrone breitete sich aus. Marias Blick fiel abermals auf das Foto an der Wand. Schon vorher war sie daran hängen geblieben. Das musste der junge Hubertus sein. Neben ihm war eine Frau mit schwarzglänzenden langen Haaren zu sehen, die verwegen in die Kamera blickte. Ihre Züge hatten etwas von Nofretete, der Ägypterin.

15

Der dritte Anschlag auf die empfindlichen Werdenfelser Schüler- und Lehrernasen, die doch sonst nur allerreinste Bergluft zu schnuppern gewohnt waren, geschah am dritten Dezember des Jahres 1980, kurz nach Beginn der ersten Stunde. Die amerikanische Raumsonde Voyager 1 war im November am Saturn vorbeigeflogen, Bob Marley hatte sein letztes Konzert gegeben, übergroße Blazer mit Schulterpolstern waren der letzte Schrei. Hubertus Jennerwein wiederum saß im Erdkundeunterricht bei Frau OStRin Grunst, die genau solche Schulterpolster trug. Sie erzählte gerade etwas von der geologischen Auffaltung der Alpen durch den Zusammenstoß der Kontinentalplatten vor 135 Millionen Jahren, da schlug der Bomber wieder zu. Sie versuchte, die Zumutung zu ignorieren, und rümpfte nicht einmal die Nase. Ohne ihren Vortrag zu unterbrechen, öffnete sie langsam ein Fenster nach dem anderen, als ob sie das ohnehin vorgehabt hätte. Als ob das schon seit langem im Lehrplan stünde. Dann wies sie mit einer ausladenden Geste auf die schneebedeckten Wände des gegenüberliegenden Gebirgskamms:

»Der Prozess der Auffaltung ist immer noch nicht

zu Ende, meine Herrschaften. Die Schröpfkogelspitze dort drüben –«, alle Köpfe drehten sich, alle Augen richteten sich auf den kleinen, markanten Zuckerhut, »– wächst jedes Jahr um zwei Millimeter.«

In der darauffolgenden Pause wurde im Hof hinter vorgehaltener Hand getuschelt.

»Sie haben ihn!«

»Endlich!«

»Wer ist es denn?«

»Keine Ahnung.«

»Aber sie haben ihn.«

»Gott sei Dank!«

»Nein, eigentlich schade.«

Jennerwein erfuhr, dass ein Schüler der zehnten Klasse namens Vierheilig dabei beobachtet worden war, wie er ein zerbrochenes Gläschen aus seinem Kleiderspind herausgenommen, sich verdächtig umgesehen und es in eine Plastiktüte gesteckt hatte. Kleiderspinde gab es nur für Fahrschüler, und genau so einer war Vierheilig. Hubertus kannte ihn vom Sehen, das Klassenzimmer der 10b lag auf demselben Gang wie seines. Die 10b war ein pubertärer Haufen, der von den Lehrern nur mühsam gebändigt werden konnte. Der Klassenleiter war ein vehementer Liebhaber des Projektunterrichts, in dieser Klasse gelang ihm aber kaum ein Projekt. Jennerwein kannte einige der Schüler von sportlichen Veranstaltungen, Toni Moss war darunter (der Vater war Spielbankdirektor), Karla Schuchart (die Eltern führten die Mercedes-Niederlassung Schuchart), Irene Gödeke (von der internationalen Hotelkette Gödeke) und eben Vierheilig. Seine Version vor dem Direktor war die, dass das Röhrchen beim Öffnen des Spindes schon zerbrochen am Boden gelegen hätte. Er hätte sofort seine Turnhose draufgeworfen, um Schlimmeres zu verhüten. Aber es war zu spät. Das unbezwingbare Gas war schon aus der Flasche. Als er die Schweinerei in eine Plastiktüte stecken wollte, wäre auch prompt eine Lehrerin auf ihn zugekommen. Dann erst hätte er das Schlamassel, in das er geraten war, begriffen. Vierheilig, Sohn eines honorigen Rechtsanwalts im Ort, beteuerte seine Unschuld, doch alles sprach gegen ihn. Es hieß, dass ihn eine harte Strafe erwartete. Vielleicht sogar ein Schulverweis.

»Der Vierheilig aus der 10b? Der ist mir immer schon so affig vorgekommen.«

»Ein schräger Typ.«

»Der soll schon früher ein paar Dinger gedreht haben. Sein Vater hat ihn immer wieder rausgehauen. Mit fruchtigen Elternspenden.«

Jennerwein passte den armen Vierheilig, der ein Jahr jünger war als er, in der zweiten Pause ab und bat darum, den Spind sehen zu dürfen.

»Ja gut, einverstanden, du kannst ihn dir anschauen, aber ich wars wirklich nicht! Das Röhrchen ist schon dringelegen. Und sieh mich an –« Er wies an sich herunter. »Traust du mir das zu?«

Vierheilig trug einen hellblauen Blazer mit passendem Seidentuch. Dazu marinefarbene Collegeschuhe und violette Seidensocken.

Jennerwein sagte nichts darauf. Er ließ sich zeigen, wo genau das Fläschchen gelegen hatte. Dann klappte er die vergitterte Tür auf und zu. Das Gitter war zu engmaschig, um ein Röhrchen durchzustecken. Auch die Ränder des Gitters waren nicht eingedrückt. Hubertus untersuchte den Türflügel. Als er dessen Oberkante mit dem Finger abstreifte, spürte er in der Mitte eine kleine Vertiefung. Er besah sich den Rahmen von oben. Hier war ein Nagel eingeschlagen worden. Seine Vermutung: An dem Nagel war eine Schnur befestigt, die auch um das Röhrchen gebunden war. Das Röhrchen selbst hing wohl unter dem Ablagefach, das aus losen, nicht fest zusammenstoßenden Brettern bestand. Die Schnur oder der Faden führte vom Nagel über das Brett zum Fläschchen. Als Vierheilig die Spindtür geöffnet hatte, war der Faden gerissen und das haltlose Fläschchen eineinhalb Meter nach unten gefallen. Jennerwein suchte den Boden des Spinds ab. Und tatsächlich: Ein Stück Wollfaden lag in der Ecke, gleich daneben der Nagel, der genau in das Loch passte. Jennerwein ließ ihn dort stecken und bat Vierheilig, den Spind wieder zu verschließen.

»Da war jemand sehr lange im Bastelkeller«, sagte Jennerwein zu dem Sohn des Rechtsanwalts.

»Ich habe gar keinen Bastelkeller«, erwiderte dieser weinerlich.

»Du bist jedenfalls aus dem Schneider. Geh zum Direktor und erzähl ihm von dem Nagel und der Schnur.«

»Zu dem gehe ich nicht mehr!«, wimmerte Vierheilig.

Jennerwein ging also selbst hin. Er musste lange im Vorzimmer warten, aber er hatte eine unterrichtsfreie Stunde. Die Sekretärin des Direktors, Fräulein Nächtlich, bot ihm ein Bonbon an. Jennerwein fand das reichlich unpassend, sogar an der Grenze zum Entwürdigenden. Einem Sechzehnjährigen bot man keine Bonbons mehr an. Er nahm trotzdem eines und bedankte sich auch artig.

»Sind die Eltern von Vierheilig schon benachrichtigt?«, fragte er beiläufig. »Und fliegt er wirklich von der Schule?«

»Ich schreibe gerade den Brief dazu«, sagte die Bonbontante, ohne aufzusehen.

»Können Sie den Brief noch ein wenig hinauszögern? Der Vierheilig wars nämlich nicht, wissen Sie. Ich habe etwas entdeckt, das ihn entlastet.«

Der Direktor steckte seinen Kopf durch die Tür.

»Du schon wieder«, sagte er.

»Ja, ich«, antwortete Jennerwein.

»Was willst du?«

Jennerwein erzählte von seinen Beobachtungen. Der Direktor seufzte.

»Dann zeig mir das mal.«

Sie schritten zum Tatort, Vierheilig wurde aus dem Unterricht geholt, er musste den Spind aufsperren. Jennerwein sah es auf den ersten Blick. Der Nagel mit dem Wollfaden war verschwunden. Er steckte nicht mehr im Loch. Aber wie war der Übeltäter in den Spind gekommen?

»Jennerwein ist dein Name, wie?«, sagte der Direktor zu Hubertus. »Weißt du was: Ich will nie wieder von dir hören.«

Damit entschwand er. Vierheilig aber hatte Glück gehabt. Zweifel an seiner Schuld waren gesät.

»Schicken Sie den Brief noch nicht ab«, sagte der Direktor zur Sekretärin.

»Hier, nehmen Sie ein Bonbon«, sagte sie. »Der Vater von Vierheilig, der Rechtsanwalt, wartet schon auf Sie.«

»Wo?«

»In Ihrem Zimmer.«

»Der schon wieder.«

Am 4. Dezember passierte der nächste Anschlag, diesmal kurz nach der zweiten Stunde. Die Quelle war rasch ausgemacht, vor der Zimmertür einer Unterstufenklasse entdeckte der Klassenlehrer Schulze verdächtige Glassplitter unter einem losen Ende des Linoleumbodens. Schulzes sofort durchgeführter Geruchstest –

»Boooooah!«, rief er, wodurch sein künftiger Spitzname schon feststand.

– bestätigte es. Diesmal hatte der Bomber das Röhrchen so platziert, dass eine ausgelassene Horde von Fünftklässlern die Sache für ihn erledigte, indem sie drübertrampelte und so den Gestank nachhaltig verbreitete. Viel später sollte Jennerwein den Fachausdruck dafür erfahren: mittelbare Täterschaft nach § 25 I 2. Alt. StGB.

Einer dieser Unterstufenschüler, ein zehnjähriger Knirps mit unbezähmbarem Wuschelkopf, saß den ganzen Tag aufgeregt im Unterricht. Das war ein Ding, was ihm heute passiert war! Beim üblichen Stinkbombenanschlag war er beim Rausrennen auf eine kleine Erhebung getreten, die sofort nachgegeben hatte. Er hatte sich noch gewundert darüber, wollte gerade nachsehen, was es war, aber dann hatten ihn die anderen weitergeschubst.

»He, was stehst du denn hier rum! Mach, dass du weiterkommst, Idiot!«

Dieser grobe Klotz, der Kersch Josef, hatte ihn einfach beiseitegestoßen. Aber dann, im Lauf der nächsten Minuten wusste er, dass er selbst es gewesen war, der bei dem neuen Streich des Bombers mitgeholfen hatte. Es war ein irres Gefühl.

Am Tag darauf, dem 5. Dezember traf es eine neunte Klasse beim Matheunterricht. Das Röhrchen war auf die Hinterseite der Klappschiebetafel geklebt worden. Der Mathelehrer rechnete und zeichnete in gebückter Haltung, dann schob er sie nach oben. Alle sahen ein Tafelbild von hoffnungsloser Kompliziertheit vor sich, als die freigesetzte Buttersäure sich an die Arbeit machte. Aus dem Nichts stellte sich, von einem Atemzug zum anderen, ein schweres Gefühl der Ohnmacht, des Ekels und des totalen Überdrusses ein. Viele Schüler hatten den Eindruck, dass der Gestank von der Kurvendiskussion käme, dass die Zahlen und Figuren ihn ausgelöst hatten, vielen wurde die Mathematik auf diese Weise auf ewig verleidet. Pawlow lauerte überall. Der Mathelehrer, der nicht so richtig wusste, was er tun sollte, lief zur Tür und sagte, etwas hilflos:

»Niemand verlässt das Zimmer!«

Dann aber musste ausgerechnet er als Erster das Zimmer verlassen, weil ihm übel geworden war und er sich draußen auf den Boden setzen musste. Die Schüler hielten sich sämtlich die Nase zu.

»Hört mal zu!«, schrie der Klassensprecher. »Die Quelle ist hier im Raum. Als er die Tafel hochgeschoben hat, ist es passiert. Ich habe das Knirschen deutlich gehört.«

Auf dem Pausenhof hielt Hubertus Jennerwein nach Vierheilig aus der 10b Ausschau und beglückwünschte ihn dazu, außer Verdacht geraten zu sein.

»Aber warum hat der sich ausgerechnet meinen Spind ausgesucht!«, maulte Vierheilig. Er hatte eine französische Mutter und hieß deshalb Jean-Baptiste mit Vornamen, was irgendwie zu dem hellblauen Blazer und dem karamellfarbenen Seidentuch passte.

»Das kann ich dir wirklich nicht beantworten.«

Wo Jennerwein auch hinkam, überall wurde jetzt über die Anschläge geredet. Jennerwein hörte sich viele Spekulationen an.

»Ich tippe auf einen aus der Unterstufe«, sagte gerade ein Mädchen mit pompöser Löwenmähne.

»Nein, so ein Bettnässer war es sicher nicht«, erwiderte ein dicker Junge mit Pausenbrot. »Das ist viel zu gut vorbereitet für einen schnellen Sponti-Gag. Und außerdem: Ein Unterstufler könnte so was nicht für sich behalten. Der will doch damit angeben und würde sich sofort verquatschen.«

Da hatte der dicke Junge mit dem Pausenbrot recht. Hubertus beobachtete seine Mitschüler im Hof. Die

Unterstufe fiel weg. Abiturienten schieden ebenfalls aus. Die waren alle viel zu cool, um sich zu so etwas Ekligem herabzulassen. Und zudem arbeiteten die alle schon auf einen Beruf hin, sammelten gute Noten für den Numerus clausus. Die riskierten keinen Rausschmiss. Ebenso unwahrscheinlich schien Jennerwein, dass es jemand aus der Mittelstufe war. Die waren in der Pubertät, in der Vorpubertät oder kurz nach der Pubertät, was alles ungefähr dasselbe war. Solche Leute waren hitzig und spontan, schlugen mal da und mal dort zu, das waren keine verbissenen Attentäter, die sich lange vorbereiteten. Nein, wenn es jemand von den Schülern war, dann deutete alles auf einen aus der 11. Klasse hin. Auf einen, der Spaß an der Perfektion, Freude an logischem Denken und Interesse an außergesetzlichen Handlungen hatte.

Der Täter war so einer wie er. Und zwar genauso einer wie er. Hubertus Jennerwein blieb im Schulgang stehen und sah sich grübelnd um.

»Du schon wieder«, sagte der vorbeikommende Direktor.

16

Der große Rucksack, aus dem eine Stange ragte, die verdammt nach einer doppelläufigen Jagdflinte aussah, streifte links und rechts ein paar Zweige, deren Schneelast mit einem dumpfen, matten Rumpeln zu Boden fiel. Dann wurde der Rucksack langsamer und blieb schließlich ganz stehen. Die Gestalt, die ihn trug, blickte zwischen den Bäumen hindurch. Erst mit zusammengekniffenen Augen, dann unter Zuhilfenahme des Fernglases. Die Hütte war nicht weit entfernt. Durchs Fenster konnte man eine Gesellschaft um den Tisch sitzen sehen, Männer und Frauen, die sich wohl köstlich amüsierten. Das Kerzenlicht flackerte und warf undeutliche Schatten. Bei dem Mann mit den abstehenden Ohren schien es sich um den Spurensicherer Becker zu handeln, sein Gegenüber war vermutlich Kommissar Jennerwein. Das diffuse Licht machte es unmöglich, die einzelnen Personen genau zu erkennen. Vielleicht waren ja noch mehr in der Hütte. Jetzt stand einer auf und machte sich am Herd zu schaffen. War das Polizeiobermeister Hölleisen? Die Gestalt mit dem Fernglas seufzte. Wie leicht wäre es, einfach hinaufzugehen und anzuklopfen. Aber das wäre nicht klug. Und viel zu gefährlich. Die Gestalt fingerte ein Päckchen Zigaretten heraus und zündete eine an, Spuren hin oder her. Das war jetzt auch schon egal. Sie schob die Hose übers Knie hoch und befühlte den Verband, aus dem schon wieder Blut sickerte. Es war dumm gewesen, sich in solche Gefahr zu begeben! Die Gestalt öffnete den Verband und wickelte ihn sorgfältiger. Damit würde sie jede Menge Spuren hinterlassen. Spuren für Hunde zum Beispiel. Aber die Gefahr ging ja nicht von der Polizei mit Hundestaffel aus, sondern von der allgegenwärtigen Organisation. Die ganze Sache war aus dem Ruder gelaufen. Die Gestalt drückte die Zigarette aus und vergrub sie im Schnee. Jetzt keine Zeit mehr verlieren. Sehnige Finger griffen tief in den prallen Rucksack.

17

»Aber kommen Sie, Hölleisen, jetzt setzen Sie sich auch mal zu uns. Um den Glühwein kann sich doch jemand anders kümmern.«

»Ja, da haben Sie recht, Chef«, erwiderte Hölleisen. »Aber schauen Sie: Einer muss es ja machen. Auch rein vom Dienstgrad her gesehen bin ich doch der Geringste unter Ihnen –«

Hölleisen hatte es so anrührend komisch gesagt, dass alle lachen mussten. Der Polizeiobermeister nahm Platz.

»Eine Sache muss ich Ihnen aber unbedingt noch erzählen«, begann er in ernsthafterem Ton. »Ich habe mir heute Vormittag die Weihnachtsbotschaft des Papstes im Fernsehen angesehen. Ich weiß nicht, ob jemand von Ihnen so etwas schaut.« Alle schüttelten den Kopf. »Und dabei habe ich eine interessante Entdeckung gemacht. Hier, ich habe es aufgenommen.«

Hölleisen zückte sein Handy, alle beugten sich nun über den Filmausschnitt, der eine große, langsam hin und her wogende Menschenmenge auf dem Petersplatz zeigte. Die meisten der Gläubigen sahen hoch zum Balkon, von dem der aktuelle Papst winkte, segnete, betete und überhaupt sehr fröhlich war. In der nächsten Einstellung zeigte die Kamera in die andere Richtung. Sie stand wahrscheinlich unter dem Balkon und filmte die enthusiastische Menge frontal: junge Menschen mit Fähnchen, in sich versunkene Alte, begeisterte Nonnen, nachdenkliche Mönche. Die Einstellung dauerte ein paar Sekunden. Hölleisen stoppte. Die Teammitglieder sahen ihn fragend an, Hölleisen spulte nochmals zurück.

»Haben Sie den Mann in der zweiten Reihe gesehen? Nicht? Er steht mitten unter den Zuschauern, mit dem Rücken zur Kamera. Alle starren zum Papst hinauf, nur er nicht.«

»Ja, und? Wer soll das sein?«

»Ich habe mir den Ausschnitt mehrmals angesehen. Ich bin mir fast sicher, dass das ein Sicherheitsmann ist.« Hölleisen machte eine bedeutungsvolle Pause. »Und zwar niemand anderer als unser Joey.«

»Sie meinen doch nicht etwa Polizeihauptmeister Johann Ostler?«, fragte die Gerichtsmedizinerin ungläubig.

»Ein ehemaliger Kollege«, erklärte Nicole, zu Prokop gewandt. »Wir haben ihn aus den Augen verloren. Schon seit zwei Jahren.«

Prokop nickte interessiert und lächelte sie entwaffnend an. Was aus Nicoles Erläuterung nicht hervorging, war die Tatsache, dass Johann ›Joey‹ Ostler nicht etwa pensioniert oder versetzt worden war, wie

Prokop jetzt annehmen musste, sondern dass sich der rührige und ortskundige Polizeihauptmeister vor zwei Jahren quasi in Luft aufgelöst hatte. Er war nach einem bedauerlichen Dienstunfall verschwunden und hatte sich seitdem nicht mehr gemeldet.

»Und jetzt soll er ganz offen auf dem Petersplatz herumspazieren? Das glauben Sie doch selber nicht«, sagte Maria.

»Doch, doch, das war er!« Auf Hölleisens Wangen zeigte sich die Röte des Eifers. »Und ein Zeichen hat er mir auch gemacht!«, fügte er hinzu.

Prokop blickte milde lächelnd in die Runde.

»Ich glaube, dass Sie alle es niemals schaffen werden, *nicht* zu ermitteln.«

Alle stimmten ihm amüsiert zu. Doch da war etwas in seinem Tonfall, was Jennerwein irritierte. Und warum lächelte Nicole jetzt so geschmeichelt?

Alle überzeugten sich davon: Der kleine Filmausschnitt zeigte den Rücken eines Mannes in Zivilkleidung, der die Menge zu beobachten schien. Unvermittelt drehte er sich um, doch man konnte sein Gesicht nicht erkennen, weil er ausgerechnet in diesem Moment den Arm hob, entweder um es zu verdecken oder jemandem hinter der Kamera zuzuwinken. In der nachfolgenden Szene wurde wieder der Papst auf dem Balkon gezeigt.

»Ich kann nicht sagen, ob das Ostler ist«, sagte

Stengele. »Aber der Mann verhält sich in der Tat so, als ob er Personenschützer wäre. Er beobachtet die Menge. Dann bemerkt er die Kamera.«

»Hinter seinem Rücken?«

»Andere in der Menge haben ihn vielleicht darauf aufmerksam gemacht. Jedenfalls dreht er sich um und hebt die Hand, wie um zu sagen: Bitte nicht filmen! Ja, von der Statur her könnte es Ostler sein, aber sonst – «

»Dann müsste Ostler Personenschützer im Vatikan geworden sein«, warf Jennerwein ein. »Halten Sie das für möglich?«

Stengele wiegte zweifelnd den Kopf.

»Mein These ist eine ganz andere«, sagte Hölleisen mit leuchtenden Augen. Er hatte richtig knallrote Bäckchen bekommen, vielleicht vom Glühwein, vielleicht von der Aufregung, vermutlich von beidem. »Der Joey hat nicht jemandem *hinter* der Kamera ein Zeichen gemacht, sondern das Zeichen ist *für* die Kamera.«

»Warum sollte er das tun?«

»Er weiß, dass sich mindestens ein Mitglied des Jennerwein-Teams den Urbi-et-orbi-Segen im Fernsehen anschaut, nämlich ich! Wir haben ein paarmal darüber geredet. Weihnachten und Ostern ohne Urbi et orbi ist eine halbe Sache. Der Joey sieht also ein deutsches Kamerateam, sogar eines vom Bayerischen Rundfunk, und da denkt er sich: Das wäre doch eine

Gelegenheit für ein kleines, versöhnliches Lebenszeichen. Schauen Sie genau hin: Er hebt die Hand, mit der Handfläche nach außen, als wenn er nicht gesehen werden will, dann zeichnet er aber mit der anderen Hand einen Kreis auf die Handfläche. Oder ein O. Ein O, verstehen Sie! Das ist ein Gruß! Ein Gruß von Joey Ostler!«

Alle besahen sich nochmals die Szene mit dem angeblichen Gruß, auch Maria. Rührend, wie sich Hölleisen in diese Idee hineinsteigert, dachte sie. Er hat auch schon wieder zu viel getrunken. Hatte er damit ein Problem? Das war ihr früher schon aufgefallen: Immer wenn Hölleisen mehr als ein Glas intus hatte, fing er mit Erkenntnissen aus seinem Fortbildungskurs *Körpersprache* an. Maria nahm sich vor, Hölleisen weiter zu beobachten. Bevor es peinlich wurde, musste sie ihn stoppen.

»Also, ich weiß nicht so recht«, sagte die Gerichtsmedizinerin skeptisch. »Das soll unser braver Johann sein? Erst taucht er so spektakulär ab, dann ist er plötzlich ganz offen auf der Straße zu sehen? Entschuldigen Sie, aber das halte ich doch für recht unwahrscheinlich.«

»Ich meine ja bloß«, sagte Hölleisen etwas beleidigt. »Man sollte allen Beobachtungen nachgehen. Ich packe dann mal die Brotzeit aus.«

Hölleisen steckte sein Handy weg. Er als Spross

einer alten Metzgerdynastie hatte es sich nicht nehmen lassen, einen speziellen Hüttenschmaus zusammenzustellen. Er hob seinen Rucksack auf einen Stuhl und schnitt von den herabbaumelnden Ketten kleine Würste ab.

»Erst wollte ich ein Rehragout machen, Sie kennen ja vielleicht das schöne Lied:

♫ *Ja, was gibts denn heit auf d'Nacht,*
ja, was gibts denn heit auf d'Nacht?
Heit gibts a Rehragout, a Rehragout,
a Rehragout! –

Aber ich habe dann ein bisschen recherchiert. Ein Rehragout war früher ein Arme-Leute-Essen. Beim Ragout wurden damals Fleischteile mit höherem Anteil an Binde- und Fettgewebe verwendet, also die weniger edlen Teile wie Flachsen, Sehnen und Fett. Auf Deutsch: die Abfälle. Es war also gar nicht so toll, so ein Rehragout. Da lobe ich mir die selbergemachten Würste nach alten Rezepten der Metzgersfamilie Hölleisen.«

Er teilte die Teller aus.

»Vegetarier ist ja niemand von Ihnen, oder?«

Auch in diesem Fall verneinten alle und stärkten sich an den Köstlichkeiten. Auf dem Holzofen köchelte und dampfte der Glühwein, inzwischen war es bollerig warm in der Hütte. Jennerwein hob seinen

Blick und sah zum Fenster. Da war es doch schon wieder, das Gesicht! Er schüttelte den Kopf. Kniff einmal die Augen zusammen, öffnete sie wieder. Das Gesicht war verschwunden. Diesmal entschloss er sich dazu, sich getäuscht zu haben.

Nicole Schwattke und Hansjochen Becker, die beiden technikaffinsten Beamten im Team, waren in den seitlichen, etwas kleineren Raum der Hütte gegangen, der als Schlafraum diente und in dem schon einige Pritschen bereitstanden.

»Es ist zwar schön, mal ganz ohne technische Hilfsmittel auszukommen«, sagte Nicole, während sie den Schlafsack auf ihr Lager warf. »Aber auf die Dauer würde ich das nicht aushalten. So ganz ohne Netzverbindung –«

»Weil wir gerade alleine miteinander reden können, Nicole: Ich wollte die Hüttengemütlichkeit vorhin nicht stören.«

»Was ist los, Becker?«

»Ich habe ein ungutes Gefühl wegen der Drohne. Sie haben recht, wir sollten uns die Videoaufzeichnung anschauen. Vielleicht ist ja doch etwas Unrechtmäßiges drauf.«

»Warum denken Sie das?«

Im Nebenraum war Gelächter zu hören. Stengele erzählte gerade seine Lieblings-Leibwächter-Anekdoten.

»Es ist nur so eine Ahnung«, fuhr Becker fort. »Die Drohne ist keines der bekannten handelsüblichen Produkte, sie ist eine Sonderanfertigung.«

»Eine besonders stylische Sonderanfertigung, das muss ich schon sagen.«

»Ja, da hat jemand eine Menge technischen Aufwand betrieben. Jetzt ist Willi abgestürzt, und wenn dieser Jemand was ausspähen wollte, wird er sich Gedanken machen, wo das teure Teil geblieben ist.«

»Gut, sehen wir uns das Video an.«

Wieder brandete Gelächter auf. Nicole schaffte es mit ihrer 2.Null-GearF.16-Ausrüstung schnell, die Buchse der Drohne anzuzapfen. Hierzu brauchte sie keinen Funkempfang. Sie spulten zum Anfang der Aufzeichnung. Erst war ein Demonstrationsvideo des Herstellers zu sehen. Mit einem Flug über bunte Wiesen sollte auf die brillante HD-Schärfe und Farbechtheit hingewiesen werden. Blumen, Käfer, Schmetterlinge … Dann ging es los. Willi erhob sich in die Lüfte. Wo das genau war, konnten sie wegen des Nebels nicht ausmachen. Je höher sie stieg, desto dichter wurde der Schneefall, den die Drohne mit kleinen, aber starken Scheinwerfern anstrahlte. Dann senkte sie sich wieder, sie konnten es am eingeblendeten Höhenmesser ablesen. Sie senkte sich noch weiter. Und weiter. Und noch weiter. Dann blieb sie in der Luft stehen wie ein neugieriger Kolibri vor einer überreifen Mangofrucht. Becker öffnete die Tür zum Hauptraum der Hütte.

»Chef, kommen Sie bitte mal schnell.«

Jennerwein erhob sich stirnrunzelnd.

»Was ist denn?«

»Das müssen Sie sich anschauen, Chef.«

Erst sah Jennerwein nur beiläufig hin, dann streckte er den Kopf nach vorn.

»Unglaublich! Das ist ja die Straße, in der ich wohne!«, rief er. »Und mein Haus! Was tun die denn da?«

»Es sieht ganz nach einer Ausspähung aus«, sagte Nicole. »Weihnachten ist ein guter Zeitpunkt für Einbrüche. Die Häuser sind entweder leer, oder alle hängen vollgefressen und verkatert auf der Couch herum.«

»Oder sie sitzen auf einer Hütte beim Feiern«, warf Becker ein.

»Ich fürchte, Sie haben recht, Nicole«, sagte Jennerwein stirnrunzelnd. »Rufen Sie bitte die Kollegen vor Ort an. Die sollen mal in der Straße nachsehen, was da los ist. Und ob es Auffälligkeiten gibt. Sie wissen, wo Sie hier Empfang haben?«

Nicole lief die fünfzig Meter hinunter zu dem idyllisch gepflanzten Ensemble aus Latschen und Zirbelkiefern. Die Verbindung war nicht gut, doch sie konnte dem Diensthabenden die Sachlage schildern.

»Ich schicke zwei Leute hin«, sagte der. »Können wir Sie zurückrufen, wenn wir was gefunden haben?«

»Nein, ich gehe jetzt wieder zur Hütte zurück. Und da gibt es keinen Empfang. Sie müssten schon raufkommen und mir Bescheid geben.«

»Wie bitte?«

»Nein«, lachte Nicole. »Ich rufe später noch mal an. Schöne Weihnachten noch. Und danke für die Amtshilfe.«

»Frohes Fest. Stoßen Sie auf uns an.«

»Aber klar doch.«

Nicole setzte sich wieder an den Tisch zu den anderen. Noch immer erzählte Stengele Leibwächtergeschichten, der Glühwein floss reichlich, langsam kam ausgelassene Stimmung in die Hütte. In eine kauende Gesprächspause hinein klopfte es richtig nikolausmäßig an der Tür. Dreimal. Ho ho ho!

»Das muss der Herr Oberrat sein!«, rief Hölleisen.

Natürlich, wer sollte es anderes sein als Dr. Rosenberger, genannt ›Rosi‹, Mentor von Kommissar Jennerwein und Entdecker von dessen großen Begabungen, allseits beliebter und kompetenter Vorgesetzter, verlässlicher Leitwolf, Verfasser der Untersuchung »Kriminalgeschichte des Werdenfelser Landes«, international nachgefragter Referent polizeitaktischer Vorträge, aussichtsreicher Kandidat für ein politisches Amt, vielleicht für ein Ministeramt im bayrischen Landtag, am Ende sogar für …

Die Tür öffnete sich, doch es war durchaus nicht der Oberrat, der da stand, es war eine hagere Figur mit einem Riesenrucksack. Der erste Windzug hatte alle Kerzen ausgeblasen, Kälte war in den Raum gedrungen, schlagartig war es dunkel und still geworden. Niemand sagte etwas, alle starrten misstrauisch und gespannt auf den Fremden. Es hatte wieder stark zu schneien begonnen, ein ganzer Schwall von Flocken tanzte an dem Mann vorbei in die Hütte. Sein Gesicht war blass, in seinem zerrupften rötlichen Spitzbart hatten sich Eiskristalle festgesetzt. Er trat einen Schritt in die Hütte, griff in die Tasche und hatte plötzlich einen metallisch schimmernden Gegenstand in der Hand.

Dynamitarden und andere Revoluzzer

Der Bombenleger ist ein stehender Begriff für den durchaus sympathischen Revoluzzer, den tapferen Anarchisten, der gegen das Establishment angeht und es sozusagen zu sprengen versucht. Ende des 19. Jahrhunderts gab es dafür den treffenden Begriff des »Dynamitarden«. Damit wurde ein Attentäter bezeichnet, der mit dem damals neuen und überall erhältlichen Sprengstoff Dynamit arbeitete. Ende des 19. Jahrhunderts wurden tausende solcher Anschläge mit anarchistischem Hintergrund ausgeführt, ihre Spur zog sich durch ganz Europa. Bekanntestes Opfer eines Dynamitarden war der russische Zar Alexander II. Sein Ende ist spektakulär. Als er am 1. Juli 1881 mit seinem Hofstaat den St. Petersburger Michailowski-Palast verließ, warf der Student Nikolai Ryssakow eine mit Dynamit gefüllte Dose unter die gepanzerte Kutsche. Mehrere Passanten wurden getötet, der Zar jedoch (sowie angeblich auch seine Rassepferde) blieben unverletzt. Als Ryssakow überwältigt wurde, rief er Alexander zu: »Freuen Sie sich nicht zu früh!« Der Zar stieg aus, lief in Richtung Gribojedow-Kanal, doch dort wartete der junge Adelige Ignati Grinewizki mit einer weiteren Dynamitgranate. Er warf sie, kam dabei selbst um, der Zar erlag eine Stunde später im Winterpalast seinen schweren Verletzungen.

Ein Dynamitarde. An diesen Begriff musste Maria Schmalfuß denken, als sie das verschlungene Gewirr der Drähte sah, die zu dem Zünder führten. Die Bombe konnte jederzeit hochgehen. Doch alles der Reihe nach.

18

Es war eine jener altmodischen Tankstellen, an denen eigentlich nur getankt werden konnte, sonst nichts. Kein Minisupermarkt, keine Schmankerlecke, keine sonstige Bespaßung. Die kleine Autowerkstatt nebenan war vollgepfropft mit schrankartigen, ausgeweideten Geräten, aus denen Drähte hingen. Der Mann im Blaumann steckte eine Münze in eines der Geräte. Jetzt bewegte sich etwas. Der Mechanismus einer Jukebox. Jedes Mal war er wieder fasziniert von dem Plattenwechsler. Es schien so, als ob eine dürre spanische Schönheit einen schwarzen kleinen Fächer zückte und damit herumwedelte. Genauso zog die Greifgabel die Single aus dem Magazin, zitterte einen Augenblick damit in der Luft herum, um sie schließlich sorgsam auf den Teller zu legen. Dann kratzte und scheuerte es gotterbärmlich. Doch genau das war das Geräusch, für das ein Vinylophiler sein Leben gab. Mitten in das Gekratze hinein begann Harry Belafonte mit seinem Banana Boat Song:

♫ *»Day-o, day-ay-ay-o*
Daylight come and me wan' go home«

Der Blaumann hörte nicht auf den Text. Auch die Musik interessierte ihn nicht sonderlich. Eher die Jukebox an sich. Ein gutes Dutzend davon hatte er in seiner Werkstatt stehen. Er sammelte und reparierte sie. Das war sein Hobby.

Eine Frau trat in die Werkstatt und setzte sich an einen schmutzigen Campingtisch. Sie öffnete ein Bier und trank aus der Flasche.

»Die Drohne hat eine Stange Geld gekostet«, sagte die Frau und wischte sich den Schaum vom Mund. »Und jetzt soll sie auf einmal mir nichts dir nichts verschwunden sein? Wir müssen sie wiederfinden. Auf den Videoaufzeichnungen ist schon viel zu viel brisantes Material drauf.«

Der Mann schwieg. Leise pfiff er die Melodie des Songs mit.

»Können wir sie denn nicht orten?«, fragte die Frau. »Sie muss doch so etwas wie einen Flugdatenschreiber haben.«

»Ich tu mein Möglichstes«, knurrte der Mann. »Die Elektronik ist verdammt kompliziert. Und ich habe ja nicht damit gerechnet, dass sie abstürzt. Wenn sie überhaupt abgestürzt ist. Und nicht von jemandem umgeleitet worden ist. Am Ende gar von der Polizei.«

Die Frau blickte erschrocken auf.

»So viel teure Technik, und wenn man mal was

braucht, dann geht nichts. Typisch. Also, was hast du vor?«

»Ich weiß nicht. Sie muss jedenfalls irgendwo im ›Knick‹ liegen. Kurz bevor der Bildschirm schwarz wurde, bin ich auf ein großes Haus mit Grundstück zugeflogen. Es ist wahrscheinlich das von dem pensionierten Staatsanwalt.« Der Mann unterbrach und deutete zur geöffneten Garagentür. »Warte mal einen Moment.«

Draußen waren ein paar Spaziergänger stehen geblieben und sahen neugierig herein.

»Guck mal: voll retro!«

»Alte Jukeboxen!«

Der Mann zog die Tür zu.

»Das Haus hat lauter steile, glatte Dächer aus Kupfer«, fuhr er fort. »Und keine Simse. Da konnte sie sich unmöglich festhalten.«

»Hast du wenigstens einen Blick in eines der Zimmer werfen können?«

»Nein, zum Ausspähen war es viel zu dunkel. Dann habe ich das Haus von Kommissar Jennerwein angepeilt. Ich wollte auf einem Mauervorsprung landen, aber an der Fassade habe ich keinen Halt gefunden. Als ich nahe genug war, um durch ein Fenster zu sehen, habe ich ein komisches Geräusch gehört. Dann war auf einmal alles schwarz.«

»Ausgerechnet bei Jennerwein! Was denn für ein Geräusch?«

»Keine Ahnung.«

»Die Drohne liegt also in der Nähe von Jennerweins Haus. Da haben wir den Salat. Das ist doch total gefährlich, wenn das Ding da liegt. Wir müssen die sofort wieder wegholen, sonst –«

»Ja, schon gut«, unterbrach sie der Mann. »Gehen wir hin und sehen nach. Es ist Weihnachten, da wird kaum jemand auf der Straße sein. Machen wir uns auf den Weg.«

Beide schlüpften in ihre Mäntel und warfen sich Schals um.

Harry Belafonte sang weiter, während in der Werkstatt, die keine mehr war, die Lichter ausgeschaltet wurden. Nur ein Notebook war aufgeklappt. Der Bildschirm flimmerte leicht. Die Drohne sandte ein schwaches Signal. Aber da waren die beiden schon auf der Straße.

19

Die Teammitglieder starrten misstrauisch auf den hageren Mann mit dem vereisten rötlichen Bart, der breitbeinig in der Hüttentür stand und dessen Mantel sich Spiel-mir-das-Lied-vom-Tod-mäßig im Wind aufblähte.

»Habe ich Sie erschreckt?«, fragte er mit knarrender Stimme. »Ich habe mich verirrt, ich weiß ehrlich gesagt nicht mehr, wo ich bin. Darf ich mich kurz aufwärmen?«

Die Spannung löste sich ein wenig.

»Natürlich, kommen Sie herein«, antwortete Jennerwein, ganz Hausherr. »Aber machen Sie erst mal die Tür hinter sich zu.«

Der verirrte Wanderer schloss die Tür sorgfältig. Dann steckte er das klobige Handy, das er in der Hand gehalten hatte, in die Tasche.

»Hier ist auch kein Empfang.«

Er trug ein Pflaster auf der Nase, was den Anschein erweckte, als ob er gerade von einer Schlägerei gekommen wäre. Er blickte in die Runde und verneigte sich dankend.

»Nett von Ihnen, ja, wirklich sehr nett. Eine Frage: Bin ich schon in Österreich? Ich bin von Stims losgegangen und wollte die Golmser-Hütte heute noch erreichen.«

»Nein, Sie sind noch nicht in Österreich«, sagte Hölleisen und zündete die Kerzen auf dem Tisch wieder an. »Die Grenze verläuft aber ganz in der Nähe. Einen Glühwein zum Aufwärmen?«

»Aha, ja dann. Ja, freilich, einen Glühwein, pfundig. Darf ich meinen Rucksack hier abstellen?«

Bedächtig zog er seinen altmodischen Filzmantel aus.

»Aber Sie sind ja völlig durchnässt!«, sagte Maria in mütterlich besorgtem Ton.

»Ich bin ungeschickterweise auf eine Schneewechte getreten«, entgegnete der hagere Mann. »Dadurch bin ich zehn, zwanzig Meter abgerutscht, der Rucksack ist noch weiter runtergefallen. Pech, ja. Bei der Suche bin auch noch in einen Bach getreten, der unter dem Schnee lag. Bis zu den Knien stand ich drin. Es ist heute nicht mein Tag. Gut, dass ich an Sie geraten bin.«

Ein merkwürdiges, schiefes Lächeln erschien auf seinem Gesicht. Vielleicht war es aber auch bloß das Pflaster, das das Lächeln so entstellte.

»Wärmen Sie sich auf, bis Sie wieder fit genug sind weiterzuwandern«, sagte Jennerwein. »Die Golmser-Hütte müssten Sie in zwei, zweieinhalb Stunden schaffen.«

Nachdem er die Mütze abgenommen hatte, kam ein spärlich behaarter Kopf zum Vorschein. Das waren sicher einmal prächtige rote Locken gewesen, dachte Maria. In seinem Gebiss klaffte eine große Zahnlücke, seine blauen Augen waren wässrig und schienen ins Leere zu blicken. Darüber hinaus wies er die fahle Haut eines Menschen auf, der sich nur selten in der Sonne aufhielt. Ein Knacki?, dachte Jennerwein. Auch Ludwig Stengele konnte es nicht lassen, einen Schnellcheck bei dem Fremden durchzuführen. Ging Gefahr von ihm aus? War es jemand, den sie irgendwann einmal eingelocht hatten? Pedro, der Auftragskiller? Lucio von der Spalanzani-Bande? Der Marder? Gonzo Gonzales? Putzi? Nein, er konnte diesen bleichen und tropfnassen Rothaarigen mit niemandem in Verbindung bringen. Und wieder schämte sich Stengele für seine übertriebene Vorsicht. Doch nicht nur er war misstrauisch. Auch Maria Schmalfuß musterte den verirrten Wanderer von oben bis unten und analysierte ihn dabei nach dem bewährten *Koslowsky-Lamargue-Schema.* Unauffällig, wie sie meinte. Doch der Mann spürte wohl die taxierenden Blicke, denn er hielt plötzlich mitten in der Bewegung inne und sagte:

»Wissen Sie, ich habe das Gefühl, dass ich ungelegen komme. Sie wollen sicher unter sich bleiben. Na ja, ich glaube, ich schaffe es allein –«

»Nein, nein, bleiben Sie da«, sagte Jennerwein.

»Ziehen Sie Ihre nassen Klamotten aus, so lassen wir Sie nicht wieder in das Schneetreiben hinaus. Kommen Sie in den Nebenraum, dort habe ich trockene Sachen für Sie.«

Der Fremde willigte schließlich ein. Jennerwein überlegte. War das das Gesicht, das er vorher am Fenster gesehen hatte?

»Sagen Sie, Sie sind doch Kommissar Jennerwein?«, fragte der Mann leise, als sie sich im Nebenzimmer befanden.

»Ja, das ist richtig. Kennen wir uns denn?«

»Ich kenne *Sie*, aus der Zeitung. Da ist ja immer wieder einmal ein Foto von Ihnen zu sehen.«

»Ich feiere hier mit einigen Kollegen.«

»Oh! Lauter Polizisten!«, sagte der Fremde erstaunt. »Interessant, interessant. Da kann ja nun wirklich nichts passieren.«

Er lachte hölzern. Die Zahnlücke, das Pflaster, das Lachen, der Bart, die hagere Gestalt – bei diesem Mann schien überhaupt nichts zusammenzupassen. Er glich einem patschnassen Flickerlteppich.

»Waren Sie das, der vorhin durchs Fenster geschaut hat?«, fragte Jennerwein unvermittelt.

»Wer, ich? Durchs Fenster? Nein, ich bin hier raufgestapft und hab gleich an die Tür geklopft. Ah, ich verstehe schon.« Er hob einen Zeigefinger. »Sicherheitsbedenken. Klar, heutzutage weiß man ja nie. Falls Sie meinen Ausweis sehen wollen –«

»Nein, nein, das ist nicht nötig«, wehrte Jennerwein ab. »Wir sind alle außer Dienst und froh, dass wir keine Ausweise kontrollieren müssen. Sind Sie verletzt?«

»Warum?«

»Weil Sie hinken.«

»Ach, das! Ich habe mir bei dem Sturz in die Schneewechte nur den Fuß verknackst. Geht schon wieder.«

Jennerwein gab ihm ein Handtuch.

»Und Ihr Name? Ich glaube, den haben Sie noch gar nicht genannt.«

»Alle nennen mich Greg!«, sagte der Mann. »In der Firma, im Verein, überall! Greg. Alle nennen mich so.«

»Gut, Greg, dann bis gleich.«

Hansjochen Becker sah auf die Uhr und richtete sich am Tisch auf.

»Punkt 19.36 Uhr! Hoffentlich schneit es nicht mehr so stark. Ich für meinen Teil will mir jetzt den Supermond anschauen. Kommen Sie mit, man sieht ihn nicht alle Tage.«

Draußen war es längst dunkel, trotz der vereinzelt fallenden Flocken waren nur noch wenige Wolken am Himmel zu sehen, es hatte aufgeklart. Das Knirschen von Beckers Schritten im Schnee zeigte, wie eiskalt es war.

Alle außer dem Hageren versammelten sich vor der Hütte und betrachteten das übermäßig geschwollene blasse Unding am Himmel.

»Ist mit dem da drinnen alles in Ordnung?«, fragte Nicole in Richtung Jennerwein.

»Ja, keine Sorge«, antwortete Jennerwein und schnäuzte sich. »Der ist harmlos.«

»Der Mond umkreist die Erde in einer elliptischen Bahn«, erläuterte Becker mit großem wissenschaftlichem Eros. »Wenn der Punkt, an dem Mond und Erde besonders nah beieinander stehen, genau an Vollmond getroffen wird, gibt es den sogenannten Supermond. Der Abstand zur Erde beträgt dann nur etwa 360 000 Kilometer statt der üblichen 400 000. Der Supervollmond ist ein seltenes Spektakel.«

So einer lungerte da hinten am Himmel. Durch Beckers Erläuterungen erschien er noch größer und wichtigtuerischer, als er ohnehin schon war. Man bewunderte das Schauspiel gebührend.

»Woher wissen Sie das so genau, Becker? Ist das ein Hobby von Ihnen?«

»Ich habe ein paar Semester Astronomie und Raumfahrttechnik studiert.« Nach einer Pause fügte er hinzu: »Ich bin aber ganz froh, dass ich damals das Studium abgebrochen habe und schließlich hier bei Ihnen gelandet bin.«

Das war das erste Mal seit Teamgedenken, dass Becker so etwas wie Sympathie für die Gruppe geäußert hatte. Aber bei *dem* Mond war so ein Gefühlsausbruch kein Wunder. Alle erhoben ihre Gläser, die sie mit ins Freie genommen hatten, und stießen an. Über dem Tal hatten sich die Wolken vollkommen zurückgezogen und den Kurort blitzblank freigelegt. Er schien ganz nah zu sein, die weihnachtliche Straßenbeleuchtung erhellte die bekannten Schauplätze: diverse Tatorte, Straßenecken, an denen verdeckte Ermittlungen stattgefunden hatten, Häuserschluchten, durch die Verfolgungsjagden getobt waren.

»Wo war Ihre Schule nochmals genau, Chef?«, fragte die Gerichtsmedizinerin, die ihr Fernglas gezückt hatte.

»Ziemlich nahe am Bahnhof. Sie erkennen sie an dem auffälligen Uhrenturm.«

Der kleine, hagere Rothaarige, der sich als Greg vorgestellt hatte, stand derweilen in Jennerweins uraltem Trainingsanzug im Nebenzimmer. Das verstärkte den Eindruck seines zusammengewürfelten Erscheinungsbilds noch mehr. Er sah sich in dem Schlafraum um. Alle Hüttenbesucher hatten ihre Pritschen schon aufgestellt und die Rucksäcke daraufgelegt. Er näherte sich einem besonders auffälligen, altmodischen Matchsack, ging in die Hocke und betrachtete ihn genauer. Dann öffnete er ihn ein Stück weit und warf einen Blick hinein. Vorsichtig griff er ins Innere und wühlte darin herum. Endlich glaubte er das in der Hand zu haben, wonach er gesucht hatte. Im Raum neben ihm wurde die Tür geräuschvoll aufgestoßen und die Gesellschaft trampelte gutgelaunt und lachend in den Hauptraum der Hütte. Schnell zog er die Hand zurück und schloss den Matchsack wieder.

»Will eigentlich niemand Bier?«, fragte Nicole, als sie sich alle um den Tisch gesetzt hatten.

Alle verneinten, man wollte beim Glühwein bleiben und später auf Jennerweins Rotwein umsteigen.

»Dann hätten wir das Fass aber doch ganz umsonst mitgenommen! Ich gehe schnell runter und hole es.«

»Nein, bleiben Sie, Nicole. Ich glaube, das ist wirklich nicht nötig. Sie wissen ja, Bier auf Wein – «

»Gut, wie Sie meinen.«

Nicole setzte sich wieder. Trotzdem musste sie hernach unbedingt nochmals zu dem liegen gebliebenen Jeep zurückgehen. Der Grund war einfach und peinlich. Ihre Pistole lag im Handschuhfach. Nicole trug die Waffe auch privat, und das war durchaus im Rahmen der Dienstvorschriften. Doch jetzt hatte sie sie vergessen. Das wäre ihr während einer normalen Ermittlung nie und nimmer passiert. Aber vorhin, in der Hektik des überstürzten Aussteigens, hatte sie einfach nicht mehr daran gedacht. Nicole wollte noch abwarten, bis Stengele seine nächste Leibwächtergeschichte erzählt hatte, dann würde sie zum Auto hinunterlaufen, um sie an sich zu nehmen. Aber sie hatte keine Eile, es gab null Grund, sich Sorgen zu machen. Die Hütte hier oben war so unberührt und fernab von jeder Zivilisation, dass es auf eine halbe Stunde mehr oder weniger nicht ankam. Die Waffe war außerdem gut in ihrem abgeschabten Ledertäschchen versteckt. Und noch dazu ungeladen. Und der Jeep war abgeschlossen. Also, was sollte schon passieren.

Der Besucher wurde eingeladen, sich mit an den Tisch zu setzen.

»Ob Sie jetzt eine Viertelstunde früher oder später zur Golmser-Hütte kommen, ist doch egal«, sagte Stengele.

»Ja, gut. Sie können mir vielleicht einen schnelleren Weg verraten. Greg ist übrigens mein Name. Alle nennen mich Greg.«

»Prost, Greg«, sagte die Gerichtsmedizinerin.

»Waren Sie denn eigentlich ein guter Schüler im Gymnasium, Kommissar?«, fragte Prokop.

Jennerwein lachte.

»Wenn mich jetzt nochmals einer Kommissar oder Chef nennt, dann –«

Prokop machte eine beschwichtigende Geste.

»Entschuldigen Sie, Herr Jennerwein. Aber mich interessiert das sehr. Ich weiß eigentlich alles über Sie und Ihre Arbeit. Manchmal sind Sie ja aus den

Schlagzeilen gar nicht mehr herausgekommen. Wenn aber jemand in einem Interview eine Frage über Ihre Jugendzeit gestellt hat, da haben Sie sich immer ziemlich bedeckt gehalten.«

»So? Das ist mir bisher gar nicht aufgefallen.«

»Also, waren Sie jetzt ein guter Schüler?«

Wiederum lachte Jennerwein.

»Nein, eigentlich nicht. Ich war das typische mittlere Mittelmaß. Ich musste vorhin schon an eine Geschichte denken, die ebenfalls an Weihnachten passiert ist.« Er blickte versonnen zum Fenster. »Ich war in der 11. Klasse, und es gab im Schulgebäude mehrere – wie soll ich das nennen – Anschläge. So wie sich die Adventskalendertürchen öffnen, so sind die Stinkbombenfläschchen hochgegangen. Pünktlich jeden Tag eines. Ins Treppenhaus geworfen, hinter die Schiebetafel geklemmt, unters Linoleum geschoben.«

»Ihhh!«, warf Maria mit gerümpfter Nase ein.

»Und er wurde und wurde nicht erwischt, der Bomber. Ja, so haben wir ihn genannt. Den Bomber. Es war zwar lästig und unglaublich pubertär, aber insgeheim haben wir sein Geschick bewundert. Er hat immer raffiniertere Methoden gefunden, die Bomben hochgehen zu lassen, und er flog dabei partout nicht auf.«

Jennerwein machte eine Pause. Seine Augen blinzelten amüsiert.

»Das war übrigens auch mein erster Kontakt zur Polizei.«

»Das ist ja interessant«, warf Prokop ein.

»Ja, ich weiß es noch wie heute. Am 6. Dezember 1980 hatten wir vier Stunden Samstagsunterricht.«

»Samstagsunterricht?«, fragte Nicole verwundert.

»In Bayern gab es das. Die sogenannten Hubersamstage und Maiersamstage. Nach den damaligen bayrischen Kultusministern Ludwig Huber und Hans Maier. Es war zudem noch der Nikolaustag, und zwei uniformierte Polizisten waren zu uns in den Unterricht gekommen.«

»Haben Sie 1980 gesagt?«, unterbrach Hölleisen.

»Ja, natürlich. Warum fragen Sie?«

»Wissen Sie die Namen der Polizisten noch?«

»Nein, daran kann ich mich wirklich nicht mehr erinnern. Einer war groß und bullig, der andere – ja, irgendwie auch groß und bullig, aber nicht so ganz.«

»Der größere und bulligere, das könnte mein Vater gewesen sein!«, sagte Hölleisen stolz.

»Nun ja, das ist jetzt fast vierzig Jahre her –«

20

Die beiden Polizisten im Grün der achtziger Jahre standen plötzlich im Klassenzimmer, in dem auch der junge Hubertus Jennerwein saß. Hinter ihnen trat der zweite Direktor herein. Er wirkte wie ein verhutzelter Zwerg hinter den ungeschlachten Riesen.

»Entschuldigen Sie bitte die Störung«, sagte einer der beiden Polizisten. »Sie wissen ja sicher alle, weswegen wir da sind. Genau vor Ihrem Klassenzimmer ist die erste Stinkbombe gefunden worden. Hat jemand von Ihnen etwas Verdächtiges bemerkt?«

Komische Frage, dachte Jennerwein. Wenn ja, dann hätte er es schon längst gesagt. Und wenn er es nicht gesagt hätte, dann hatte er seine Gründe dafür.

»Nun?«, fragte der zweite Direktor nach.

Die Tür zum Gang stand offen, die ganze Klasse konnte den Hausmeister majestätisch vorbeischreiten sehen. Majestätisch deswegen, weil er heute sein Nikolauskostüm trug. Es war ein alter Schulbrauch, dass der Hausmeister den Nikolaus für die Unterstufler gab, seine Frau den bösen Krampus mit der Rute. Als Jennerwein die beiden verkleideten Gestalten dahineilen sah, kam ihm der Gedanke, dass sich Lehrer und Erwachsene im Schulhaus eigentlich viel besser, schneller und unauffälliger bewegen konnten als Schüler. Niemand fragte einen Lehrer, warum er sich da und dort im Gebäude aufhielt. Er musste den Kreis der Verdächtigen unbedingt erweitern.

Nachdem in der Klasse niemand auf die Frage des Polizisten geantwortet hatte, verabschiedeten sich die beiden Grünen, wünschten noch einen schönen Nikolaustag und verließen das Klassenzimmer. Das Gespräch mit dem zweiten Direktor konnte man durch die Tür hören.

»War das alles?«

»Was meinen Sie damit?«

»In ein paar Klassen gehen und fragen, wers war!? Ja, sonst fällt Ihnen nichts ein? Das muss man sich wohl heutzutage unter Polizeiarbeit vorstellen, wie? Von unseren Steuergeldern! Keine Einzelbefragungen? Keine Spurensicherung?«

»Sehen Sie, Herr Direktor, es ist Weihnachtszeit, wir haben unglaublich viel zu tun. Einbrüche, Ruhestörungen, Ausnüchterungen, Adventskranzbrände, Weihnachtsmarktdiebstähle und und und. Da können wir uns um einen Lausbubenstreich nicht kümmern. Es ist ja nicht einmal eine richtige Straftat.«

»Sie gehen jetzt einfach so?«

»Wir gehen nicht einfach so. Wir sind dagewesen und haben uns von der Geringfügigkeit des Sachverhalts ein Bild gemacht.«

»Geringfügigkeit? *Sie* müssen den Gestank ja nicht aushalten.«

»Was sollen wir Ihrer Meinung nach tun?«

»Einen Beamten für die Schule abstellen.«

»Was sollte der dann unternehmen, der abgestellte Beamte?«

»Verdeckt ermitteln vielleicht, sich als Lehrer tarnen, was weiß ich. Vielleicht wirkt auch die bloße Präsenz einer Polizeiuniform! Ich kenne doch meine Pappenheimer. Lehrer nehmen sie ja nicht mehr ernst. Aber wenn die Polizei im Haus wäre …«

Schließlich ließ sich einer der Gendarmen breitschlagen, den Vormittag über dazubleiben, als Vertreter der allgegenwärtigen, ordnenden Staatsmacht für die sechshundert verdächtigen Pappenheimer. Er sollte in den Schulgängen Streife gehen. Jennerwein konnte es sich schon denken: Diese Maßnahme würde den Bomber noch mehr anstacheln, er würde sich einen Spaß daraus machen, gerade heute eine besondere Aktion durchzuführen. So sauber, wie er bisher gearbeitet hatte, würde er einem Grünen nicht in die Fänge gehen.

Der Vizedirektor hatte noch eine zweite Kugel im Lauf, nämlich die Schulpsychologin. 1980 war nicht nur die Ära der Leggins, Stulpen, Karottenhosen und Blazer, nicht nur das Jahr, in dem Pink Floyds *Another Brick in the Wall* aus allen Disco-Brüllwürfeln dudelte, sondern auch die Zeit, als die ersten Schulpsychologen auf die Schüler losgelassen wurden. Die Psychologin dieses Gymnasiums hatte sogar ein eigenes Zimmerchen bekommen, es hatte früher dem Hausmeister zur Verfügung gestanden, er hatte hier seine Brezen, Weckerln, Leberkäsesemmeln und vor allem die beliebten ›Amerikaner‹ für den Pausenverkauf gelagert. Er war zwar der Meinung, dass ein zuckriges Spritzgebäck oder ein Klatschbrötchen einem angeschlagenen Schüler-Inneren mehr weiterhalf als eine psychologische Beratung, aber er war eben ein alter, rückwärtsgewandter Hausmeister. Diese Psychologin nun ging von Klassenzimmer zu Klassenzimmer und erzählte viel von Verantwortung gegenüber der Gemeinschaft, von der Freiheit, sich zu dieser Tat zu bekennen, von Kameradschaft und Menschenliebe, von Empathie, Immanuel Kant, Nietzsche und und und. Jennerwein wusste nicht, über wen der Bomber mehr lachte, über den grünberockten Gendarmen oder über die blasse Psychologin mit den schön formulierten Worten. Aber er schlug natürlich auch an diesem Samstag zu, am Ende der vierten und letzten Stunde. Für das Wochenende hatte er sich etwas Besonderes einfallen lassen.

Der junge Hubertus Jennerwein nützte die Zeit bis dahin, zwei Listen in sein rotes Büchlein einzutragen. Die erste Liste umfasste sämtliche Schüler der Klassen 11, sie war noch überschaubar. Die zweite Liste mit den Erwachsenen, die sich regelmäßig oder sporadisch im Schulhaus aufhielten, bereitete schon mehr Schwierigkeiten. Hubertus begann mit den Lehrern und Mitgliedern des Direktorats und Sekretariats, den Verwaltungsangestellten, dem Elternbeirat mit der Elternbeiratsvorsitzenden Frau Deutzl, der Schulpsychologin, dem Hausmeister, seiner Frau – Jennerwein brach die Liste ab. Das war uferlos. Er hätte gar nicht gedacht, dass so viele Leute in der Schule ein und aus gingen. Der Ministerialbeauftragte vom Kultusministerium fiel ihm noch ein, diverse Handwerker, vom Elektriker bis zum Installateur, Mitglieder der Theatergruppe mit schulfremden Schülern, Schülereltern, Liebschaften von Abiturienten, ehemalige Schüler des Gymnasiums, der Schularzt, die Reinigungskräfte …

»Das rote Büchlein mit den Listen habe ich aufbewahrt«, sagte Jennerwein lächelnd im Kreis seiner Zuhörer auf der Hütte. »Ich sehe sie mir ab und zu an. Und Sie werden es nicht glauben, obwohl die Liste unvollständig war, weil ich sie abgebrochen habe, so hätte ich mit einigem Hirnschmalz eigentlich schon an diesem 6. Nikolausdezember wissen müssen, dass alle Indizien in eine ganz bestimmte Richtung zeigen.«

Maria Schmalfuß schaltete sich ein.

»Sie waren ja auch noch jung und ungeübt, Hubertus. Ein paar Jahre später wäre es sicher ein Klacks für Sie gewesen.«

Jennerwein hob geschmeichelt abwehrend die Hände.

»Und nebenbei hatte ich auch noch Unterricht.«

»Darf ich einen Tipp abgeben?«, fragte Emil Prokop.

»Ja, die Ermittlerfreude packt einen schnell, nicht wahr?«, sagte Maria Schmalfuß.

»Wir wollten aber doch auf der Hütte nicht –«, warf Hölleisen ein, aber Prokop hatte schon losgelegt: »Ich tippe auf den Hausmeister.«

»Und was hätte der für ein Motiv?«

»Das klassische Motiv der Rache. Der Hausmeister, der sich an den Schülern rächt, weil sie ihn immer ärgern, ohne dass er mit Schulstrafen oder schlechten Zensuren zurückschlagen kann.«

Jennerwein lächelte vieldeutig.

»Wir hatten aber an dieser Schule einen lieben Hausmeister, den alle Jahrgangsstufen mochten. Niemand hat ihm jemals irgendwelche Streiche gespielt. Er war immer auf der Seite der Schüler. Er hat niemanden geärgert und musste sich auch nicht ärgern.«

»Dann hatte er halt ein anderes Motiv. Und außerdem kann sich der Hausmeister an allen möglichen Orten aufhalten, ohne dass es Verdacht erregt.«

Hölleisen wandte sich zu Jennerwein.

»Ich möchte erst mal wissen, was für eine Art von

Anschlag es am 6. Dezember war. Und warum am Ende der vierten Stunde. Danach war doch Unterrichtsschluss! Und Wochenende.«

»Es war dieselbe Zumutung wie die Tage zuvor. Der Unterschied war der: Der Geruch hat sich in allen Räumen gleichzeitig ausgebreitet. Das hat natürlich zuerst niemand mitbekommen, weil jeder dachte, dass das Fläschchen in seiner Nähe deponiert war. Aber es war diesmal kein Fläschchen. Wir haben es erst am Nachmittag – vom Hausmeister – erfahren. Der Bomber hat die Flüssigkeit eingefroren und die Eiswürfel in einen Schacht der Klimaanlage gelegt. Das Thermostat hat zu einem bestimmten Zeitpunkt umgeschaltet, und die Klimaanlage hat den Duft im ganzen Haus verteilt. Im Direktorat, im Lehrerzimmer, in den Turnhallen und in der Aula, in der für das Weihnachtsstück geprobt wurde.«

Beckers Augen blitzten amüsiert auf.

»Chapeau! Die Flüssigkeit einfrieren, darauf muss man erst mal kommen!«

»Das eigentlich Gemeine aber war«, fuhr Jennerwein fort, »dass die Klimaanlage gereinigt werden musste, und dazu wurden alle Heizungen ausgeschaltet. Es war drei Tage schweinekalt in der Schule.«

»Dann gab es doch bestimmt schulfrei!«

»Von wegen. Wir saßen in Wintermänteln und Mützen im Unterricht.«

Ab dem Nikolaustag des Jahres 1980 verbrachte Hubertus Jennerwein seine ganze Freizeit damit, den Fall von allen Seiten zu beleuchten. Eine Liste von verdächtigen Personen aufzustellen brachte nichts, bei genauerem Hinsehen konnte es jeder sein. Ja, jeder. Auch der Hausmeister. Auch die Unterstufler und die Kollegstufler. Jennerwein entschloss sich, nach Motiven zu suchen. Es musste noch etwas anderes dahinterstecken als Rache wegen ungerechter Behandlung, allgemeiner Frust auf die Schule, mangelndes Selbstwertgefühl und Bedürfnis nach Anerkennung, wie die Schulpsychologin gesagt hatte. Auch Kant und Nietzsche halfen nicht weiter. Und dann kam ihm eine Idee. Hatte es vielleicht mit der Zeit zu tun, die gerade war? Bald war Weihnachten, und die Stinkbomben fielen in dem Rhythmus, in dem die Adventskalendertürchen aufgingen. Vielleicht wollte jemand die besinnliche Zeit auf seine eigene Art feiern. Oder aufarbeiten.

21

»Jetzt ist es aber höchste Eisenbahn, dass Dr. Rosenberger mit seinem Überraschungsgast kommt!«, maulte Hölleisen. »Sonst ist der Glühwein alle und die Brotzeit sowieso.«

Greg, der verirrte Wanderer, war aufgestanden und musterte die Fotografien an der Wand. Der Trainingsanzug, den er jetzt trug, war ihm viel zu groß und hing an ihm herunter. Maria fand die Neugier des menschlichen Flickerlteppichs ein bisschen unpassend, es waren schließlich Privatfotos von Hubertus, die er da angaffte. Ihr war vorhin beim Hereinkommen eines davon ins Auge gefallen: Hubertus am Meer, braungebrannt, Hand in Hand mit einer lachenden jungen Frau mit schwarzglänzenden langen Haaren, breitem Lächeln, hervortretendem Kinn, mandelförmigen, fast orientalisch geschwungenen Augen mit einem katzenhaften, sich in der Ferne verlierenden Blick. Verflixt nochmal! Sie hatte nicht genau hingeschaut, nur kurz, dann hatte sie den Blick diskret abgewandt. Dieser Greg hatte wohl diesbezüglich weniger Hemmungen. Ein unangenehmer Typ. Man hätte ihn gar nicht einladen sollen zu bleiben. Aber Hubertus mit seiner Gutmütigkeit …

Jennerwein wandte sich zu Stengele.

»Habe ich recht verstanden, dass Sie am Nachmittag die Felswand hinter der Hütte runter- und wieder raufgeklettert sind?«

Der Allgäuer nickte versonnen.

»Das habe ich auch schon ein paarmal gemacht«, versetzte Jennerwein. »Am Bach frisches Bergwasser trinken – herrlich.«

Stengele beugte sich zu Jennerwein und sagte leise:

»Mir ist da im oberen Drittel der Wand eine kleine Öffnung aufgefallen, die ins Innere des Felsens führt. Auch ein Stück Rohr ragt heraus. Wissen Sie davon?«

»Ach ja, das«, sagte Jennerwein beiläufig. »Das ist nur heraussickerndes Schmelzwasser. Und ein vergessenes Sicherungsrohr.«

Doch Stengele ließ nicht locker.

»Ich weiß nicht so recht. Für mich sieht das nicht nach einer Sicherung aus. Das Rohr liegt zwei bis drei Meter unter der Felskante, wenn man sich eine Linie waagrecht in den Berg hineindenkt, dann führt sie direkt unter dieser Hütte vorbei. Ich würde mir das morgen gern noch ein wenig genauer ansehen, wenn Sie erlauben.«

»Sie meinen, das könnte ein Schacht sein? Ein Gang unter unserer alten Hütte? Das wäre ja ein Ding!« Jennerwein blickte Stengele mit einem unergründlichen Lächeln an. »Nein, ich bin mir sicher, dass sich hier lediglich Schmelzwasser seinen Weg gebahnt hat.«

»Sie sind der Chef«, sagte Stengele ein klein wenig beleidigt.

Als Hölleisen frisches Brennholz von draußen holen wollte, wäre er fast auf eine weiße Tüte getreten, die ein paar Meter von der Hütte entfernt im Schnee steckte. Er bückte sich, hob sie vorsichtig hoch und spähte ins Innere. Dann sah er sich um und suchte den Waldrand mit den Augen ab. Aber es war schon sehr dunkel.

»Vor einer halben Stunde ist sie noch nicht dagelegen«, sagte er drinnen zu seinen Kollegen. »Und ich habe auch keine Spuren gesehen, die zu ihr hinführten. Jemand muss sie in hohem Bogen zur Hütte geworfen haben.«

»Ich habe einen ganz anderen Verdacht«, sagte Becker misstrauisch und wies mit dem Finger auf den verstärkten Rand für die Schlaufen. »Diese Tüte ist ein idealer Transportbehälter für Willi und seinesgleichen.«

»Wie bitte?«, rief Prokop erschrocken. »Noch eine Drohne? Kann so ein kleines Ding überhaupt Lasten transportieren?«

»Es gibt sogar Drohnen, die Menschen transportieren können.«

»Und wie wird die Tüte abgelegt?«

»Eine Ausklinkvorrichtung ist schnell gebastelt.«

»Aber hätten wir den Anflug von solch einem Gerät nicht bemerkt?«, fragte Maria.

»Ich bilde mir ein, vorhin ein Surren gehört zu haben«, knurrte Becker. »Aber nach zwei Gläsern Glühwein hört man oft ein Surren.«

Er hielt die Tüte mit einer Hand fest und zog vorsichtig ein Päckchen mit einer roten Geschenkschleife heraus. Greg sprang vom Stuhl auf.

»Aufpassen!«, rief er, und sein schlabbriger Trainingsanzug zitterte mit ihm mit. »Aufpassen! Ich bitte Sie! Da könnte etwas Gefährliches drin sein. Sie als Polizisten müssten das doch –«

»Ich glaube nicht, dass wir uns Sorgen machen müssen«, erwiderte Becker ruhig und löste die Schleife. »Ein Zünder wäre schon durch das Geschaukel in der Luft losgegangen, spätestens jedoch beim Abwurf. Und an der Schleife ist kein Faden befestigt, der ins Innere führt. Aber hier, sehen Sie, ein Kärtchen ist auch beigelegt: *Zünftige Weihnachten auf der Hütte!*«

Jennerwein betrachtete es näher.

»Die Handschrift kenne ich!«, rief er. »Es ist die von Ursel Grasegger. Ja, verflixt nochmal – weiß denn eigentlich jeder, dass wir hier oben feiern?!« Er schüttelte das Päckchen. »Das klingt ganz nach einer Blechdose mit Plätzchen!«

»Das ist in diesem Fall meine Schuld!«, brummte

Hölleisen und verdrehte schuldbewusst die Augen. »Ich habe die Graseggers ja am Nachmittag auf dem Friedhof getroffen und ihnen verraten, dass ich mit Ihnen, Chef, auf der Hütte feiere. Sie haben sich vielleicht heraufgeschlichen und das Paket hingelegt.«

»Die korpulenten Graseggers?«, wandte die Gerichtsmedizinerin ein. »Ich glaube nicht, dass die in der Lage sind, solche Bergspaziergänge zu machen. Nur um ein Päckchen abzugeben. Da ist eine Drohne schon wahrscheinlicher.«

»Den Kindern, Lisa und Philipp, traue ich das auch zu«, sagte Jennerwein.

»Wir sollten trotzdem vorsichtig sein«, sagte Stengele bestimmt. »Was meinen Sie, was ich schon alles erlebt habe!«

Er packte die Schachtel, ging zur Tür, öffnete sie und stellte die Schachtel um die Ecke auf den Erdboden draußen. Dann verschwand er im Nebenraum, kramte dort in seinem Rucksack und kam mit einer Angelschnur zurück, an der ein Haken baumelte. Er befestigte den Haken am Deckelwulst der Blechschachtel, beschwerte diese mit einem Stein, suchte Deckung im Inneren der Hütte und riss den Deckel mit der Angelschnur auf.

»Das ist ja höchst interessant«, sagte Greg und nippte an seinem Glühwein, den ihm Hölleisen eingeschenkt hatte. »So machen Sie es also. Toll, das mal aus nächster Nähe zu sehen.«

»Finden Sie das nicht etwas übertrieben, Stengele?«, fragte Maria maliziös. »Etwas zu melodramatisch?«

Stengele knurrte.

»Sie ahnen ja nicht, wie viel Schutzbefohlene ich schon verloren habe, weil sie eine einfache Vorsichtsmaßnahme wahnsinnig übertrieben und etwas zu melodramatisch fanden.«

Maria und Stengele warfen sich ein paar böse Blicke zu. Die beiden mochten sich nicht. Sie hatten sich noch nie gemocht.

»Na gut, dann wollen wir es ganz amtlich nach Personenschutzvorschrift machen«, sagte Becker augenzwinkernd. »Liebe Frau Gerichtsmedizinerin, Sie erkennen doch tödliche Gifte wie Blausäure oder Ethylenglykol am Geruch. Wollen wir es wagen? Die Wette gilt!«

Er lächelte ihr zu, sie zuckte die Schultern. Vorsichtig schnupperten sie an den Gebäckstücken und bissen winzige Eckchen ab.

»Und?«, fragte Becker. »Sehen Sie jemand von uns tot vom Stuhl fallen?«

Jetzt knabberte auch Nicole.

»Mhmmmm!«

Ursel Grasegger hatte köstliche Themenplätzchen gebacken. Ein Spurensucherplätzchen in Form einer Lupe für Becker, ein beziehungsreiches Plätzchen für

Nicole, mit dem Stadtwappen von Recklinghausen (sogar das Grün fehlte nicht), einen gebackenen Äskulapstab für die Gerichtsmedizinerin und so weiter. Am Boden der Schachtel fanden sie noch eine Karte, von Ignaz Grasegger geschrieben. Jennerwein las sie spöttisch lächelnd durch.

»Die Graseggers haben ein neues Geschäftsmodell«, sagte er schließlich. »Nämlich die Vermittlung von freien Gräbern, die neben den letzten Ruhestätten von großen Geistern liegen.«

»Ist das legal?«, fragte Prokop.

»Es ist ein bisschen anrüchig, aber nicht verboten. Die Friedhöfe sind ja meist in kommunaler Hand, und die Gemeinden haben immer Geldsorgen. Also verkaufen sie solche bedeutenden Liegeplätze.«

»Hier im Kurort?«

»Nein, da gibt es nicht so viele Hochkaräter«, antwortete der Kommissar. »Die Graseggers vermitteln wohl Gräber in ganz Europa. Man kann eine Liegenschaft in London in der Nähe von Karl Marx erwerben oder eine auf dem Zentralfriedhof in Wien, neben Falco. Oder eine ganz noble in Kilchberg / Zürich, neben Thomas Mann. Die Graseggers fragen an, ob mich so etwas interessiert. Sie wissen offenbar von meiner heimlichen Leidenschaft für –«

Jennerwein schaute in die Runde und brach schmunzelnd ab. Alle blickten ihn erwartungsvoll an.

»Und wo würde dann Ihre Grabstätte liegen?«, fragte Prokop. »Darf man das nicht erfahren?«

»Nein, darf man nicht«, erwiderte Jennerwein milde. »Es ist ja eben meine heimliche Leidenschaft, und das soll auch so bleiben.«

»Geben Sie keinen Hinweis, Kommissar?«

Jennerwein schüttelte den Kopf, während er leise ♫ *Boom Boom Boom Boom* summte. Greg kniff die Augenbrauen zusammen.

»Das scheint mir jedenfalls eine recht morbide Idee für ein Weihnachtsgeschenk zu sein.«

»Was kann man von den Graseggers schon anderes erwarten als morbide Weihnachtsgeschenke«, sagte Maria. »Die Plätzchen sind übrigens exzellent!«

»Nun, also, das ist alles hochinteressant, aber für mich wird es Zeit«, sagte Greg. »Ich muss dann wohl langsam aufbrechen. Sie wollen sicher alleine weiterfeiern. Danke für die Bewirtung. Den Trainingsanzug kann ich dann ja –«

»Bleiben Sie doch noch da«, unterbrach Nicole und legte ihm die Hand auf die Schulter. »Es hat gerade wieder angefangen zu schneien.«

»Na ja, also gut«, sagte Greg, eine Spur zu schnell. »Zum Elinger-Hof komme ich sicher noch rechtzeitig. Ich muss erst Mitternacht dort sein.«

»Wollten Sie nicht zur Golmser-Hütte?«, fragte Hölleisen, doch seine Worte gingen unter in einer

Kaskade von Gelächter über einen weiteren Schwank, den Stengele inzwischen aus seinem Job als Personenschützer erzählt hatte. Auch da war eine Plätzchenschachtel geöffnet worden. In der Ukraine. Allerdings mit einem ganz anderen Ergebnis.

Jennerwein musste wieder an das Gesicht denken, das er am Fenster gesehen hatte. Er wischte sich die tränenden Augen mit dem Handrücken ab und blinzelte. Es war ganz offensichtlich Einbildung gewesen. Gut, dass er sich nicht im Dienst befand. Als Ermittler hätte er momentan wenig getaugt.

Das galt auch für die anderen. Jeder Einzelne in der fröhlichen Runde hätte die drohende Gefahr unter normalen Umständen erkannt. Aber alle waren abgelenkt, gehandikapt oder einfach nur in Feierlaune.

Hansjochen Becker war unbestritten ein phantastischer Spurensicherer, aber ihm fehlte der gewisse ermittlerische Instinkt. Er war begabt, Spuren aus der Vergangenheit zu lesen, und weniger dafür, drohende künftige Gefahren zu erkennen. Seine Gedanken waren bei Willi. Er war sich inzwischen nicht mehr hundertprozentig sicher, ob es nicht vielleicht doch möglich war, die Drohne hier zu orten. Es war vielleicht ein Fehler gewesen, das Fluggerät aus Jux und Dollerei mit hier heraufzunehmen.

Maria Schmalfuß verfolgte die Gespräche recht unkonzentriert und halbherzig. Irgendetwas irritierte sie. Aber ausgerechnet sie, die ja angeregt hatte, alles Dienstliche außen vor zu lassen, wollte mit gutem Beispiel vorangehen und eben nicht dauernd analysieren. Momentan hätte sie allerdings gut daran getan, näher hinzusehen.

Franz Hölleisen merkte selbst, wie betrunken er war. Peinlich, nach ein, zwei Gläsern Glühwein. Er vertrug einfach nichts. Hoffentlich bekam niemand etwas davon mit. Er griff zu der Flasche mit Eisschmelzwasser, goss sich ein und trank mit hastigen Schlucken. Als Maria das sah, fragte sie sich, ob Hölleisen nicht doch Alkoholiker war.

Nicole Schwattke hingegen vertrug einiges, wie bekanntlich die meisten Westfalen. Sie war achtsam und aufmerksam wie sonst auch, aber durch zwei Dinge abgelenkt. Zum ersten dachte sie immer wieder an ihre vergessene Pistole, die beim alten Forstweg im Handschuhfach des Jeeps lag. Noch diese eine Anekdote von Stengele, dann wollte sie sie holen. Zum zweiten hatte sie sich ein bisschen verliebt. Das war ihr noch nie so blitzschnell passiert. Sie musste sich zusammenreißen, verdammt nochmal. Nicht dauernd hinsehen. Seinen Blicken ausweichen. Ganz normal am Gespräch teilnehmen.

Am sichersten von allen fühlte sich Ludwig Stengele. Er hatte die nähere und weitere Umgebung der Hütte überprüft, und er hatte nichts gefunden, was Anlass zur Sorge gegeben hätte. Mehr konnte man nicht tun. Dachte er.

22

Im April 1980 bestieg Beatrix von Oranien-Nassau den niederländischen Thron, im August bezwang Reinhold Messner als erster Bergsteiger den Mount Everest im Alleingang und ohne Sauerstoffgerät, im November wurde ›Rasterfahndung‹ in Deutschland zum Wort des Jahres gewählt. Ein Unwort gab es noch nicht, das Wort war gleichzeitig das Unwort. Und am Sonntag, den 7. Dezember, fand im Musiksaal des Gymnasiums ein Klavierkonzert statt.

Die Elternbeiratsvorsitzende Frau Deutzl nahm wohl an, dass der Sonntag auch einem Bomber heilig sein müsse, und dass deshalb an diesem Tag mit keinem Anschlag zu rechnen war. Sie hatte sich entschlossen, den traditionellen Klavierabend wie geplant im kleinen Musiksaal des Gymnasiums stattfinden zu lassen. Geladen waren begüterte und gleichzeitig spendable Eltern, angefangen von Metzgermeister Moll über das Hotelier-Ehepaar Gödeke bis hin zu Rechtsanwalt Vierheilig. Das Adventskonzert war eine Benefizveranstaltung, es sollte reichlich Geld für ein neues Schulprojekt fließen. Den glänzenden Konzertflügel, ebenfalls durch Spendengelder finanziert, sollte ein ehemaliger Schüler des Gymnasiums beackern, einer, der inzwischen erfolgreicher Konzertpianist geworden war. Er hieß Max Willema und spielte natürlich ohne Gage, Ehrensache. Hubertus Jennerwein wusste von dieser Veranstaltung und wartete ab. Zuhause in seiner Bude. Er war nicht so optimistisch wie Frau Deutzl.

Der Geruch des Samstagsanschlags war verflogen, länger als zwei Stunden roch man es nie. Die Heizung war noch immer nicht angeschaltet worden, aber im kleinen Musiksaal hatte der Hausmeister elektrische Heizstrahler aufgestellt. Er und seine Frau hatten zudem die Aufgabe bekommen, den Saal zu durchsuchen, sie nahmen diese Kontrolle sehr ernst, schauten in jeder Schublade nach, hoben die Deckenplatten an, schraubten die Wandleisten ab, überprüften auch alle Nebenräume und Abstellflächen, sämtliche Instrumente, darunter natürlich auch den Konzertflügel –

»Klappe auf und Boooooah!, das wäre doch was!«, sagte die Frau des Hausmeisters.

– sie fanden nirgends ein verdächtiges Fläschchen. Dabei ertappte sich der Hausmeister, wie er sich langsam immer mehr in den Bomber hineindachte und nach besonders gemeinen Verstecken suchte. Der brave Hausmeister spürte, wie sich die Bosheit unaufhaltsam in ihm ausbreitete. Es war wirklich ein schönes Gefühl. Es war wie Weihnachten.

Das Konzert begann Punkt 20 Uhr, die freiwilligen Eintrittsgelder waren reichlich geflossen, die Elternbeiratsvorsitzende hatte vor, in der Pause nochmals nachzufassen und sozusagen mit dem Hut herumzugehen. Willema begann mit Franz Schubert, währenddessen suchte Metzgermeister Moll mit den Augen die Bodenfugen des Musiksaals nach verdächtigen Unebenheiten ab. Nichts. Es wird wahrscheinlich während des anschließenden Umtrunks passieren, dachte er. Flasche auf und Boooooah! Metzgermeister Moll schmunzelte. Auch Rechtsanwalt Vierheilig verschränkte die Arme abwartend, er und seine Frau blähten ab und zu schnuppernd und das Schlimmste befürchtend die Nasenflügel. Doch nach und nach entspannten sich alle. Der Pianist brachte ein paar selten gespielte Klavierwerke von Richard Strauss, dem großen Sohn des Kurorts, zu Gehör, anschließend ein avantgardistisches Capriccio von Herbert Biederstätter, dem Musiklehrer des Gymnasiums. Der komponierte ebenfalls. Und wie. Sein heutiges Werk trug den Titel *Con due gomiti* und wurde ausschließlich mit den beiden Ellenbogen gespielt. Die Stimmung hob sich, und nach einer Stunde Konzert dachte die Mehrheit schon gar nicht mehr an die gewisse Sache. Willema begann mit der Pausennummer.

Der cis-moll-Walzer von Frédéric Chopin ist zwar nicht eines von den ganz schweren Klavierstücken, doch der über die ganze Tastatur reichende chromatische Lauf, der effektvoll auf dem hohen cis endet, ist technisch anspruchsvoll. Man muss das cis nach der Perlenschnur von Tönen treffen, sonst wird es peinlich. Allerdings sollen selbst Weltpianisten wie Rubinstein und Horowitz schon danebengegriffen haben. Willema hingegen spielte wie immer traumwandlerisch, er hatte für das Stück die Augen geschlossen, wie um anzudeuten: Es geht jetzt ums Hören, um sonst nichts. Er spielte den Walzer beschwingt und locker, öffnete die Augen kurz, um Frau Deutzl zuzuzwinkern: Um die Pausenspenden brauchen wir uns keine Sorgen zu machen. Max Willema hatte hohes Tempo vorgelegt, und er verdarb das hohe cis – nicht. Hart schlug er oben rechts auf die entsprechende Taste, und der Ton läutete wie eine Glocke die Pause ein, herrlich klar und satt hatte der ehemalige Schüler den phantastischen Schlusspunkt getroffen. Willema vollführte dazu sogar noch eine kleine, kecke Körperdrehung am Klavier, wandte sich ans Publikum, so dass das Ganze einer huldvollen Verbeugung glich.

Es war diesmal kein Glasfläschchen, sondern ein kleines Plastikpäckchen, wie man es von den Waschmaschinen-Tabs kennt. Das Duft-Tab war im Inneren des Flügels, unter dem Filzhämmerchen des hohen cis angeklebt worden, beim Aufschlag auf die Saite stieß ein Nägelchen in das Plastik, und die Buttersäure ergoss sich über den hölzernen Resonanzkörper des Flügels. Bei den Kontrollen hatten alle nach einer Glasampulle Ausschau gehalten und deshalb den filzverkleideten Tab wohl gesehen, jedoch nicht als Stinkbombe erkannt.

»Meinst du, dass Willema etwas damit zu tun hat?«, fragte Metzgermeister Moll seine Frau beim Nachhauseweg.

»Nein, das glaube ich nicht«, antwortet die Mollin. »Der war ja selber so erschrocken über den Anschlag. Das kann ich mir nicht vorstellen.«

Seit sich das Fleischhackerehepaar den Anschein von gesteigertem Kulturinteresse gab, lief das Geschäft noch viel besser.

»Aber es muss einer sein, der sich mit Klavieren gut auskennt«, sagte der pensionierte Staatsschauspieler Boese, der hinter den Molls herging und sich mit einem Fächer Luft zufächelte.

»Und mit Musik«, mischte sich Musiklehrer Herbert Biederstätter ein. »Der Bomber musste wissen, dass dieses cis im Konzert vorkommt. Und dass es gleich beim ersten Mal fortissimo angeschlagen wird.«

»Also doch Willema?«

»Mensch, ich weiß jetzt, wers war!«, platzte Metzgermeister Moll heraus. »Es war der Klavierstimmer!«

»Wer wird denn gleich in die Luft gehen …«

Eine der bekanntesten Werbefiguren des deutschen Fernsehens war das HB-Männchen der Zigarettenmarke der Firma Haus Bergmann. Das Schema in den mehr als 400 Spots war immer das gleiche: Der gutgelaunte Trickfilm-Bruno (♫ *»Freut eu-heuch des Le-bens«*) gerät durch seine vielen Ungeschicklichkeiten in Rage, geht am Schluss buchstäblich in die Luft, kann sich erst durch eine Fluppe beruhigen. Die Comics liefen bis 1984 im Kino, die unverständliche Sprache ist bei näherer Betrachtung ein rückwärts und in höherer Geschwindigkeit abgespieltes Arabisch. In den ersten Filmen von Bruno ging er noch nicht in die Luft, sondern platzte vor Wut.

Jetzt eine Zigarette rauchen, nur zur Beruhigung, dachte Ludwig Stengele, während er auf das weißglitzernde Pulver des Sprengstoffs starrte. Sofort war er wieder hochkonzentriert. Doch der Reihe nach.

23

»Eine Stinkbombe, die von einem Klavierhämmerchen ausgelöst wird!«, sagte Prokop und sog gierig an seiner selbstgedrehten Zigarette. »Einfallsreich ist dieser Täter schon, das muss man ihm lassen. Ich meine natürlich: abgesehen von der großen kriminellen Energie des Schülers.«

»Sie tippen jetzt auf einen Schüler?« Maria Schmalfuß zog die Augenbrauen hoch. »Ich finde, dass das kein adoleszenter Streich mehr ist. Hier ist viel zu viel kriminelle Energie im Spiel. Meine vorläufige Profilskizze des Täters: Er ist zwischen dreißig und fünfzig, soziopathisch kontaktscheu, ein Typ mit dem berühmten großen Bastelkeller, er hat darüber hinaus als Schüler vielleicht nicht genug Anerkennung bekommen. Er *war* einmal Schüler. Ich hätte mir als Direktor alle Lehrkräfte genauer angesehen, die selbst Schüler der Schule waren und damals empfindliche Strafen und Verweise bekommen haben – oder durchgefallen sind. Wurde in dieser Hinsicht nachgeforscht, Hubertus?«

»Nicht, dass ich wüsste.«

»Aha. Dann zählt auch der Direktor für mich zu den Verdächtigen. Könnte da was dran sein?«

»Sie haben die Wahrheit schon gestreift, Maria. Vor allem mit dem Bastelkeller haben Sie ins Schwarze getroffen! Was sag ich: Bastelkeller. Später hat sich herausgestellt, dass es eine Werkstatthalle, ein Forschungslabor in Sachen Störung des geregelten Schulablaufs war. So viel darf ich verraten.«

Maria lächelte. Becker mischte sich ein.

»Ein DNA-Abgleich mit allen Verdächtigen hätte den Spuk schnell beendet – aber das war wohl 1980 noch gar nicht möglich. Dunkle Zeiten!«

»Es hätte auch nichts gebracht«, sagte Jennerwein. »Er – oder sie – trug Handschuhe, wegen der Fingerabdrücke. Aber die Polizei hat sich ja ohnehin nicht eingemischt. Bis zum bitteren Ende nicht.«

»Den Hausmeister streiche ich jedenfalls endgültig aus dem Kreis der Verdächtigen«, sagte Prokop.

Er rauchte in kurzen, hastigen und suchtgeprägten Zügen, drehte sich dabei aber immer rücksichtsvoll von seiner Freundin im Rollstuhl weg. Stengele schüttelte den Kopf.

»Sie meinen, der Hausmeister kann es deshalb nicht sein, weil er bei der Suche mitgeholfen hat? Das alleine heißt noch gar nichts. Viele Täter arbeiten so. Sie behaupten, als Erste am Tatort gewesen zu sein, um zu helfen, haben aber nur Spuren verwischt und entpuppen sich später als die eigentlichen Mörder.«

»Mörder?« Greg zog eine spitze, ironische Schnute. »Mörder gleich! Oha! Man merkt auf Schritt und

Tritt, dass man sich unter lauter Polizisten bewegt. Da sollte man besser auf seine Worte achten. Also, ich glaube nicht, dass es der Klavierstimmer war. Ich tippe auf den Musiklehrer. Den Komponisten von diesem Ellbogen-Stück.«

Diese Unterhaltung fand draußen vor der Hütte statt, sie hielten eine sogenannte Rauchpause, wie sie es von den Ermittlungen her gewohnt waren. Alle waren dick und warm eingepackt, so konnte man die Nacht genießen, die Frischluft befeuerte die Spekulationsfreudigkeit zusätzlich. Die Rauchpausen im Team Jennerweins wurden immer noch so genannt, obwohl niemand dabei rauchte. Nicole Schwattke hatte vor ein paar Jahren, Maria vor langer Zeit, Stengele schon seit Ewigkeiten aufgehört, ihre jeweiligen Ersatzdrogen waren das Gummibärchenkauen, das Kaffeetrinken und der übermäßige Genuss von *kääschbätzle* geworden. Jennerwein, Becker und die Frau im Rollstuhl wiederum hatten noch nie geraucht, ihre einzigen Süchte waren ihre Berufe, die des Ermittlers, Fährtenlesers und Leichenbeschauers. Johann Ostler, von dem vorher die Rede gewesen war, hatte heimlich auf der Toilette geraucht, jeder hatte es gewusst, nur er wusste nicht, dass alle es wussten. Franz Hölleisen schließlich rauchte zwar nicht, schnupfte aber Schnupftabak, was sich immer appetitlicher liest, als es ist. Nur die beiden Gäste der

Hüttenparty, der rothaarige Greg mit dem Pflaster auf der Nase und Emil Prokop, der ›Neue‹, rauchten ihre Fluppen.

»Aber sagen Sie, Kommissar«, fragte Emil Prokop und stieß wieder eine Batterie Nikotindampf in die eiskalte Nacht hinaus. »Sind Sie denn damals an diesem Wochenende auf den Täter gekommen?«

»Nein, leider nicht. Noch nicht. Am Montag habe ich die Geschichte in fünf Varianten erzählt bekommen, auch von Vierheilig, dessen Vater im Klavierkonzert war. Zusätzlich habe ich am Abend zuvor mit meinem Freund Bernie Gudrian telefoniert, und auch er hat mir von dem Anschlag im Musiksaal berichtet –«

»Wieso hat der denn davon gewusst?«, fragte Hölleisen. »Das ist verdächtig!«

»Auch Bernies Eltern befanden sich im Musiksaal.«

»Hatte der denn auch so spendable Eltern?«

»Das weniger. Die Eltern von Bernie waren –«

Jennerwein zögerte. Sollte er der Runde das Detail verraten, dass die Eltern seines Freundes Bernie Gudrian niemand anders als das Hausmeisterehepaar waren? Damit würde er aber vielleicht zu viele Hinweise für die Lösung des Falles geben. Er beschloss, damit zu warten.

»– waren eher allgemein kunstinteressiert«, fuhr er fort.

»Ach so«, sagte Hölleisen. »Aber dieser Bernie geht mir nicht aus dem Kopf. Ich finde sowieso, dass die Schüler aus dem Kreis der Verdächtigen nicht ganz ausgeschlossen werden können. Und Gudrian ist ein heißer Kandidat für mich!« Hölleisen bekam wieder rote Bäckchen. »Ihr Freund könnte durchaus der Bomber sein. Er sitzt in Ihrer Nähe, Sie glauben, ihn zu kennen, achten deshalb nicht auf ihn –«

»Nein, so viel kann ich verraten: Bernie hatte mit der Sache nichts zu tun, obwohl er zu allerhand Späßen aufgelegt war. Er war auch handwerklich nicht geschickt genug.«

»Er hat sich vielleicht mit einem aus der Klasse zusammengetan?«

»Sie meinen: der Schrauber und der Kreative?«, warf Maria ein.

Jennerwein schüttelte nachsichtig lächelnd den Kopf.

»Nein, Bernie hatte auch viel zu wenig Lust an der Gefahr. Der Montagsanschlag am 8. Dezember hat das gezeigt. Da war das Lehrerzimmer dran. In der Teeküche stand ein kleiner Stapel schmutziger Teller. Der Bomber hat erneut ein Plastikbriefchen verwendet und es daruntergeschoben. In der zweiten Pause wuchs der Stapel. Ab einer bestimmten Telleranzahl hat das Plastik dem Druck nicht mehr standgehalten, worauf sich das Lehrerzimmer in ein Tollhaus von schreienden und vor Wut schäumenden Pädagogen verwandelt hat. Manche Schüler zeigten wegen dieser Aktion große Sympathie für den Täter.«

»Im Lehrerzimmer?«, rief Hölleisen. »Aber dann kann der Täter ja nur ein Pauker sein! Man hätte beobachten müssen, wer am lautesten tobt und schreit. Der wars, weil er die Tat dadurch verdecken wollte.«

Jennerwein nickte Hölleisen zu.

»Ich war ja nicht dabei, aber am lautesten getobt haben muss der freundliche Biologielehrer Kemmer, ein vehementer Vertreter der antiautoritären Pädagogik. Sie wissen schon: Summerhill, A. S. Neill. Kemmer hatte stur dran festgehalten. Immer weich, immer verständnisvoll. Aber im Lehrerzimmer soll er sich aufgeführt haben wie ein Irrer.«

»Aber in den Teeküchenanschlag muss ein Lehrer verwickelt gewesen sein. Ins Lehrerzimmer kommt doch sonst niemand.«

»Was meinen Sie, wer sich da alles rumtreibt! Schüler, die etwas abholen müssen. Referendare, die keiner kennt. Nein, ins Lehrerzimmer hätte sich fast jeder schleichen können.«

Maria Schmalfuß hatte ihren Glühwein mit nach draußen genommen. In Ermangelung einer Kaffeetasse rührte sie unendlich lange in dem Glas herum. Die Gerichtsmedizinerin warf ihr einen leicht genervten Blick zu, sie achtete nicht darauf.

»Eine Frage, Hubertus: Wie viele Mädchen gab es eigentlich in der Schule?«

»Der Anteil lag bei etwa einem Drittel. Bei den Lehrerinnen herrschte ungefähr dasselbe Verhältnis. Sie tippen auf eine Frau, Maria? Warum glauben Sie das? Oder wollen Sie mich bloß dazu bringen, den Täter zu verraten?« Jennerwein rieb sich die Hände. »Nein, Sie müssen schon alle noch ein wenig nachdenken.«

»Aber wir wollten doch eigentlich nicht –«

»Die Auflösung gibt es erst um Mitternacht. Dazu habe ich übrigens was gekocht. Ein Hüttensüppchen.«

»Sie haben was gekocht?«, stellte Hölleisen verblüfft fest. »Ja, so was. Heute ist ja wirklich der Tag der Überraschungen. Der Chef hat eine Hütte, der Chef kocht für uns. Ich bin gespannt, was noch so kommt.«

Jennerwein lächelte geheimnisvoll.

»Wer weiß? Vielleicht trage ich noch Songs zur Gitarre vor.«

Nicole Schwattke war die Einzige, die sich nicht an diesen Cold-Case-Spekulationen beteiligte. Sie musste sich zwingen, nicht zu ihm hinüberzusehen. Jetzt im Profil, in den flackernden Halbschatten des Holzfeuers, die matt aus dem Inneren der Hütte geflossen kamen, sah er noch besser aus. Sein Dreitagebart gab ihm etwas Heldenhaftes. Nicole hatte solch eine Attacke von Spontanverliebtheit noch nie erlebt.

Sie war glücklich verheiratet, stand auch eigentlich nicht auf solche Typen wie ihn. Außerdem war er ebenfalls gebunden – die Sache war so aussichtslos wie verwerflich. Nicole kannte sich selbst nicht mehr. War das vielleicht die dünne Höhenluft? Jedes Mal, wenn er heute seine weiche, sympathische Stimme erhoben hatte, hatte sie eine heiße Welle von glücklichem Wohlbefinden überflutet. Nur mit großer Disziplin hatte sie Fassung bewahren können. Und schon wieder musste sie zu ihm hinsehen. Sie drehte sich abrupt weg und betrachtete den Supermond. Er schien die Hälfte des Himmels einzunehmen, so groß und mächtig war er. Nicole lenkte ihren Blick auf den Boden. Das war unfassbar peinlich. Jeder Teenager hatte sich besser im Griff.

»Und Sie, Herr Hölleisen, sind Sie auch zu Fuß heraufgekommen?«, fragte Greg.

Stengele stutzte. Warum fragte er? Warum war der überhaupt so neugierig? Vorhin hatte er die Bilder an der Wand gemustert, als ob er eine bestimmte Person darauf gesucht hätte. Hölleisen antwortete arglos:

»Ja, frische Luft tut immer gut. Den Weg bin ich übrigens schon einmal gegangen – natürlich ohne von der Hütte des Chefs zu wissen. Sie werden lachen, aber ich habe als Kind stark geschielt, und meine Eltern haben mich zu einem sogenannten ›Abbeter‹ geschickt, den es damals noch gegeben hat. Man musste mitten in der Nacht drei Stunden im Wald zwischen zwei engen männlichen Verwandten gehen, und man durfte sich nicht anschauen dabei. Alle hundert Schritte musste man den Satz wiederholen: ›Vor mir der Mo und hinter mir der Mo, der nimmt mir meinen Wehdam o!‹«

»Hat es was geholfen?«

»Ja freilich. Ob Zufall oder kein Zufall, innerhalb weniger Wochen habe ich nicht mehr geschielt. Bis heute nicht.«

Um sich abzulenken, versuchte Nicole den Satz in dem breiten Werdenfelser Dialekt, den Hölleisen gesprochen hatte, zu wiederholen:

»Vor mir der Mo und hinter mir der Mo, der nimmt mir meinen Wehdam o.«

Hölleisen seufzte.

»Das lernen Sie nie, Frau Kommissarin. Jetzt sind Sie doch schon so lange da, und Sie sprechen immer noch wie ein preußischer Sommerfrischler mit der Wanderkarte in der Hand.«

Gelächter entstand. Sonst lachte Nicole bei Scherzen über ihren Recklinghäuser Akzent gerne mit. Aber jetzt war es ihr peinlich, so vor ihrem Helden dazustehen. Sie schämte sich. Bei nächster Gelegenheit wollte sie sich neben ihn setzen, dann musste sie ihn nicht dauernd anstarren.

»Wollen wir wieder reingehen?«, fragte Maria. »Es wird langsam kalt.«

Alle drängten ins Warme, Jennerwein war der Letzte. Als er sich noch einmal umdrehte, um einen Blick auf den Mond zu werfen, sah er im Latschenwäldchen das Blinkzeichen einer Taschenlampe. Einmal kurz, zweimal lang. Und nochmals. Einmal kurz, zweimal lang. Dann aber bewegte sich der Strahl. Die Taschenlampe versuchte, ihm eine bestimmte Stelle an der Hüttenwand zu zeigen. Von drinnen brandete Gelächter auf. Stengele war schon wieder bei einer neuen Leibwächtergeschichte. Er hörte ihn bis draußen.

»Der Innenminister von Burma, seine Exzellenz Htin Kyaw San Suu Kyi –«

Jennerwein starrte in den Wald. Was war denn jetzt schon wieder los! Erst sah er Gesichter im Fenster, jetzt Blinkzeichen einer Taschenlampe. Aber was, wenn wirklich jemand Kontakt mit ihm aufnehmen wollte? Plötzlich ahnte Jennerwein, wer das sein könnte. Mit ein paar Schritten war er bei der Stelle, auf die das Licht zeigte. Zwischen zwei Brettern steckte ein Zettel.

24

Über dreißig Jahre zuvor, am 9. Dezember 1980, war das Gesprächsthema natürlich John Lennon, der am Tag zuvor von einem verwirrten Beatles-Fan erschossen worden war. Der Bomber aber kannte kein Pardon. Er setzte seine Serie in der Schule fort. Einige Lehrer versuchten, der Sache etwas Positives und pädagogisch Wertvolles abzugewinnen. Sie machten die Anschläge zum Thema ihrer jeweiligen Fächer. Naturgemäß konnte Peterchen in Chemie am meisten davon profitieren, er sprach eine ganze Stunde lang von nichts anderem als dem möglichen Hauptwirkstoff Buttersäure. Er schrieb die Formel dafür an die Tafel:

$$C_4H_8O_2$$

Wie alle in der Klasse starrte auch Hubertus ein wenig fröstelnd darauf. Er erwartete fast, dass sich die Zahlen und Buchstaben plötzlich von der Tafel lösten und sich auf diese Weise über die Klasse ergossen. Doch die Luft blieb rein und frisch.

»Ich erkläre euch jetzt das Prinzip der Buttersäuregärung.«

Er schmierte die Tafel voll, was ein Tafelbild von grotesker, picassoabstrakter Kompliziertheit erzeugte. So ein gemeiner Kerl: Das Ganze fühlte sich nach einer überraschenden Klassenarbeit in der nächsten Stunde an. Am Schluss der Unterrichtseinheit ›Buttersäure‹ legte er die Kreide weg und sagte gönnerhaft:

»Es gibt übrigens eine kostengünstigere Alternative, die genauso streng riecht, aber nicht so stark ätzend ist. Das wäre Schwefelwasserstoff.«

$$H_2S$$

Diese schlichtere Formel strahlte fast noch mehr Gefahr aus als die der Buttersäure. Wenn man sie länger betrachtete, wirkte es, als ob sich ein schwefliger Beelzebub in das Molekül gedrängt hätte.

»Die Herstellung ist denkbar einfach. Man lässt Salzsäure, die man in jeder Apotheke bekommen kann, auf Eisen(II)-sulfid tropfen.«

»Und wo bekommt man dann dieses Eisen(II)-dingens her?«, fragte der Klassenwitzbold.

»Ganz einfach. Man erhitzt Eisenpulver und Schwefelpulver«, antwortete der Lehrer trocken. »Ich würde allerdings diese beiden Substanzen zur Zeit nicht in der Apotheke kaufen.«

Die Biolehrerin in der nächsten Stunde hatte die gleiche Idee. Sie redete von der evolutionären Stellung der Nase. Vom allgegenwärtigen Vorkommen der Buttersäure in Käse, Sauerkraut, Bier, Brot, Milch, Fleischsaft, Schweiß, Holzessig. Davon, dass der Geruch von manchen Lebewesen als angenehm (Stubenfliege), von anderen als unangenehm (Mensch) empfunden wurde. Jennerwein gefiel, dass sie am Schluss der Stunde immer eine lustige Geschichte, einen Gag, eine Pointe brachte. Man lernte etwas bei ihr. Diesmal hielt sie eine kleine Konservendose hoch.

»Das ist Surströmming. Die Dose habe ich von meinem Schwedenurlaub mitgebracht. Da ist saurer Hering drin, aber der hat es in sich. Er hat einen Gärungsprozess von mehreren Monaten hinter sich, riecht dann intensiv, faulig und stinkend. In der Blechdose gärt er weiter, so dass sich Boden und Deckel der Dose wölben. Der Transport der Surströmmingdosen ist wegen der Sorge vor Explosionsgefahr auf Flügen von British Airways und Air France ausdrücklich verboten. Keine Angst, ich öffne die Dose nicht. Das Ergebnis würde die Aktionen des Bombers weit in den Schatten stellen.«*

---

* In der Tat. Für alle juristisch Interessierten: An Weihnachten 1981 verspritzte eine Mieterin Surströmming-Fischsoße in einem Kölner Treppenhaus; die fristlose Kündigung der Frau war wirksam (Landgericht Köln, Urteil vom 12. Januar 1984). Der Schluss der Begründung lautete: »Dass der üble Geruch der Fischpökelbrühe das für

Hubertus Jennerwein ahnte, dass der Bomber sich solche hausgemachten Essenzen noch für weitere Anschläge aufsparen würde, der Steigerung wegen. Nach Unterrichtsschluss erwartete ihn sein Vater vor dem Schuleingang. Das tat er, wann immer es ihm möglich war. Das Auffällige an Jennerweins Vater war sein markantes, zerfurchtes Gesicht. Sein sorgfältig geschnittenes, graumeliertes Haar, seine Augen, in denen ein unruhiges Feuer glomm, verstärkten den Eindruck: Er war eine Mischung aus Grandseigneur und Heiratsschwindler.

Jetzt hielt er ein Geschenk in der Hand, Jennerwein ahnte ein Buch.

»Weil ich Weihnachten nicht da bin«, sagte Dirschbiegel.

Jennerweins Mutter hatte nach der Scheidung ihren Mädchennamen wieder angenommen und auch der junge Hubertus ging unter diesem Namen in die Schule.

»Wenn du Lust hast«, sagte Dirschbiegel, »machen wir eine Wanderung hinauf zur Hütte.«

Hubertus holte seine Bergstiefel.

---

die Mitbewohner des Hauses zumutbare Maß bei weitem übersteigt, davon hat sich die Kammer selbst überzeugt, als die Beklagten im Termin eine Büchse im Sitzungssaal öffneten.« [Quelle: »Störung des Mietgebrauchs durch Mieter«, RA Frank-Georg Pfeifer, Düsseldorf]

Schon damals lag der Schnee wie ein enges, weißes Totenkleid auf den Hügeln des Vorgebirgskamms. Und es führten auch damals schon zwei Spuren im Schnee hinauf zur Hütte, eine große, herrschaftlich verlebte und eine nachdenklich jugendliche. Dirschbiegel war ein guter Vater. Er war durchaus kein Vorbild für einen jungen Menschen, aber Hubertus konnte ihm alles erzählen. So schilderte er jetzt während des Aufstiegs die ganz und gar unweihnachtlichen Vorkommnisse in der Schule. Dirschbiegel lächelte amüsiert, stieß manchmal sogar bewundernde Pfiffe aus.

»Dieser Bomber ist einer, der einen richtigen Plan hat, das spür ich. Und der zieht das durch, glaubs mir.«

Als sie oben angekommen waren, kramte Dirschbiegel in seinen Taschen.

»Ich glaube, ich habe den Schlüssel vergessen«, sagte er.

Das war aber kein größeres Problem, Dirschbiegel gelangte auch ohne Schlüssel ins Innere der Hütte. Innerhalb von zwei Minuten. Dirschbiegel war professioneller Einbrecher. Er kam gerade aus dem Knast. Und er ging auch wieder in den Knast. Deswegen war er Weihnachten verhindert.

Hubertus blickte derweilen ins Tal, er wollte gar nicht sehen, wie Dirschbiegel die Tür aufbrach.

»Du bist heute so nachdenklich und wortkarg«, sagte der, ohne seine Arbeit zu unterbrechen. »Hast du denn Probleme in der Schule?«

»Nein, eigentlich nicht. Ich denke nur darüber nach, was für einen Plan der hat.«

»Der Spaßvogel, von dem du erzählt hast? Na ja, vielleicht hat es ja mit Weihnachten zu tun.«

»Ach, du meinst jemanden, der das Fest hasst wie die Pest?«

»Das wäre möglich. Vielleicht auch einer, der etwas Unangenehmes mit Weihnachten verbindet.«

»Stellst du dir bei dem Bomber eher einen Schüler oder einen Erwachsenen vor, also zum Beispiel einen Lehrer?«

»Am Alter würde ich das nicht festmachen. Über das Alter kommst du ihm nicht drauf. Um den Täter zu finden, brauchst du andere Kriterien. Beobachte seine Technik bei den nächsten Anschlägen. Suche nach einer speziellen Handschrift.«

»Eine spezielle Handschrift des Täters? Gibt es so was?«

»Jeder Kriminelle hat seinen ganz individuellen Stil. Das macht ihn erfolgreich. So eine Handschrift kann einen allerdings auch in den Knast bringen. Schau mich an.«

Dirschbiegel seufzte.

»Und du meinst, das kann ich herausfinden?«, fragte Hubertus nach.

»Nimm es als Herausforderung. Vielleicht kannst du ja was wirklich Nützliches lernen. In der Schule.«

»Glaubst du, dass er weitermacht?«

»Ich denke schon.«

Die Tür war geöffnet, Dirschbiegel trat hinein.

»Sag, Hubertus, kannst du noch ein bisschen Holz machen? Ich zünde derweil Papier im Ofen an.«

Während Hubertus – knacks! splitter! – neben der Hütte Holz spaltete, werkelte Dirschbiegel im Inneren. Als Hubertus mit einem Stapel Scheite eintrat, stand sein Vater mit hochrotem Kopf da. Vorher hatte Jennerwein das Geräusch von Tischerücken gehört. Er hatte das Gefühl, dass Dirschbiegel gerade noch den Teppich über eine Klappe geschoben hatte, die wohl nach unten führte.

Sie setzten sich.

»Was hat er sich eigentlich heute einfallen lassen, euer Bomber?«, fragte der Vater.

»Er hat alte, mechanische Wecker so präpariert, dass die Klöppel, die normalerweise die Glockenschale zum Rasseln bringen, ein Stinkbombenglas zertrümmern. Sie waren im ganzen Schulhaus verteilt.«

»Klasse«, sagte Jennerweins Vater.

Die Erfindung des Schießpulvers

In der Song-Dynastie des Kaiserreichs China wurden salpeterhaltige Brandsätze erstmals um 1044 erwähnt. Im Jahr 1232 kam bei der Belagerung der Stadt Kaifeng nachweislich Schießpulver zum Einsatz. In dieser Zeit gründete der ZEN-Meister Tsao-Wu eine Schule für gedungene Mörder. Einige Texte von ihm sind überliefert.

»Der Künstler malt die zartgliedrige Kirschblüte nicht mit dem dicken Schweinepinsel«, sprach Tsao-Wu zu seinen Schülern. »So ist auch die Wahl der Mordwaffe sorgfältig zu überdenken. Stecht nicht blindlings mit dem Dolch, wo der Sturz des Opfers in die Schlucht angemessen wäre. Mischt nicht heimlich Gift, wo die Brust offenliegt wie die trockene Erde, um den Pfeilregen zu empfangen. Köpft nicht den Kopflosen, der ertränkt werden soll. Denn jeder wird so geboren, wie er leben wird. So soll er auch so sterben, wie er gelebt hat.«

»Wer wird also zum Beispiel erstochen, Meister?«, fragte ein Schüler.

»Erstochen werden Hirten, Astronomen, Wundärzte und Tyrannen. Ein abgeschossener Pfeil wiederum sei wie der Fisch, der flussaufwärts zieht, um zu laichen, er finde seinen Platz in Bäckern, Grundbesitzern, Wächtern, Ruhelosen, Seefahrern, Jägern und Bienenzüchtern. Ein Speer ist wie ein Zugvogel, der dem Opfer von fernen Ländern erzählt. Er eignet sich für Einsiedler, Priester, Müßiggänger, Korbflechter, Kaufleute, Steinmetze und Gärtner.«

Meister Tsao-Wu goss sich eine neue Tasse Tee ein und sprach:

»Gesprengt aber, also in tausend Stücke gerissen, werden Astrologen, Spurenleser, Wetterkundige, Boten, Liebende, Minister, Schriftgelehrte, Köche, Narren, Schneider, Reisbauern, Steinmetze, Nachdenkliche und Kaiser.«

»Warum gerade diese, Meister?«

Tsao-Wu nahm sich erneut Tee. Dann sprach er:

»Denkt nach. Und sucht Zusammenhänge.«

Auch Oberrat Dr. Rosenberger dachte nach. Gab es denn überhaupt keinen Ausweg aus dieser lebensbedrohlichen Situation? Er kannte den Menschen, der diese Bombe gebaut hatte, nur allzu gut. Aber was konnte er jetzt mit diesem Wissen anfangen! Er blickte hinüber zu Kommissar Jennerwein, der neben Verena Vitzthum saß. Jennerwein machte ihr gerade ein unmerklich kleines Zeichen mit dem Kopf. Doch alles der Reihe nach.

25

Mit zwei, drei Schritten war Jennerwein bei dem weißen kleinen Zettel, der zwischen den Brettern der Holzwand steckte. Er faltete ihn auf: BRAUCHE HILFE. Darunter stand das Kennwort, das sie ausgemacht hatten. Es war kein Zweifel möglich. Das konnte niemand anders als seine Informantin sein. Und sie schien in Schwierigkeiten zu stecken, wenn sie sich so direkt an ihn wandte.

Jennerwein zerknüllte den schneenassen Fetzen Papier und steckte ihn in die Tasche. Dann trat er in die Hütte und versuchte möglichst beiläufig zu sagen:

»Wie gesagt: verdammt schlechter Empfang hier oben. Ich gehe nochmals telefonieren, bin gleich wieder da.«

Sein Blick streifte die Gesichter der Hüttengäste. Prokop. Nicole. Hölleisen. Stengele … Alle waren dabei, Hölleisen zuzuhören, der mitten in einer launigen Weihnachtsgeschichte steckte. Keinem schien etwas aufzufallen, auch die Lichtblitze vorhin hatte wohl niemand bemerkt. Überhaupt kein Grund zur Panik. Jennerwein beruhigte sich wieder. Mit Ausnahme seines Chefs, Dr. Rosenberger, wusste niemand aus seinem Team von der Existenz dieser Informantin. Sie war vor langer Zeit eine wichtige Zeugin in einem Gerichtsverfahren gewesen und anschließend zu ihrer eigenen Sicherheit ins Zeugenschutzprogramm aufgenommen worden. Schließlich hatte sie sich von einer Spezialeinheit des Innenministeriums eine neue Legende verpassen lassen und befand sich seitdem in einer Art Zwischenwelt, in der sich Informanten, Spitzel und andere Schattenexistenzen nun einmal bewegten. Sie hatte Jennerwein in der Vergangenheit bei einigen Fällen entscheidende Hinweise gegeben, ohne jemals eine nennenswerte Gegenleistung zu fordern. Jetzt brauchte sie seine Hilfe, und er zögerte keinen Augenblick. Jennerwein ließ seinen Blick nochmals schnell über die Gesichter der Hüttengäste schweifen. Alle waren auf die anrollende Pointe der Geschichte Hölleisens konzentriert. Wäre Jennerwein nicht durch den Schnupfen gehandicapt gewesen, hätte er freilich zwei Augen bemerkt, die ihn verstohlen und misstrauisch musterten.

Als Jennerwein bei der kleinen Baumgruppe angelangt war, aus der die Signale gekommen waren, erwartete sie ihn bereits. Sie hatte ihren Rucksack in den Schnee gestellt, trat langsam von einem Bein auf das andere und rieb sich die Hände. Auf den ersten Blick erkannte Jennerwein, dass sie sich vor Müdigkeit kaum aufrecht halten konnte.

»Sind Sie verletzt?«, fragte er besorgt.

»Nein, Kommissar, alles in Ordnung. Aber hallo erst mal.«

»Ja, hallo. Und fröhliche Weihnachten.«

»Ebenso, Kommissar. Kalt ist es hier oben, das muss ich schon sagen. Und ich habe seit drei Tagen nicht mehr geschlafen.«

Jennerwein hatte sich mit ihr immer nur im Sommer getroffen, zumeist auf verlassenen Schrottplätzen oder abgelegenen Forstwegen. Deshalb hatte er sie mit quellenden, kaum zu bändigenden Haaren in Erinnerung. Jetzt war sie natürlich winterlich eingemummt und dick in einen Anorak verpackt.

»Woher wissen Sie denn, dass ich hier bin?«, fragte Jennerwein.

Statt einer Antwort lachte die Informantin kurz auf. Natürlich war das eine recht überflüssige Frage gewesen. Er hatte ja kein Geheimnis aus der Hüttenfeier gemacht. Und wenn es jemanden gab, der einen Aufenthaltsort knacken konnte, dann sie.

»Wie kann ich Ihnen helfen?«

In der Hütte war Gelächter zu hören. Hölleisen war wohl eine besonders gute Pointe gelungen. Er konnte manchmal aber schon tolle Geschichten erzählen, das musste man ihm lassen. Jetzt wieder eine Lachsalve. Jennerwein erkannte Stengeles helles, kehliges Gelächter. Ich bin wirklich unkonzentriert, dachte er. Die Informantin war bereits unwillkürlich einen Schritt zurückgetreten, in den Schatten des Kieferngestrüpps.

»Ich muss untertauchen. Meine Tarnung ist aufgeflogen, ich brauche eine neue Identität.«

»Es zeugt von Vertrauen, dass Sie mich um Hilfe bitten. Aber wäre Ihr Führungsoffizier nicht der bessere Ansprechpartner in Ihrer Lage?«

Obwohl sie mitten im verschneiten Wald standen, sah sich die Informantin misstrauisch um und flüsterte:

»Genau das ist mein Problem. Ich fürchte, ich bin verraten worden. Ich kann nur Rosi und Ihnen vertrauen.«

»Gut. Dann erst mal das Wichtigste. Sind Sie sicher, dass Ihnen niemand gefolgt ist?«

»Ja, ganz sicher. Wenn mir jemand gefolgt wäre, wäre ich jetzt schon tot.«

Jennerwein überlegte.

»Sie könnten zu uns in die Hütte kommen. Mein Ermittlungsteam ist da, dazu ein paar Freunde.«

»Nein, Kommissar, auf keinen Fall. Das ist zu gefährlich für mich. Ich vertraue nur Ihnen. Und natürlich Rosi.«

Wieder hörte man von der Hütte her Gelächter, dann sprang die Tür auf, und eine Gestalt trat heraus, die Jennerwein im Gegenlicht nicht identifizieren konnte. Sie ging um die Hütte herum und begann, Holz zu hacken. Wahrscheinlich war es Hölleisen.

Jennerwein und die Informantin duckten sich jetzt beide hinter einer Zirbe und blickten schweigend zur Hütte. Jennerwein hörte, dass die junge Frau neben ihm schwer und keuchend atmete. Rauch stieg aus dem kleinen Kamin der Hütte und wurde sofort seitlich verweht. Der Supermond am Horizont schien daran zu schnüffeln.

»Ich könnte Sie in einer Gefängniszelle unterbringen.«

Die Informantin schüttelte den Kopf.

»Nein, ich brauche keinen Unterschlupf. Ich muss nur gleich mit Rosi sprechen. Schicken Sie ihn mir unauffällig raus.«

Jennerwein schüttelte den Kopf.

»Das kann ich nicht. Dr. Rosenberger ist noch gar nicht da.«

Sie legte ihm erschrocken die Hand auf die Schulter.

»Er ist noch nicht da? Das ist ja furchtbar. Nur mit ihm kann ich meine Exit-Planung aktivieren.«

»Dann kommen Sie doch zu uns in die Hütte. Sie sind erschöpft. Sie sind todmüde.«

Die Informantin schüttelte eigensinnig den Kopf.

»Das ist mir zu riskant. Ich warte hier draußen auf ihn.«

»Aber da holen Sie sich doch den Tod.«

»Ich habe alles Notwendige dabei.« Sie wies auf ihren Rucksack. »Ich schlage hier mein Biwak auf. Das ist das Beste.«

Jennerwein gab nach.

»Sind Sie wenigstens bewaffnet?«

Die Informantin antwortete nicht darauf. Ein leiser, scharfer Windstoß schnitt ihnen ins Gesicht. Jennerwein fragte nicht weiter. Er führte sie zu einer Stelle, die geeignet erschien, ein Zelt aufzuschlagen.

»Brauchen Sie sonst noch etwas? Getränke? Essen? Decken?«

»Nein, wirklich nicht. Danke für alles. Ich passe Rosi draußen ab und rede mit ihm, bevor er zu Ihnen in die Hütte kommt.«

»Viel Glück.«

Auf dem Rückweg zur Hütte griff Jennerwein in die Tasche, holte den Zettel heraus, den sie geschrieben hatte, zerriss ihn und warf die Fetzen in den Wind. Dann steckte er die Hände wieder in die Taschen, dabei stieß er auf den Brief Bortenlangers. Bevor er in die Hütte trat, las er ihn unter dem Fenster zu Ende. Die letzten Zeilen lauteten. »Lieber Hubertus, ich habe übrigens Ihren Geheimgang unter der Hütte entdeckt. Was *for heaven's sake* wollen Sie mit so viel Waffen?«

Kurz stieg ein Anflug von Wut in ihm auf. Wut auf Dirschbiegel, seinen Vater. Der hatte ihm doch hoch und heilig versprochen, wenigstens die Familienhütte sauberzuhalten. Und jetzt hatte er diesen Rückzugspunkt schon wieder als Ort für seine kriminellen Geschäfte, als Zwischenlagerplatz für seine zusammengeklaute historische Waffensammlung missbraucht! Lügen, Lügen, nichts als Lügen. Jennerwein war mit den Schwindeleien seines Vaters aufgewachsen. Und das hörte auch nicht auf. Jennerwein erinnerte sich noch gut an die alte Vorderladerflinte mit Steinschlosszündung, die früher immer unter dem Bett gelegen hatte. Er trat wieder in die Hütte.

Es war ruhig dort drinnen. Tödlich ruhig. Außer dem Knacken des Kaminholzes und dem leisen Pfeifen des Windes, das von draußen kam, war kein Geräusch zu hören. Jennerweins erster Blick fiel auf Stengele. Der Allgäuer lag mit dem Oberkörper auf dem Tisch, die Arme in einem unnatürlichen Winkel von sich gestreckt. Er atmete nicht mehr. Maria Schmalfuß war nach hinten gekippt, sie hing halb über der Stuhllehne, ihre Augen waren weitaufgerissen und ein Ausdruck des Entsetzens lag auf ihrem Gesicht, so, als wenn sie in den letzten Sekunden etwas Schreckliches gesehen hätte. Hansjochen Becker saß als Einziger aufrecht da, erstarrt und mit verzerrten Gesichtszügen. Seine Hand lag auf dem Tisch, ein Finger war auf den leeren Plätzchenteller gerichtet, der in der Mitte stand: ein letzter Hinweis des Spurensicherers.

Hölleisen war gänzlich in sich zusammengesunken, den Kopf auf die Brust gekippt, die Hände vor dem Bauch verkrampft. Prokop und Greg lehnten aneinander, die Gerichtsmedizinerin saß schräg im Rollstuhl, ihr Mund stand offen, die Zunge hing heraus, mit einer Hand hatte sie ihre Kehle umfasst. Jennerwein schloss die Türe leise hinter sich, setzte sich auf einen Stuhl und betrachtete die Szene. Ein abscheuliches Bild. Ein furchtbarer Anblick. Doch nach und nach erschien auf Jennerweins Gesicht ein süffisantes Lächeln. Er hob die Arme und klatschte langsam in die Hände.

»Eine beeindruckende Vorstellung, das muss ich schon sagen. Und wie lange wollen Sie das noch durchhalten?«

Eine Weile antwortete niemand. Doch dann richtete sich Hölleisen auf und blickte Jennerwein verschmitzt an.

»Wie lange haben Sie uns das geglaubt? Geben Sies zu, Chef! Zehn Sekunden? Zwanzig Sekunden? Wir haben uns solche Mühe gegeben.«

»Das haben Sie wirklich! Jeder von Ihnen. Die Überraschung ist gelungen.«

»Keine Hüttenparty ohne Hüttenscherz«, sagte Maria und entspannte sich ebenfalls. »Ich wusste nicht, wie schwierig es ist, das Blinzeln zu unterdrücken.«

»Und ich wusste nicht, wie schwierig es ist, tot zu sein«, fügte Prokop kieksend hinzu.

Alle erwachten nun wieder zum Leben, schnappten nach Luft und lockerten sich.

»Jedenfalls Kompliment für die schauspielerische Leistung. Bei niemandem habe ich Atembewegungen bemerkt. Und dann die aufgerissenen Augen – burgtheaterreif!«

»Und wann haben Sie Lunte gerochen?«, fragte Greg, dessen zusammengewürfelte, zerzauste Erscheinung eine besonders glaubhafte Leiche abgegeben hatte.

»Ganz ehrlich gesagt hatte ich von Anfang an ein Gefühl, dass etwas nicht stimmt«, erwiderte Jennerwein. »Sie wollten mir ja wohl eine Vergiftung vorspielen. Aber dabei gibt es einen längeren Todeskampf. Ich habe so etwas leider schon einmal gesehen. Die bedauernswerten Opfer kippen dabei nicht einfach nach hinten oder fallen mit dem Kopf auf den Tisch, sie schlagen vielmehr wild um sich, reißen alles um, stürzen zu Boden – vergiftete Plätzchen hätten viel mehr Chaos im Raum angerichtet. Das Bild, das Sie mir geboten haben, hätte eher zu einem plötzlichen Überfall eines italienischen Auftragskillers gepasst. Sieben gezielte Schüsse innerhalb weniger Sekunden, Auftrag ausgeführt, basta! Aber es war kein Blut zu sehen.«

»Unser Chef ist einer, der so was gleich bemerkt«, sagte Nicole zu den beiden Zivilisten im Raum.

»Ja, in der Tat, Kommissar Jennerwein entgeht

nichts, das ist Legende!«, warf Prokop ein und rückte sein verrutschtes Stirnband wieder zurecht. »Den kann man nicht so leicht hinters Licht führen.«

»Und ich wollte mich noch fallen lassen!«, sagte Hölleisen. »Ich wollte die Leiche am Boden sein. Aber mir war es zu kalt da unten.«

Ein gemeinsames Prost und ein tiefer Schluck aus den Gläsern beendeten den Hüttenfez. Jennerwein war ein wenig stolz auf sich. Er hatte wirklich die Gabe, in einem gegebenen Bild unpassende Muster herauszufiltern. In diesem Fall aber hatte er genau das Wesentliche übersehen.

26

Als alle ihr Glas entspannt abgestellt hatten, blickte ihn die Gerichtsmedizinerin länger an als die anderen. Musterte sie ihn? War da ein fragender Ausdruck in ihrer Miene? Doch sie wandte den Kopf schnell wieder zu ihrem Freund Prokop.

»Aber du warst doch gerade mitten in einer Geschichte.«

Prokop nickte.

»Ja, Kommissar, während Ihres kleinen Spaziergangs habe ich erzählt, wie wir uns kennengelernt haben. Und Sie? Haben Sie den tollen Mond betrachtet? Den möchte man doch fast anheulen, oder?«

»Nein«, entgegnete der Kommissar. »Ich habe versucht, Dr. Rosenberger zu erreichen.«

»Und?«

»Keine Verbindung.«

Prokop schnitt ein enttäuschtes Gesicht. Jennerwein war vorhin schon aufgefallen, dass Prokop sich für den Oberrat interessierte. Dabei kannte er ihn doch gar nicht. Aber vielleicht war er ja auch nur gespannt darauf zu sehen, wie so ein Polizeichef aussah.

»Ich geh dann mal Holz hacken«, sagte Greg, stand auf und verschwand nach draußen.

Jennerweins Augen tränten wieder heftig. Er war sich jetzt nicht mehr sicher, ob es klug gewesen war, die Informantin hier in der Nähe biwakieren zu lassen. Aber sie hatte ihn schließlich überzeugt. Und es war ja nur für kurze Zeit. Wenn Dr. Rosenberger kam, musste er ihn sofort beiseitenehmen und ihn fragen, ob alles gutgegangen war. Die Sicherheit dieser Frau lag Jennerwein sehr am Herzen. Eine Unterbringung im überseeischen Ausland wäre wohl das Beste für sie.

»– und dann natürlich ihr messerscharfer Verstand«, sagte Prokop jetzt. »Der hat mich endgültig für sie eingenommen!« Er wandte sich seiner messerscharfen Freundin zu. »Du wusstest wahrscheinlich, dass ich auf Frauen stehe, die so klug sind wie du.«

Die Gerichtsmedizinerin wand sich und lächelte ein wenig gequält. Sie konnte mit solchen Komplimenten offenbar nicht so viel anfangen. Maria bemerkte die kleine peinliche Spannung.

»Ihr Glühwein schmeckt übrigens ausgezeichnet, Hölleisen!«, lenkte sie ab.

»Altes Familienrezept«, erwiderte der heutige Hüttenmundschenk stolz. »Die Mischung machts. Wie so oft im Leben. Und dann sind noch zusätzlich Zirbelblüten drin.« Er griente verschwörerisch. »Neben ein paar weiteren geheimen Zutaten.«

Man prostete sich zu. In die Gesprächspause hinein sagte Emil Prokop zur Gerichtsmedizinerin:

»Wie gehts dir mit dem Druckverband?«

»Danke, gut. Du könntest mir die Fußstützen verstellen.«

Prokop stand auf, sie rollte einen halben Meter vom Tisch zurück, er machte sich an der Halterung zu schaffen.

»Ist es so gut? Bist du zufrieden?«, fragte er mit einem schelmisch-liebevollen Blick nach oben.

Die Teammitglieder sahen sich unsicher an. Maria zuckte leicht mit den Schultern. Tja, dachte sie, die beiden waren die Einzigen in der Runde, die sich duzten. Das Team arbeitete jetzt zehn Jahre zusammen, und es war eigentlich wirklich an der Zeit, das förmliche und bei der Polizei völlig unübliche Sie abzulegen. Aber so gerne sie auch mit Hubertus das vertraute Du benutzen würde, so unmöglich war das doch. Das würde die Gruppendynamik im Team völlig durcheinanderbringen. Wenn, dann musste die Initiative ohnehin von ihm ausgehen. Heute wäre doch die ideale Gelegenheit dafür! Vielleicht zögerte er aber auch, das vor den zwei Fremden zu tun. Oder er wartete, bis der Oberrat gekommen war.

»Ich hätte einmal eine Frage an Sie, Frau Gerichtsmedizinerin –«, begann Hölleisen, doch die Frau im Rollstuhl unterbrach ihn.

»Apropos *Gerichtsmedizinerin.*« Sie sprach dieses

Wort betont ironisch aus. »Wir wollten doch heute Abend nichts Dienstliches zulassen. Also vergessen wir die amtliche Bezeichnung mal. Ich wette, die meisten von Ihnen wissen nicht mal meinen Namen.«

Hölleisen grinste verlegen. In der Stille hörte man von draußen – knacks! – Greg beim Holzhacken. Die Gerichtsmedizinerin fuhr fort.

»Ich weiß, dass Sie mich intern nur die *Frau im Rollstuhl* oder *die Frau ohne Namen* oder schlicht die *Dschi Emm* nennen. Mir war das bisher ganz recht, denn ich hasse meinen Namen, seit ich denken kann.«

»Ist er so schlimm?«, fragte Hölleisen.

»Eigentlich nicht schlimm, aber furchtbar unpraktisch. Ich heiße Vitzthum, mit tz und mit th. Wie oft ich das am Telefon schon gesagt habe! Nein, bitte mit V am Anfang, und nein, nicht *von* Vitzthum. Und dann auch noch diesen altmodischen Vornamen. Verena. Gut, so ist es nun mal, nennen Sie mich also Verena.«

Dieser Vorstoß war überraschend. Zögernd nahmen einige das Glas und hoben es, um diese Neuigkeit zu begießen. Doch sie, die neugeborene Verena Vitzthum, nahm ihre Brille ab, hielt sie nah ans Gesicht und hauchte sie an. Mit der anderen Hand umfasste sie wieder ihren Hals und massierte ihn leicht in Kehlkopfhöhe. Und abermals warf sie einen Blick zu Jennerwein. Es war ein Gesichtsausdruck, den er noch nie an ihr gesehen hatte. Merkwürdig.

»Und wie ging es in Ihrer Schule damals weiter, Hubertus?«, fragte Maria, die seine Unaufmerksamkeit bemerkt hatte und ihn wieder in das Gespräch einbeziehen wollte. »Sie sind bei Dienstag, dem 9. Dezember, stehengeblieben.«

Jennerwein nahm einen kleinen Schluck vom Zirbelblütenglühwein.

»Am Mittwoch bin ich einen großen Schritt weitergekommen.« Auf Jennerweins Miene erschien ein Anflug von Stolz. »Ich weiß es deshalb so genau, weil ich in der 11. Klasse Mittwoch die ersten beiden Stunden immer freihatte. Ich habe die Zeit genutzt und habe mir mal die Räumlichkeiten genauer angesehen.«

Jennerwein unterbrach sich. Sein Blick war auf Nicole Schwattke gefallen, die mit großen Augen an ihm vorbeistarrte. Sie fixierte offenbar einen Punkt an der Wand. Dann verzog sie den Mund zu einem angestrengten, künstlichen Lächeln. Was war denn jetzt mit Nicole los? Die war überhaupt nicht bei der Sache. Und auch nicht in Feierlaune. Nicoles Gedanken schienen ganz woanders zu sein. Von draußen hörte man wieder ein einsames, verlorenes – knacks! –

Greg wischte die Hände an der Trainingshose ab, holte abermals mit dem Hackebeil aus und ließ es auf das Holzscheit krachen. Links und rechts spritzten die Späne weg und verteilten sich über den Schnee. Er hatte ihnen einen falschen Namen genannt. Er musste hier verschwinden, bevor sie draufkamen. Es waren Polizisten, die konnten doch jeden überprüfen.

27

Ein paar Kilometer weiter, unterhalb des Maxenrainer-Grats, schossen drei Fontänen feinsten Pulvers in die eiskalte Luft. Die schwarzbehelmten Schlabberhosen-Snowboarder glitten nacheinander durch die urzeitliche Halfpipe und schraubten sich hoch hinaus in die dunkle Nacht. Alle drei hatten ihre Helmscheinwerfer auf volle Leistung gedreht, aber sie fuhren und sprangen ohnehin mehr nach Gefühl als auf Sicht. Nach mehreren tricks, strokes und nips, die noch nie vorher ein Mensch gesehen hatte, sammelten sie sich wieder am weitauslaufenden Ende der Pipe, die rechts in eine Art Schanze auslief, hinter der der Fels gefährlich scharf und steil nach unten abfiel. Sie nahmen ihre Boards auf die Schulter, stapften zur Kante des Abgrunds und leuchteten hinunter.

»Wir sollten es mal probieren!«

»Bist du crazy? Sieh mal die Steine da unten.«

Der Angesprochene nickte.

»Hast recht. Zwanzig, dreißig Meter sind das schon. Und dann gehts noch weiter abwärts. Verlockend wäre es, aber es ist unmöglich.«

»Wir sollten Sloopy nochmals anfunken. Es wird

Zeit, dass wir mit unserer eigentlichen Mission beginnen.«

»Ich habs mehrmals bei ihm probiert. Aber mit richtigem Funknetz sieht es hier schwarz aus. Wir befinden uns am Ende der Welt.«

»Das ist genau der richtige Ort, etwas Neues zu beginnen.«

»Wir können, bis er kommt, noch eine Abfahrt machen. Ich hätte Lust, ein paar neue ›grabs‹ auszuprobieren.«

Beim Snowboarden gibt es eine Million und drei Möglichkeiten, während des Sprungs ans Brett zu greifen. Die Liste dieser ›grabs‹ ist dementsprechend unendlich. Wenn zum Beispiel die vordere Hand in der Mitte an der Frontside grabt, ist das ein *Mute*. Die hintere Hand grabt zwischen den Beinen hindurch in der Mitte der Backsidekante, und wir haben einen *Chicken Salad*. Die hintere Hand grabt hinter dem hinteren Fuß an der Frontsidekante: *Stalefish*. Man würde sich nicht wundern, wenn es eine Bezeichnung für den grab unter dem Brett hindurch zur eigenen Nase und wieder zurück gäbe. Das wäre so, als wenn beispielsweise beim Eisstockschießen jeder Griff an den Birnstingl extra bezeichnet würde: Der Hannesla-Drucker (rechte Hand umfasst den Stingl von oben, linke Hand bleibt in der linken Hosentasche …) Der Snowboarder greift jedenfalls im Leben nirgendwo hin, ohne einen speziellen Ausdruck dafür zu erfinden. Wobei immer gilt: Beim grab schaust du nach unten. Doch so locker ihr Outfit und ihre Sprüche auch waren, diese drei Einbrettrutscher waren in offizieller Mission hier. Sie warteten auf Sloopy, und der war der amtliche Verbindungsmann des Snowboard-Verbands zum Olympischen Komitee, Abteilung Wintersport, Unterabteilung Medienrechte und Sponsoring.

Unten im Kurort, im Kellerraum des Hauses Grasegger, beugten sich Lisa und Philipp Grasegger über einen auf dem Tisch liegenden Quadrokopter und betrachteten ihn von allen Seiten. Die Plätzchentransport-Drohne hatte die luftige Bergtour zu Jennerweins Hütte gut überstanden. Nicht einmal ein Kratzerchen hatte sie abbekommen.

»Und. Niemand. Hat. Was. Gehört.«, stellte Philipp fest.

Er sprach unendlich langsam und machte nach jedem Wort einen Punkt. Seine Schwester Lisa hingegen hatte sich angewöhnt, nach jedem Satz die Stimme zu heben, so dass alles, was sie sagte, nach einer Frage klang.

»Du bist ein Genie?«, stellte sie fest.

»Habe. Lange. Dran. Rum. Gebastelt.«

Philipp konnte wirklich stolz auf die akustische Tarnkonstruktion sein, die er in vielen Nächten entwickelt hatte. Da alle Drohnen mit einem verräterisch surrenden Motor flogen, musste man von dem Lärm auf andere Weise ablenken. Der Kniff war der, die Geräuschkulisse des Zielortes beim Anflug mit einem Richtmikrophon auf eine Audiospur aufzunehmen und umso lauter wiederzugeben, je näher die Drohne kam. Die langsame Anhebung der Umweltgeräusche, die für das menschliche Ohr nicht erkennbar war, überspielte auf diese Weise die Motorengeräusche der Drohne.

»Ich. Melde. Das. Als. Patent. An.«

»Das ist eine gute Idee?«, stimmte Lisa ihm zu.

Ihre Mutter, Ursel Grasegger, trat ins Zimmer.

»Ihr seid also noch da. Na, so was! Habt ihr die Plätzchen noch nicht zu Jennerweins Hütte raufgebracht?«

»Doch?«, sagte Lisa. »Wir sind schon wieder zurück?«

Ursel blickte ihre Sprösslinge misstrauisch an.

»Aber so schnell. Da stimmt doch was nicht.«

Sie beäugte die Maschine auf dem Tisch, die sie, Geburtsjahr 1963, zunächst nicht als solche erkannte und eher für ein Küchengerät oder einen Drucker hielt. Doch dann begriff sie.

»Ihr habt doch nicht etwa dort droben rumgeschnüffelt?«

Beide hoben abwehrend die Hände und blickten sie unschuldig an.

»Wenn ich euch dabei erwische, dann setzts was! Der Kommissar hat schließlich auch seine Privatsphäre. Und jetzt los. Zieht euch was Vernünftiges an. Wir gehen nachher in die Mitternachtsmesse.«

♫ *»Work all night on a drink a'rum*
Daylight come and me wan' go home«

Der Mann und die Frau hatten beide noch Harry Belafontes Bananensong aus der Jukebox im Ohr. Jetzt tappten sie die verschneite Straße entlang, die im Wohnviertel ›Knick‹ lag. Alle paar Meter blieben sie stehen.

»Das müsste Jennerweins Haus sein«, flüsterte der Mann und deutete auf ein grüngestrichenes Hexenhäuschen.

»Nein, das glaube ich nicht«, widersprach sie. »Ich war schon mal hier. Jennerweins Haus ist viel kleiner.«

»Ja, da sieht mans mal wieder: Aus der Luft schaut es immer anders aus. Los, suchen wir die Drohne, sie muss hier irgendwo liegen.«

Sie zogen ihre Nordic Walking Sticks auseinander, die sie mitgenommen hatten, und stocherten damit im Schnee herum, aber sie fanden keine Drohne. Natürlich nicht.

»Gehen wir heim«, sagte der Mann. »Mir ist gerade eine Idee gekommen, wie wir sie finden könnten.«

»Du immer mit deinen Ideen. Du hättest das Ding nie anfassen sollen.«

»In meiner aktiven Zeit als Lufthansapilot bin ich die Strecke Frankfurt-Kapstadt zweitausendmal geflogen, da werde ich doch eine kleine Spielzeugdrohne steuern können.«

»Offensichtlich nicht.«

Schweigend gingen sie nach Hause.

Die Gestalt im Wald trug immer noch den prall vollgestopften Rucksack, aus dem so etwas wie ein Gewehr ragte. An dem Stück Metall, das ganz oben aus der Stoffumhüllung ragte, waren ein paar Blätter festgefroren. Es war ganz offensichtlich ein Mann, der leicht hinkend durch den Schnee stapfte, man konnte es am Gang und am Körperbau erkennen. Vorher hatte er die Feiernden in der Hütte beobachtet, er hatte sich schließlich doch entschlossen, nicht hineinzugehen. Es war vielleicht besser so. Der Rucksackmann fragte sich allerdings, wer diese Frau war, mit der Jennerwein am Waldrand geredet hatte. Er hatte vom Inhalt des Gesprächs nichts mitbekommen, weil ihm ausgerechnet in dem Augenblick ein scharfer, pfeifender Wind in die Ohren gefahren war. Die Frau hatte schließlich außerhalb der Hütte biwakiert. Warum das denn? Als ihr Zelt aufgebaut war, hatte er sich behutsam hingeschlichen. Sie hatte sich professionell eingegraben und so gut getarnt, dass nur einem absoluten Profi die Stelle aufgefallen wäre. Hut ab. Das Einzige, was dem Mann mit dem prall gefüllten Rucksack entgangen war, war die kleine Bewegung, mit der Jennerwein die Schnipsel des Zettels in den Wind geworfen hatte. Jennerwein hatte mit dem Rücken zu ihm gestanden. War die Frau eine von der Organisation?

Jjóoglyü und M'nallh, die beiden hyperintelligenten Seidenspinnerschmetterlinge, fanden die Schnipsel 40 000 Jahre später. Sie waren nach dem Fund von Jennerweins verlorenem Schlüssel nicht gleich wieder ins Raumschiff gestiegen, sondern hatten die Gegend um den einstigen Maxenrainer-Grat noch ein wenig durchstreift. Genau hier hatte ein Meteor eingeschlagen, nichts war mehr übrig von menschlicher Zivilisation.

»Da, ein Dokument«, sagte Jjóoglyü und hob die versteinerten Papierfetzen auf. »Aber es ist ziemlich schwer zu lesen.«

BRAUCHE HILFE

Jjóoglyü rechnete die DNA-Spuren an dem Zettel zu einem Hologramm von zwei Personen hoch. Ein gutaussehender Mann Anfang fünfzig und eine junge Frau mit wachen, intelligenten Augen.

»Sie hat ihn wahrscheinlich um Hilfe gebeten. Er ist der, dem auch der Schlüssel gehört hat.«

»Das ist ja ein richtiger Krimi! Was da wohl dahintersteckt?«

»Hoffen wir zumindest, dass er ihr damals helfen konnte«, sagte Jjóoglyü. »Aber, schau her, was bedeutet die Inschrift drunter?«

FORMAT C:

»Keine Ahnung. Ein Hilferuf, und dann wahrscheinlich ein Name. Die junge Frau wird also FORMAT C: heißen. Komischer Name.«

»Ja, noch nie gehört. Ich lasse ihn mal durch den Scanner laufen.«

Jjóoglyü tippte die Buchstabenfolge FORMAT C: in den hypersensiblen, biobasierten Rechner der Seidenspinnerraupen ein.

»Was ist denn mit dem Computer los?«, sagte M'nallh nach einer Weile. »Er ist abgestürzt.«

Der Bildschirm war schwarz geworden. Der Computer ließ sich nicht mehr starten. Überhaupt nicht mehr.

28

Am 13. Januar 1980 wurde in Karlsruhe die Partei der Grünen gegründet, am 29. April starb Alfred Hitchcock in Los Angeles, im Juli erschien in Tokio das legendäre Videospiel Pac-Man. Am Mittwoch, den 10. Dezember 1980, wiederum hatte Hubertus Jennerwein die ersten beiden Unterrichtsstunden frei.

Trotzdem ging er in die Schule. Er hatte vor, sich alle Anschlagsorte genauer anzusehen. Die Gänge waren menschenleer, nur ab und an sprangen Klassenzimmertüren auf und warfen Schüler mit angeblich dringenden Bedürfnissen auf den Flur. Konnte das da vorne zum Beispiel der Bomber sein? Holte dieser pickelgesichtige Junge jetzt gleich das Buttersäurefläschchen aus der Toilettenspülung, um nach vollbrachter Tat seelenruhig wieder in die Klasse zurückzugehen? Das war unwahrscheinlich. Jennerwein hatte überdies gehört, dass das Direktorat bezüglich der Toilettengänge schon Gegenmaßnahmen ergriffen hatte. Jeder Lehrer war angehalten, sich den Zeitpunkt zu notieren, wann und wie lange ein Schüler aufs Örtchen ging. Die berühmte Darf-ich-aufs-Klo?-Frage wurde im Folgenden eher selten gestellt.

Jennerwein markierte die bisherigen Tatorte in einen selbstgezeichneten Grundriss der Schule. Was hatte sein Vater Dirschbiegel gestern gesagt? Jeder Täter hat seine eigene Handschrift. Boten die Orte, an denen die Anschläge passierten, einen Hinweis? Er kam jetzt am Hausmeisterzimmer vorbei, dessen Fenster aufgeschoben werden konnte, das Fensterbrett verwandelte sich dadurch in eine Verkaufsfläche für den Pausenverkauf. Jennerwein lugte unauffällig ins Innere. Dort saß Herr Gudrian senior auf einem Drehstuhl und bastelte an etwas herum, das Jennerwein nicht erkennen konnte. Der Hausmeister blickte angestrengt, manchmal runzelte er verkniffen die Stirn. Er war ganz in seine Reparatur vertieft und schien Jennerwein nicht wahrzunehmen. Hubertus löste den Blick und ging weiter den Gang entlang, Richtung Treppe.

Die Frau des Hausmeisters trat zu ihrem Mann ins Zimmer.

»Hast du eben grade Hubertus vorbeigehen sehen?«, fragte sie, wobei sie mit dem Daumen in dessen Richtung deutete.

»Ja, wieso?«

»Der schleicht hier so rum. Hat der keinen Unterricht, oder was?«

Gudrian blickte auf.

»Hubertus? Keine Ahnung.«

»Ich werde mal mit ihm reden. Der gefällt mir in letzter Zeit gar nicht. Er hat sich sehr verändert.«

Der Hausmeister zog die Augenbrauen hoch.

»Wenn dein Verdacht in diese Richtung gehen sollte: Hubertus ist es nicht. Der ist nicht der Typ dafür. Ein Bomber sieht anders aus.« Gudrian unterbrach seine Bastelei. »Ich glaube auch zu wissen, wer es ist. Aber ich bin mir noch nicht hundertprozentig sicher.«

Die Hausmeistersgattin blickte ihren Mann fragend an. Der jedoch reagierte nicht darauf, sondern widmete sich weiter seiner defekten Steckerleiste. Die Hausmeisterin trat neugierig näher und bohrte ihrem Mann den Finger in den Rücken.

»Und wer jetzt: ein Schüler? Oder ein Lehrer? Am Ende ganz jemand anderes? Sag doch. Ich habe nämlich auch eine Ahnung. Vielleicht meinen wir –«

Heinrich Gudrian blickte seine Frau scharf an. Sehr lange. So lange hat er sie schon lange nicht mehr angeblickt.

»Sag mal, du hast doch nicht etwa *mich* im Verdacht?«, stieß sie entrüstet hervor. »Du spinnst wohl! Warum sollte ich das machen?«

»Warum nicht?«, antwortete der Hausmeister trocken.

Hubertus Jennerwein war inzwischen im Kellergeschoss angelangt. Ein langer, an manchen Stellen schlecht beleuchteter Gang führte unter dem ganzen Schulkomplex hindurch und verband die einzelnen Trakte miteinander. Jennerwein hatte insgesamt vier Ausgänge gezählt. Überall Schmierereien an den Wänden (darunter aber kein einziges ordentliches Graffito!), flackernde Deckenfunzeln und vergessene Turnsackerl auf dem Boden. Jetzt kam er an einem Bereich vorbei, in dem die örtliche Musikschule ihre Probenräume gemietet hatte. Jeder der Musiklehrer hatte sicher einen Schlüssel. Also schon wieder jede Menge schulfremde Personen. Eine Liste mit Verdächtigen aufzustellen ergab immer weniger Sinn. Aus einem Raum mit dem Schild ›Übungsraum‹ plodderten Bässe und Gitarrenriffs. Eine Band, vielleicht die Schulband, versuchte, *Another One Bites The Dust* von Queen nachzuspielen. Es klang aber eher nach *Papa Was A Rollin Stone* von den Temptations. Vielleicht übten die aber auch ganz etwas anderes.

Jennerwein ging an den Musikübungsräumen vorbei, dahinter musste der berühmte Schluckerkeller liegen, der nur Lehrern vorbehalten war. Man munkelte, dass hier Trinkgelage stattfanden. Und dass schlüpfrige Witze auf Altgriechisch und Latein erzählt wurden. Genaueres wusste man nicht. Gerade wurde die Tür aufgestoßen, und eine kleine Gruppe von älteren Semestern stolperte lachend heraus. Erst dachte Jennerwein, es wären Lehrer, doch er kannte keinen von ihnen. Sie waren auch alle längst im vorgerückten Pensionsalter. Altmodisch gekleidet, manche mit Knickerbockers, alle mit Krawatte oder Fliege. Die meisten grauhaarig wie die Eiswölfe.

»Es hat sich doch eigentlich nichts verändert hier in diesen heiligen Hallen!«, rief einer, und seine krächzende Stimme überschlug sich dabei.

Er stützte sich auf einen Stock, war dünnlippig und käseweiß im Gesicht, nur seine Augen blitzten ab und zu schelmisch auf.

»Könnt ihr euch noch an den Pauker Minnich erinnern?«, fragte ein anderer.

Er war so groß, dass er schier an der Kellerdecke anstieß. Aus den weiteren Gesprächsfetzen schloss Jennerwein, dass es eine Gruppe von sehr ehemaligen Schülern war, die offenbar kurz nach dem Dreißigjährigen Krieg hier zur Schule gegangen waren und nun ihr Diamantenes Klassentreffen feierten. Sie fühlten sich hier noch einmal jung, die alten Knaben. Nein, Moment: Drei alte Mädchen waren auch dabei.

»Aber rein gar nichts hat sich verändert!«, rief eine dieser Damen mit blaugetönten Haaren gerade.

»Man fühlt sich so jung. So furchtbar jung!«

»Wisst ihr noch? Hier unten sind wir immer rumgetollt und haben Fußball mit Milchtüten gespielt.«

»Und dann die Streiche, die wir ausgeheckt haben!«

Kreischendes Gelächter.

»Zum Beispiel –«

Albernes Gekicher.

»Silicium! Psst! Kein Wort darüber.«

»Der Lehrstoff verändert sich, die Streiche bleiben immer dieselben.«

»Mit manchem Jokus könnten wir heute noch jemanden fertigmachen.«

»Haltet die Klappe, Feind hört mit. Ihr wisst ja, wie schnell sich sowas rumspricht.«

Sie bemerkten Hubertus nicht. Prustend und kieksend drängelten sie wieder hinein in den Schluckerkeller. Irgendwie verdächtig waren die schon. Aber andererseits: Richtig beweglich waren sie nicht mehr. Jetzt schnippte einer seinem Vordermann von hinten an die Ohren, wahrscheinlich wie damals. Der jodelte vor Schmerz. Die Tür schloss sich. Was trieben die dort drinnen? Hubertus hatte keine Ahnung. Er hätte sich gewundert.

Er ging weiter. Am Ende des Gangs lag ein kleines Zimmerchen, das man den Redakteuren der Schülerzeitung zur Verfügung gestellt hatte. Die Schülerzeitung hieß ›Lunte‹, das Logo war selbstverständlich eine Bombe mit Zündschnur. Jennerwein blieb kurz stehen, dann schüttelte er den Kopf. Nein, das war irgendwie zu naheliegend. Er verließ den Keller und stieg die Treppe zum ersten Stock hinauf. In diesem

Gang hatte die Unterstufenklasse am dritten Tag das Buttersäurefläschchen plattgetreten. Eine der Wände war mit betexteten Schildern beklebt. Ein Kollegstufenkurs Deutsch hatte wohl die Aufgabe bekommen, Zitate von Dichtern und Denkern zum Thema ›Gerüche und Düfte‹ zusammenzutragen. Jennerwein trat näher und las die Fundstücke.

»Düfte sind die Gefühle der Blumen.«
(Heinrich Heine, *Die Harzreise*)

»Sei mir gegrüßt, mein Sauerkraut,
holdselig sind deine Gerüche.«
(Heinrich Heine, *Deutschland. Ein Wintermärchen, Caput IX*)

»Der Duft der großen weiten Welt: Peter Stuyvesant.«
(Werbespruch, *Reemtsma GmbH & Co*, 1967)

»Ich glaube, der Geruch eines Pfannkuchens ist ein stärkerer Beweggrund, in der Welt zu bleiben, als alle die mächtig gemeinten Schlüsse des jungen Werthers sind, aus derselben zu gehen.«
(Georg Christoph Lichtenberg)

»Pecunia~~m~~ non olet« | Nominativ, Du Flasche!
(Vespasian, altrömischer Kaiser und Staatskassenfüller)

> »Aber Gott sei gedankt, der uns allezeit Sieg gibt in Christo und offenbart den Geruch seiner Erkenntnis durch uns an allen Orten!«
> (*2. Korinther 2,14, Luther 1912*)

Die Kollegstufler waren dafür sicher alle in die Schulbibliothek geströmt, die die junge Lateinlehrerin Böckel führte, und hatten sich dort die Zitate aus vielen Büchern herausgesucht. Wie bitte: Bibliothek? Aus Büchern herausgesucht? Ja, durchaus. Wir schreiben das Jahr 1980.

Die Bemühungen der Lehrer, die Anschläge in den Unterrichtsstoff zu integrieren, trieben seltsame Blüten. Jennerwein hatte gehört, dass ein findiger Kunstlehrer den Begriff ›Synästhesie‹ anhand der Ereignisse erklärte. Ein engagierter Sozialkundelehrer witterte hinter den Attacken Angriffe nach anarchistischem Muster. Herr Roda, der Turnlehrer mit der seltsamen Kombination Sport / Latein trainierte das Laufen (und vor allem Weglaufen) mit angehaltenem Atem. Die Französischlehrerin wiederum nahm wohl gerade Charles Baudelaires Sonett *Parfum Exotique* aus ›Les Fleurs du Mal‹ durch. Die Tür zum Klassenzimmer stand offen, Hubertus blieb kurz stehen und lauschte der verführerischen Stimme von Frau Haage.

»Quand, les deux yeux fermés, en un soir chaud d'automne,
Je respire l'odeur de ton sein chaleureux, …«

Wenn man es nicht verstand, klang Französisch wirklich gut, dachte Hubertus. Wie praktisch, dass er das alternative Wahlfach Wirtschaft / Recht belegt hatte. Dort musste er jetzt gleich hin. Er blickte auf die Uhr. Pünktlich ertönte der Pausengong, der dem Zarathustra-Motiv von Richard Strauss nachgebildet war, der Komponist hatte schließlich lange Zeit im Kurort gelebt. Die Pause dauerte eine Viertelstunde, dann begann seine erste Unterrichtsstunde heute, und das war eben Wirtschaft / Recht. Er trat ans Fenster und blickte hinunter in den Hof, der sich rasch mit bewegungsbedürftigen, gefräßigen Wesen aller Altersstufen füllte. Befand sich der Bomber unter ihnen? Und wenn ja, was hatte er heute vor? Jennerwein ließ seinen Blick über die Köpfe wandern. Sofort fiel ihm ein Mann Mitte oder Ende zwanzig auf, der mitten durch die Schülermasse schwamm. Ein junger Lehrer? Jennerwein war sich sicher, dass der Typ, der jetzt seine Schritte beschleunigte, kein Lehrer war. Das sah man irgendwie. Jennerwein lief die Treppe hinunter, trat ins Freie auf den Pausenhof und folgte dem Fremden. Der Mann ging mit schnellem Schritt vor ihm her, trat auf der anderen Seite des Pausenhofs wieder ins Schulgebäude und verfiel im Inneren in einen leichten Laufschritt. Als er sich kurz umblickte, verbarg sich Jennerwein hinter einem Schrank, der Typ hatte ihn nicht gesehen. Oder zumindest nicht als Verfolger wahrgenommen. Jennerwein hatte jedoch einen kurzen Blick auf sein Gesicht werfen können. Ovale Form mit spitz zulaufendem Kinn, glatt rasiert, große, glubschige Augen, dunkle, glatte Haare mit Seitenscheitel, fast zusammengewachsene, schwarze Augenbrauen, große, fleischige Nase …

Jetzt aber drehte sich der Mann abrupt um und schritt zügig in Jennerweins Richtung. Er war noch etwa zwanzig Meter von ihm entfernt und sah aufmerksam zur Decke, als ob er dort etwas suchte. Geistesgegenwärtig zog Jennerwein sein rotes Notizbuch aus der Hosentasche, schlug es auf, blickte ab und zu hinein, als ob er damit beschäftigt wäre, Vokabeln zu lernen. Und tatsächlich: Der Typ lief an ihm vorbei, ohne ihn zu beachten. Und immer wieder blickte er nach oben zur Decke, wie um zu überlegen, ob er zwischen die Abdeckungen etwas hineinpraktizieren könnte. Das war wirklich höchst verdächtig. Hubertus überlegte. Sollte er umkehren und Hilfe holen? Die Neugier überwog. Vielleicht auch der Jagdinstinkt. Er folgte dem Mann, der ein immer schnelleres Tempo anschlug, dabei ab und zu hastig auf die Uhr sah. Treppauf, treppab, durch lange Schulgänge hindurch. Die Pause neigte sich dem Ende zu, immer mehr Schüler waren auf den Fluren zu sehen, durch die sie sich jetzt beide hindurchschlängelten.

Zu Jennerweins Überraschung verschwand der Mann plötzlich und zielstrebig im Zimmer des Direktors. Jennerwein blieb stehen. Der Zarathustra-Gong kündigte das Ende der Pause an. Abermals ging die Tür auf, und die Sekretärin, die das Vorzimmer des Direktors bewachte, kam heraus. Als Fräulein Nächtlich außer Sichtweite war, lief er in das verwaiste Sekretariat. Die Tür zum Zimmer des Direktors war nur angelehnt, er hörte von drinnen undeutlich Stimmen. Jennerwein legte sein Ohr an die Tür. War das da drin der Bomber, der sein böses Treiben einsah und vor dem Direktor ein Geständnis ablegte? Oder arbeitete der Direktor gar mit dem Bomber zusammen? Hubertus öffnete die Tür einen Zentimeter weiter und lauschte direkt ins Zimmer. Damit hatte er den Rubikon überschritten. Die Würfel waren gefallen. Der Sündenfall war vollzogen. Er war Ermittler geworden.

»Dafür habe ich Sie nicht angeheuert«, sagte der Direktor gerade. »Sie sollten sich ausschließlich um diesen Widerling kümmern.«

»Aber –«, begann der junge Mann, den Jennerwein verfolgt hatte.

»Haben Sie denn bezüglich des Bombers Ergebnisse?«, schnitt ihm der Direktor das Wort ab. »Nach eineinhalb Wochen und für diesen Haufen Geld kann ich das schließlich doch verlangen.«

»Ich bin an der Sache dran«, sagte der Typ kleinlaut. »Ich habe eine Spur. Aber das dauert alles seine Zeit. Ich muss mich in den Schüler hineindenken.«

Jennerwein verstand. Das war ein Privatdetektiv, den der Direktor angeheuert hatte. Aber der schien den Täter ausschließlich unter den Schülern zu suchen. Ein Erwachsener konnte sich offensichtlich gar nichts anderes vorstellen.

»Du schon wieder«, ertönte es in Jennerweins Rücken. Es war die Sekretärin, Fräulein Nächtlich, die ins Vorzimmer zurückgekommen war. Jennerwein hatte gerade noch einen Schritt von der Tür zurücktreten können. Er starrte sie an.

»Haben Sie noch eines von diesen sensationellen Bonbons?«, fragte er.

»Ich bin kein Mensch,
ich bin Dynamit.«
(Friedrich Nietzsche)

Die Etymologie des Wortes ›Explosion‹ ist merkwürdig. Überraschenderweise hat der Begriff seine Wurzeln in der Theatersprache. *Explodieren*, also ›zerplatzen‹, ›bersten‹, ›knallend auseinanderfliegen‹, leitet sich vom lateinischen Wort *explodere* ab, aus *ex* (›aus‹, ›hinaus‹) und *plaudere* (›klopfen‹, ›klatschend schlagen‹, aber eben auch: ›Beifall klatschen‹). Der Applaus (wörtlich: ›das Wegklatschen‹) als unbewusste Nachahmung einer Explosion? Die zündende Pointe auf der Bühne und das befreiende kollektive Krachen im Saal?

Auf der Bühne selbst wird die Explosion jedoch selten gezeigt. Es gibt Ausnahmen, und wir denken hier an das leider verschollene Stück von Eugène Ionesco, dem Vorreiter des Absurden Theaters. Sein fünfaktiges Drama heißt L'explosion, und dieser titelgebende Knall findet schon recht früh, in der zweiten Szene des 1. Aktes im vollbesetzten Wohnzimmer der Familie Großjean statt. Alle Personen kommen dabei um. Den Rest des ersten Aktes geschieht nichts weiter. Auch im zweiten Akt betrachtet der Zuschauer lediglich die rauchenden Trümmer des Wohnzimmers. Im dritten Akt erwartet er eine Peripetie, eine Steigerung, aber auch hier wird er enttäuscht. Im vierten Akt kommt das retardierende, das verlangsamende Element dadurch zustande, dass dieser nicht wie die anderen Akte eine Stunde, sondern ganze eineinhalb Stunden dauert. Im fünften Akt geschieht wieder rein gar nichts. Vorhang. (Applaus?)

Maria Schmalfuß starrte auf den Zündmechanismus der Bombe. In ihrer Praxisarbeit hatte sie durchaus öfter mit Absurdem Theater zu tun gehabt. Wenn sie jetzt doch nur einen Eisernen Vorhang fallen lassen könnte! Doch alles der Reihe nach.

29

Der zehnte Anschlag des Bombers fand in der dritten Stunde statt, zu dem Zeitpunkt, als Jennerwein im Unterricht von Donnepp saß, der den Wahlkurs Wirtschaft / Recht anbot. Auch dieser Lehrer hatte sich zum allgegenwärtigen leidigen Thema etwas einfallen lassen, denn als die Klasse ins Zimmer trudelte, stand an der Tafel schon groß und breit: SIND STINKBOMBEN JUSTIZIABEL?

»Ich habe dazu einen Gast eingeladen«, sagte Donnepp und wischte sich die Kreide von der Hose ab. »Einen Experten. Wir wollen heute mit ihm zusammen die Frage beantworten, ob sich der Werfer eines Delikts im strafrechtlichen Sinn schuldig macht.«

Das Auffällige an Donnepp war seine leicht schäbige und auch nie ganz saubere Kleidung. Nur die Schuhe stachen heraus. Die waren teuer und stets blitzeblank geputzt. Jennerwein fragte sich, warum jemand, der so oft von wirtschaftlichem Erfolg redete, von Bonität und geradliniger Akkumulation des reinvestierten Kapitals, immer dieselbe, abgeschabte Jacke trug. Jennerwein hatte noch viel zu lernen.

Heute war der zehnte Anschlag fällig. Dessen war sich Hubertus ganz sicher. Aber würde er sich wegen des kleinen Jubiläums etwas Besonderes einfallen lassen? Die Tür sprang auf, und ein feister, großgewachsener Mann trat dämlich grinsend ein. Jennerwein kannte ihn sehr wohl, es war Hieronymus Vierheilig, Rechtsanwalt mit Fachgebiet Strafrecht, in Schülerkreisen besser bekannt als gestrenger Vater des armen Jean-Baptiste Vierheilig, dessen Spind gemeinerweise präpariert worden war.

»Wir werden unserem heutigen Gast einige Fragen stellen«, begann Donnepp.

Er klappte eine Tafelhälfte auf, dort waren die Fragen schon hingeschrieben: Um welche Art von Delikt handelt es sich? Welche Strafe erwartet den Täter? Ist überhaupt Schaden entstanden? Jennerwein schaltete gedanklich ab, als Vierheilig, das Speckgesicht, die Fragen weitschweifig und mit vielen Paragraphen gespickt beantwortete. Hubertus sah hinüber zu Antonia Beissle, die sich schon wieder dem komplizierten Innenleben ihres Lippenstifts widmete. Sie lockerte den eigentlichen Stift und hob ihn vorsichtig ab, dann stocherte sie mit einem kleinen Schraubenzieher im Drehmechanismus der leeren Hülse herum. Was sie da trieb, war Jennerwein ein Rätsel. Er musterte nun verstohlen seinen Banknachbarn und besten Freund, Bernie Gudrian, der dem trockenen Unterricht wiederum äußerst aufmerksam folgte. Bernie wollte selbst Rechtsanwalt werden.

Mitten in Vierheiligs und Donnepps Paragraphengestrüpp brach die nächste Attacke auf den guten Geschmack los. Der Gestank breitete sich wieder einmal rasch im Zimmer aus, er war aber diesmal nicht gar so wuchtig wie bei den letzten Malen, vielleicht hatte der Bomber (zur Feier des Tages?) eine schwächere Dosis genommen. Rechtsanwalt Vierheilig rümpfte nicht etwa die Nase oder wandte sich angeekelt weg wie alle anderen, er schnüffelte im Gegenteil interessiert, fast gierig, wie bei einer Weinverkostung. Donnepp öffnete die Fenster, trat dann hinaus auf den Gang und schnüffelte ebenfalls. Bei den vorigen Anschlägen war die Quelle innerhalb von wenigen Minuten entdeckt worden. Das war diesmal anders. Die Lehrer machten sich auf den Gängen sofort auf die Suche nach Glassplittern auf dem Boden, in den Schränken, auf den Brüstungen. Sie hatten inzwischen schon Übung darin, doch heute war ihnen kein Erfolg beschieden, niemand fand etwas, nirgendwo im ganzen Schulhaus. Schließlich erlaubte Donnepp der Klasse, das Zimmer zu verlassen. Draußen zeigte sich ein skurriles Bild: Die sonst so aufrechten Lehrer schlichen gebückt umher, richteten ihre Nasen da- und dorthin, was ihnen ein urzeitliches, wenn nicht tierisches, schweinisches Aussehen gab. Auch die elegante Französischlehrerin, Frau Haage, wie immer im Pariser Chic gekleidet, heute mit pfirsichfarbener Schößchen-Seidenbluse und Plisseerock, hatte sich in ein solches nüsternblähendes Schnüffeltier verwandelt.

Gut dreißig Jahre später musste Kommissar Jennerwein immer noch über das Bild, das sich auf den Gängen geboten hatte, lächeln. Vierheilig war sogar auf den Knien herumgekrochen. Der Wirtschaftskundelehrer Donnepp hatte sich bei der Suche nicht beteiligt, er hatte nur stumm den Kopf geschüttelt.

»Wie kann man seine Kreativität nur für solch einen Unsinn vergeuden!«

Vor kurzem war Kommissar Jennerwein auf einen Zeitungsartikel über den alten Donnepp gestoßen. Aus dem ehemaligen Pauker war inzwischen ein gefragter Wirtschaftsberater und Aktienkursversteher geworden. Inzwischen wusste Jennerwein auch, was seine weiterhin abgewetzte Kleidung zu bedeuten hatte: die Koketterie des Understatements.

Der Gestank wurde nicht schwächer. Auch der Privatdetektiv, den Jennerwein ins Zimmer des Direktors hatte verschwinden sehen, schnüffelte nur geschäftig, aber ziemlich ratlos, herum und schüttelte immer wieder resigniert den Kopf. Er war kein guter Schnüffler. Schließlich wurde der Vormittagsunterricht für beendet erklärt. Hubertus hatte an diesem Tag jedoch noch Nachmittagsunterricht. Als er das Schulgebäude gegen halb drei Uhr wieder betrat, hing der Geruch immer noch in den Zimmern.

Was war geschehen? Die Lehrer hatten weitergesucht, viele tippten auf Düsen, die über das ganze Gebäude verteilt waren und durch eine hydraulische Pumpe das eklige Zeug ausspritzten. Aber man hatte keine Düsen entdeckt. Und vor allem: Auch als der Hausmeister den Strom im ganzen Gebäude abgeschaltet hatte, blieb die Intensität des Geruchs konstant. Herr Leiff, ein engagierter Lehrer für Mathe und Physik, packte das Problem systematisch an.

»Es muss auf den Gängen einen stetig zirkulierenden Luftstrom geben«, begann er im Kreis seiner Kollegen. »Warme Luft steigt nach oben und wird durch andere Luftzüge, zum Beispiel beim Öffnen und Schließen der Klassenzimmertüren, bewegt. Die warme Luft fließt quasi an den Decken der Korridore aller drei Stockwerke.« Seine Augen funkelten im pädagogischen Erklärungseros. »Wird an einer beliebigen Stelle kälteres Gas eingepumpt, fließt es eine Weile mit dem Luftstrom mit, sinkt dann nach unten. Ich vermute also irgendwo in der Deckenverkleidung einen von der Elektrik unabhängigen Zerstäuber, der sein grausiges Werk tut, auch wenn der Strom abgeschaltet ist.«

Leiff entdeckte die Höllenmaschine schließlich in der Decke der Eingangshalle. Er stieg mit einer Leiter hinauf und holte ein kleines Holzbrett herunter, auf dem einige unscheinbare Fläschchen und Glaskolben mit farbigen Flüssigkeiten befestigt waren.

»Ein sogenannter Heronsbrunnen«, erklärte Leiff lächelnd und drehte an ein paar Stellschrauben herum. »Dachte ich es mir doch. Er ist benannt nach Heron von Alexandria, einem alten Griechen, der ihn vor zweitausend Jahren erfunden hat. Sie sehen hier einen Wasserspender, der ohne Einfluss von außen scheinbar endlos arbeitet.«

»Und wie funktioniert das?«, fragte der Direktor.

»Sehen Sie –« Alle Kollegen hatten sich inzwischen um den Physikus geschart. »Das Wasser wird aus einem tieferliegenden Behälter in einen höherliegenden gepumpt, es entsteht eine Fontäne, die den Pumpvorgang ein paar Stunden am Laufen hält, bis das Ausgangsreservoir leer ist.«

»Es ist ein Tropfenspender?«

»Ja, der Bomber hat das Wasser mit der Buttersäure angereichert, die Maschine wäre noch ein paar Stunden gelaufen.«

»Wer kommt denn auf so was?«, fragte der Chemielehrer Heinz Peterchen, auch er eher bewundernd wie alle Lehrer mit naturwissenschaftlichen Fächern.

»Ich vermute, er hat in der Schulbibliothek nachgesehen. Da gibt es sicher ein Buch, in dem das beschrieben wird.«

Die Lateinlehrerin und Bibliothekarin Böckel schüttelte ihre glatten, blonden Haare und sah in ihrer Liste nach. Es gab tatsächlich ein Buch mit Erfindungen des alten Mechanikus.

»Jetzt haben wir den Idioten!«, rief der Direktor. »Wir haben ihn dingfest gemacht! Sehen Sie nach, wer es ausgeliehen hat.«

Frau Böckel durchwühlte die Listen.

»Niemand«, sagte sie schließlich.

Alle stöhnten enttäuscht auf.

»Vielleicht hat er es gleich vor Ort in der Bibliothek gelesen!«

»Das wäre mir aufgefallen.«

»Wo steht es denn?«

Als die jagdlustige Meute von Pädagogen hineilte, um es sich anzusehen, ahnten es einige schon. Das Buch *Heron – Sein Leben, seine Erfindungen* fehlte. Jemand hatte es geklaut.

In der ersten Schulstunde des nächsten Tages knisterten die Durchsagenlautsprecher. Die Schulpsychologin räusperte sich, begann dann mit ihrer leisen, aber beherzten Stimme:

»Dies ist ausnahmsweise einmal keine Durchsage an *alle* Schüler. Ich richte mich direkt an dich, den Bomber. Wer du auch immer bist, ich bewundere deinen Mut, deine Energie und dein Durchhaltevermögen. Ich mag deine Kreativität. Ich schätze deinen unbeugsamen Charakter. Dabei hältst du dich bescheiden im Hintergrund. Wo du auch immer jetzt bist, in der Turnhalle, in einem Klassenzimmer, auf dem Gang, du hast wahrscheinlich eine Standpauke, eine Rüge, eine Strafandrohung erwartet. Aber nein, ganz im Gegenteil. Ich rate dir weiterzumachen. Du steigerst dich von Mal zu Mal. Die ganze Schulfamilie ist gespannt, was du dir heute hast einfallen lassen. Wir sind die Jäger, du bist der Fuchs, so lauten die Spielregeln. Trotzdem hoffen wir alle, dass die Jagd noch einige Zeit weitergeht. Sie macht uns nämlich großen Spaß! Und wir lernen von dir. Mach keinen Fehler, hörst du? …«

Darauf war ein schreckliches Quietschen zu hören. Und die Stimme des Direktors:

»Unglaublich!«

Noch am selben Tag wurde die Psychologin aus dem Schuldienst entlassen. Dabei war sie ihrer Zeit nur voraus. Ein paar Jahre später nannte sich diese Technik *Provokative Therapie*, und der neue Zweig der Psychologie wurde sogar im Gerichtssaal zugelassen.

Der Bomber aber saß irgendwo und lächelte. Der Bomber – ob man in ihm jetzt einen Schüler oder

Lehrer sehen will, einen Jugendlichen oder Erwachsenen, einen Mann oder eine Frau – der Bomber hörte sich diese Durchsage aufmerksam an. Er war geschmeichelt. Auch nicht schlecht, dachte er. Oder sie.

Am Abend dieses Tages ließ er oder sie aber erst einmal das Buch von Heron, dem altgriechischen Mechanicus, verschwinden. Ins Feuer damit? Ja, das war das Vernünftigste. Eine Kamintüre öffnete sich. Ein altes Buch aus der Schulbibliothek rutschte zwischen die Scheite. Langsam fraßen sich die Flammen in die Seiten mit den Bildern vieler schöner Erfindungen. Die Bratäpfel dufteten auf dem Kaminsims. Bald war Weihnachten. Das Fest der Überraschungen.

30

Manchmal trauert man zu Recht den alten Zeiten hinterher. Vor allem, wenn es sich um sprachliche Gepflogenheiten handelt. Wie herrlich würzig hatte doch damals der Ausdruck ›Grober Unfug‹ geklungen! Die Jüngeren kennen ihn gar nicht mehr, haben womöglich auch keine Ahnung vom Delikt selbst. Damals allerdings hatten die meisten ein Bild im Kopf, wie der Un-fug (Fug vom mhd. vuoc = Schicklichkeit) und vor allem der grobe Unfug (grob vom germ. ga-hruba = mit Kruste, mit Schorf) auszusehen hatte. Juristen verstanden darunter bis 1975

> »eine grob ungebührliche Handlung, durch welche das Publikum in seiner unbestimmten Allgemeinheit unmittelbar belästigt oder gefährdet wird, und zwar dergestalt, dass in dieser Belästigung oder Gefährdung zugleich eine Verletzung oder Gefährdung des äußeren Bestandes der öffentlichen Ordnung zur Erscheinung kommt« (§ 360 Abs. 1 Nr. 11 StGB).

Alles klar? 1975 wurde dann der ›Grobe Unfug‹ abgeschafft, um der wesentlich blasseren ›Belästigung der Allgemeinheit‹ (§ 118 OWiG) Platz zu machen. Ersteres war noch eine Übertretung mit einer Geldstrafe bis zu einhundertfünfzig Deutsche Mark oder Haft, das Zweite ist eine schlichtere Ordnungswidrigkeit mit einer Geldbuße zwischen fünf und tausend Euro. Unter beiden Verstößen versteht der Gesetzgeber jedenfalls Aktionen wie:

- ❑ Tragen einer Badehose in der Kirche
- ❑ Nacktwanderungen außerhalb dafür ausgewiesener Wege
- ❑ Verrichten von Notdurft auf der Straße
- ❑ Bespritzen von Passanten durch schnelles und / oder absichtliches Fahren durch eine Pfütze
- ❑ Beschmieren von Häuserwänden mit Graffiti
- ❑ Störung von Film- und Theatervorführungen durch Zwischenrufe und anderes unpassendes Benehmen
- ❑ Störung von Opern und anderen musikalischen Veranstaltungen, insbesondere durch Mitsingen
- ❑ Hilferufe (»Feuer!«), ohne dass Gefahr vorliegt
- ❑ Unwahre Presseveröffentlichungen, die zu einer Beunruhigung der Allgemeinheit führen können
- ❑ Scherzhafter, aber unwahrer Hinweis bei einer Flughafenkontrolle auf eine vermeintliche Bombe im Gepäck
- ❑ Störung eines offiziellen Gelöbnisses der Bundeswehr
- ❑ Verbringen von Spülmittel oder Waschmittel in öffentliche Brunnen

- ❑ Verstellen von Wasserwaagen in Baumärkten
- ❑ Verbringen von verderblichen organischen Materialien in geschlossene Räume unter bewusster Inkaufnahme der anschließenden Geruchsbelästigung

(Raum für eigene Einträge)

- ❑ ______________________________
- ❑ ______________________________
- ❑ ______________________________
- ❑ ______________________________

31

Seit Stunden hatte das Gewicht des Jeeps, der mit einem Stahlseil über dem Abgrund hing, an der Tanne gezerrt. Jetzt war es so weit. Der borkenkäfergeschädigte Baum neigte sich immer tiefer über die alte Forststraße, bis er mitsamt der Wurzel aus dem Erdreich gerissen wurde. Der Jeep kippte verzweifelt knirschend über die Klippe, er nahm die Tanne mit, beide stürzten rumpelnd in den Abgrund. Es waren an die achtzig Höhenmeter, die das ungleiche und unfreiwillige Duo fiel, dann schlug das Fahrzeug an einem vorstehenden Felsen auf, wurde hochgeschleudert, landete in einem Steilhang und löste eine Lawine aus, die zischend ins Tal donnerte.

»Ich bitte Sie: Seien Sie mal einen Moment ganz still.«

Ludwig Stengele hob die rechte Hand schnell und gebieterisch. Schlagartig verstummten alle Gespräche in der Hütte, jeder lauschte nach draußen. Nichts.

»Was ist los, Stengele?«, flüsterte Verena Vitzthum, die Gerichtsmedizinerin. »Was haben Sie gehört? Ist es vielleicht Dr. Rosenberger?«

Jennerwein glaubte in ihren Augen ein kleines

panisches Glitzern zu bemerken. Warum das denn jetzt? Wovor hatte sie Angst?

Stengele entspannte sich wieder. Lediglich die Hand hielt er noch in der Luft. Mit dem Daumen der anderen deutete er in Richtung Tür.

»Ich habe mir eingebildet, einen Lawinenabgang gehört zu haben. Ich kenne das Geräusch nur zu gut. Aber vielleicht habe ich mich auch getäuscht.«

Trotzdem lauschten alle konzentriert und schweigend. Nichts. Der Wind. Das leise Knistern des Feuers. Das Knacken der hölzernen Wandverkleidung. Kein Lawinenabgang, kein Böllerschuss, kein Rosenberger. Absolute Stille. Nur das Atmen von acht Personen.

Auch Jennerwein konzentrierte sich. Er schloss die Augen. Als er sie wieder öffnete, fiel sein Blick auf die ausgestreckte, knochige Hand Stengeles, die der Allgäuer immer noch in der Luft hielt: Ruhe gebietend, den Zeigefinger ein wenig mehr abgespreizt als die übrigen Finger. Jennerwein war auf einmal wie elektrisiert. Die Dumpfheit seines Schnupfens wich höchster Klarheit. Wie ein schmerzhafter Schlag traf ihn die Erkenntnis. Den ganzen Abend hatte es Anzeichen gegeben, aber er hatte sie nicht richtig gelesen. Jetzt erst erkannte er das zentrale Element im Raum, das vom normalen Muster abwich! Die Gerichtsmedizinerin, Verena Vitzthum, hatte sich an die Kehle gegriffen. Mit immer demselben Nachdruck. Mindestens ein Dutzend Mal. Jetzt verstand Jennerwein: Das war durchaus keine Marotte. Das war ein Zeichen. Es hatte etwas Dringendes. Und er musste jetzt unbedingt verstehen, was es bedeutete. Ruhig, ganz ruhig, ganz tief durchatmen, dachte Jennerwein. Und vor allem nach außen hin keine auffälligen Reaktionen zeigen. Die Gerichtsmedizinerin hatte versucht, ihm ein taktisches Zeichen zu übermitteln. Wenn es das bedeuten sollte, was er gerade befürchtete, dann waren sie alle in Gefahr. In tödlicher Gefahr. Warum hatte er es nicht längst bemerkt? Ganz einfach: Von der Gerichtsmedizinerin hatte er diese besondere Art von Zeichen nicht erwartet. Sie war keine Polizistin, sondern lediglich medizinische Angestellte im Polizeidienst. Sie hatte nicht die polizeiliche Grundausbildung durchlaufen, in der man taktische Handzeichen durchexerzierte. Solche Sichtzeichen waren notwendig bei vielen polizeilichen, militärischen oder geheimdienstlichen Operationen, in denen eine mündliche Kommunikation nicht möglich war. Zum Beispiel, wenn die Tür einer Wohnung aufgebrochen werden musste. Es gab Handzeichen für Messer, Gewehr, Pistole, Gefahr, Opfer, Gas, Deckung …

Der Griff an den eigenen Hals jedoch bedeutete: GEISEL, GEISELNAHME.

Jennerwein erschrak. Ja, auch wenn es unmöglich schien, genau das musste es sein: Sie machte ihm ein Zeichen. Er atmete tief durch. Dass er es jetzt erst begriff! So viel wertvolle Zeit hatte er bereits verloren. Er zwang sich, nicht ruckartig zur Frau im Rollstuhl hinzusehen. Er musste sich konzentrieren.

»Nein, da draußen ist nichts zu hören«, sagte Stengele jetzt.

Er hob entschuldigend sein Glas, die anderen Hüttengäste entspannten sich wieder, man prostete sich zu, Greg, der Rothaarige mit dem Nasenpflaster, betonte nochmals, wie interessant das alles sei, so mitten unter lauter Polizisten. Jennerwein lachte mit. Es war enorm wichtig, jetzt ganz normal zu wirken. Also eine Geiselnahme. Wer aber war die Geisel? Wer war der Geiselnehmer? Wie bedrohte er sie? Was wollte er erreichen? Jennerwein verfluchte sich, dass er nicht genauer auf Verena Vitzthum geachtet hatte. Hatte sie ihm womöglich noch andere Zeichen gemacht? Er musste ruhig bleiben. Auf keinen Fall durfte der Täter – war es einer? waren es mehrere? – wissen, dass Jennerwein die Gefahr der Lage erkannt hatte. Nur niemanden warnen. Es konnte schließlich jeder sein.

»Sie können natürlich jederzeit bei uns übernachten, wir haben genug Platz«, sagte Nicole gerade zu Greg, dem Mann im Trainingsanzug. »Sie haben doch nichts dagegen, Chef?«

»Nein, natürlich nicht«, antwortete Jennerwein.

Er blickte Greg dabei so freundlich wie möglich an. Hatte er den Satz mit der angemessenen Leichtigkeit hinbekommen? Jennerwein ballte die Faust unter dem Tisch. Nur nicht übertreiben, nur keine auffälligen Verhaltensänderungen. Was hatte Verena sonst noch für Gesten gemacht? Er konnte sich beim besten Willen nicht mehr daran erinnern. Jennerwein richtete sich auf. So brachte das nichts. Er musste etwas anderes versuchen. Mit der bloßen Information, dass eine Geisel genommen worden war, konnte er niemandem helfen. Sein Blick fiel auf ein Bild an der Wand, das vor langer Zeit aufgenommen worden war. Darauf war ein junger, gutaussehender, aber schüchtern dreinblickender Mann zu sehen, dazu eine schwarzhaarige Frau. Das war es! So konnte es vielleicht gelingen.

Es war gerade eine kleine Gesprächspause entstanden, die nützte Jennerwein aus. Er deutete, belustigt auflachend, auf die Bilderwand.

»Sie werden sich die ganze Zeit gefragt haben, wer das auf dem Foto ist. Ich habe nämlich schon bemerkt, wie sich der eine oder andere dafür interessiert hat. Nun, es ist kein Geheimnis –«

Alle drehten den Kopf zur Wand, Hölleisen, der am nächsten saß, leuchtete mit der Kerze ans Bild, nur Verena Vitzthum warf einen kurzen Blick in

Richtung Jennerwein, der sich bereits an den Hals gegriffen hatte. Er wagte kaum zu atmen. Dann sah er, wie sie mit zwei Augenbewegungen links und rechts checkte, ob sie jemand beobachtete. Er hatte sich also nicht getäuscht. Verena Vitzthum vollführte in kürzester Zeit vier knappe Handgesten. Sie griff sich nochmals an den Hals. Sie kratzte sich in der Höhe ihres Schlüsselbeins. Sie streckte die flache Hand aus, ballte dann die Faust. Sie zeigte auf einen bestimmten Punkt im Raum.

Jennerwein durchfuhr eine Woge des Schreckens.

»Das sind doch sicher Sie auf dem Bild, Chef«, sagte Hölleisen. »Vielleicht mit Ihrer damaligen Freundin?«

Jennerwein lachte und zuckte gespielt hilflos die Schultern. Dabei nickte er der Gerichtsmedizinerin zu. Sie nickte mit einer unglaublich kleinen Kopfbewegung zurück. Dabei blinzelte sie, und in ihrem Blick spiegelte sich hoffnungsvolle Erleichterung. In ihren Augen konnte er das Wort ENDLICH! in meterhohen Großbuchstaben lesen.

»Na, Hölleisen, da wollen Sie mich jetzt drankriegen! Aber betrachten Sie doch mal die Klamotten, die die beiden tragen«, fuhr Jennerwein launig zu den anderen fort, die immer noch Richtung Bild sahen.

Es war ein Vabanquespiel. Doch es funktionierte. Alle beugten sich noch näher zu dem Foto.

»Minirock und Polohemd«, rief Maria. »Stammt das vielleicht aus den siebziger Jahren?«

»Eher aus den Sechzigern als den Siebzigern, ja, richtig. Was folgern Sie daraus?«

Der Stress schnürte Jennerwein fast die Kehle zu, doch er kämpfte dagegen an. Er wiederholte in schneller Abfolge die vier taktischen Zeichen, er griff sich an den Hals, zeigte mit dem Finger auf sie, zeigte die geballte Faust und öffnete sie schnell nach oben, deutete nach unten auf ihren Schoß. ›Geisel‹ – ›du‹ – ›Explosion‹ – ›unter dir‹. Verena Vitzthum nickte erneut. Eine heiße Woge des Entsetzens, aber auch der Erleichterung durchströmte Jennerwein. Jetzt hatte er Gewissheit. Es war wirklich Gefahr im Verzug.

Er bemerkte, dass ihn Maria ansah. Waren ihr die Handzeichen aufgefallen? Er ignorierte ihren fragenden Blick. Langsam wandten sich alle wieder von dem Bild ab.

»Sagen Sie schon, Chef: Wer ist es?«, fragte Stengele.

»Na, raten Sie mal.« Jennerwein schmunzelte geheimnisvoll. »Sie haben den Mann für meine Wenigkeit gehalten. Frage: Wer kann mir so ähnlich sehen und hat in den Sechzigern eine schwangere Frau im Arm?«

»Ja, ist es am Ende Dirschbiegel, Ihr Vater?«

Jennerwein nickte schelmisch.

»So eine Familienähnlichkeit, erstaunlich.«

Jennerwein lachte in die Runde. Währenddessen tickte sein Hirn wie ein Uhrwerk. Die Zeichen waren eindeutig. Verena Vitzthum war die Geisel. Unter ihr, im Rollstuhl versteckt, befand sich ein Sprengsatz. So musste es sein. Aber wer drohte mit dem Sprengsatz? Wer um alles in der Welt wollte sie in die Luft jagen?

Maria Schmalfuß war vollkommen verwirrt. Das durfte doch nicht wahr sein! Hubertus machte der Gerichtsmedizinerin versteckte Zeichen! Sie hatte die Gesten gesehen, sie hatte sie zu deuten versucht, aber sie konnte nichts damit anfangen. War es Gebärdensprache? Aber warum? Was sollte das alles? Lief hier eine Affäre zwischen den beiden, und sie hatte nichts mitbekommen? Heiße, zornige Eifersucht flammte in ihr auf, sie atmete heftig. Doch dann zwang sie sich wieder zur Ruhe. Sie überlegte. Die beiden mussten doch einen triftigen Grund für ihre geheimen Zeichen haben. Was war da los? Nach einem Scherz sah es nicht aus. Blieb nur eine gefährliche Situation übrig. Jetzt erst überkam Maria Schmalfuß eiskalte Angst.

»Na so was!«, rief Hölleisen. »Ihr Herr Vater. Ich habe ja die Ehre gehabt, ihn persönlich kennenzulernen!«

»Nehmen Sie das Bild mal von der Wand«, sagte Jennerwein. »Ich muss Ihnen noch etwas zeigen.«

Schon wieder war etwas Zeit gewonnen. Hölleisen beugte sich über den Tisch. Das Bild wurde herumgereicht. Wenn der Täter hier im Raum saß, war es ein riskantes Unterfangen, weiter Zeichen zu machen. Und wenn er irgendwo da draußen stand und sie beobachtete? Jennerweins Kopf raste. Das war doch sehr unwahrscheinlich. Obwohl – verdammt! In der Tasche von Becker befand sich die Drohne, die er gefunden hatte. Angeblich gefunden hatte! Sie war jedenfalls mit einer Kamera ausgestattet. Jennerwein drehte den Kopf in Richtung der Tüte. Becker hatte sie nicht im Nebenraum gelassen, sondern auf ein Regalbrett in Kopfhöhe gelegt. Jennerwein bemerkte mit Entsetzen, dass das Vorderteil der Drohne ein Stückchen weit aus der Tüte herausschaute. Das Kameraauge glotzte ihn an. Becker! Um Gottes willen, war Becker der Täter? Jennerwein zwang sich dazu, ihn nicht anzusehen. Jetzt nur Ruhe bewahren, nichts Auffälliges machen.

Nicole Schwattke beteiligte sich an den Gesprächen nur halbherzig. Sie bekam ihre Gefühle einfach nicht in den Griff. Verknallt wie eine Vierzehnjährige! Alles, was er sagte, klang wie Musik in ihren Ohren. Bei jedem Blick, der in ihre Richtung ging und der sie traf, jubilierte ihr Herz. Sie hatte den großen Drang, aufzuspringen, hinauszulaufen und sich draußen in der Dunkelheit schreiend in den Schnee zu werfen. Hätte sie es nur getan.

Jennerwein ballte die Faust unter dem Tisch. Becker! Der Spurensicherer saß ihm schräg gegenüber. Gerade nickte er ihm freundlich, aber auch ein wenig fragend zu. Unmöglich, dass Becker sie hier oben in eine Falle gelockt hatte. Warum sollte er das tun? Und außerdem: Warum hatte ihn Verena nicht gewarnt, bevor Becker zur Hüttengesellschaft gestoßen war? Nein, nicht Becker. Es musste eine andere Erklärung geben. Jennerwein versuchte, seine Gedanken zu ordnen. Was konnte er aus Verenas Zeichen ableiten? Der Griff an die Kehle: Sie selbst war die Geisel. Offene Hand: Eine Bombe konnte gezündet werden. Wer war das Ziel? Offenbar sie alle. Und wieso war bisher noch nichts geschehen? Der Täter wartete offenbar, bis das Team vollzählig war. Einschließlich Polizeioberrat Dr. Rosenberger. Und wer hatte immer wieder gefragt, wann Rosenberger käme? Wer hatte enttäuscht reagiert, als man ihn vertröstet hatte? Es war Emil Prokop, der neue Freund der Gerichtsmedizinerin, der neben ihr Platz genommen hatte und sich rührend um sie kümmerte. Gerade eben wieder zupfte er das Kissen zurecht, auf dem sie saß. Als er sich kurz hinunterbeugte und abgelenkt war, deutete Jennerwein mit dem Kinn fragend auf ihn. Verena Vitzthum nickte. Also Prokop. Emil Prokop, der Lockenkopf mit dem modischen Stirnband.

32

Da gibt es einen alten Snowboarderwitz. Sitzen ein Preuße, ein Sachse und ein Österreicher zusammen … Nein, anders. Fahren ein Amerikaner, ein Chinese und ein Österreicher auf einem Snowboard … Nein, noch anders, jetzt aber echt: Sitzen drei Snowboarder zusammen, einer aus Amerika, einer aus China und einer aus Österreich. Sagt der Amerikaner:

»Ich arbeite an einem HammerSlide Slash Dog 1380 Frontside Double Turn mit Halfgrab-off und einem extra Tailpress!«

Fragt der Österreicher:

»Was ist denn das?«

Antwortet der Amerikaner:

»Das ist eine eingesprungene Dreifachschraube angewinkelt, nach eineinhalb Drehungen wieder gestreckt, mit einem durchgehend gehaltenen Doppelgriff an der Spitze.«

Sagt der Chinese:

»Toll, aber ich entwickle gerade einen Double-LoopWheely mit 630-er Turn, MetroRollCandy und HipHopGrab.«

Fragt der Österreicher:

»Was ist denn das?«

Sagt der Chinese:

»Das ist ein im Aufstieg gebückter Dreifachsalto mit halber Drehung gegen den Uhrzeigersinn und abwechselndem Griff an die Außenkante.«

Sagt der österreichische Snowboarder:

»Das ist noch gar nichts. Ich arbeite an einem Throughout-Pocket-Grab mit durchgehend gebontem Standing 360 mit gleichzeitigem turnless-right-hand-hip und einem SmilingFuzzy Zero Shifty Tailfish.«

Der Amerikaner und der Chinese blicken verständnislos.

Sagt der Österreicher:

»Das ist das einfache Stehen im Schnee auf einem Snowboard und Winken in die Kamera bei der Siegerehrung mit einer Hand, weil die andere locker in der Hosentasche steckt.«

Einer der drei Snowboarder am oberen Ende der Halfpipe kannte den Witz noch nicht. Nachdem er ausführlich am Boden herumgerollt war, schloss er das Helmvisier und bretterte das erste steile Stück hinunter. Er nahm Fahrt auf, beschrieb eine leichte Kurve, schoss in die Pipe, sprang ab und schoss hinauf in den Nachthimmel, ohne Sicht, nur nach Gefühl, unter kurzzeitiger Außerkraftsetzung der Gesetze der Schwerkraft.

Der Zweite startete. Er arbeitete an einem Trick, den noch wenige gewagt hatten. Es war der siebenfache Rückwärtssalto gehockt, wobei die letzten beiden Drehungen schon gefährlich knapp über dem Boden stattfanden. Der Japaner Kashira hatte sich dabei alle Knochen gebrochen. Der Film auf YouTube hatte drei Millionen Klicks bekommen. Er aber, der zweite Snowboarder im Team, war guter Dinge. Er sprang und rollte sich hoch, mit einem einfachen Both-HandGrab, dem ›Tucky‹. Nach der dritten Drehung wusste er, dass das nicht der übliche Snowboardzirkus war. Es war das Gefühl der Macht über die Naturgesetze. Der Himmel, der heute verdammt sternig war, blitzte nur alle paar Zehntelsekunden über ihm auf. Ein riesiger Vollmond kam auf ihn zu, er sah jeden einzelnen Krater. Der gehockte Rückwärtssalto war zwar die unnatürlichste und abgefahrenste Fortbewegungsart, die sich je ein Mensch ausgedacht hatte, trotzdem war es das einzig Wahre. Die Zeit dehnte sich unendlich langsam aus, er wusste, dass er einen Flash hatte, der ihm das Hirn nach hinten herauszog und die Seele aus dem Leib drehte. Es war ein Hack der Welt. Er landete sicher, aber er fand es auch enttäuschend, wieder am Boden zu sein.

Der dritte Snowboarder hatte ganz etwas anderes vor. Diesmal wollte er weder Saltos noch Schrauben drehen. Er fuhr wie ein Henker durch die Pipe, um

Schwung zu holen. Er schoss von Wand zu Wand, nahm Tempo auf und fuhr mit Karacho in die Rampe. Er bretterte scharf über die Klippe, die ihn hoch hinaustrug und als Stern am Nachthimmel erscheinen ließ. Unten hatte er die winzig kleine Lücke zwischen den Steinen gesehen, dort wollte er landen. Literweise strömte das Adrenalin durch seinen Körper. Es war wie russisch Roulette.

33

Der Mann und die Frau trafen unverrichteter Dinge wieder in der Werkstatt ein. Sie zogen ihre nassen Mäntel aus. Erneut warf er eine Münze in die Jukebox.

♫ *Come, Mr Tally Mon, tally me banana*
Daylight come and me wan' go home

Es musste immer wieder Harry Belafonte sein. Ein wirklicher Ohrwurm. Der Mann ging zum Steuerpult der Drohne und schaltete an der Elektronik herum. Dann tippte er etwas in das Notebook ein, das danebenstand.

»Was machst du denn?«

»Ich habe da eine Idee. Soviel ich weiß, verfügt das Modell über ein Hilfsmodul mit einem Zusatzaggregat, das genau für solche Fälle gedacht ist. Eine funkunabhängige Kamera schaltet sich ein, und wenn wir Glück haben, sehen wir, wo sich die Drohne befindet. Und wir können sie orten.«

Das Telefon klingelte, die Frau ging ran.

»Ach, du, Tobias? Schatz, musst du nicht schon im Bett sein?«

Die Kinderstimme am anderen Ende der Leitung klang kläglich.

»Ich kann nicht schlafen.«

»Du kannst nicht schlafen, so. Du rufst sicher wegen der Katze an.«

»Habt ihr sie schon gefunden?«

»Tut mir leid, bis jetzt noch nicht. Aber versprochen: Wir gehen nochmals raus und suchen sie. Sie kann nicht weit sein.«

Die Frau legte auf. Gut, dass ihr Enkel nicht nach der Drohne gefragt hatte.

34

Ein wirklich schöner Hüttenabend! Prost-Rufe. Gläserklingen. Anekdoten. Die Unterhaltung floss locker dahin. Verena Vitzthum spielte hervorragend mit, ohne zu übertreiben. Sie war wohl so erleichtert darüber, dass sie ihre Nachricht endlich an den Mann gebracht hatte, dass sie jetzt eine launige Anekdote aus der Pathologie erzählte. Jennerwein drehte den Kopf in ihre Richtung und setzte ein interessiertes Gesicht auf. Er bekam von der Geschichte inhaltlich so gut wie nichts mit. Er lachte, wenn die anderen lachten. Er reagierte verwundert, wenn die anderen das taten. Jennerwein überlegte derweilen. Von Emil Prokop ging also die Gefahr aus. Er hatte sie als Geisel genommen. Ihre Geste nach unten hatte verraten, dass der Sprengstoff in ihrem Rollstuhl versteckt war. Deshalb konnte Prokop höchstwahrscheinlich nicht offen angegriffen werden. Das war auch der Grund, warum Verena Vitzthum dem Kommissar die Nachricht so unglaublich vorsichtig übermittelt hatte. Jennerwein warf einen Blick auf Prokops Hände. Drückten seine Finger auf einen Schalter, der eine Totmannschaltung freigab, wenn er losließ?

»Die Band hatte damals gerade einen Song von

Elvis gespielt, und ich bin in diesem peinlichen Kostüm erschienen –«, erzählte Verena Vitzthum gerade. »Das war wohl keine so glorreiche Idee.«

»In dem Aufzug hat dich ja wohl niemand zum Tanz aufgefordert?«, kicherte Emil Prokop.

»Nein, ganz bestimmt nicht.«

Eines war sicher: Prokop hatte es nicht allein auf die Gerichtsmedizinerin abgesehen, sondern auf das ganze Team. Und nur auf das Team. Jennerwein erinnerte sich jetzt: Prokop war vorhin nicht darüber begeistert gewesen, den verirrten Wanderer hereinzubitten. Auch die Tatsache, dass Dr. Rosenberger jemanden mitbringen wollte, hatte ihm nicht gepasst. Oder wartete Prokop aus einem anderen Grund auf den Oberrat? Brauchte er das Team komplett, um eine wie auch immer geartete Erpressung durchzuführen? Doch jetzt fiel Jennerwein noch ein Detail ein, das womöglich lebenswichtig war. Seine eigene Schulgeschichte aus dem Jahr 1980 hatte Prokop äußerst interessiert verfolgt. Er hatte sogar öfter nachgehakt.

»Wie hieß der Chemielehrer? Peterchen? Komischer Name.«

Er hatte den Kopf auf eine Weise geschüttelt, als wollte er sagen: An den kann ich mich gar nicht mehr erinnern! Jetzt drehte sich Emil Prokop von ihm weg, hin zu Nicole, die eine Frage an ihn gerichtet hatte. Dadurch hatte Jennerwein Gelegenheit, ihn diskret zu betrachten. Lockiges, schwarzes Haar unter dem Stirnband, sonnengebräuntes Gesicht mit tiefliegenden, dunklen Augen, Grübchen am Kinn, Dreitagebart, entwaffnendes Lächeln. Hatte er den Mann schon mal gesehen? Jennerwein konnte sich nicht erinnern. Aber Menschen veränderten sich auch im Lauf der Zeit. Jennerwein wusste, dass die Zeit drängte. Er musste alle Teammitglieder von der hochbrisanten und lebensgefährlichen Situation in Kenntnis setzen, ehe der Oberrat erschien. Dann befanden sie sich schon einmal in einem entscheidenden Vorteil. Sie würden gemeinsam Gegenmaßnahmen treffen. Gleichzeitig musste er einen Plan entwickeln, wie man das Schlimmste verhindern konnte. Einen Angriffsplan.

»Schade, dass wir hier oben kein Netz haben«, sagte Prokop gerade. »Ich würde sonst ein Foto von Ihnen allen schießen und es ein paar Freunden von mir schicken.«

Prokop sandte ein paar seiner Gute-Laune-Blicke in die Runde. Warum wollte er jetzt gerade ein Foto verschicken? Gab es tatsächlich Komplizen? Bevor jemand anderer darauf reagieren konnte, fügte Greg, der Rothaarige mit dem Pflaster auf der Nase, hinzu:

»Ich für meinen Teil will auf jeden Fall ein Erinnerungsfoto an diesen Abend. Natürlich nur, wenn niemand etwas dagegen hat. – Nicht? Dann hole ich bloß schnell das Handy.«

Er sprang auf und ging ins Nebenzimmer. War *er* der Handlanger von Prokop? Schauderhafter Gedanke.

Greg ließ die Tür angelehnt. Auf diese Weise würde er hören, wenn jemand vom Tisch aufstand. Er konnte ungestört in den Taschen der Polizisten wühlen. Mit drei Schritten stand er bei dem auffällig altmodischen Matchsack. Er öffnete ihn und griff gierig fingernd hinein. Doch er fand nichts. Auch in der zweiten Tasche befanden sich nur Kleider und Wäsche. Er hielt inne und lauschte auf die Geräusche im anderen Raum. Er selbst hatte kaum etwas getrunken, aber die Polizisten waren nun schon ziemlich angesäuselt. Es bestand für ihn keine Gefahr, entdeckt zu werden. Weiter. Ein Kulturbeutel. Er betastete ihn hastig. War das eine Waffe? Nein, nur eine sonderbar geformte Spraydose. Auch in der nächsten Tasche fand er nicht, wonach er suchte. Wo hatten diese verdammten Bullen ihre Waffen versteckt? Unter den Laken? Trugen sie die am Körper? Vielleicht hatten sie ja auch bei der Hüttenfeier gar keine dabei. Aber hier! Ein Rucksack mit einer speziellen Innentasche, die nachträglich eingenäht worden war. Eine heiße Glückswelle durchströmte seinen Körper. Endlich war er fündig geworden. Schnell nahm er sein Handy aus der Jackentasche und ging wieder zurück zu den anderen. Er zitterte vor Erregung, aber er musste jetzt ganz cool bleiben.

»So, ganz unten in meiner Tasche hat das verdammte Ding gesteckt«, sagte er beiläufig und scheinbar für sich selbst. Dann stellte er sich in Fotografenpose. »Jetzt aber alle bitte recht freundlich!«

Jennerwein sah verstohlen zu Prokop. Der wandte sich nicht etwa ab, wie er erwartet hätte, er legte im Gegenteil seinen Arm um Verena und grinste breit und frech in die Kamera. Er musste sich seiner Sache sehr sicher sein. Greg blitzte noch ein paar Mal aus verschiedenen Perspektiven. War das ein Gruppenfoto vor dem Attentat? Jennerwein lächelte in die Kamera. Diesen Typen musste er ebenfalls im Auge behalten. Er war vielleicht der Komplize, der sie alle mit seiner hektischen Art ablenken sollte.

Jennerwein hatte vor, mit Ludwig Stengele zu beginnen. Der verfügte über eine militärische Grundausbildung und viel SEK-Erfahrung, er hatte einen Einzelkämpferkurs mitgemacht, war in der Fremdenlegion gewesen und arbeitete jetzt beim Personenschutz – bei ihm würde er nur drei bis vier unbeobachtete Sekunden brauchen, um die Informationen zu übermitteln.

»Ich hatte auch mal so ein tolles Faschingskostüm«, sagte Prokop gerade, er verschluckte sich leicht, holte ein Taschentuch aus der Hosentasche, hustete, wandte sich dabei etwas ab. Das war die Gelegenheit. Eine bessere würde nicht mehr kommen.

Jennerwein beugte sich blitzschnell, aber unauffällig über den Tisch und berührte Stengele am Ärmel. Der wandte seine Augen sofort zu ihm, ohne die Körperhaltung zu verändern. Wie Exerziergriffe gelangen Jennerwein die Handzeichen: Gefahr in unmittelbarer Nähe. Geiselnahme. Explosion. Dort das Opfer. Dort der Täter. Warten auf mein Kommando. Bis dahin Stillschweigen. – Stengele verstand sofort. Er dehnte seinen Körper, beugte sich vor und begann, sogar mit einem klitzekleinen Zungenschlag:

»Als ich bei Scheich al-Walid Hariri Personenschützer war, ist mir genau dasselbe passiert –«

Sein Körper straffte sich. Stengele war bereit. Er erzählte seine Geschichte und bereitete sich gleichzeitig auf den Einsatz vor. Mehr als drei Sekunden hatte es nicht gedauert. Bei den anderen würde es nicht so leicht gehen. Schade, dass der Allgäuer nicht mehr bei der Polizei war. Aber heute war er Teil des Teams.

Nicole Schwattke war wütend. Sie musste sich beherrschen, ihrer Entrüstung nicht sofort und wortreich freien Lauf zu lassen. Das durfte doch nicht wahr sein! Da stieß sie jemand unter dem Tisch mit dem Fuß an. Nicht einmal oder zweimal, das hätte noch ein Versehen sein können. Nein, als sie ihren Fuß zurückgezogen hatte, hatte der andere sofort nachgetreten. Und jetzt schon wieder. Was sollte denn das?

Nicole vermied den Blick auf die gegenüberliegende Tischseite. Ihr angehimmelter Liebling war es nicht. Nein, so plump konnte der nie und nimmer sein. Und außerdem: Emil Prokop, der schwarze Lockenkopf mit der verführerisch rauchigen Stimme, saß neben ihr. Sie hatte diesen Platz extra gewählt, um ihn nicht dauernd anstarren zu müssen. Doch jetzt schon wieder ein plumper Annäherungsversuch. Jennerwein, der ihr genau gegenübersaß, konnte es auch nicht sein. Der tat so etwas nicht. Auch Hölleisen schloss sie aus. Der war dazu ganz und gar unfähig. Dann war da noch … Sie hob den Kopf. Jennerwein nickte ihr freundlich, aber mit einem Ausdruck großer Dringlichkeit zu. Und wieder ein Versuch, ihren Fuß zu treffen. Wie bitte? Jennerwein!? Der Chef? Sie öffnete den Mund, um etwas zu sagen, doch aus irgendeinem Instinkt heraus beherrschte sie sich. Sie blickte in die andere Richtung, lauschte der Gerichtsmedizinerin –

»Was mich bei Ihnen nicht verwundert, Stengele …«

– und streckte ihren Fuß wieder unter dem Tisch aus. Das war die einzige Möglichkeit, die Sache zu klären. Jennerwein verlor keine Sekunde. Er drückte ihr dreimal kurz und kräftig mit der Fußspitze auf den Schuh, dann dreimal lang, dann wieder dreimal kurz. Nicole begriff sofort. SOS. Da war kein Zweifel möglich. Hier war etwas oberfaul. Sie musste diese bescheuerte Verliebtheit abschütteln. Nicole ballte die Fäuste. Die Wirkung von drei Gläsern Glühwein hatte sich schlagartig verflüchtigt. Sie war hellwach. Jennerwein wollte ihr eine Nachricht übermitteln. Sie schämte sich jetzt, gerade ihn einer solch unpassenden und peinlichen Belästigung verdächtigt zu haben. Aber jetzt galt es, auf Jennerweins weitere Bewegungen zu achten. Was wollte er? Worum ging es? Sie erinnerte sich an ihre Ausbildung. Taktische Zeichen. Die musste sie jetzt richtig deuten.

»Wir haben dann alle Waffen komplett eingesammelt und vernichtet«, sagte Stengele, der alle Blicke der Runde auf sich lenkte.

Hand flach ausgestreckt, damit nach unten deuten, Finger an die Lippen, mit der Hand auf die Schultern schlagen: »Gefahr in unmittelbarer Nähe« – »Stillschweigen« – »Weitere Anweisungen abwarten«. Ohne ihre Erschrockenheit nach außen hin zu zeigen, wandte Nicole den Kopf und nickte in Richtung Jennerwein. Habe verstanden.

»Ich muss das mal im Stehen demonstrieren.«

Der grobe, knochige Klotz von Stengele stand auf, stieg sogar halb auf den Stuhl, verdeckte dadurch Prokop die Sicht, um eine abenteuerliche Aktion an einem Gebäude zu demonstrieren. Bewundernd hingen ihm Greg und Prokop an den Lippen. Prokop schien nichts von den Datenflüssen am Tisch mitzubekommen. Jetzt klatschte er sogar Beifall in Richtung Stengele. Jennerwein hatte dadurch Gelegenheit, weiter mit Nicole zu kommunizieren. Dienstwaffe in der Nähe? Leider nicht. Tränengas? Auch nicht. Jetzt kam die riskante Aktion, möglichst diskret auf den Geiselnehmer zu weisen. Jennerwein schnäuzte sich kräftig die Nase. Seine lästige Erkältung half ihm in diesem Fall sogar. Prokop beobachtete ihn zwar scharf, als er in die Hosentasche griff. Aber er achtete dabei mehr auf eventuelle Gegenstände als auf Handzeichen. Als Jennerwein seinen Finger hinter dem Taschentuch auf Prokop richtete, zeigte Nicole den Ausdruck ungläubigen Erstaunens. Sie bat um Bestätigung. Und noch einmal weiteten sich ihre Augen vor Entsetzen.

Nicole war vollständig aus dem leichten Glühweinsuri aufgetaucht. Und konnte es einfach nicht fassen. Der sympathische junge Mann mit dem Dreitagebart, in den sie sich verguckt hatte, sollte die Gerichtsmedizinerin als Geisel genommen haben? Sie griff nach ihrem Glühweinglas und leerte es in einem Zug. Als sie es abstellte, drehte sich Prokop zu ihr und legte den Arm um sie. Er drückte ihre Schulter leicht. Wut flammte in ihr auf.

»Da hat aber jemand Durst gehabt«, sagte Prokop leise zu ihr.

Nicole nickte. Verzog ihren Mund zu einem Lächeln. Als sie so etwas wie Ja, es ist wirklich ein schöner Hüttenabend! sagen wollte, kam nur Gekrächze über ihre Lippen. Prokop stupste sie leicht und scherzhaft an und löste sich von ihr.

Jennerwein atmete tief durch. Stengele und Nicole waren schon mal informiert und ganz sicher in höchster Alarmbereitschaft. Das war gut. Mit diesen beiden würde er bei einem noch zu planenden Gegenschlag hauptsächlich operieren müssen. Er durfte jetzt keine Zeit verlieren. Rosenberger konnte jeden Moment auftauchen. Maria Schmalfuß war die Nächste. Bei ihr war eine diskrete Kontaktaufnahme gar nicht so leicht, sie saß auf dem Platz rechts neben ihm. Sie hatte vorhin ja mitbekommen, dass er Handzeichen gemacht hatte, musste auch bemerkt haben, dass etwas nicht in Ordnung war. Dass hier eine Sache lief, die nicht offen besprochen werden konnte. Jennerwein drehte sich zu ihr, ihre Blicke trafen sich, sie hob fragend die Augenbrauen. Prokop beobachtete sie, es war viel zu riskant, gestisch zu reagieren, Prokop hatte diesen fragenden Blick sicher schon bemerkt. Vielleicht war er misstrauisch geworden. Jennerwein überlegte fieberhaft. Wie sollte er es anstellen? Maria hatte keine militärische Ausbildung, es war unwahrscheinlich, dass sie mit taktischen Zeichen vertraut war. Von den Lippen ablesen? Leise flüstern? Ebenfalls viel zu riskant. Außerdem wäre es im Falle von Maria sogar nützlicher, mehr zu kommunizieren, als ihr nur ein paar Begriffe hinzuwerfen. Er hätte ihr zum Beispiel gerne Fragen gestellt. Er brauchte von ihr eine Profilanalyse. Aber wie sollte er das anstellen?

Jennerwein hörte eine Weile Greg zu, der inzwischen seinen Beruf verraten hatte und von dem die anderen sicher schon die halbe Lebensgeschichte wussten. Jennerwein hatte nur ein paar Wortfetzen mitbekommen. Greg liebte das Abenteuer und die Gefahr, er betrieb Extremsportarten, besuchte bei Städtereisen immer zuerst die Problemviertel –

»– solche mit viel sozialem Sprengstoff –«, sagte er gerade.

Als er den Begriff ›Sprengstoff‹ hörte, kam Jennerwein eine Idee. Marias Hand lag locker auf dem Tisch. Er legte seine Hand auf ihre und versuchte, dabei möglichst viel Selbstverständlichkeit und alte Gewohnheit hineinzulegen. Sie zuckte ein wenig zurück, aber er drückte bedeutungsvoll zu. Auch das beobachtete Prokop. Ein SOS-Zeichen war nicht möglich. Die Hände unter den Tisch nehmen auch nicht. Es musste ganz selbstverständlich und offen aussehen. Würde ihn einer aus dem Team unabsichtlich verraten? Ludwig Stengele, Nicole Schwattke und Verena Vitzthum wussten, was los war, sie würden die Aktion nicht stören. Franz Hölleisen und Hansjochen Becker waren zu trockene Typen, um sich etwas anmerken zu lassen. Sie fanden sicherlich, dass das, was sie da gerade taten, Privatsache zwischen den beiden war. Von ihnen war kein süffisantes Grinsen, keine anzügliche Bemerkung zu erwarten. Würde aber Prokop den Braten riechen? Jennerwein musste es riskieren.

»Oh, Sie sind ein Paar?«, fragte Greg ganz unvermittelt. Den Rothaarigen hatte Jennerwein nicht auf dem Zettel gehabt. Jennerwein wurde heiß und kalt. Dieser Waldschrat war drauf und dran, alles zu verderben. Maria rettete die Situation.

»Ja, schon seit einiger Zeit«, sagte sie, vollkommen selbstverständlich. »Beziehungen zwischen Polizisten klappen meistens hervorragend. Man kennt die Probleme, die der Beruf mit sich bringt – «

Jennerwein versuchte, seine Erleichterung nicht allzu sehr zu zeigen. Dankbar blickte er Maria an. Nochmals drückte er ihre Hand. Er hoffte, dass sie verstand. Der Druck bedeutete etwas. Er bedeutete, dass dieser Händedruck etwas bedeutete.

»Ich wollte Ihnen noch meine Schulgeschichte zu Ende erzählen«, sagte Jennerwein.

Maria lächelte ihn erwartungsvoll an. Er hoffte, dass sie wusste, worauf es hinauslaufen sollte.

Er hatte damals in der Schule beim Deutschlehrer Klaas Hasenöhrl etwas gelernt, das er jetzt anwenden konnte. Es war die Technik des Akrostichons. Darunter verstand man die Unterbringung von Wörtern in einem Text, die, fortlaufend gelesen, eine Botschaft ergeben. Er hoffte, dass Maria auch einen solchen Deutschlehrer gehabt hatte.

35

»1980 war die Zeit der überkorrekt gekleideten Popper«, begann Jennerwein und versuchte, dabei ein möglichst behagliches, süffisantes Erzählergrinsen aufzusetzen. »Ich weiß nicht, ob sich jemand von Ihnen an diese Spezies von Jugendlichen erinnert. Popper trugen nur teure Modemarken, meistens Cashmere-Pullover mit V-Ausschnitt und College-Schuhe. Die Jungs ließen sich die berühmte Poppertolle schneiden und hatten rasierte Koteletten. Wir hatten ein paar von denen in der Klasse sitzen. Es sah wirklich bescheuert aus.«

Jennerwein machte eine Kunstpause und dazu eine kleine, hilflos wirkende Geste, als wenn er überlegen würde, wie er die Geschichte weitererzählen sollte. Er wirkte entspannt, doch in seinem Inneren brodelte es heftig. Er durfte jetzt keinen Fehler machen. Er musste sich auf die richtigen Worte und vor allem auf den Händedruck an der richtigen Stelle konzentrieren.

»Es war Donnerstag, der 11. Dezember, und an diesem Vormittag passierte es in der Schulbibliothek. Wir hatten gerade **große** Pause. Die Lateinlehrerin Böckel, die die Bibliothek leitete, sah überhaupt keine

Gefahr, dass ausgerechnet bei ihr etwas geschehen sollte. Die Anschläge waren bisher immer nur in Schultrakten mit vielen Klassenzimmern durchgeführt worden, also **in allernächster Nähe** des mittleren Hauptgebäudes. An diesem Tag aber lief es anders. Die Schulbibliothek, die gleich neben der Praxis der **Ärztin** der Schule lag, wurde, wie gesagt, geleitet von Frau Böckel. Sie konnte sich deshalb zwar nicht mehr so viel um ihre geliebten Katzen kümmern, aber sie hat mir einmal erzählt, die Freude an Büchern **ist das Opfer** wert. Ich bin immer gerne hingegangen und habe mir dort Abenteuerbücher ausgeliehen, auch an dem Tag. Ich mochte Frau Böckel gern, sie war eine quirlige junge Frau mit einem rabenschwarzen Lockenkopf, ja, sie hatte genau solche Naturlocken wie unser **Prokop** hier.«

»Ich habe einen Verdacht«, sagte Greg listig.

Jennerwein fuhr ungerührt fort.

»Nur ein paar Schüler waren über ihre Bücher gebeugt. Wie immer habe ich mir die Frage gestellt: **Ist der Täter** unter ihnen?«

Wieder pausierte Jennerwein, blickte dabei sogar Maria direkt an, die lächelte amüsiert zurück. Doch Jennerwein sah das Entsetzen in ihren Augen. Vorhin hatte sie die hin- und hergeworfenen Zeichen wohl falsch interpretiert. Sie hatte wahrscheinlich mit einer harmlosen Überraschung gerechnet, einer Hüttengaudi, einem Partyspiel. Jetzt aber hatte sie den Ernst der Lage begriffen. Nach einem kurzen Augenblick der Fassungslosigkeit nickte sie, um ihm zu zeigen, dass sie voll und ganz verstanden hatte. Der sympathische Prokop war ein gefährlicher Verbrecher! Jennerwein fuhr fort.

»Sie alle werden es schon ahnen: Die Bibliothek füllte sich nach und nach mit Kollegstuflern. Das Telefon klingelte, Frau Böckel ging hin. Jemand fragte sie, ob sie die *Metamorphosen* von Ovid im Bestand hätte. Sie war abgelenkt. Sie zog das Buch aus dem Regal. Die **Bombe** war darin versteckt. Es traf die versammelte Kollegstufe. Niemand **im Raum** kam der Zumutung aus.«

Jennerwein erzählte weiter, wie es genau funktioniert hatte, alle hörten ihm interessiert zu. Er erzählte äußerst detailreich und weitschweifig und verschaffte so Maria die nötigen Informationen.

»Ach, Hubertus, wenn du mal in Schwung kommst!«, seufzte sie.

Sie legte ihren Arm um seine Schultern, schmiegte ihren Kopf an seinen und lauschte weiter seiner Erzählung.

»**Vorsicht**, komm mir nicht zu nah, **Maria**. Sonst steckst du dich noch mit meinem Schnupfen an.«

Maria winkte lässig ab.

»**Bitte** stellen Sie sich das so vor«, fuhr Jennerwein an alle gewendet fort. »Großer Tumult. Alle schrien durcheinander. **Um** ein Haar wäre ein Regal umgefallen. Jeder sah im anderen den **Täter**. Und fast wäre ich in eine Zwiebel hineingetreten. Ich hatte damals Schuhe mit starkem **Profil**, das hätte eine Riesenschweinerei gegeben.«

»In eine Zwiebel hineingetreten?«, fragte Hölleisen.

»Ja, es war der erste Anschlag mit rein biologischen Mitteln«, fuhr Jennerwein fort. »Statt der chemischen Substanzen verwendete er jetzt Stoffe, die man aus Alltagsgegenständen zusammenbasteln konnte. Heutzutage wäre das kein Problem. Man gibt im Netz den Suchbegriff ›Stinkbomben selber basteln‹ oder ›groberunfug.de‹ ein, und man erhält eine Reihe von Tipps. Mit einer Nadel ein Loch in ein rohes Ei stechen, mehrere Wochen liegen lassen. Einen Heringskopf an die Unterseite eines Tischs nageln. Zwiebeln und Knoblauch in kleine Stücke schneiden, in Küchenrollenpapier einwickeln und in den Kopfpolsterüberzug geben. Einen Luftballon mit Wasser und Mehl füllen, ein paar Wochen ruhen lassen, einstechen. Eine Wunderkerze zerbröseln, mit Haaren mischen, anzünden …«

»Erspar uns noch mehr Details, Hubertus.«

Doch Hubertus Jennerwein ersparte niemandem die Details. Er erzählte von den nahrhaften und harmlosen Zwiebeln, die sich im Inneren von Ovids *Metamorphosen* in beißende Kampfmittel verwandelt hatten. Und das Wichtigste: Er brachte seine Fragen an Maria unter. Maria vollführte eine Vierteldrehung von Jennerwein weg, zog ihre langen Beine auf den Stuhl, winkelte sie an und lehnte sich an Jennerwein.

Hansjochen Becker schüttelte den Kopf. So hatte er die beiden noch nie gesehen. Es gab Gerüchte über eine heimliche Romanze zwischen dem Chef und ihr, seit Jahren schon, aber er selbst gab nicht viel drauf. Vielleicht hatte er ja auch einiges nicht mitbekommen in letzter Zeit. Als Spurensicherer gehörte er nicht zum inneren Zirkel, er war nur einen Bruchteil der Ermittlungszeit dabei, meistens saß er in seinen Laboren. Deshalb vielleicht konnte er die versteckten Zeichen und Gebärden, die alle austauschten, nicht recht deuten. Aber wenn sie nur untereinander und so ziemlich unhöflich an ihm vorbei kommunizierten, warum hatten sie ihn dann überhaupt eingeladen? Sollte er das mal ganz offen ansprechen? Becker nahm einen Bissen von der selbstgemachten Wurst Hölleisens.

»Ist da eine Spur Majoran drin?«, fragte er den Polizeiobermeister.

»Ja, unter anderem«, antwortete der geheimnisvoll.

Es war vielleicht ein Spiel. Ein nicht gleich auf Anhieb zu durchschauendes Partyspiel, zu dessen Regeln es gehörte, dass man die Spielregeln erst herausbekommen musste. Wie bei ›Mississippi‹. Oder bei ›Eleusis‹ von Robert Abbott. Becker liebte solche Spiele, bei denen man um die Ecke denken musste. Er versuchte, sich auf das Gespräch zu konzentrieren.

»Und Sie waren ganz zufällig in der Bibliothek, Kommissar?«, fragte Prokop.

Jennerwein fand, dass ein unangenehm misstrauischer Ton in seiner Stimme mitschwang.

»Ja, das war bis dahin das einzige Mal, dass ich bei einem Anschlag direkt dabei war«, erwiderte Jennerwein.

36

Jennerwein blickte auf die Uhr. Er hatte nicht viel mehr als eine Viertelstunde dazu gebraucht, die wichtigsten Informationen an drei Teamkollegen weiterzugeben, jetzt fehlten noch Becker und Hölleisen. Ahnten die beiden etwas? Ein kurzer Blick hin zu Becker zeigte, dass der wohl verwirrt war über die plötzliche Offenbarung einer angeblich schon lang schwelenden Romanze. Aber der drohenden Gefahr war er sich wohl nicht bewusst. Der Spurensicherer hatte wenig bis gar keine operativen Erfahrungen. Jennerwein konnte ihn hier nur bedingt einsetzen, aber wissen musste er natürlich von der Bedrohung. Jennerwein fiel das Handy ein, das in seiner Tasche steckte, aber es war in diesem Fall nutzlos, hier oben gab es ja keine Funkverbindung. Wie wäre es damit, eine Textnachricht offline zu schreiben und Becker das Handy in einem unbeobachteten Augenblick zuzuschieben? Viel zu naheliegend und zu auffällig. Schade, dass Jennerwein den ›Brauche Hilfe‹-Zettel der Informantin weggeworfen hatte, der wäre jetzt durchaus von Nutzen gewesen.

»Ich muss mal raus hier«, sagte Maria unvermittelt. »Frische Luft schnappen.«

»Ja, das würde uns allen guttun«, fügte Nicole hinzu.

Jennerwein begriff sofort.

»Ja, das ist auch ein altes Hausmittel bei einem Katarrh wie dem meinen. Nichts wie raus vor die Tür, in die Kälte.«

»Gute Idee«, rief Prokop, sprang auf und schob Verena mit dem Rollstuhl Richtung Tür. »Kommen alle mit?«

Draußen vor der Hütte steckten sich Prokop und Greg eine Zigarette an. Sie standen alle so dicht beieinander, dass es keine Möglichkeit gab, jemandem etwas unbemerkt zuzuflüstern.

»Wie wäre es mit einer Schneeballschlacht?«, fragte Maria betont fröhlich.

Sie setzte die Idee so schnell in die Tat um, dass keiner etwas dagegen sagen oder tun konnte.

»Hubertus, Becker, Hölleisen und ich bilden das eine Team, die anderen sind unsere Gegner.«

Es hatte schon wieder zu schneien begonnen, dicke Schneeflocken behinderten die Sicht, sorgten vielleicht für zusätzliche Ablenkung. Maria zog und schob die genannten Drei hinaus in den Schnee, möglichst weit von Prokop weg. Jennerwein konnte aus den Augenwinkeln erkennen, dass die anderen, die an der Hütte zurückgeblieben waren, schon dabei waren, Schneebälle zu formen. Das Licht, das aus der Hütte kam, verlor sich schnell, hier war es schon ziemlich duster. Perfekt. Ein erstes Geschoss traf ihn an der Schulter, und er schrie betont entrüstet auf. Becker und Hölleisen wollten stehen bleiben und zurückwerfen, doch Jennerwein und Maria zogen sie weiter, die beiden ließen sich das gefallen. Etwas in ihrer Art zuzupacken hatte wohl ihre Aufmerksamkeit erregt. Die kleine Vierergruppe war jetzt zehn Meter von Prokop entfernt. Das musste genügen. Jennerwein bückte sich, um Schnee aufzunehmen, Hölleisen ging neben ihm ebenfalls in die Knie, flüsterte abgehackt, aber doch mit hörbarer Erregung.

»Ich weiß Bescheid, Chef, ich habe die Zeichen mitbekommen. Warum will der uns in die Luft jagen? Ich behalte ihn im Auge!«

»Seien Sie vorsichtig, Hölleisen«, flüsterte Jennerwein zurück.

»Was haben Sie vor, Chef?«

»Warten Sie auf mein Zeichen.«

»Verstanden.«

Jennerwein war zutiefst erleichtert über diese Entwicklung. Ausgerechnet Hölleisen, den er sich für den Schluss aufgespart hatte, weil er dachte, dass die Informationsübermittlung bei ihm am schwierigsten sein würde, war von selbst draufgekommen! Hoffentlich war das bei Prokop nicht auch der Fall. Er zeigte Maria den Daumen nach oben und deutete dabei auf

Hölleisen. Sie bewarf ihn lachend mit einem Schneeball. Wenn das keine originelle Bestätigung war. Blieb noch Becker.

Die ausgelassene Schneeballschlacht tobte weiter. Es war kein watteweicher Kinderschnee, sondern harter, niedergetretener Firn, dessen feste, brockige Bälle bei einem Treffer ziemlich schmerzten. Zornig warf Nicole einen Ball in Richtung der Latschenkiefergruppe. Er landete auf einem großen Zweig, der seine Schneelast rauschend abgab. War es nicht möglich, Prokop hier draußen auszuschalten? Nein, bei einer Drohung mit Sprengstoff war das keine gute Idee. Noch ein zorniger Schneeballwurf. Sie konnte es immer noch nicht glauben, dass sie sich so in dem adonisgleichen Lockenkopf getäuscht hatte.

Unvermittelt und ohne Vorwarnung stürzte sich Jennerwein auf den völlig verdutzten Becker. Er hatte beobachtet, dass Prokop sich umgedreht hatte, um neue Munition vom Boden aufzunehmen. Jennerwein riss den überraschten Spurensicherer zu Boden.

»He! Was soll denn das?«

Sie wälzten sich im Schnee. Becker war körperlich stärker, als Jennerwein gedacht hatte. Er wehrte sich mit Händen und Füßen, deshalb ergab sich keine Möglichkeit, ihm etwas zuzuflüstern. Verdammt nochmal, Becker, halt still! Doch jetzt mischte sich

Hölleisen ein. Er bewarf die vermeintlichen Streithähne mit Schneebällen, stürzte sich auf sie, und mit Maria zusammen spielten sie die johlende, ausgelassene Meute. Dann packte Hölleisen Becker schmerzhaft am Arm und fixierte ihn mit den Knien auf dem Boden. Becker jaulte auf. Doch Jennerwein konnte ihm endlich ins Ohr flüstern.

»Strampeln Sie weiter, Becker. Wir reiben Sie jetzt mit Schnee ein. Tun Sie so, als ob Sie sich wehren würden. Wir sind in großer Gefahr. Prokop ist ein Attentäter. Er hält Verena als Geisel. Sprengstoff, der am Rollstuhl angebracht ist. Lassen Sie sich nichts anmerken. Und warten Sie auf weitere Anweisungen.«

Becker strampelte und johlte weiter.

»O Gott«, presste er hervor.

Alles Blut war aus seinem Gesicht gewichen.

Völlig erschöpft und außer Puste schleppten sie sich zurück zur Hütte, alle klopften sich jetzt den Schnee von der Kleidung und betraten die warme Stube. Jennerwein konnte Verena Vitzthum sogar noch mit einem kleinen Nicken zu verstehen geben, dass er einen großen Schritt weitergekommen war. Sie warfen ihre Anoraks ins Nebenzimmer und nahmen wieder am Tisch Platz. Hölleisen war der Letzte im Nebenraum. Er zögerte. Dort auf der Liege stand sein Rucksack. Er schätzte ab, ob es zu riskant war, seine Waffe herauszunehmen. Es war nicht seine Dienstpistole, sondern seine kleine Deringer .38, die er immer bei sich trug. Er legte die Jacke über den Rucksack und griff in die Seitentasche. Er hatte sie selbst angenäht. Hölleisen erschrak furchtbar. Seine Pistole war weg. Prokop! Dieser Verbrecher! Nur nach außen hin fröhlich setzte sich Hölleisen zu den anderen.

»Will noch jemand Glühwein?«

Alle nickten halbherzig.

»Oder vielleicht Bier?«, fragte Nicole in die Runde. »Ich könnte runtergehen und das Fässchen holen.«

Sie musste sich anstrengen, dass ihre Stimme nicht vor Wut zitterte. Fragend blickte sie in die Runde. Eine Pause trat ein. Dann sagte Nicole scheinbar nebenbei:

»Ach, ich habe es mir anders überlegt. Es ist viel zu kalt, nochmals rauszugehen. Und an dem schweren Fass schleppe ich mich auch nicht ab.«

»Ich kann ja helfen«, schlug Greg vor.

»Nein, nein, wir bleiben alle hier.«

Sie lächelte in die Runde und stieß innerlich einen Seufzer aus. Das war knapp gewesen. In ihrer Wut, auf Prokop hereingefallen zu sein, hätte sie beinahe eine Einzelaktion gestartet. Dabei hatte Jennerwein doch ganz klar signalisiert: auf mein Kommando. Als sie ihm einen Blick zuwarf, hatte er die rechte Hand auf die linke Schulter gelegt. Alles klar. Prokop war nicht beim Bund gewesen. Oder er hatte die Zeichen vergessen. Oder sie verdeckten sie so gut, dass er sie nicht bemerkte.

Hansjochen Becker nippte an seinem Glas. Er war schockiert. Diese Information war wie aus heiterem Himmel gekommen. Es war kein Spiel. Und sie hatten ihn vorhin auch nicht geschnitten. Sie hatten nur einen geeigneten Moment abgewartet, ihn einzuweihen.

»Da fällt mir ein alter alpenländischer Brauch aus der Gegend ein«, sagte Hölleisen. »Junge Liebespaare haben sich in der Adventszeit, ein paar Wochen vor Weihnachten, ganz bewusst gestritten und getrennt, um sich die teuren Weihnachtsgeschenke zu ersparen und trotzdem das Gesicht nicht zu verlieren. Am Heiligdreikönigstag haben sie sich wieder versöhnt.«

»Also, wir in Recklinghausen«, erwiderte Nicole, »haben bis heute einen ähnlichen Brauch – «

Verstohlen musterte Becker Prokop. Wie konnte man sich so in einem Menschen täuschen! Ein durch und durch sympathischer Zeitgenosse, und dann entpuppte sich der als Schwerverbrecher! Aber wie hatte Jennerwein das überhaupt herausbekommen? Ihm fiel Willi, die Drohne, wieder ein, die er mit hier heraufgenommen hatte. Hatte sie mit der Sache zu tun? Oder war sie im Gegenteil die Rettung? Konnte sie etwas nutzen? War es möglich, sie unter einem Vorwand aus dem Regal zu nehmen, um sie doch noch zu modifizieren? Solche Geräte hatten meistens ein CP / Notaggregat mit angeschlossenem MB-X Code. Aber was sollte er damit ohne Funkverbindung anfangen? Sein Geländewagen war vollgestopft mit jeder Menge nützlicher Gerätschaft. Aber der stand weit weg. Eine Möglichkeit wäre es, Gisela zu rufen, die im Kofferraum lag und dort auf Einsätze aller Art wartete. Theoretisch war das möglich. Er konnte mit ihr eine Bluetooth-Verbindung herstellen und war dadurch unabhängig vom normalen Funkverkehr. Das konnte er aber nur mit seinem Handy machen. Er musste die Anweisung nur eintippen. Allerdings blind. Konnte das gelingen? Becker schob unauffällig seine Hand in die Hosentasche.

Ludwig Stengele war inzwischen zu dem Schluss gekommen, dass es sich bei Prokop um einen Erpresser handelte. Er wollte das Team benutzen, um jemanden freizupressen. Wahrscheinlich standen seine Komplizen schon irgendwo in der Nähe einer JVA bereit. Das war vermutlich auch der Grund, warum er noch auf den Oberrat wartete. Mit einer hohen Charge konnte er mehr Druck auf den Gefängnisdirektor ausüben. Stengele musterte Prokop verstohlen. Er war jünger als er, aber er schien körperlich nicht der Allerfitteste zu sein. Vorhin bei der Schneeballschlacht war er schnell außer Atem geraten.

»Mich wundert es sowieso, dass Sie sich hier keinen Wasseranschluss haben legen lassen, Kommissar«, sagte Greg gerade.

Stengele überlegte, ob er irgendeine Art von Waffe improvisieren konnte. Als er am Nachmittag auf dem Speicher der Hütte herumgeklettert war, war ihm eine alte Kartusche für einen Gaskocher aufgefallen. Wenn man das Aluminium mit einem spitzen Gegenstand anbohrte, strömte geruchloses Butan aus, das einschläfernden, wenn nicht betäubenden Effekt hatte. Könnte er unter dem Vorwand, ein frisches Pflaster für seine Schnittwunde zu benötigen, raufgehen und die Kartusche öffnen? Aber strömte das Gas auch nach unten? Stengele versuchte, darüber nachzudenken.

Maria Schmalfuß hatte sich wieder an Jennerwein gelehnt wie vorher, er strich ihr jetzt sogar übers Haar. Übertreibs nicht, dachte Nicole. Wohlgefällig nickte ihnen Hölleisen zu.

»Prost, Kollegen! So jung –«

Maria steckte schon mitten im analytischen Profiling. War Prokop ein Profi? Ein Berufsgangster? Seine absolute Coolness sprach dafür. Was aber bezweckte er mit dem Überfall? Hatte er einen Schwachpunkt, den man ausnutzen könnte, um ihn zu provozieren? Sie hatte bisher keinen entdeckt. Sie schämte sich jetzt für ihre erste Einschätzung. Von wegen glückliches Paar. Wie hatte sie sich so täuschen lassen! Sie musste ab jetzt professioneller arbeiten und sich nicht von Wunschvorstellungen leiten lassen. Er drohte mit einer Sprengung. Das hatte etwas Endgültiges. Maria erschauderte. Es hatte etwas von einem Attentat. Und da gab es zwei Sorten von Attentätern. Die einen wollten mit dem Anschlag etwas erreichen. Die zielorientierten. Die anderen wollten das Attentat schlichtweg durchführen, einfach so, ohne jeden erkennbaren Grund. Diese wesentlich kleinere Gruppe der projektorientierten Täter war weitaus gefährlicher.

Jennerweins Blick kreuzte sich kurz mit dem von Verena Vitzthum. Er fragte sich, woher die Gerichtsmedizinerin eigentlich solche taktischen Zeichen kannte. Doch das war jetzt unwichtig. Er musste einen brauchbaren Plan entwickeln. Die Bombe musste entschärft oder, realistischer, kontrolliert zur Sprengung gebracht werden. Er sah sich im Zimmer um und schätzte ab, wie viel Zeit man brauchen würde, um die Falltür am Boden aufzuklappen und in den Keller zu steigen. Die vielen Waffen und kupferbeschlagenen Pulverfässchen, die Dirschbiegel im Keller gelagert hatte, nützten ihm jetzt überhaupt nichts. Es waren lauter wertvolle historische Stücke, manche angeblich sogar noch aus dem Tiroler Freiheitskrieg. Vielleicht sogar schussfähig, aber jetzt nutzlos. Oder etwa doch nicht? Wie war das zum Beispiel mit dieser zweihundert Jahre alten Vorderladerflinte mit Steinschlosszündung, die zu Hause immer unter dem Bett gelegen hatte? Die war da sicher auch mit dabei. Sie sah für einen Laien absolut gefährlich und bedrohlich aus. Aber konnte er damit wirklich auf einen Überraschungseffekt zählen, der funktionierte?

Franz Hölleisen hatte sich wieder beruhigt. Trotz allen Schreckens erfüllte es ihn mit Stolz, dass sein Fortbildungskurs *Außersprachliche Kommunikation im polizeilichen Aufgabenbereich* doch etwas gebracht hatte. Alle hatten ihn belächelt deswegen, jetzt würden sie das nicht mehr tun. Von Anfang an war ihm aufgefallen, dass Zeichen ausgetauscht wurden, die auf Gefahr und Bedrohung hindeuteten, erst zwischen dem Chef und der Gerichtsmedizinerin, dann zwischen allen anderen. Er war ein wenig beleidigt gewesen, nicht einbezogen zu werden. Aber jetzt wartete er wie alle anderen auf seinen Einsatz.

»Da fällt mir noch ein alpenländischer Brauch ein, der in unserer Familie jedes Jahr zelebriert wurde«, begann er, und die Geschichte hatte er schon so oft erzählt, dass sie ihm recht locker von den Lippen ging.

Greg war zufrieden. Verstohlen betastete er die Brusttasche seiner Jacke. Das war mal eine Superknarre: klein, aber oho. Bevor das Fehlen der Waffe entdeckt wurde, sollte er jedoch lieber verschwinden, vielleicht sogar, ohne etwas zu sagen. Dass er immer wieder etwas mitgehen lassen musste! Er konnte einfach nichts gegen den Drang tun. Seine Zwangshandlung hatte ihn schon oft in große Schwierigkeiten gebracht. Noch war keinem das Fehlen der Waffe aufgefallen. Noch konnte er unauffällig verschwinden. Diese eine Geschichte des rotbackigen Polizeiobermeisters noch, dann würde er aufbrechen.

»In unserer Familie«, fuhr Hölleisen fort, »gab es keinen, der nicht einmal Fremdenführer oder Bergführer gewesen wäre. Auch ich habe das gemacht, als Bursch. Und ich bin dazu übergegangen, den Touristen irgendeinen Schmarrn zu erzählen. Das da drüben ist die Schröttelkopfspitze, das ist das Woreinertal … Es muss nur so klingen, als ob es stimmt, und man muss es überzeugend vortragen, dann glauben sie einem alles …«

Auch Emil Prokop hörte aufmerksam und mit einem unmerklich süffisanten Grinsen zu. Er lächelte in die Runde, jeder lächelte freundlich zurück. Er war mittendrin. Er war endlich ein Teil des Teams. Er mischte in einem hochbrisanten Fall mit. Und nicht nur das. In dem Fall drehte es sich ausschließlich um ihn. Ganz anders als damals in der Schule, als er nur passiver Zuschauer gewesen war. Hier war er einer von ihnen. Und er hatte sie alle in der Hand.

37

Prokop richtete sich auf. Solch ein Gefühl der absoluten Macht hatte er noch nie verspürt. Er konnte losschlagen, wann immer er wollte. Von einer Sekunde auf die andere war es ihm möglich, der lustigen Hüttenrunde ein jähes Ende zu bereiten. Jederzeit konnte er sich outen und sich an den überrumpelten und entsetzten Gesichtern weiden. Nur eine Winzigkeit war nötig, um die Bombe zu zünden, die alles im Umkreis von zehn Metern in tausend Stücke zerreißen würde. Ausknipsen. Den Schalter umlegen. Geschichte schreiben. Er hatte die Macht dazu. Was für eine Hüttengaudi! Einer fehlte allerdings noch, und das war Ulrich Rosenberger. Prokop hatte ihn damals als kleinen Kriminalkommissar kennengelernt, lange bevor der sich Oberrat nennen durfte. Auf ihn wollte er noch warten, dann erst war das Team Jennerwein komplett. Ob ihn ›Rosi‹ wohl noch erkannte?

»Ich könnte Ihnen jetzt viel erzählen, Hölleisen«, sagte Nicole Schwattke gerade. »Aber ich sage es ganz ehrlich: Eine eigene kulinarische Spezialität haben wir in Recklinghausen nicht.«

»Das habe ich mir schon gedacht, Frau Kommissarin.«

»Meine Mutter hat allerdings immer ein Sonntagsessen gemacht, das hieß *Westfälisches Schinkenbegräbnis* – «

Nicole Schwattke einmal ganz aus nächster Nähe zu sehen, nicht nur auf einem unscharfen Zeitungsfoto, das war etwas ganz Besonderes für ihn. Sie wurde in den Berichten immer als Musterschülerin und potentielle Nachfolgerin von Jennerwein beschrieben. Da war was dran. Sie hatte manchmal einen richtig Jennerwein'schen Ton drauf. Und es war Prokop auch aufgefallen, dass sie ihrem Chef während des ganzen Abends bewundernde Blicke zugeworfen hatte. Oder waren das Zeichen, die etwas ganz anderes bedeuteten? Hatten sie doch Verdacht geschöpft? Nicole Schwattke traute er am ehesten zu herauszubekommen, dass hier in der Hütte etwas nicht in Ordnung war. Vor ihr musste er sich wirklich in Acht nehmen. Da, jetzt schon wieder! Vermutlich täuschte er sich aber auch. Wenn sie was bemerkt hätten, wären sie schon längst zum Angriff übergegangen. So klug und erfahren sie alle waren in Jennerweins Team, sie ahnten nichts. Das hätte er bemerkt. Vorhin war er zwar richtig erschrocken. Das Händchenhalten, das plötzliche Duzen, das verliebte Getue, schließlich das innige Aneinanderkuscheln von Jennerwein und Maria, das alles war so plötzlich und comicstripartig geschehen, dass er zuerst befürchtet hatte, jetzt ginge es los mit dem großen Gegenschlag. Aber die beiden waren wohl wirklich seit langem ein Paar und ließen sich das anscheinend üblicherweise nicht anmerken. Nach den verstohlenen Blicken und angedeuteten Zeichen zu urteilen, waren einige im Team ziemlich verwirrt angesichts dieser Tatsache. Um so besser, da waren sie abgelenkt.

Jetzt aber wandte Prokop seine Aufmerksamkeit wieder Jennerwein zu. Der war von Maria gebeten worden, doch endlich mit seiner Schulgeschichte fortzufahren.

»Wo war ich stehengeblieben? Ach, ja. Am Freitag, den 12. Dezember, hat sich der Bomber auf neues Terrain begeben.« Jennerwein machte eine bedeutungsvolle Pause. »Und zwar im wahren Sinn des Wortes auf neues Terrain –«

Im wahren Sinn des Wortes! Prokop schüttelte den Kopf. Mit der Wahrheit hatte es Jennerwein bisher ja nicht so genau genommen. Die glatten, blonden Haare von Frau Böckel zum Beispiel, die hatte er kurzerhand in schwarze Locken verwandelt. Mit seinem legendären Gedächtnis für Gesichter war es doch nicht so weit her. Aber wahrscheinlich waren Helden, wenn man sie aus nächster Nähe erlebte, gewöhnlicher, als man sie sich in der Phantasie ausgemalt hatte. Emil Prokop neigte sich zur Gerichtsmedizinerin und berührte sie leicht an der Schulter.

»Alles in Ordnung mit dir?«
»Ja, natürlich. Alles bestens.«

Verena Vitzthum steckte in einem schmerzlichen Dilemma. Wenn sie jetzt die Tarnung dieses verhassten Menschen auffliegen ließ, dann konnte es sein, dass er durchdrehte und sie alle in Lebensgefahr brachte. Sie hätte aber zumindest das Leben von Dr. Rosenberger gerettet. Diese Überlegung hatte sie schon in ihrer Wohnung angestellt, als Prokop ihren Mann niedergeschlagen und sie selbst bedroht hatte. Sie hatte sich dafür entschieden, mitzuspielen und ganz auf Jennerwein zu vertrauen. Und sie hatte bisher richtig gelegen. Sie hatte gesehen, dass die Gegenmaßnahmen des ganzen Teams auf Hochtouren liefen. Der Chef hatte es geschafft, alle über die Geiselnahme zu informieren. Die Höllenmaschine, auf der sie saß, verlor dadurch nichts von ihrem Schrecken, aber es gab doch Hoffnung. Verena Vitzthum hatte Emil Prokop kurz vor der Abfahrt ausgetrickst. Er hatte sie mit sichtbar hochgehaltenem Zünder gezwungen, Jennerwein anzurufen und ihm mitzuteilen, dass sie einen neuen Freund hatte, den sie auf die Hütte mitbringen wollte. Dieser Mistkerl hatte sich so auf das Telefonat konzentriert, dass er ihre kleinen Fingerbewegungen auf der Computertastatur nicht bemerkt hatte. Suchbegriff: ›Taktische Handzeichen‹. Und Doppelklick. Sie hatte sich die wichtigsten davon eingeprägt.

René Vitzthum, der Mann der Gerichtsmedizinerin, richtete sich mühsam vom Boden auf. Ihm war kalt, und er hatte einen Höllendurst. Momentan hatte er weder eine Ahnung, wo er sich befand, noch wie er in diese Lage geraten war. Es war vollkommen still. Vorsichtig tastete er seine Umgebung ab. Der Boden war feucht, an manchen Stellen schlammig. Er schnupperte, konnte jedoch den Geruch beim besten Willen nicht identifizieren. Am ehesten roch der Schlamm nach Pilzen, vielleicht nach Waldboden oder sumpfiger Wiese. Auch ein beißender, bitterer Hefegeruch mischte sich dazu. Wo war er? Er murmelte ein paar Verwünschungen und stieß halblaute Flüche aus. Dabei bemerkte er, dass er sich in einem geschlossenen, halligen Raum befand. Er reckte die Hände hoch, geriet an eine glatte, metallische Decke, die nach oben anstieg und sich wie ein Flaschenhals verengte. In der Mitte des kleinen Raums konnte er gerade noch stehen. Er ging wieder in die Knie und kroch zum Rand. Die Wand seines Verlieses war von der derselben metallischen Beschaffenheit. Er befand sich in einer Art Kamin. Oder in einer Glocke. Oder in einer überdimensionalen Flasche.

René Vitzthum überlegte angestrengt. Er musste einen Blackout gehabt haben. Er war kein Arzt. Doch in einem Gespräch mit Verena waren sie einmal auf das Thema Amnesie gekommen. Er erinnerte sich an ihre Tipps, wie man solch einen Gedächtnisverlust beheben konnte. Er setzte sich wieder auf den Boden. Seine Kleidung war klatschnass von dem feuchten Schlamm, die Kälte fraß sich schmerzhaft in die Haut. Also los, denk nach, René. Was hast du heute Morgen getrieben? Er war wie immer zur Arbeit gegangen. Nein, falsch, heute war der erste Weihnachtsfeiertag, er war zu Hause geblieben. Sie hatten beide länger geschlafen, das Morgenkonzert im Radio gehört, dann Frühstück gemacht, die Zeitung gelesen … Vitzthum tastete sich langsam weiter in die Gegenwart. Am frühen Nachmittag hatte es an der Tür geklingelt. Dann wurden die Erinnerungen immer löchriger. Es hatte an der Tür geklingelt. Er war hingegangen. Und hatte aufgemacht. In Vitzthums Erinnerung war lediglich ein unscharfer, leicht zitternder Fleck vor der Tür zu sehen. Noch mal. Es hatte an der Tür geklingelt, er hatte geöffnet. Langsam verschwand die Unschärfe. Es war ein jüngerer, sympathisch wirkender Mann mit pechschwarzem, gelocktem Haar. Nur eine Rasur hätte er vertragen. Aber das schien ja heutzutage Mode zu sein. Der Mann hatte sich als Bekannter seiner Frau vorgestellt.

»Ich wünsche Ihnen frohe Weihnachten, Herr Vitzthum. Kann ich kurz hereinkommen?«

»Ja, natürlich. Gerne.«

Und dann der Schmerz. Ein Schlag in den Nacken. Das war das Letzte, woran er sich erinnerte. René

Vitzthum griff reflexartig dorthin. Tatsächlich. Jetzt wusste er es. Er war niedergeschlagen worden. Dann weggeschleift. Eine Treppe hinunter. Eine Tür war aufgegangen. Eine weitere Stahltür hatte sich quietschend geöffnet … Und jetzt wusste er ganz genau, wo er sich befand. Er war im Bastel- und Laborkeller von Verena. Er hatte den großen, runden Gärtank aus Edelstahl immer nur von außen gesehen. Nie von innen, so wie jetzt.

Am Anfang war die Explosion

Erstechen, Ertränken, Erwürgen, Vergiften – an der schrecklichen Spitze dieser gewaltsamen Todesarten scheint nun einmal das Zerreißen in viele kleine Stückchen zu stehen. Doch ist es nicht auch umgekehrt? Stellt die Explosion in hunderttausend Teile nicht sogar den Anfang großartiger Entwicklungen dar? Das menschliche Leben selbst beginnt mit einer Explosion, mit der rasanten Zellteilung nämlich, und hätte sich der erste Einzeller im Mesozoikum dagegen gewehrt, zerrissen zu werden, die Evolution hätte nie begonnen. Auch das Universum ist mit einem Knall entstanden, dem Urknall, bei dem sich vor 12,8 Milliarden Jahren alle Materie von einem singulären, un-zeitlichen Nicht-Ort in rasender Geschwindigkeit nach allen Richtungen hin ausgebreitet haben soll. Bereits eine Millisekunde nach dem Urknall war das Gebilde golfballgroß, und nach Auskunft einiger Physiker war alles schon vorherbestimmt. Wann und wo genau und in welche Richtung der sprichwörtliche Sack Reis in Peking umfallen würde und ob die Weibrechtsberger Gundi jetzt heuer ihren Kompost nach der Kalten Sophie oder vorher im Beet ausbringt.

Der Spurensicherer Becker blickte auf Verenas Rollstuhl. Die Welt ist eine Abfolge von Explosionen innerhalb von Explosionen innerhalb von Explosionen. Diejenige, die jetzt ganz real drohte, wollte er allerdings verhindern. Es war ein einfacher Zündmechanismus, der eineinhalb Kilo Sprengstoff in die Luft jagen würde. Doch der Reihe nach.

38

Spoilerwarnung!
In diesem Kapitel ist ein ziemlich deutlicher Hinweis auf die Identität des gemeinen Schulbombers zu finden.
Man kann es auch überspringen.
Aber dann weiß man halt nicht, was am 12. Dezember im Gymnasium passiert ist.

Der 12. Dezember 1980 war ein klirrend kalter Wintertag, und als der Richard-Strauss-Gong das Ende der sechsten Stunde einläutete, freuten sich so ziemlich alle Mitglieder der Schulfamilie auf die warme Stube zu Hause. Oberstudienrat Heinz Peterchen hatte heute seinen Mantel zu Hause vergessen. Ihn fror, als er aus dem Schulhaus trat. Er lief die paar Meter zum Lehrerparkplatz, den Autoschlüssel hielt er schon in der Hand, er hatte ihn sich gerade beim Hausmeister abgeholt. Es war durchaus üblich, Gudrian oder seiner Frau den Autoschlüssel zu geben, wenn man es am Morgen eilig hatte. Die beiden parkten dann für einen ein, es hatte ein bisschen was von einem Fünfsternehotel. Man gab eine Mark dafür, das war im Rahmen, mehr nahmen sie auch nicht. So auch in Peterchens Fall. Er fuhr einen klapprigen Citroën, dort hinten stand er auch schon, in der letzten Reihe. Peterchen war guter Dinge, schien es doch so, als ob der Bomber heute pausieren würde. Oder er war es auch einfach satt, sich immer wieder neue Variationen des Schreckens einfallen lassen zu müssen. Peterchen grüßte die Schulpsychologin, die den Parkplatz mit zwei großen Taschen überquerte. Sie hatte wohl gerade ihre Siebensachen aus dem Psycho-Zimmerchen geholt. Armes Ding. Sie hatte sich so bemüht. Aber ganz ehrlich: So gings ja auch nicht. Die Schüler noch zu weiteren Taten aufhetzen! Andererseits hatte ja diese komische provokative Therapie vielleicht doch etwas gefruchtet. Heute war jedenfalls noch nichts passiert. Peterchen öffnete seinen Wagen, stieg ein und startete. Dann schaltete er die Autoheizung an, pustete sich in die kalten Hände und kurvte aus dem Parkplatz. Er fuhr in die Hauptstraße ein, gab Gas, bog ab, gab wieder Gas. Langsam wurde es warm im Auto. Dann schnupperte er. Das durfte doch nicht wahr sein …

Klassenlehrer Schulze, auch von den Kollegen inzwischen nur noch »Boooooah!« genannt, fuhr einen VW Golf. Auch er sah die Psychologin über den Schulhof eilen, bevor er das Schulgelände verließ. Er fuhr die Kneißlstraße entlang, bog dann in die Müllerallee ein. Max-Liebermann-Straße, Heubl-Platz. In der Mittenteichstraße schnupperte er. Boooooah! …

Biologielehrer Kemmer, der vehemente Vertreter der antiautoritären Pädagogik, und seine Kollegin Fink fuhren zusammen nach Hause, in einem nobelsportlichen BMW.

»Vielleicht habe ich den Kerl ja selbst auf die Idee mit der Zwiebel gebracht«, sagte sie nachdenklich.

»Wieso das denn?«

»Ich habe in meinen Bio-Klassen, in der 11a und in der 10b, etwas von Surströmming erzählt, du weißt schon. Ich habe das Zeug auch in den Unterricht mitgebracht.«

»Wieso denkst du, dass dieser Bomber dadurch auf die Idee gekommen ist?«

»Nun ja, die Buttersäurefläschchen muss er ja irgendwo kaufen. Aber eine Zwiebel, Eier und Mehl kann man zu Hause unauffällig abzweigen.«

Kemmer wiegte nachdenklich den Kopf. Doch er sagte nichts weiter dazu. Schließlich breitete sich wohlig-warme Atmosphäre im Inneren des BMWs aus. Frau Fink schnupperte.

»Dieses Schwein!«, brach es aus ihr heraus. »Dieses elende Schwein. Milch! Das ist ja noch schlimmer als Surströmming.«

»Und geht nie mehr ganz aus den Polstern raus«, fügte Kemmer wütend hinzu.

Frau OStRin Grunst, die Erdkundelehrerin mit der Margaret-Thatcher-Betonfrisur, setzte sich in ihren

VW Käfer und startete. Das Gefährt setzte sich in Bewegung, klassische Musik ertönte aus dem Autoradio, rhythmisch trommelten ihre behandschuhten Finger auf dem Lenkrad. Sie überdachte den heutigen Schultag. Wieder hatte sie einigen Heranwachsenden die Geheimnisse der Geographie nahegebracht, vor allem anhand ihres Lieblingsthemas, der Entstehung der Alpen. Sie trommelte weiter auf dem Lenkrad, bog jetzt in die Bahnhofstraße ein. Wie hoch werden die Alpen am Ende sein, dachte sie, bevor die Sonne als roter Riese die Erde verschlucken wird? Frau Grunst rechnete im Kopf. Zwei Millimeter pro Jahr, sieben Milliarden Jahre … Die kleine Schröpfkogelspitze wird dann über 14000 Kilometer hoch sein. Ohne Sauerstoffgerät nicht mehr zu besteigen. Sie lächelte und fuhr die Weigbrunnerstraße entlang, hielt sich dort links. In der Hertlstraße roch sie es. Wortlos öffnete sie das Seitenfenster.

»Unterirdisch!«, murmelte sie schließlich. »Absolut grottig. Im Grunde sogar paläoproterozoikal.«

Helmut Roda mit der sonderbaren Kombination Sport / Latein fuhr einen Fiat 500. Er dachte darüber nach, wie man mit Schülern berühmte Spielzüge aus bekannten Fußballspielen nachstellen konnte. Die Original-Reporter-Stimmen über Lautsprecher einblenden, dann gings los mit dem Re-Enactment. Weltmeisterschaft 1978. Die berühmte Flanke des argentinischen Stürmers … Moment mal, was war denn das? Roda stoppte am Straßenrand und verließ das winzigkleine Fahrzeug. Er ging zu Fuß nach Hause.

Die Psychologin lehnte an ihrem Auto und weinte bitterlich. Erst die Kündigung. Und jetzt hatte sie auch noch den Autoschlüssel vergessen! Sie stellte die zwei Taschen mit ihren Habseligkeiten auf das kalte Autodach und machte sich auf den Weg zurück ins Schulhaus …

Der Klavierstimmer, der schon seit Jahren für die Schule tätig war, hatte selten solch eine Schweinerei erlebt. Alle Filze in der Umgebung des zweigestrichenen cis waren mit diesem Zeug getränkt. Die Anschlagshämmerchen waren nicht mehr zu gebrauchen und mussten ausgewechselt werden. Viele Klaviersaiten, auch die Stimmzargen und Teile des Klangbodens waren durch die Säure in Mitleidenschaft gezogen worden. So ein schöner neuer Flügel! Missmutig stapfte der Klavierstimmer mit seinem Köfferchen durch den Schnee. Aber ein herrlicher Schülerstreich war es trotz alledem. Der Klavierstimmer stieg in den Bus und fuhr nach Hause. Er pfiff den cis-moll-Walzer von Frédéric Chopin.

Der Direktor war standesgemäß Besitzer eines fetten Mercedes, natürlich erworben beim Autohaus Schuchart, wo sonst. Als er auf den Parkplatz eilte, nickte er der Psychologin kurz zu, sie reagierte nicht darauf. Auch recht. Er hatte keine andere Wahl gehabt. Der Direktor hatte sich eine Standheizung einbauen lassen, die er schon vor einer halben Stunde angeschaltet hatte. Fröhlich pfeifend öffnete er die Tür seiner kuschelig warmen Nobelkarosse mit diversen Sonderausstattungen. Der Schwall, der ihn traf, ließ ihn einen Schritt zurückweichen.

»Das schon wieder!«, keuchte er.

So ging es Schlag auf Schlag. Es traf zwei Drittel des Lehrerkollegiums. Die immer im letzten Pariser Chic gekleidete Französischlehrerin Frau Haage genauso wie den abgerissen daherkommenden Wirtschaft / Recht-Donnepp. Allen Lehrern, die mit dem Auto gekommen waren, war Milch in den Kühlergrill geschüttet worden, die dann über die Autoheizung ihre Arbeit getan hatte. Nur Herr Leiff, dessen Heizung nicht recht funktionierte und der sie deshalb gar nicht angeschaltet hatte, wurde verschont.

»Booooooah!«, imitierte er seinen Kollegen, als er von der Milchattacke am Telefon erfuhr.

Der Direktor, der mit dem Taxi heimgefahren war, startete einen Rundruf und veranlasste eine Sonderkonferenz. Bald kam der Hausmeister in Verdacht. Schon wieder einmal. Nur er allein konnte sich ungehindert und ohne Verdacht zu erregen auf dem großen Lehrerparkplatz bewegen. Ein Schüler meldete sich. Er hätte am Vormittag jemanden gesehen, der sich über den Kühlergrill gebückt hatte.

»Ich habe mich noch gewundert, aber es war der Hausmeister.«

»Hast du sein Gesicht gesehen?«

»Nein, aber er trug einen blauen Kittel und hatte diesen komischen Pepitahut auf.«

Gudrian war entrüstet, als man ihn damit konfrontierte.

»Ein blauer Kittel und ein Pepitahut!«, rief er. »So etwas kriegt man in jedem Kaufhaus.«

Ein weiterer Schüler meldete sich als Zeuge. Er hätte die beiden Hausmeister heute Vormittag auf dem Parkplatz gesehen. Gleichzeitig.

»Sowohl ihn als auch sie?«

»Ja, klar. Mehr Hausmeister gibts doch nicht, oder?«

39

Franz Hölleisen trug die kleine Deringer .38 immer bei sich am Körper, meistens in einem Wadenholster. Warum hatte er sie heute bloß in seinen Rucksack gesteckt! Verdammt nochmal! Er hatte Hemmungen gehabt, sie in der Hütte zu tragen, er war sich lächerlich vorgekommen, wo doch alles, was auch nur im Entferntesten an Polizeiarbeit erinnerte, abgelegt werden sollte. Vollkommen entspannt und frei wollte er feiern, das war der Grund gewesen. Als Polizist wusste Hölleisen natürlich aus tausend Analysen, Vorträgen und Verlautbarungen, dass es eigentlich überhaupt keinen vernünftigen Grund gab, dauernd eine Waffe mit sich herumzuschleppen. Aber erstens tat das Nicole auch, so viel er wusste, und zudem hatte er einmal einen faszinierenden Film mit Charles Bronson gesehen, der nur deshalb überlebt hatte, weil er eine zweite Waffe in einem Wadenholster versteckt hatte. Schließlich war es zur fixen Idee geworden. Hölleisen hatte sonst überhaupt keine Marotten, Spleens oder Süchte, er war deshalb der Meinung, dass solch ein kleiner Ladykracher im Strumpfband nicht schaden würde. Niemand wusste davon. Weder seine Familie noch jemand aus dem Team. Und jetzt hatte ihm dieser dreimal verfluchte Schönling und Dummschwätzer die Pistole abgenommen, die ausgerechnet jetzt das erste Mal von Nutzen gewesen wäre. Hölleisen linste zu Prokop hin und suchte dessen Kleidung nach verräterischen Ausbuchtungen ab. Eine Deringer war jedoch so klein, dass man sie gut verbergen konnte, deswegen hatte man sie ja. Hölleisens kleiner Liebling zeichnete sich allerdings nicht gerade durch große Treffsicherheit aus. Abraham Lincoln war mit einer Deringer Kaliber .44 erschossen worden, und zwar aus allernächster Nähe. Anders war es auch nicht möglich. Aber Prokop war mit Sprengstoff ausgestattet, da war er auf solch ein Spielzeug sowieso nicht angewiesen.

»Und was ist jetzt genau drin in diesem Westfälischen Schinkenbegräbnis?«, fragte Becker, der sich interessiert zu Nicole gewandt hatte.

»O je! Ob ich das noch zusammenbringe!«, antwortete sie augenrollend und mit einer hausfraulich-abwinkenden Geste. »Ich versuch es mal!«

Nicole schilderte in aller Ausführlichkeit die angebliche Zubereitung des Eintopfes. Bei anderer Gelegenheit hätte man ihr interessiert zugehört. Heute flogen nur leere, bedeutungslose Worthülsen durch den Raum. Hoffentlich hatte Prokop kein Gespür für solche Nuancen.

»Unbedingt zwei, drei Esslöffel Mehl, vier sind noch besser –«

»Entschuldigen Sie mich, Nicole«, unterbrach Stengele und erhob sich. »Aber ich muss nochmals rauf zum Verbandskasten, ein neues Pflaster holen. Das alte ist wohl bei der Schneeballschlacht verlorengegangen.«

Er zeigte den lädierten Finger, zwängte sich aus der Sitzbank und machte sich daran, die Lukenklappe, die in den Speicher führte, zu öffnen. Prokop warf ihm einen flüchtigen Blick nach. Jennerwein vermutete jedoch, dass er den Allgäuer genau scannte. Und dass er sich fragte, ob Gefahr von ihm ausging. Stengele zog die Klappleiter herunter und stieg langsam hinauf. Nicole schwafelte etwas von dem guten Mehl der Type 550, zählte weitere Zutaten auf, vermutlich erfundene, denn nie hatte man sie je über Kochen oder Essen reden hören. Es war wahrscheinlich nicht ratsam, ihre Version der westfälischen Spezialität nachzukochen.

»Was: Wirsing auch?«, fragte Greg.

»Klar. In westfälischen Rezepten ist immer Wirsing drin.«

Stengeles Oberkörper war schon vollständig verschwunden. Prokop schaute noch einmal kurz hin, reagierte aber nicht weiter. Entweder nimmt er an, dass wir alle noch völlig ahnungslos sind, dachte Jennerwein. Oder es ist ihm egal, was geschieht. Was sie auch immer unternahmen, er hatte den Finger wahrscheinlich dauernd am Druckknopf.

»Und dann noch einen Teelöffel frischen Kümmelsamen –«

Geschafft. Stengele stützte sich ab und zog sich auf den Dachboden. Er kroch zum Verbandskasten und schob ihn laut rumpelnd hin und her, um ihn schließlich geräuschvoll zu öffnen. Schnell klebte er sich ein Pflaster auf. Dann warf er einen Stapel kleiner Bretter um, die krachend zu Boden fielen. Er fluchte laut. Übertreibt er jetzt nicht ein wenig?, dachte Maria drunten am Tisch. Stengele nahm die uralte, verbeulte Kartusche hoch, die vermutlich noch älter war als die Skier und Schlitten, die sich hier stapelten. Er wusste, dass von einer solchen Kartusche keine Explosionsgefahr ausging. Wenn sich das Gas mit Luft vermischte, war es nicht mehr entzündlich. Er hoffte aber auf dessen sedierende Wirkung. Rasch zog er den Korkenzieher, den er mitgenommen hatte, aus der Hosentasche und setzte die Spitze in die Düse der Kartusche. Er drehte und ruckelte, doch so leicht ging es nicht. Er musste kräftig drücken.

»Dann zwei bis drei Stunden auf kleiner Flamme köcheln –«

Die Kollegen am Tisch fielen einander ins Wort.

»Ist eigentlich noch Glühwein da?«

»Und der Mann auf dem Foto da, wer ist das?«

»Was macht Ihr Vater denn, Kommissar? Ist der auch Polizist?«

»Wir können danach noch mal den Mond anschauen.«

Stengele schraubte die Gummidichtung ab und versuchte es noch einmal. Wieder nichts. Es lag jetzt an ihm. Er musste diese Chance nutzen. Er hielt inne und blickte hinauf zur Dachluke. Nein, diese Option hatte er vorhin schon geprüft und sich dagegen entschieden. Selbst wenn er das Überraschungsmoment nutzte, von außen in die Hütte zurückzukommen – unbewaffnet würde er Prokop nicht ausschalten können. Jetzt hörte er jemanden die Leiter heraufsteigen. Er drückte den Korkenzieher nochmals mit großer Kraft in die Düsenöffnung, und endlich gab sie nach. Er hatte die Dichtung beschädigt, aber reichte das? Strömte wirklich Gas aus? Schnell legte er das blaue verbeulte Ding wieder an seinen Platz. Prokops Kopf war in der Falltür erschienen. Es sah so aus, als wäre er aus dem Boden herausgewachsen.

»Was da so alles auf dem Speicher herumliegt!«, sagte Stengele und drehte sich so, dass er die Kartusche verdeckte.

»Kann ich Ihnen helfen?«, fragte Prokop. »Kommen Sie zurecht?«

»Und natürlich kurz vor dem Servieren noch mit einem Schuss Essig verfeinern«, sagte Nicole, als alle wieder vollständig um den Tisch saßen.

Jennerwein atmete auf. Das war gerade noch einmal gutgegangen. Als Prokop eben aufgestanden war, um zu sehen, was Stengele trieb, hatte er verschwörerisch – Psst! – die Finger auf die Lippen gelegt und der Tischrunde mit lausbubenhafter Miene zu verstehen gegeben: Passt auf, dem jage ich jetzt einen gehörigen Schrecken ein! Als sein Kopf verschwunden war, nutzte Becker die Chance. Schnell zog er sein Handy heraus und tippte unter dem Tisch Befehle ein. Auf den fragenden Blick Jennerweins hin sagte Becker in beiläufigem Ton:

»Gisela.«

Alle schüttelten verwundert den Kopf.

»Ich habe mir gedacht: Der Überraschungsgast von Dr. Rosenberger könnte vielleicht auch Gisela sein.«

»Gisela?«, fragte Greg. »Auch eine Polizistin?«

Maria blickte ihn an. Dieser Mann hatte eine Gabe, Fragen im unpassendsten Augenblick zu stellen. Der würde noch alles verderben. Oder hatte er das vielleicht schon? Die Unsicherheit machte Maria schier wahnsinnig. War Greg nun ein Komplize von Prokop oder nicht? Möglich wäre es schon … Prokops Beine erschienen, er stieg wieder ab. Schnell ließ Becker das Handy verschwinden.

»Gisela ist eine alte Bekannte von uns«, versetzte Maria schnell. »Sie war Polizeioberkommissarin, ist dann versetzt worden, nach Norddeutschland. Wir haben sie schon lange nicht mehr gesehen.«

Prokop setzte sich wieder. Er sah sich misstrauisch in der Runde um, schaltete aber sofort wieder in den Sonnyboy-Modus. Becker drückte unter dem Tisch auf ›Senden‹. Über die zwei-, dreihundert Meter bis zu seinem Auto musste das netzunabhängige Signal funktionieren. Es war ein Versuch. Und sie hatten nichts zu verlieren. Er wollte Gisela in Stellung bringen, vielleicht konnte er ihre Fähigkeiten in irgendeiner Weise verwenden. Sie konnte zum Beispiel als Störfaktor dienen, wenn sie ihr schrilles Hochfrequenzsignal aussandte, das geeignet war, Demonstranten und Bankräuber zu verwirren.

»Ich glaube, ich bin jetzt mal dran mit dem Feuerholz«, sagte Jennerwein und erhob sich.

Auch hier keine Reaktion von Prokop. Der musste sich seiner Sache wirklich sehr sicher sein. Oder er verließ sich auf seinen Komplizen Greg.

Becker überlegte. Er musste sich jetzt auf die Tatwaffe selbst konzentrieren. Das erwarteten sie wahrscheinlich von ihm, dem Technikspezialisten. Er ging im Geist alle Zündvorrichtungen durch, die er kannte. Den elektrischen Aufschlagszünder, den Verzögerungszünder, den elektronischen Annäherungszünder …

Nicole ballte die Fäuste in der Tasche, so fest, dass sie schmerzten. Warum hatte Jennerwein die Zeit, in der

der gemeingefährliche Verbrecher ihnen den Rücken zugedreht hatte, um einen Blick in den Speicher zu werfen, nicht genutzt! Das wäre doch *die* Gelegenheit gewesen! Warum denn nicht, verdammt nochmal?! Maria hatte den dubiosen Greg abzulenken versucht, daraufhin hatte Jennerwein ihnen allen aber nur das Zeichen ›Auf mein Kommando warten‹ gegeben. Was hatte der Chef vor? Nicole war auf hundert. Hier untätig dazusitzen, während Prokop sie in die Luft jagen wollte, trieb sie noch zum Wahnsinn.

»Es gibt im Alpenvorland ja wirklich viele seltsame Weihnachtsbräuche«, begann Hölleisen. »Einen davon habe ich noch gar nicht erzählt –«

Verena Vitzthums Gedanken schweiften ab. Auch sie setzte ein freundlich-interessiertes Gesicht auf, blickte ab und zu dankbar und liebevoll zu Emil Prokop, doch innerlich war sie ganz woanders. Sie fürchtete nicht nur um das Leben der Hüttengäste. Sie dachte an ihren Mann. Wie lange würde René in dem Tank überleben? Ein paar Stunden durchaus, aber die paar Stunden waren schon vergangen. Mit jeder Minute wurde es kritischer für ihn. Sie würde das Katz-und-Maus-Spiel hier nicht mehr lange durchhalten.

Nicole fasste einen Entschluss. Während alle anderen aus naheliegenden Gründen in der letzten halben Stunde nur noch an den Glühweingläsern genippt hatten, wollte sie genau das Gegenteil tun. Sie füllte ihr Glas mit der Schöpfkelle, hob es grimmig lachend und trank es halbleer. Sie wollte so tun, als ob sie sich volllaufen ließ. Sie hätte das auch gerne getan, aber das war gar nicht so leicht möglich bei ihr.

»Ein Weihnachtsbrauch ist das spielerische Auspeitschen mit Weidenruten, man nennt es Pfeffern. Es ist eine Art Fruchtbarkeitszauber –«

Verena Vitzthum hatte sich in ihrem Keller ein Labor eingerichtet, das mit Dutzenden von Gerätschaften vollgestellt war, die sie für ihren Beruf brauchte. Ihr großes Hobby allerdings war das Bierbrauen. Erst letztes Jahr hatte sie sich einen neuen 5000-Liter-Gärtank angeschafft. Der Werbeslogan der Firma lautete einfallsreich: ›Ehrlich gärt am längsten.‹

»Wir wollen es Vitzbräu oder Vitzbock nennen«, hatte René gesagt.

Aufgrund ihrer Behinderung und ihres Eigensinns, ihn selbst bedienen zu wollen, hatte sie sich für die computergesteuerte, vollautomatische Variante entschieden. Der Tank war für Reinigungszwecke begehbar, sonst aber spielte sich alles ziemlich digital ab. Mit einer Zeitschaltung konnte die zerkleinerte Maische abgesaugt und frisches Wasser hineingepumpt werden. Der Tank füllte sich dann vollständig. Dieses Detail war für Verena Vitzthum eine Horrorvorstellung. Wo blieb nur Dr. Rosenberger? Bald würde die Zeitschaltung anspringen. Und dann … Der Gedanke war so entsetzlich, dass Verena Vitzthum krampfhaft versuchte, an etwas anderes zu denken.

Manche trugen dieses Gen in sich. Sie vertrugen große Mengen von Alkohol, ohne betrunken zu werden. Vor allem Westfalen und Russen wurde diese Eigenschaft zugeschrieben, aber Nicole gehörte auf jeden Fall dazu. Schon in der Polizeischule in Recklinghausen war sie Siegerin jedes Wettsaufens gewesen, einer beliebten Disziplin in Polizeikreisen. Das wollte sie ausnützen. Sie trank das ganze Glas Glühwein leer, holte sich gleich ein neues. Sie hatte jetzt schon einen kleinen Zungenschlag, verfiel bald darauf ins Alberne, Lächerliche, ihre Bewegungen gerieten immer unsicherer und linkischer. Sie macht das gut, dachte Jennerwein. Sie übertrieb auch nicht. Sie spielte jemanden, der eine beginnende Trunkenheit durch großspuriges Verhalten überspielen wollte.

Maria Schmalfuß plauderte darüber, dass sie in ihrer Studienzeit pseudowissenschaftliche Beiträge in Klatsch- und Lifestylemagazinen verfertigt hatte, dass sie das auch heute noch gelegentlich tue. In Wirklichkeit dachte sie konzentriert darüber nach, um welche Persönlichkeitsstörung es sich bei Prokop handeln könnte.

»Wir haben eine wunderbare Winternacht für unser Hüttentreffen erwischt«, sagte Becker, während sich Nicole schon wieder nachschenkte.

Litt Prokop unter einer *paranoiden Persönlichkeitsstörung?* Maria ging die Merkmale dieses so häufig verbreiteten Zustands durch: übermäßiges Misstrauen, Streitsucht, dauernder Groll gegen Mitmenschen, starke Selbstbezogenheit, Neigung zu Verschwörungstheorien. Doch Prokop wirkte offen und gesellig. Seine Augen blickten ernsthaft interessiert, wenn jemand etwas erzählte. Er hatte die beneidenswerte Gabe, auf jeden Einzelnen einzugehen. So etwas konnte man nicht spielen.

»Ja, in der Tat«, sekundierte Jennerwein. »Der Supermond, die Böllerschüsse im Tal –«

Weiter, dachte Maria. In der Klassifikation war der nächste Typ die *schizoide* Persönlichkeitsstörung. Dabei handelte es sich meist um einen einzelgängerischen Rückzug von sozialen Kontakten mit übermäßiger Vorliebe für Phantasie, gekoppelt mit dem Unvermögen, Gefühle auszudrücken und Freude zu erleben. Prokop sprühte im Gegenteil vor Kontaktfreudigkeit. Er war kein Einzelgänger. Ein solcher hätte den Anschlag aus der Distanz heraus verübt.

»Ich kenne einen, der tatsächlich im Weltraum war«, sagte Becker gerade. »Es ist Professor Yi Munjol aus Südkorea. Er hat mit mir studiert –«

Signifikant für die *dissoziale* Persönlichkeitsstörung wiederum waren Verantwortungslosigkeit, Missachtung sozialer Normen, Regeln und Verpflichtungen, fehlendes Schuldbewusstsein. Oft bestand eine niedrige Schwelle für aggressives oder gewalttätiges Verhalten. War es das bei Prokop? Nein, ein so offensichtlicher Soziopath schien er nicht zu sein. Maria wollte gerade zum Tischgespräch beitragen, dass auch sie mit einem späteren Nobelpreisträger studiert hatte, da fiel ihr Blick auf Nicole, die den Kopf an die Hüttenwand gelehnt hatte und Mühe zu haben schien, das Gespräch zu verfolgen und die Augen offen zu halten. Sie blinzelte, seufzte, schmatzte, kämpfte mit der unsichtbaren Trunkenheit, jetzt fielen ihr die Augen ganz zu, ein Sekundenschlaf nahm sie gefangen, und ein wenig begann sie auch schon zu schnarchen. Eine tolle Frau, dachte Maria. Sie hätte nicht gedacht, dass Nicole so viel schauspielerisches Talent besaß.

»Die Frau Kollegin verträgt nicht viel!«, sagte Hölleisen leise und entschuldigend in Richtung der beiden Gäste und deutete dabei auf die Kommissarin.

Prokop nickte. Er schien die Geschichte zu glauben. Nicole blinzelte. Wenn es an der Zeit war, würde sie sich auf ihn stürzen und ihn in der Luft zerreißen.

Stengele lachte mit und machte mit. Aber war es wirklich eine gute Idee gewesen, die Kartusche zu beschädigen? Wenn der einschläfernde Effekt wirklich eintrat, dann traf das nicht nur Prokop, sie alle würden müde und schlapp werden. Stengele bereute seine übereilte Einzelaktion. Aber es war jetzt nicht mehr zu ändern.

Plötzlich erschienen grelle Lichtblitze im Fenster. Jennerwein zuckte zurück. Es war genau an der Stelle, wo er vorher das Gesicht gesehen hatte. Auch die anderen erschraken. Das Gespräch erstarb sofort. Alle lauschten.

Nach weiteren zwei Blitzen erkannte man, dass es eine starke Taschenlampe war, die das Fenster fuchtelnd beleuchtete. Dann hörte man Stimmen. Nein, es war nur eine einzige. Und zwar unverkennbar die von Oberrat Dr. Rosenberger. Jetzt hörte man auch seine Schritte im Schnee. Und das Abstampfen der Stiefel. Und ein dramatisches Klopfen an der Tür.

»Herein!«, rief Jennerwein.

In der geöffneten Tür erschien, ganz und gar durchgefroren, der Chef der Jennerwein'schen Truppe. Oberrat Dr. Rosenberger war ein Bär von einem Mann. Er trug eine altmodische, jägergrüne Lodenkotze, die er jetzt auszog und abschüttelte, so dass viele feine Schneestäubchen in der Stube umhertanzten.

»Einen wunderschönen guten Abend«, dröhnte er. »Ich grüße Sie alle. Schön, dass ich eingeladen bin. Sie haben vermutlich den Nikolaus erwartet.«

Er lachte schallend und verschluckte sich fast dabei. Dann rieb er sich die Hände, starrte augenzwinkernd auf den Glühwein und deutete darauf.

»Davon könnte ich jetzt auch etwas vertragen.«

Sorgfältig schloss er die Tür hinter sich.

»Haben Sie überhaupt noch einen Platz für mich frei?«

Sie rückten zusammen. Als er sich gesetzt hatte, fragte Maria mit gespielter Neugier:

»Sind Sie denn allein gekommen, Herr Oberrat?«

»Nun, der Überraschungsgast, den ich versprochen habe –« Er zögerte, denn Hölleisen schenkte ihm gerade Glühwein ein. »Mein Überraschungsgast, ja, mit dem ist es so eine Sache – aber zuerst mal fröhliche Weihnachten!«

Dr. Rosenberger schaute in die Runde, sah jedem in die Augen und prostete ihm zu. Bei Prokops Anblick verharrte er. Sein Gesichtsausdruck veränderte sich, er schien leicht verwirrt, dann verblüfft.

»Sie sind auch da? Was … tun Sie denn hier?«

Alle sahen sich verstohlen an. Was sollte denn das bedeuten? Dr. Rosenberger fixierte Prokop immer noch, dann runzelte er die Stirn, wie wenn eine vage Erinnerung in ihm aufstieg. Spielte er das nur?

»Aber trinken Sie doch erst mal einen Schluck, Herr Oberrat«, sagte Prokop in einem seltsam veränderten Ton und erhob sich dabei vom Tisch.

Jennerwein war völlig verwirrt. Dr. Rosenberger und Prokop schienen sich zu kennen! Was bedeutete das? War Prokop etwa der Überraschungsgast, von dem ihm der Oberrat bei der Planung der Party erzählt hatte? Ein entsetzlicher Gedanke durchfuhr Jennerwein. War Dr. Rosenberger etwa mit Prokop im Bunde? Hatte der nur auf ihn gewartet, damit sie das Team in die Luft sprengen konnten, während sie sich selbst absetzten? Die Welt stand Kopf, wenn das zutraf. Aber eigentlich war alles möglich.

Prokop stand da, als ob er eine Rede halten wollte. Er, der den ganzen Abend den liebevollen und treusorgenden Freund von Verena Vitzthum gespielt hatte, hatte sich vollkommen verändert. Über sein Gesicht hatte sich ein boshaftes, verwegenes Lächeln gelegt. Und er nickte Dr. Rosenberger kumpelhaft zu. Der lächelte zurück.

40

Langsam öffnete sich der stabile Flight-Case im Laderaum von Beckers Geländewagen, eine Hand kam zum Vorschein und schob den Deckel vollends hoch. Eine stämmige Frau mit Knollennase richtete den Oberkörper auf und begann herauszuklettern. Sie öffnete die Rückklappe des Jeeps von innen, dann ließ sie sich aus dem Fahrzeug auf den Boden gleiten. Sie war Ende dreißig, einssiebzig groß, sportlich, seit neuestem brünett. Sie war beileibe keine Schönheit. Ihr Teint war gelblich, ihre große, knollenartige Nase gab dem Gesicht einen dümmlichen Ausdruck, die eng beieinanderliegenden Augen sahen stumpf und teilnahmslos drein.

Trotzdem war sie Hansjochen Beckers ganzer Stolz. Gisela war ein jederzeit einsetzbarer Dummy, ihr Inneres quoll über von technischen Messgeräten, sie konnte sich selbständig zu angegebenen Zielen bewegen. Sie konnte gehen, laufen, springen, schwimmen und robben, hatte schon an vielen Einsätzen teilgenommen und Dutzende von Autounfällen nachgestellt. Sie war zerquetscht, niedergestochen, angekokelt, durchsiebt, ertränkt, überfahren und in die

Luft geschleudert worden – sie hatte jedes Mal ihre finalen Daten brav an die gierigen Rechner der Spurensicherer abgeliefert. Becker hatte ihre technischen Möglichkeiten immer mehr verfeinert. Und jetzt eben hatte er ihr über Funk die Anweisung gegeben, zu ihm zu kommen. So rasch wie möglich.

Bei polizeilichen Einsätzen hatte Becker seine Gisela immer im Auto dabei, sie musste Tatorte sondieren, an denen dicke Luft herrschte, ihr machten Gas, Pfefferspray, große Hitze, Strahlung, Elektroschocks, Steinwürfe und Beschimpfungen nichts aus. Gisela war Eigentum des Freistaates Bayern, und eigentlich durfte Becker sie nicht privat einsetzen. Doch einmal hatte Becker bei seinem Italienurlaub der Versuchung nicht widerstehen können. Er hatte sie in einen bisher unentdeckten Ruinengang von Pompeji krabbeln lassen, sie hatte dort Fotos von deftigen erotischen Wandmalereien geschossen. Die konnte er natürlich schlecht herumzeigen.

Gisela drehte sich mehrmals um ihre eigene Achse und analysierte das Terrain. Wegen des rutschigen Schnees ließ sie sich auf alle viere nieder und begann, den steilen Weg zu Jennerweins Hütte hochzukriechen. Der Funkverkehr mit Becker war inzwischen abgebrochen, sie führte also nur den Standardbefehl aus, das Auto zu verlassen und in seiner Nähe abzuwarten. Gisela war unbewaffnet. Dadurch war sie beweglicher. Nach wenigen Minuten war sie bei der kleinen Zirbelgruppe angekommen. Sie suchte ein Plätzchen, von wo aus sie den Aufenthaltsort von Becker gut im Blick hatte. Eine neue GPS-unterstützte App machte das möglich.

»Besteht Interesse an militärgeschichtlichen Hintergründen?«, ertönte eine Stimme aus dem kleinen Lautsprecher. »Genau an dieser Stelle zog General Edler von Hodovski 1789 mit einem Teil des österreichischen Infanterieheeres …«

Gisela schaltete die Infos ab. Sie krabbelte zu einer Stelle, die ihr als Beobachtungsstandort geeignet erschien, und wartete auf weitere Befehle.

Die namenlose Informantin hatte sich gut eingegraben, dabei ihr Biwak so ausgerichtet, dass sie Jennerweins Hütte jederzeit im Blick hatte. So wollte sie Rosi abpassen und ihn um Hilfe bitten. Hoffentlich kam er bald. Es führt kein andrer Weg nach Küssnacht, dachte sie noch, ehe sie im Sitzen einschlief.

»Jessas!«, entfuhr es ihr, als sie wieder aufwachte.

Der Schrei einer Hyäne hatte sie geweckt. Hyäne? Es war eher Wolfsgeheul gewesen. Oder doch nur ein Käuzchen. Oder sie hatte geträumt. Schnell richtete sie sich auf. Wie lange hatte sie geschlafen? Ein Blick auf die Uhr: nur zwanzig Minuten, Gott sei Dank. Vorsichtig schob sie die wärmeaktive Stoffbahn zurück, die den Eingang zum Biwak bildete. Der Wind trug leise Gesprächsfetzen zu ihr her. Vorsichtig kroch sie aus dem Zelt, schlich zur Hütte und lugte durch ein Seitenfenster. Auf den ersten Blick konnte sie nicht erkennen, ob Rosi schon drin war, sie sah aber Jennerwein, dazu die spindeldürre Polizeipsychologin und einen Mann, den sie nicht kannte. Pflaster auf der Nase, zerzauster, rötlicher Bart, Trainingsanzug der Bereitschaftspolizei. Auf dem Rücken stand: Sei dir selbst Droge genug. Ein neuer Kollege des Teams? Wahrscheinlich einer von der Suchtprävention. Ein anderer Mann, der ihr ebenfalls unbekannt war, hatte sich erhoben, er umfasste ein randvolles Glas mit Glühwein, hielt wohl gerade eine Rede. Ein gutaussehender Mann, Respekt! Alle anderen lauschten mit ernsten Mienen. Solch verspannte und bierernste Gesichter bei einer lustigen Hüttenfeier? Sie selbst beherrschte zwar durchaus die Kunst des Lippenlesens, aber auf diese Entfernung und durch die matte Glasscheibe hindurch konnte sie keine signifikanten Mundbewegungen erkennen. Es schien ihr zu riskant, noch näher heranzuschleichen, sie wollte auf keinen Fall die Aufmerksamkeit von Leuten auf sich ziehen, die sie nicht gut genug kannte. Trotzdem wechselte sie die Position und blickte von da aus nochmals ins Innere der Hütte. Dort saß Rosi, ebenfalls mit ernster Miene, dem Redner mit dem Stirnband aufmerksam zuhörend. Mist,

Sie hatte ihn verpasst. Hoffentlich würde Jennerwein bald eine Gelegenheit finden, den Oberrat zu bitten, die Hütte unauffällig zu verlassen. Die Informantin ging langsam und vorsichtig wieder zurück, ohne die Taschenlampe anzuknipsen, sie kannte den Weg. Ein riesiger Supermond warf zusätzlich einen milden Schein über die Szenerie. Wie hatte es so weit kommen können mit ihr! Ein riskanter Auftrag, ein Verräter in den eigenen Reihen, die überstürzte Flucht, Jennerwein als letzte Rettung, und dann einfach eingeschlafen … Verdammter Mist. Sie wurde langsam zu alt für diesen aufreibenden Job. Aber was gab es für sie für eine Alternative? Die abgebrochene Lehre zur Hotelfachfrau wieder aufnehmen? Sie seufzte. Dort stand ihr Biwak, sie betrachtete es stolz und wohlgefällig. Schnell aufgebaut, gut getarnt, strategisch günstig gelegen. Sie hatte es noch drauf. Langsam kniete sie sich vor den Eingang und schlug die Neoprenbahn zurück. Dann erstarrte sie. Keine Spur mehr von Müdigkeit, sie war hellwach. Eine reglose Gestalt lag in ihrem Biwak, auf den ersten Blick eine Frau. Schnell richtete sie sich auf, sprang zwei Sätze zurück und ging hinter einem Schneehügel in Deckung. Die Frau drinnen rührte sich nicht.

»Hallo! Verlassen Sie sofort mein Biwak!«

Keine Reaktion. Ein Schreck durchfuhr die Informantin. Sie hatte keinerlei Waffen bei sich, alle befanden sich im Inneren des Zelts. Sie hatte es nicht für nötig gehalten, die paar Schritte zur Hütte eine Waffe mitzunehmen. Tatsache: zu alt für den Job. Sie musste es anders versuchen. Und so tun, als ob.

»Hallo! Hören Sie mich? Verlassen Sie sofort mein Zelt! Ich bin bewaffnet. Zwingen Sie mich nicht, meine Schusswaffe zu gebrauchen.«

Keine Antwort. Nur der Rauch des Hüttenkamins stieg ihr in die Nase. Sie hörte das Geschmatze der Tannen, die unter der Schneelast ächzten. Nach endlosen Sekunden fasste sie einen Entschluss. Langsam erhob sie sich, spannte alle Fasern ihres Körpers, spurtete zum Zelt und hechtete hinein. Sie bekam einen Arm der Frau zu fassen und riss ihn herum. Leblose Augen starrten sie an.

Man kann es in alten Bauernkalendern nachlesen: Die Tage um Weihnachten herum bilden die gefährlichste Zeit des Jahres. In den Raunächten, wenn die Winterstürme toben, zieht das Wilde Heer mit fürchterlichem Gerassel unter Schreien, Johlen, Heulen, Jammern, Ächzen und Stöhnen durch die Lüfte. In den Wäldern wimmelt es von undurchsichtigen Gestalten aus dem Geisterreich, kein Sterblicher wagt sich über die Feiertage ins Holz, schon gar nicht nachts. Unheimliche Geräusche von Wildtieren, dunkle Schatten, zischende und triefäugige Trolle, Werwölfe, sogar Vampire und Dryaden bevölkern die schneebedeckten Wälder. Und Gestalten. Gestalten mit verbeulten Rucksäcken und herausragenden Gewehren. Ein paar Kilometer unterhalb des Biwaks stapfte der Mann dahin. Er keuchte und hustete sich hinkend weiter, immer bergab. Ab und zu blieb er stehen. Jetzt griff er nach hinten, versicherte sich, dass sich die Gewehre noch an ihrem Platz befanden. Es waren drei mit einem Plastikclip zusammengezurrte Kleinkaliberbüchsen. Wäre es nicht so dunkel gewesen, hätte man gesehen, dass es sich um Büchsen der Marke Anschütz handelte. Und wäre hier besserer Empfang gewesen, hätte man gegoogelt und dabei schnell festgestellt, wofür diese Waffen ausschließlich gebraucht wurden. Aber so … Der Mann fluchte leise. Es gab überhaupt keinen Funkkontakt hier oben. Und dann mit diesen blöden Schneeschuhen. Auf jedem noch so billigen Snowboard wäre er besser unterwegs gewesen.

40 000 Jahre später lag an dieser Stelle kein Schnee mehr. Nachdem das hyperintelligente Seidenspinnermännchen Jjóoglyü die Zeichenkette FORMAT C: eingegeben hatte, war der Computer vollständig abgestürzt. Unerwarteter schwerer Ausnahmefehler. Auch bei allen anderen mit ihm verlinkten Systemen wurden die Bildschirme schwarz, kein Modul reagierte mehr auf einen Befehl.

»Sieht aus, als hätten wir einen Komplettausfall des Zentralcomputers«, sagte Jjóoglyü besorgt.

»Sieht eher aus, als wäre die Festplatte gelöscht worden«, murmelte M'nallh entgeistert.

Dann zog er scharf den Atem ein und schlug sich mit den Endklauen vor den Kopf.

»Ach, du liebe Güte! FORMAT C: – Das war doch vor langer Zeit mal ein absoluter Megafehler, wie konnte ich das vergessen! Format C:, das ist ein legendärer Befehl, der alles auf null setzt. Katastrophaler gehts gar nicht mehr.«

»Kriegst du das wieder hin?«, fragte Jjóoglyü.

M'nallh schüttelte stumm den Kopf. Sie konnten nicht nach Hause funken, fünfeinhalbtausend Lichtjahre waren einfach zu viel. Sie saßen fest. Keine Chance, je wieder zurückzukehren. M'nallh begriff. Sie würden hier bleiben müssen, auf der Erde. Das also war ihre neue Heimat. Im Biofroster befand sich noch ein Kokon mit unausgeschlüpften Raupen. Es war ihr Nachwuchs.

Und so kam es, dass die unwirtliche Erde im Jahre 42 018 nach Christus noch einmal besiedelt wurde, von hyperintelligenten Seidenspinnerschmetterlingen, deren Urahnen zwei Kosmonauten namens Jjóoglyü und M'nallh waren …

41

Folgt man der chinesischen Astrologie, stand das Jahr 1980 voll und ganz im Sternzeichen des Affen. Diesem werden ausschließlich positive Eigenschaften zugeschrieben. Der Affe ist spielerisch, neugierig, einfallsreich, intelligent, kommunikativ, humorvoll … Am Samstag, den 13. Dezember 1980, schlug der Bomber wieder zu, passend zu diesem Sternzeichen. Von allen seinen Attacken erregte diese Jennerweins größte Bewunderung. Auch im Rückblick blieb es sein Lieblingsanschlag, die eleganteste, verspielteste und schönste Störung des Schulfriedens.

Der letzte Samstag vor den Weihnachtsferien war im Gymnasium traditionell der Tag, an dem sich die kleinen und großen Theatertruppen der Schule zusammentaten und ein gemeinsames, alters- und klassenübergreifendes Weihnachts- und Krippenspiel in der Schulaula aufführten. Es lag nahe, dass sich der Bomber diese Gelegenheit nicht entgehen lassen würde, seinen Beitrag dazu zu leisten, deshalb wurden am Tag der Aufführung die große Schulaula sowie die benachbarten Räume vollständig auf den Kopf gestellt. Der Hausmeister und seine Gattin, die ihnen unterstellte Putzkolonne, einige vertrauenswürdige Schüler und mehrere Lehrer sahen hinter jede Wandverkleidung und drehten jedes bewegliche Teil um, und sie gingen ausgesprochen gründlich dabei vor. Der trojanischen Möglichkeit, dass sich der Bomber in einen der Suchtrupps eingeschlichen hatte, wurde dadurch begegnet, dass genau protokolliert wurde, wer wo was und wie lange kontrolliert hatte, um bei einem eventuellen Anschlag die Gruppe der Verdächtigen einschränken zu können. Wer aber wachte über die, die über die Wächter wachten?

Die Bretter des Bühnenbodens wurden gelöst und angehoben. Man fand nichts weiter als ein Amulett eines früheren Schülers der Schule, Josef Amreiner, der inzwischen Universitätsprofessor für angewandte Physik war und dem es feierlich zurückgegeben werden konnte. Die Verlobung, die damals wegen des Verlusts in die Brüche gegangen war, konnte allerdings nicht mehr gekittet werden, die Damalige war schon längst anderweitig verheiratet. Der Bühnenuntergrund wurde peinlich genau durchsucht, eine Stinkbombe oder einen Mechanismus, der eine solche auslösen konnte, fand man jedoch nicht. Naheliegende Versteckmöglichkeiten waren auch das Bühnenbild, die Requisiten, die Kostüme. Nichts. Alle Sitzreihen der Aula, in der über fünfhundert Menschen Platz fanden, wurden von verschiedenen Suchtrupps mehrfach kontrolliert. Nichts. Herr Leiff, der engagierte Lehrer für Mathe und Physik, der schon auf den Dreh mit dem Heronsbrunnen gekommen war, wies darauf hin, dass die hohe, vertäfelte Saaldecke der Aula ein gutes Versteck sein könnte. Ein schwindelfreies Spezialkommando kletterte auf den Speicher und suchte jeden Winkel nach Drähten, Zugmaschinen und anderen auffälligen Gerätschaften ab. Sie stiegen sogar aufs Dach. Nichts. Die gesamte Bühnentechnik wurde gecheckt: Scheinwerfer, Hebemechanismen, Vorhangkurbeln, Nebelmaschinen (ein in den Achtzigern auf Theaterbühnen schier unverzichtbares Element) – nichts. 1980 war auch die Zeit, als junge Männer mit langen glatten Haaren, dünnen Koteletten und Batikhemden riesige Lautsprecherboxen zusammenschraubten, leimten und löteten. Einer davon war Gunnar Viskacz, ein Klassenkamerad von Hubertus, der später Studiomusiker werden sollte und der jetzt bei den Schulaufführungen für die Toneinspielungen verantwortlich war. Auch in seinen Super-Lautsprechern fand man: nichts.

»Aber eigentlich eine gute Idee, das Zeug in einer Box zu verstecken«, bemerkte Gunnar Viskacz dazu. »Keiner traut sich da ran. Aber es wäre schade um meinen schönen 6"-Kalotten-Konus-Tiefmittelhochtöner 40 kHz.«

Inzwischen waren die Schüler und auch einige

Lehrer schon so von der Idee infiziert, dass sie schier manisch nach weiteren Anschlagsmöglichkeiten suchten. War es vielleicht möglich, den Ehrenplatz des übergewichtigen Bürgermeisters so zu präparieren, dass er sich auf das Glasröhrchen setzen musste? Schöne Idee, aber nein: nichts. Der Sitzplatz des Bürgermeisters war sauber.

Die eigentlichen Krippenspiele und die Theateraufführungen selbst gerieten immer mehr in den Hintergrund. Die meisten Zuschauer kamen, um zu erleben, was er sich denn diesmal hatte einfallen lassen, der Teufelskerl und Satansbraten. Hubertus Jennerwein war selbstverständlich mit von der Partie. Neben ihm saß seine Mutter, links von ihm sein Freund Bernie Gudrian, der sich seinen Kopf schon wieder einmal nach Irene Gödeke aus der 10b verrenkte, die ganz vorne in der dritten Reihe saß. Vater Dirschbiegel wäre gern mitgekommen, aber er war verhindert, musste er sich doch in der Justizvollzugsanstalt Straubing ein Krippenspiel der dortigen Belegschaft ansehen. Die Schulaula war ausverkauft bis zum letzten Platz, auch die Empore quoll über von wuselnden und aufgeregten Unterstuflern. Das Hausmeisterehepaar hatte die Aufgabe übernommen, während des Einlasses alle Zuschauer zu filzen, bevor sie Platz nahmen. Er die Herren, sie die Damen. Nach polizeilichen Maßstäben war es eine äußerst flüchtige

Untersuchung, überdies war sie freiwillig. Doch wer hätte es gewagt, sich zu weigern! Alle hielten brav die Hände in die Höhe und ließen sich flinkfingrig von den Blaubekittelten betasten. Hubertus beobachtete die beiden Personenkontrolleure genau. Wenn Hausmeister Gudrian etwas damit zu tun hatte, war das doch eine super Gelegenheit, den Zuschauern etwas zuzustecken! Zum Beispiel eine Kapsel, die sich durch die Körpertemperatur auflöste. Hubertus erhob sich und setzte sich auf einen freien Platz in der Nähe des Hausmeisters. Gudrian war so konzentriert, dass er ihn nicht bemerkte. Hubertus saß drei Meter von ihm entfernt, er konnte ihn genau betrachten. Jennerweins Vater, der Profidieb, hatte ihm einige Tricks gezeigt, wie man Personen auf der Straße nicht nur Dinge aus der Tasche ziehen, sondern ihnen auch Dinge zustecken konnte.

»Das ist nur etwas für Fortgeschrittene und absolute Könner«, hatte sein Vater gesagt. Und ihm die Ross-Fraser'sche Routine gezeigt.

Gudrian griff gerade wieder in die Hosentasche, zog ein Stofftaschentuch heraus und wischte sich den Schweiß von der Stirn. Er steckte das Tuch zurück und klopfte den nächsten Besucher ab. Hubertus kniff die Augen zusammen und sah genau hin. Nein, da war nichts. Der wischte sich nur den Schweiß ab, sonst nichts.

»Sehen Sie, es ist gut, dass ich im Militärdienst

bei den Feldjägern war«, sagte Gudrian gerade zum Eisenwarenhändler Jarovski. »Da hab ich das gelernt.«

»Wenns der guten Sache dient«, erwiderte der. »Die Schuhe auch?«

»Nein, lassen Sies gut sein.«

»Das wäre aber ein prima Versteck«, beharrte Jarovski.

»Okay, also dann die Schuhe auch.«

»Und die Socken?«

»Nein, die wirklich nicht.«

Jennerwein sah sich sorgfältig in der Aula um. Er glaubte, dass sich der Bomber hier im Saal aufhielt. Entweder war er einer der Theaterakteure und saß jetzt hinter der Bühne beim Schminken oder Textlernen, oder er war einer von den Zuschauern. Hubertus ließ seinen Blick von Gesicht zu Gesicht wandern. Frau Dengler vom Gemüsegeschäft? Das Juwelierehepaar Forch? Steuerberater Gutgesell nebst Gattin? Die Familie Rinaldi von der Pizzeria? Jennerwein fasste sich an den Kopf. Ein grober Denkfehler – keiner von denen konnte sich unauffällig in der Schule bewegen und jeden Tag einen Anschlag durchführen. Aber Antonia Beissle, die ein paar Reihen von ihm saß? Herr Schewtschuk, der das Wahlfach Russisch gab? Frau Leibold, die Leiterin des Oberstufenchors? …

Der Saal hatte sich jetzt fast vollständig gefüllt, doch das Saallicht erlosch noch nicht. Noch lange nicht. Ein Dutzend Mitglieder der Theater AG (so stand es auf den T-Shirts) schwärmte mit Körbchen aus und verteilte kleine Gegenstände. Im Saal entstand Gemurmel. Das Publikum verwandelte sich immer mehr in ein hochnervöses und aufgekratztes Tier, das auf jeden Reiz sensibel reagierte. Worte flogen hin und her, Gelächter brandete auf. Die Helfer der Theater AG hatten Wäscheklammern ausgegeben, die mit kleinen, hautfreundlichen Filzen bestückt waren. Einige der Zuschauer setzten sich die Nasenzwicker probehalber auf. Das sah reichlich bescheuert aus, besonders wenn es sich um ältere Erwachsene und Respektspersonen wie den greisen Ex-Direktor Sütterlein handelte. Viele machten sich einen Spaß daraus, mit aufgesetzter Klammer weiterzusprechen.

»Habeng Sie ihng schong geseheng?«

»Weng meingeng Sie?«

»Da vorng, deng Manng vong der Wannginger Susannge?«

»Ist das der Bombger?«

Jetzt trat der Betreuungslehrer ›Dramatisches Gestalten‹ vor den Vorhang und hielt eine Ansprache. Alle hätten ihr Möglichstes getan, um das Schlimmste zu verhindern. Wenn es aber doch dazu käme, müsse die Vorstellung weitergehen, man sollte die Wäscheklammern benutzen, durch den Mund atmen, und die Sache ignorieren. Alle dachten an Roda, den durchtrainierten Sport/Latein-Lehrer, der mit einer Klasse Atem anhalten geübt hatte. Drei Minuten war der Rekord, die meisten schafften zwei. Das war genug Zeit, um wegzulaufen und in einen Bereich mit unverpesteter Luft zu gelangen. Und dann trat auch noch Frau Deutzl auf. Alle hatten das befürchtet. Sie sprach vom Kulturverfall. Und vom Untergang des Abendlandes. Von den Barbaren. Eigentlich ihre üblichen Themen. Dann zitierte sie auch noch Immanuel Kant. Der anwesende übergewichtige Bürgermeister erhob sich ebenfalls und appellierte an die Vernunft. Und Jennerwein wusste: Der Bomber saß irgendwo und hielt sich den Bauch vor Lachen.

Der Vorhang öffnete sich lautlos, die Kurbel war neu geölt worden, das Weihnachtsstück begann mit einem kleinen Vorspiel, in dem Ochs und Esel als Marionetten auf die Bühne geführt wurden. Die Macher versuchten, mit originellen Ideen vom drohenden Damoklesschwert abzulenken. Eine gewisse trotzige Verbissenheit machte sich breit: Was immer geschieht, wir machen hier Kultur. Manche Zuschauer im Saal dachten genau das Gegenteil: Was immer ihr da oben treibt, wir warten auf den Bomber. Die Hirten der Unterstufe zogen ein. Der Fürchtet-euch-nicht-Engel trieb sie vor sich her. Vor dem Kind fielen sie alle zusammen zugleich auf die Knie und huldigten ihm mit einer anmutigen Choreographie. Sie hatten diese bedeutungsvolle Szene schon monatelang geübt, im Hochsommer hatten sie damit angefangen. Es klappte perfekt. Anmarsch im Gleichschritt, kaskadenartiger Kniefall. Dann kam eine Mittelstufenklasse, die 10b, in die auch Jean-Baptiste Vierheilig, Toni Moss und Karla Schuchart gingen. Und Irene Gödeke, die Hotelkettentochter, die aber nicht mitspielte. Sie führten das Weihnachtsevangelium als mittelalterliches Mysterienspiel auf, ganz klassisch, in lateinischer Sprache. Aber man kannte die Handlung ja. Jean-Baptiste spielte den Josef, unter dem dekorativ ärmlichen Mantel trug er sicher wieder seinen üblichen hellblauen Blazer und das karamellfarbene Seidentuch. Er machte seine Sache aber nicht schlecht. Karla Schuchart, die später einmal die Mercedes-Niederlassung übernehmen sollte, spielte seine Maria. So ging es gemessen von Szene zu Szene, ohne dass etwas außer der Reihe geschah.

Und dann passierte es. Es passierte allerdings nicht plötzlich und ruckartig, es schlich sich ein, wie sich auch der Duft immer wieder eingeschlichen hatte. Man begriff nicht gleich, was geschehen war, auch Hubertus bemerkte es nicht sofort. Aber jeder spürte, dass die langsame Bewegung eines Bühnenelements am oberen Ende der Hinterbühne nicht zum normalen Ablauf des Theaterabends gehören konnte. Die Akteure, die sich gerade auf der Bühne befanden, sahen nervös zu der Rolle hoch, begriffen nicht gleich, waren auch geblendet von den Scheinwerfern. Ein paar Techniker liefen auf die Bühne und starrten ebenfalls nach oben. Manche Zuschauer sprangen in Erwartung eines Anschlages von ihren Sitzen auf. Andere schnupperten wild umher, rochen aber nichts. Dann aber richteten sich alle Augen auf die Hinterbühne. An der Rückwand war die Leinwand für Diaprojektionen und Filmvorführungen zu sehen, die sich nun langsam abrollte. Und schließlich konnten alle die pechschwarze Schrift auf weißem Untergrund lesen:

Booooooah!

Sonst nichts. Nur die Schrift an der Wand. Biblisch. Klar hatten der Hausmeister und seine Helfer auch in diese Rolle hineingeleuchtet. Logisch hatte man kein Fläschchen oder Tab entdeckt. Auf die Idee, es könnte etwas auf die Leinwand geschrieben worden sein, war niemand gekommen. Die Darsteller von Maria und Josef hielten inne und blickten hinauf. Auch der böse Herbergswirt, der sie gerade abweisen wollte, unterbrach. Viele Zuschauer setzten sich reflexartig ihre Nasenklammern auf. Und manche stürmten hinaus. Sie hatten den Duft in der Nase und verzogen angeekelt das Gesicht. Sie rochen die Stinkbombe, obwohl es eigentlich gar nichts zu riechen gab. Pawlow hätte seine helle Freude daran gehabt.

Das Letzte, was Jennerwein auf der Bühne sah, bevor sich das Ganze im Chaos auflöste, war ein Unterstufenschüler, der einen der vielen Hirten spielte und der immer noch ins Publikum starrte, anstatt wie alle anderen entgeistert hinauf zur Dialeinwand zu blicken. Ein Lächeln erschien auf seinem Gesicht. Er schien sich an dem Tumult zu ergötzen. Dann erlosch das Licht auf der Bühne.

42

Emil Prokop stützte sich mit den Händen auf dem Tisch ab und blickte in die Runde. Er genoss die erwartungsvolle Pause, die jetzt entstand. Er genoss die Verunsicherung. Schließlich begann er mit sarkastisch unterfütterter Freundlichkeit.

»Kommissar Jennerwein, liebe Kollegen. Da wir jetzt vollständig sind, möchte ich Sie alle nochmals ganz herzlich begrüßen.«

Er lächelte in die Runde. Die Teammitglieder versuchten, neutral-erwartungsvoll dreinzublicken. Doch sie waren aufs Höchste gespannt. Jeder Einzelne richtete seine Aufmerksamkeit darauf, Prokops nächsten Schritt zu erahnen und gegebenenfalls sofort darauf zu reagieren. Vielleicht spürte Prokop das. Sein Lächeln wurde unterbrochen durch ein kurzes, nervöses Flackern in den Augen. Doch sofort hatte er sich wieder im Griff. Er stieß sich vom Tisch ab, verschränkte die Arme und sagte in förmlichem Ton:

»Meine Damen und Herren, ich habe nun die außerordentliche Ehre – «

Dr. Rosenberger unterbrach ihn.

»Aber, mein Lieber … was soll denn … erklären Sie mir … erklären Sie uns …«

»Lassen Sie mich gefälligst ausreden«, unterbrach ihn Prokop scharf. »Ich will gleich am Anfang eines klarstellen: Ich bin ein großer Fan Ihrer Truppe. Das war ich schon immer. Ich habe alle Ihre Fälle verfolgt. Die Sache mit dem Deckensturz. Den Tod des Skispringers. Die Geschichte von Putzi, dem Serienkiller. Und und und. Ich kenne jedes Detail. Und ich habe jeden von Ihnen kennen- und lieben gelernt. Schade, dass Joey nicht dabei ist. Joey Ostler. Aber egal.«

Jennerwein kniff die Lippen zusammen. Er musste sich sehr beherrschen. Die Art und Weise, wie Prokop von ihrem geschätzten und schmerzlich vermissten Polizeihauptmeister Johann Ostler sprach, ließ ihm schier die Galle überlaufen. Er blickte zu Dr. Rosenberger hinüber. Der saß völlig entgeistert an seinem Platz und verfolgte Prokops Rede mit offenem Mund. Nein, der Oberrat konnte nicht Komplize von Prokop sein, wie es zuerst den Anschein gehabt hatte. Der Oberrat musste ihn woandersher kennen. Vielleicht war Prokop ja ein Straftäter, den Dr. Rosenberger bei einem zurückliegenden Fall dingfest gemacht hatte.

»Ich kenne Ihre Stärken«, unterbrach Prokop Jennerweins Gedankengänge. »Und natürlich auch Ihre Schwächen.« Sein Lachen klang blechern. »Auch das gehört dazu. Ich möchte sogar sagen: vor allem das. Alles andere wäre nicht menschlich. Ich weiß zum

Beispiel, dass Sie, Kommissar Jennerwein, an einer Krankheit leiden, die Sie seit Jahren nicht in den Griff bekommen. Und die Sie eigentlich melden müssten.«

Er machte eine erwartungsvolle Pause. Aber Jennerwein reagierte nicht darauf. Er schwieg eisern. Verärgert wandte sich Prokop ab und fuhr Maria an:

»Frau Dr. Schmalfuß! Ich weiß auch, dass Sie sich in therapeutischer Behandlung befinden, wegen eines Suchtproblems, das unsagbar peinlich ist. Ich glaube nicht, dass alle hier davon wissen.«

Jennerwein hielt die Luft an. Hatte Maria verstanden, wie sie reagieren sollte? Nämlich gar nicht? Er atmete auf. Maria sah Prokop unverwandt und neutral an, sie ließ sich nichts anmerken. Auch die anderen Teammitglieder saßen stumm da und schienen gespannt auf die Ausführung von Prokop zu sein. Der fuhr schließlich fort:

»Ich sage es ganz offen: Mein Traum war es immer, einer von Ihnen zu sein. Ich möchte nicht einfach nur als Gast dasitzen. Das genügt mir nicht. Ich möchte mit Ihnen zusammen ermitteln.«

Verena Vitzthum hatte den Kopf gesenkt und die Augen auf ihren Schoß gerichtet. Ihre Hände hatten sich an den Seitenlehnen des Rollstuhls festgekrallt, so fest und zornig, dass ihre Knöchel hervortraten. Greg wiederum blickte Prokop verständnislos an, ab und zu schaute er fragend zu den anderen: Was war denn jetzt auf einmal mit dem los? War das ein weiterer Hüttenscherz zu vorgerückter Stunde? Auch der Oberrat schien immer noch verwirrt. Immer wieder betrachtete er Prokop und schüttelte leicht den Kopf.

»Aber was –«, begann er erneut und blickte hinüber zu Jennerwein.

Doch der machte ihm ein Zeichen: Warten Sie ab, unternehmen Sie nichts. Dr. Rosenberger schien zu verstehen. Jennerwein war erleichtert. Wenigstens war der Oberrat kein Komplize von Prokop. Jennerwein schämte sich, diesen Gedanken überhaupt gedacht zu haben. Er musste sich immer wieder dazu zwingen, freundlich zu lächeln. Aber sein Plan, über den er angestrengt nachgedacht hatte, seit er von der Bedrohung wusste, nahm konkrete Formen an. Es war jedoch noch zu früh, ihn in die Tat umzusetzen. Er musste sich erst Gewissheit verschaffen, was Prokop im Einzelnen vorhatte. Er musste herausbekommen, woher Dr. Rosenberger Prokop kannte. Dann erst konnte er den Teammitgliedern ihre Aufgaben zuweisen.

»Was wollen Sie genau von uns?«, fragte er, und seine Stimme gewann nach anfänglichem Zittern wieder an Festigkeit. So musste er zu Prokop sprechen. In seinem ganz normalen Dienstmodus.

»Sie werden es schon noch sehen«, antwortete Prokop herablassend.

»Sie möchten mit uns ermitteln?«, fragte Maria

gespielt interessiert, einen Hauch scheue Verwirrung hatte sie auch mit hineingemischt. »Wie dürfen wir denn das verstehen?«

»Eins nach dem anderen«, fuhr Prokop fort, diesmal in charmantem Ton. »Ihre letzten Fälle, die Sie zusammen gelöst haben, haben mir ausgesprochen gut gefallen. Ich muss sagen: Jeder von Ihnen hat sich enorm entwickelt. Aber ich glaube ehrlich gesagt nicht, dass eine Steigerung möglich ist. Deshalb meine Idee. Ich bin gespannt, wie sie Ihnen gefällt.« Prokop beugte sich vor und senkte die Stimme geheimnisvoll. »Ich habe eine Sprengladung von eineinhalb Kilo hier in die Hütte mitgebracht. Die kann ich jederzeit zünden. Vielleicht können Sie das verhindern, vielleicht auch nicht, wer weiß – «

Greg stieß einen heiseren Schrei aus.

»Was, um Gottes willen … Soll das ein Witz sein? … Sind Sie verrückt?«

Der verdirbt noch alles, dachte Nicole hinter ihrem Schleier aus gespielter Trunkenheit. Jennerwein hatte sicher schon einen Plan. Aber dieser Typ war ein Störfaktor, der ruhiggestellt werden musste.

»Halt endlich die Klappe, Mann«, herrschte Prokop Greg an. Sein Ton wurde gereizter. »Nimm dir ein Beispiel an den Beamten hier. Das sind lauter Profis. Ich bin auch ein Profi – also reiß dich ein bisschen zusammen, du Weichei.« Er richtete sich wieder auf. »Also nochmal. Eineinhalb Kilo Sprengstoff, hier am Tisch, und ich kann ihn jederzeit zünden. Herr Stengele –«

Der Allgäuer zuckte, als hätte er nicht recht begriffen. Als dächte er noch darüber nach, ob es der Lockenkopf mit dem Stirnband wirklich ernst meinte. Stengele macht seine Sache sehr gut, dachte Maria. Ich weiß gar nicht, warum ich ihn nicht mag. Prokop unterbrach auch ihre Gedankengänge.

»Herr Stengele, ich weiß, dass Sie ganz kurz davor sind, sich auf mich zu stürzen und mich bewegungsunfähig zu schlagen oder was auch immer. Vergessen Sies. Ich kann den Zünder, der die Explosion auslöst, jederzeit betätigen. Auch nach einem Schlag. Auch in höchster Bedrängnis. Sogar nach einem Schuss.«

Er wandte sich zu Hölleisen.

»Polizeiobermeister!« Der Angesprochene schaute erschrocken und misstrauisch auf. »Mir ist bekannt, dass Sie auch hier in der Hütte eine Pistole tragen und dass Sie momentan angestrengt darüber nachdenken, wie sie die aus dem Wadenholster ziehen und benutzen können. Auch Ihnen empfehle ich: Vergessen Sies! Lassen Sie die Deringer stecken. Sie bringen uns alle dadurch nur in größte Gefahr.«

»Ich –«, begann Hölleisen, doch dann brach er ab.

Was sollte denn das jetzt? Zuerst mal: Woher wusste Prokop von seiner Deringer? Nicht einmal seine Frau hatte davon eine Ahnung. Und dann, noch verwirrender: Wenn Prokop seine Waffe aus dem Rucksack geklaut hatte, dann wusste er doch auch, dass er momentan unbewaffnet war. War der Typ doch nicht so allwissend, wie er vorgab? Aber wer hatte dann seine Waffe entwendet? In Hölleisens Kopf drehte sich alles.

Niemand von Jennerweins Team entgegnete etwas auf Prokops Rede. Das wiederum schien ihn ein wenig aus dem Konzept zu bringen. Vielleicht sogar zu verärgern. Er hatte sich wohl mehr Reaktionen erwartet. Er war enttäuscht, das sah man ihm an. Maria war jetzt fest davon überzeugt, dass hierin eine Chance für sie alle lag.

»Bringen wir die Sache hinter uns«, fuhr er etwas linkisch und ungnädig fort. »Ich werde Ihnen die Bombe jetzt zeigen. Ich darf doch, Verena –«

Er trat hinter den Rollstuhl der Gerichtsmedizinerin, bückte sich, ohne die Anwesenden aus den Augen zu lassen, und zog ein Kästchen heraus, das die Größe eines flachen Schuhkartons hatte. Es war eine durchsichtige Box, beim näheren Hinsehen enthielt sie viele Drähte und elektrische Steckelemente, die in Acrylglas eingelassen waren. Prokop stellte das Kästchen auf den Tisch.

»Becker«, sagte er in anmaßend dienstlichem Ton, »ich bitte Sie, die Apparatur zu überprüfen, um deren Tauglichkeit, Gefährlichkeit und Effizienz festzustellen. Na los!«

Becker zog die Box wortlos zu sich her, nahm seine Lesebrille aus dem Etui, warf Prokop einen verächtlichen Blick zu und betrachtete sie von allen Seiten. Er ließ sich Zeit.

»Und?«, fragte Prokop dazwischen.

Becker schürzte die Lippen, dann nickte er stumm. Er stieß einen Seufzer aus und sah sich in der Runde um. Er blickte jedem Einzelnen in die Augen. Lehnte sich schließlich zurück und verschränkte trotzig die Arme. Wieder Stille im Raum. Nur das Knacken des verglühenden Feuerholzes. Niemand hatte nachgelegt. Es wurde kälter. Prokop sah Becker erwartungsvoll an. Der schwieg weiterhin.

»Na, spucken Sies schon aus, Becker! Obwohl Ihr Schweigen eigentlich schon alles sagt. Verraten Sie Ihren Kollegen, ob das eine funktionierende Höllenmaschine ist oder nicht!«

Becker seufzte grimmig. Dann sagte er mit rauer, resigniert klingender Stimme:

»Es handelt sich um eine Sprengvorrichtung mit Piezo-Dreifachzündung, die elektronisch ausgelöst werden kann. Das Sprengmittel sieht nach TNT oder einem Siliziumgemisch aus. Ich schätze die Menge auf ein bis eineinhalb Kilo. Der Sprengsatz könnte alles im Umkreis von zehn bis zwanzig Metern zerstören.«

Prokop sah sich in der Runde um. Nicole war zusammengezuckt. Sie tat so, als könne sie die Augen nicht offenhalten. Dann ließ sie sich die Glühweinkanne reichen und schenkte ein neues Glas ein. Prokop richtete einen enttäuschten und ein wenig verächtlichen Blick in ihre Richtung. Ruckartig wandte er sich wieder Becker zu. Der schwieg eisern.

»Na, fragen Sie schon!«, sagte Prokop herablassend. »Wollen Sie nicht wissen, wie ich das Ding zünden werde?«

Becker sandte ihm einen kalten Blick zu.

Prokop tippte sich mehrmals an die Stirn. Es wirkte zunächst so, als ob das eine Reaktion auf Beckers Schweigen war, so etwas wie: Denken Sie mal darüber nach! Dann erst begriffen alle, dass die Geste eine Antwort auf Prokops selbstgestellte Frage war.

»Ich bin ja tatsächlich in einigen medizinischen Berufen tätig gewesen«, sagte Prokop. »Und ich habe mich in einer Klinik mit Material versorgt.«

Becker sah überrascht auf. Dann starrte er auf die Apparatur. Er hatte als Erster begriffen, worauf Prokop hinauswollte. Jetzt wurde er bleich.

»Sie wollen den Sprengstoff mit einem BCI zünden?«, fragte er entgeistert.

»Mit einem Brain-Computer-Interface, ja«, fuhr Prokop ungerührt fort. »Unter diesem modischen Stirnband befindet sich eine Matte mit integrierten Elektroden.« Er tippte sich wieder an die Stirn, zeigte dann auf das Sprengstoffpaket. »Ich habe eine Bluetooth-Verbindung zu der Computerschnittstelle, die wiederum kann meine Hirnströme messen. Wenn ich ein bestimmtes Signal sende, dann – !«

»Ist so etwas möglich? Becker! Verena!«, stieß Maria entgeistert hervor.

»Ja, durchaus«, sagte die Gerichtsmedizinerin mit brüchiger Stimme. »Er hat es mir schon zu Hause gezeigt. Sie können sich ja jetzt alle denken, dass er mich entführt und gezwungen hat, mit dem Sprengstoff hier in die Hütte zu kommen. Mir blieb keine andere Wahl.« Sie wandte sich eindringlich zu Prokop. »Lassen Sie mich wenigstens jetzt jemanden kontaktieren, der meinen Mann da rausholt. Er befindet sich in einer ausweglosen Lage. Und er hat mit der Sache – «

»Das ist momentan nicht das Thema, Verena«, schnitt ihr Prokop das Wort ab. »Erklären Sie es, Becker.«

Der Spurensicherer zuckte die Schultern.

»Brain-Computer-Interfaces basieren darauf, dass schon die Vorstellung einer Bewegung oder eines Verhaltens messbare Veränderungen der elektrischen Hirnaktivität auslöst. Beispielsweise führt die Vorstellung, eine Hand oder einen Fuß zu bewegen, zur Aktivierung eines ganz bestimmten Hirnareals. Das wird im medizinischen Bereich genutzt.«

Prokop lächelte befriedigt.

»Also kein Hokuspokus, wie manche jetzt gedacht haben. Ich stelle mir eine Bewegung vor und konzentriere mich auf sie. Das erzeugt signifikante Hirnströme, die der Computer erkennt und dann die Explosion auslöst. – Ach, wissen Sie was, bevor ich Sie mit technischen Details langweile, führe ich es Ihnen am besten vor.«

Alle schraken zusammen. Prokop trat einen Schritt vom Tisch zurück und deutete mit dem Kinn zum Fenster. Alle richteten ihre angstvolle Aufmerksamkeit dorthin. Dann hob er die Hände, wie um zu zeigen, dass er keinen Knopf drückte.

»Ich werde, bevor Sie sich alle das Gehirn zermartern, ob ich es ernst meine oder nicht, eine kleine Demonstrationsexplosion veranstalten.«

Er drehte die Handflächen, wie ein Zauberer, dessen Tuch verschwunden ist.

»Sehen Sie her, ich trickse nicht. Ich konzentriere mich – «

Nun schloss er sogar die Augen. Hölleisen bemerkte das als Erster. Er sah zu dem eingeschweißten Drahtverhau auf dem Tisch, dann zu Prokop. Sich jetzt auf ihn stürzen und ihn mit einem gezielten Faustschlag in die Bewusstlosigkeit schicken, das wärs, dachte er. Aber er verwarf die Idee gleich wieder. Er musste auf das Kommando des Chefs warten, nur das war sinnvoll. Prokop stand weiterhin da und wartete. Schreckliche Augenblicke lang geschah nichts.

Dann die Explosion. Sie war gewaltig. Ohrenbetäubender Lärm zerriss die Stille. Alle zuckten zusammen und hielten den Atem an. Die Explosion kam von draußen. Ein greller Lichtblitz erschien am Fenster, einige Spritzer von nassem Schnee und abgerissene Zweige schlugen an die Scheiben. Greg hatte sich unter den Tisch fallen lassen. Man hörte sein Wimmern und Schreien.

»Beruhigen Sie sich!«, rief Prokop mit eisiger Stimme. »Alle. Sofort.«

Die Gerichtsmedizinerin richtete sich auf und sah Prokop mit funkelnden Augen an.

»Ich habe da draußen eine wesentlich kleinere Sprengladung aufgebaut«, fuhr er fort. »Dort an der Stelle, wo Sie manchmal sitzen und hinunterschauen, Kommissar Jennerwein!«

Er ließ seinen Blick in die Runde wandern und weidete sich an den entsetzten Gesichtern. Dann wandte er sich Stengele zu.

»Und Sie, Kommissar a. D., Sie fragen sich jetzt sicherlich, wie Sie diese Ladung vorhin bei Ihren lächerlichen Kontrollgängen übersehen haben können.«

Stengele sah tatsächlich gequält aus. Triumphierend fuhr Prokop fort:

»Den Sprengsatz habe ich schon im November angebracht. Kaum dass ich erfahren habe, dass dieses Treffen hier oben stattfindet. Vorbereitung, wissen Sie. Vorbereitung ist alles.«

Jennerwein blickte Prokop ungläubig an. Der Schreck hatte jeden klaren Gedanken in ihm blockiert. Er musste sich erst wieder sammeln. Und jetzt fiel ihm etwas Furchtbares ein. Der Gedanke war wie ein Schlag. Seine Informantin! Sie war noch da draußen. Und hatte genau an der Stelle biwakiert, wo die Explosion stattgefunden hatte. War sie tot? Jennerwein schloss kurz die Augen.

Vor dem Knall hatte Maria Schmalfuß gerade angefangen, weiter darüber nachzudenken, welchen Typus von Täter sie hier vor sich hatte, doch die Explosion hatte alle aufeinandergeschichteten Gedankenklötze zum Einstürzen gebracht. Auch sie war momentan nicht mehr in der Lage zu analysieren. Sie musste sich unbedingt sammeln. Stengele und Hölleisen saßen erstarrt da. Keiner war dazu fähig, etwas zu sagen. Prokop nutzte die lähmende Stille.

»Das war nur der Beweis meiner Schlagkraft. Vielleicht nehmen Sie mich jetzt ernst. Ich bin kein Spinner. Nicht im Geringsten.« Sein Ton wurde jetzt weich, fast kindlich. »Ich bin Ihr größter Bewunderer und Ihr Feind zugleich. Glauben Sie mir. Ich will Teil Ihrer Truppe werden, indem ich meinen Namen unauslöschlich mit dem Ihren verknüpfe. Und jetzt schauen Sie her. Sie haben einen Fall nach dem anderen gelöst, und einer nach dem anderen hat mir besser gefallen, wirklich, das müssen Sie mir glauben.

Es ist keine Steigerung mehr möglich. Sie haben Ihren Zenit erreicht.«

»Sie möchten unser Team auflösen?«, fragte Maria tonlos.

»Ja, Sie haben den Punkt getroffen, Frau Psychologin.« Prokop sandte ihr einen ironisch anerkennenden Blick zu. »Auf dem Höhepunkt Ihrer Arbeit. Wenns am besten schmeckt, Sie wissen schon.«

»Sie wollen in die Kriminalgeschichte eingehen?«, flüsterte Dr. Rosenberger. Er war in sich zusammengesunken, seine Hände zitterten.

»Ja, genau das habe ich vor. Mit Ihnen zusammen. Wissen Sie, zehn Fälle sind eigentlich genug. Ich will Ihnen aber noch eine Chance geben, einen elften zu lösen, nämlich den hier. Ihr Auftrag ist es, diese Explosion zu verhindern.« Er deutete auf das Acrylkästchen. »Das ist es doch wert, dass Sie sich anstrengen! Das ist eine Herausforderung, wie Sie sie noch nie erlebt haben oder?«

Maria überlegte. Wie konnte sie verhindern, dass er an das Auslösestichwort überhaupt denken konnte? Gab es da eine Möglichkeit? Sie hatte doch im Studium einen Kurs im Fach Neurowissenschaften belegt. Beim Brain-Computer-Interface war es ja weniger ein einzelnes Wort, an das gedacht werden musste, sondern eher der Gedanke an eine Bewegung, die den Impuls auslöste …

»Wenn das so ist und wenn wir nichts mehr zu verlieren haben«, sagte Jennerwein ruhig, »dann spricht ja nichts dagegen, dass wir versuchen, Sie zu überwältigen. Sind Sie sich dessen bewusst?«

»Damit habe ich gerechnet«, erwiderte Prokop ebenso ruhig. »Aber bedenken Sie, dass ich, wenn Sie mich angreifen, immer noch einen Befehl geben kann. Und dann explodieren diese eineinhalb Kilo da auf dem Tisch.«

Wieder deutete er mit dem Kinn auf die Acrylbox.

Bleierne Stille breitete sich in der Hütte aus. Prokop stand immer noch eine Armlänge vom Tisch entfernt. Alle anderen starrten auf die durchsichtige Box, in der manchmal kleine Blinkzeichen zu sehen waren. Und plötzlich tauchte eine Hand am Tischrand auf. Eine Hand, die eine kleine Deringer .38 hielt. Dahinter erschien Gregs Kopf. Das Nasenpflaster und die Zahnlücke gaben ihm jetzt etwas Verwegenes, Piratenhaftes. Er richtete sich auf und hielt die Waffe zitternd auf Prokop.

»Ich glaub dir nicht, du verdammtes Schwein«, schrie er ihn an. »Ich werde dich jetzt erschießen, und dann werden wir ja sehen, was –«

Jennerwein stockte der Atem. Das war jetzt das Riskanteste und Gefährlichste, das möglich war. Schlimmer hätte es nicht kommen können.

43

Besser hätte es nicht kommen können. Für den Bomber. Nach dem Samstagsanschlag war seine Aktion Tagesgespräch im Kurort geworden. Und das Booooooah! wurde zum geflügelten Wort. Alle bisherigen Ausrufe der Empfindung wie ach, aha, oh, au, uups, hui, okay, Donnerwetter, bäh, igitt, ächz, huch, wow, grr, hoppla, nanu, waui saui, kotz, du meine Güte, verdammt, oha, o lala, seufz, pfui, achgottchen, tja, meine Herren, alter Schwede – alle diese Interjektionen erschienen jetzt matt und unscharf, sie wurden ersetzt durch das fast gesungene, schier getanzte, emotional hochaufgeladene Booooooah! Das bewundernde Hut-ab-Booooooah!, das hochabfällige Ist-das-nicht-widerlich-Booooooah!, das bass erstaunte, perplexe Echt-oder?-Booooooah!, das überrascht bewundernde Hast-du-den-gesehen?-Booooooah!, das schwer enttäuschte Das-hätte-ich-nicht-von-dir-gedacht-Booooooah!, das geseufzte Da-tun-sich-ja-Abgründe-auf-Booooooah!, und und und. Selbst bei der Sonntagsbeichte entfuhr es dem Pfarrer im Beichtstuhl:

»Booooooah! Das glaube ich jetzt nicht!«

Die draußen Wartenden fragten sich, was dieser

arme Sünder wohl verbrochen haben mochte. Er bekam jedenfalls siebzig Vaterunser und dreihundert Ave Maria aufgebrummt.

Viele hofften, dass es der Bomber in den folgenden Tagen noch unstofflicher und feinsinniger angehen würde. Falls er denn überhaupt noch einmal zuschlug. Hubertus Jennerwein saß am Sonntag, den 14. Dezember des Jahres 1980, zu Hause, wohl wissend, dass genau das unwahrscheinlich war, das mit der Unstofflichkeit und Feinsinnigkeit. Der Bomber verfolgte ein Muster, nämlich das, einem erkennbaren Muster auszuweichen. Das war seine persönliche Handschrift. Wenn die Anschläge bisher immer ausgeklügelter geworden waren, dann gab es am heutigen Sonntag vielleicht wieder einen ganz stink(!) normalen Wurf. Hubertus schloss solch eine Reprise aus, denn im Schulgebäude befand sich heute kein Mensch, wenn man von dem erfolglosen Privatdetektiv absah, der dort immer noch umhergeisterte. Jennerwein überlegte weiter. Am Sonntag vor den Weihnachtsferien gab es massenweise Veranstaltungen im Ort. Es lag nahe, dass der Bomber seine Kunst auch einmal außerhalb der Schulmauern zeigte. Da er es ja offensichtlich auf die traditionelle, brauchtumsmäßige Adventszeit abgesehen hatte, war vielleicht einer der vielen Weihnachtsmärkte dran. Nein, Quatsch, der Geruch verflog im Freien viel zu schnell.

In den vielen Kirchen und Kapellen wiederum gab es reichlich Veranstaltungen kultureller und religiöser Art. Doch Hubertus hatte das unbestimmte Gefühl, dass sich der Bomber einen direkten Angriff auf die Kirche bis zum Schluss aufsparen würde. Er war fest überzeugt davon, dass der letzte Akt am Heiligen Abend in einem Gotteshaus stattfinden würde.

Jennerwein versuchte, sich abermals in den Täter hineinzudenken. Der wollte mit dem Anschlag möglichst viele Menschen erreichen. Er wollte die weihnachtliche Ordnung stören. Jennerwein saß in seinem Zimmer, betrachtete das Blues-Brothers-Poster an der Wand (die Platte lief bei ihm rund um die Uhr, ♫ *Boom, Boom, Boom, Boom*) und massierte sich die Schläfen mit Daumen und Mittelfinger.

Die britische Premierministerin Margret Thatcher (ja, die mit der Betonfrisur) hielt ihre Weihnachtsrede im Unterhaus, in Chicago wurde über den »Killerclown« John Wayn Gacy das Todesurteil gesprochen – und im Kurort veranstaltete der Volkstrachtenerhaltungsverein seine jährliche Weihnachtsfeier. Die große Halle, in der sie stattfand, war an einem Steilhang erbaut, eine ganze Seitenwand bestand aus einem wuchtigen Naturfelsen, über den bei Regen auch echtes Regenwasser floss. Die Weihnachtsfeier der Trachtler, Jodler und Heimatpfleger war gespickt mit uralten

Bräuchen und authentischen Ritualen. Es gab reichlich Gesang und manchen zünftigen Volkstanz, zudem viele Reden und Beschwörungen der alten Zeit. Die heidnischen Wurzeln des Weihnachtsfestes waren überall zu finden, vor allem in der reichlichen Fruchtbarkeitssymbolik. Gedörrtes Obst in prächtigen Schalen, geweihter Rosinenkuchen, Barbarazweige … der Saal war voll davon. Ein reichgeschmückter Christbaum, den ausgewählte Mannen der Jägerjungmannschaft geschlagen hatten, thronte über allem. Er war, ganz im Sinne mittelalterlicher Allegorik, mit allen möglichen Früchten geschmückt, die die Erlösung symbolisieren sollten. Es war ein solches Wimmelbild von Trauben und Nüssen, Äpfeln, Garben und Beeren, dass ein paar mehr gar nicht auffielen. Gendarm Franz Hölleisen senior, begeisterter Trachtenträger, war heute ganz privat hier, trotzdem hatte er sich den Baum ein bisschen näher angeschaut, aus einem unbestimmten Gefühl heraus, gewohnheitshalber, sicherheitshalber. Er suchte nach versteckten Seilzügen und anderen auffälligen Elementen, wurde aber nicht fündig. Es war ein ganz normaler Christbaum wie immer. Hölleisen senior hätte einen Blick auf den Tombolatisch werfen sollen. Dort standen vier Geschenkkörbe, die neben dem üblichen Südtiroler Schinken traditionell mit Südfrüchten wie Bananen oder Orangen bestückt waren. Niemand bemerkte, dass sich in jedem Fresskorb eine besondere Frucht befand. Das heißt: Viele bemerkten die stachligen Fremdkörper, aber niemand dachte sich etwas dabei, weil diese schlimmen Früchte in den Achtzigern in Mitteleuropa noch ziemlich unbekannt waren. Es handelte sich um Durian-Früchte. Sie trugen den kompliziert aufgebauten Wirkstoff Erythromycin in sich:

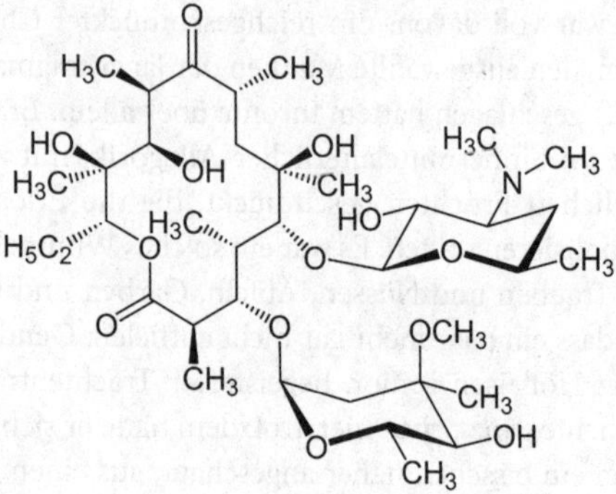

Einem Biologen liegt beim Anblick dieser Formel schon mal ein Boooooah! auf der Zunge, denn die Durian-Frucht, von außen lieblich anzusehen, wie eine etwas größere und farbigere Variante der Litschipflaume, produziert einen der fürchterlichsten und abstoßendsten Gerüche, den sich die Natur hat einfallen lassen. Wer eine Durian aufschneidet und ein Näschen davon nimmt, der wird sich geradezu nach einem handelsüblichen Stinkbombenfläschchen sehnen. In manchen Ländern Indochinas ist es durch Hinweisschilder ausdrücklich verboten, diese Früchte in Läden oder in öffentlichen Verkehrsmitteln zu essen. Denn sie tragen die Widersprüchlichkeit in sich, dass sie hervorragend schmecken, aber bestialisch riechen.

Die Blaskapelle spielte einen Tusch, die Jungplattler traten auf, kleine aufgeregte Wichtel mit winzigen Lederhosen. Während die Gruppe mit knabenhaft ungelenken Sprüngen auf der Bühne hüpfte, kam es dem Mühlriedel Rudi unten im Zuschauerraum in den Sinn, ein wenig in dem Fresskorb, den er vorher gewonnen hatte, herumzuwühlen. Er nahm eine unbekannte Frucht heraus und betrachtete sie. Sie war in der Mitte auseinandergeschnitten, doch er dachte sich noch nichts dabei. Die Halbkugel hatte in einer flachen, mit wenig Wasser gefüllten Schüssel gelegen, auf diese Weise war der durchdringende Geruch zunächst gestoppt. Jetzt aber nahm das Unheil seinen Lauf. Da auch hier die Geruchsquelle zumindest für menschliche Nasen nicht sofort zu eruieren war, konnte sich der Schleier der Stinkefrüchte (auch die anderen drei Gewinner hatten sie sich angeschaut) im ganzen Raum ausbreiten.

Der Rest war Flucht.

44

Gregs Hand zitterte so stark, dass er die Pistole in die andere Hand nehmen musste. Ludwig Stengele hatte sich als Erster gefasst. Beruhigend breitete er die Arme aus.

»Seien Sie vernünftig, Greg. Das bringt überhaupt nichts. Legen Sie die Waffe auf den Tisch. Ich glaube, dass Sie noch nie im Leben eine Pistole in der Hand gehalten haben. Und dass Sie deshalb überhaupt nicht sicher sein können zu treffen. Machen Sie keinen Unsinn, Greg. Glauben Sie mir, Sie verschlimmern die Situation nur.«

Stengele macht das gut, dachte Maria, eine solch gefühlvolle Krisenintervention hätte sie dem groben Klotz gar nicht zugetraut. Dann musterte sie Prokop. Der stand immer noch in einer starren, verschreckten Abwehrhaltung da. Zunächst war er mit einer fahrigen Bewegung zurückgezuckt, aber jetzt gewann er wieder an Sicherheit. Maria bemerkte jedoch, dass ihm kleine Schweißperlen auf der Stirn standen. Er hatte es also mit der Angst zu tun bekommen. Er war wohl nicht ganz so cool, wie er tat. Jetzt wandte er sich in einem geschmeichelten Ton an die Runde.

»Das ist ja wirklich allerliebst, das muss ich schon

sagen: Die Polizei schützt mich, den dunklen Bösewicht – und der bin ich doch, oder etwa nicht? – vor einem überraschend aufgetauchten Hilfssheriff!« Er wandte sich wieder zu Greg. »Sie haben aber etwas vergessen, mein Lieber. Etwas ganz Wichtiges. Es nützt überhaupt nichts, wenn Sie mich erschießen. Ich habe eine Totmannschaltung in mein Kästchen des Schreckens eingebaut. Wenn ich nicht alle paar Minuten einen entsprechenden Impuls gebe, explodieren alle Sprengsätze. Der hier am Tisch sowieso, aber auch die anderen Packungen, die ich draußen im Wald verteilt habe. Also tun Sie, was Stengele gesagt hat, und nehmen Sie die Waffe runter!«

»Ich denke nicht daran!«, zischte Greg. Seine Stimme wurde lauter und überschlug sich. »Ich glaube Ihnen kein Wort. Sie haben uns die ganze Zeit belogen! Warum soll das mit der Totmannschaltung jetzt die Wahrheit sein?«

»Schießen Sie, dann sehen Sies.«

Prokop hatte sich wieder voll in der Gewalt. Er hatte dem Satz eine gefährliche Ruhe beigemischt. In Gregs Gesicht erschien ein unsicherer, weinerlicher Zug. Das schien Prokop zu befriedigen. Er sah sich beifallsheischend in der Runde um, als wollte er sagen: Und, habe ich das nicht toll gemacht? Prokops Auftreten hat etwas Theatralisches, dachte Maria. Das hier ist seine Bühne. Greg fasste die kleine Deringer wieder fester.

»Ich will nur eins: lebend hier rauskommen.«

»Das wollen wir alle«, sagte Jennerwein in bestimmtem Ton. »Aber Sie gefährden uns. Wirklich, Greg. Spielen Sie nicht den Helden. Sie machen alles nur noch schlimmer.«

Maria Schmalfuß schaltete sich ein.

»Lassen Sie die Pistole einfach sinken«, sagte sie mit dem beschwörerischsten Ton, den sie im Therapeutenfundus hatte. »Wir wollen uns anhören, was Emil Prokop zu sagen hat. Vielleicht erfahren wir dann, warum er das tut. Wir alle können diese Situation lebend –«

»Sie mit Ihrem dauernden Gesülze –«, keifte Greg weiter. Er fuchtelte vor Prokop mit der Pistole herum. »Ich schieß dir direkt in den Kopf, du Schwein. Da werden wir schon sehen, ob du dann noch irgendwas auslösen kannst! Da bin ich ja in eine Truppe hineingeraten!«

Was für ein Idiot, dachte Nicole. Der ruiniert alles. Man müsste ihn ruhigstellen. In Gedanken stellte sie sich vor, quer über den Tisch zu schnellen und ihm die Pistole aus der Hand zu schlagen. Tausendmal geübt! Aber dann wäre das Cover der betrunkenen und ungefährlichen Nicole beim Teufel. Während sie noch überlegte, war Maria aufgestanden und ging langsam auf Greg zu. Sie berührte sanft seinen Arm und begann, sein Handgelenk nach unten zu drücken.

»Es ist wirklich besser so«, sagte sie leise und komplizenhaft.

Greg, der rothaarige Mann mit dem Pflaster auf der Nase und der Zahnlücke, zögerte noch eine Weile, dann gab er auf. Er ließ die Hand sinken und legte die Deringer vor sich auf den Tisch.

»Brav.«

Prokop hatte sich blitzartig vorgebeugt und sie zu sich hergezogen. Zufrieden grinste er Maria an.

»Klappt doch schon ganz gut mit der Teamarbeit, oder?«

Greg schien vollkommen mit den Nerven fertig zu sein. Er ließ sich langsam und zitternd auf den Stuhl sinken. Prokop warf ihm einen verächtlichen Blick zu.

»Auf dich komme ich gleich zurück, wart nur.«

Er nahm den blinkenden Apparat vom Tisch und verstaute ihn wieder vorsichtig in das Fach unter Verena Vitzthums Rollstuhl, ohne einen in der Runde aus den Augen zu lassen. Dann stellte er sich in Pose.

»Aber ich war mit meinen Ausführungen noch nicht fertig. Es gibt noch etwas, was mir Sorgen bereitet. Ich beobachte in letzter Zeit Tendenzen der Auflösung bei Ihnen. Das Team, das über Jahre so fest zusammengeschweißt war, droht auseinanderzubrechen.«

»Polizeiteams werden je nach Fall immer wieder neu zusammengestellt«, sagte Stengele. »Das liegt in der Natur der Sache.«

»Na, Sie müssen reden! Sie haben den Polizeidienst verlassen und sind Ihren Kollegen untreu geworden. Und zwar aus einem ganz einfachen Grund: weil Sie nicht teamfähig sind. – Und Sie, Nicole, liebäugeln Sie nicht mit dem Gedanken, nach Recklinghausen zurückzugehen und eine Familie zu gründen? Hab ich recht?«

Nicole warf ihm einen gleichgültigen Blick zu und zuckte die Schultern.

»Joey Ostler, der feige Hund, hat die Truppe ebenfalls verlassen«, fuhr Prokop fort. »Also! Auflösungserscheinungen, wohin man blickt.«

»Was wollen Sie uns damit sagen?«, fragte Jennerwein.

»Ich tue etwas für den Teamzusammenhalt. Ehe diese funktionierende Einheit ganz auseinanderbricht und sich in alle Winde zerstreut, sollten wir – wie soll ich sagen – gemeinsam etwas unternehmen. Das stärkt den Gruppenzusammenhalt. Ich gebe Ihnen Gelegenheit, an einer wirklich interessanten Aufgabe zu arbeiten. Was meinen Sie dazu, Herr Rosenberger? Entschuldigung, Sie haben es ja inzwischen zum Polizeioberrat gebracht!«

Prokop beugte sich zu Rosenberger, zeigte mit dem Finger auf ihn und bewegte ihn auf und ab, wie bei einem Tier, das man locken oder reizen will.

Dr. Rosenberger schüttelte sich unwillig. Dann musterte er Prokop scharf. Er versuchte es mit der Kraft der Autorität.

»Mein lieber Herr«, dröhnte er. »Ich kenne Sie eigentlich sehr gut. Ich kann mich an Ihren Namen nicht mehr erinnern, ich meine natürlich an Ihren wirklichen Namen. Es ist schon zu lange her. Aber ich weiß, dass Sie im Präsidium gearbeitet haben.«

»Und wie er sich erinnern kann!«, warf Prokop, an die anderen gewandt, ein.

»Sie haben, wenn ich mich recht erinnere, eine Anstellung zur Probe erhalten. Meine Abteilung hat einen Bibliothekar für das Archiv gebraucht.«

»Wiederum täuscht Sie Ihre Erinnerung nicht. Ich hatte damals Gelegenheit, in den Polizeiarchiven zu stöbern. Und ich tue es immer noch, von zuhause aus, dem digitalen Fortschritt sei Dank. Ich bin über jeden Ihrer Schritte im Bilde.«

Dr. Rosenberger lehnte sich zurück, wie wenn er ein lästiges, aber lange überfälliges Personalgespräch zu führen hätte.

»Sie wurden damals abgewiesen, Herr – nun ja – Prokop. Ist das, was Sie hier veranstalten, eine Racheaktion? Warum aber so spät? Und was hat das Team damit zu tun?«

Maria hatte ihre Überlegungen bezüglich einer Klassifikation der Persönlichkeitsstörung wieder aufgenommen. Die paranoide, schizoide oder dissoziale Variante schloss sie bei Prokop schon einmal aus, die *emotional instabile* ebenfalls.

»Ein Rachefeldzug?« Prokop lachte auf.

Ein wichtiges Kennzeichen dieser Störung war die panische Angst vor dem Alleinsein. Prokop aber war offenbar Einzeltäter. Er schien an diesem Plan jahrelang allein gearbeitet zu haben, seine Handlungen wirkten genauestens kalkuliert.

»Das ist durchaus kein primitiver Rachefeldzug, Herr Oberrat. Wie käme ich dazu! Und was denken Sie überhaupt von mir? Ich habe schon gesagt, dass ich mich in Ihre Arbeit einklinken will. Was heißt: will. Ich bin schon mittendrin.«

Maria analysierte weiter. Die *histrionische* Persönlichkeitsstörung traf in diesem Fall schon eher zu. Der Histrioniker war süchtig nach Anerkennung und Bewunderung, Prokop zeigte auch die typischen Tendenzen zur Dramatisierung und Pointierung seiner Reden.

»Natürlich hat dieses Team nichts mit meinem Rausschmiss damals zu tun. Aber überhaupt nichts.«

Nicole stützte sich mit beiden Armen auf dem Tisch auf, sie ließ den Kopf sinken und schien große Mühe zu haben, nicht dem Drang nachzugeben, hier vor aller Augen einzuschlafen.

»Da ist aber jemand müde!«, sagte Prokop sarkastisch.

Maria wusste, dass Histrioniker immer nahe davor waren, auszurasten und einen Eklat zu veranstalten. Wenn sie in Situationen, denen sie Bedeutung zumaßen, nicht die gewünschte Aufmerksamkeit bekamen, konnte dies bedrohlich auf sie wirken, sie fühlten sich dann hilflos und ausgeschlossen.

»Ich dachte immer, dass die Westfalen trinkfester sind!«

Besonders in größerer Gesellschaft konnte dies verheerende Reaktionen hervorrufen, oftmals griff eine histrionische Persönlichkeit zu drastischen, schockierenden Mitteln, die durchaus gefährlich werden konnten.

»Wenn Sie unser Team so bewundern«, lallte Nicole, ohne den Kopf zu heben, »dann lassen Sie uns gehen. Sie haben Ihren Spaß gehabt, Sie haben uns ganz schön drangekriegt. Wir sind hier nicht im Dienst. Wir ermitteln nicht …«

Maria war sich jetzt sicher, dass Prokop ein hysterischer Histrioniker war. Er fühlte sich als Künstler, als Regisseur, der Situationen nach Belieben inszenierte. Menschen mit histrionischer Persönlichkeitsstörung hatten auch immer die Tendenz zu lügen, sie erfanden extreme Geschichten oder angeblich selbst erlebte Abenteuer, um die Aufmerksamkeit anderer zu erzwingen. Das war es! Vielleicht konnte man Prokop auf diese Weise hinhalten, um Zeit zu gewinnen.

»Und Sie selbst?«, warf Hölleisen ein. »Sie gehen

doch mit drauf, wenn Sie uns alle in die Luft sprengen.«

»Ha!«, rief Prokop. »Falsch gedacht, Polizeiobermeister! Natürlich bin ich schon längst draußen, wenn die Höllenmaschine explodiert. Aber wie ich das anstelle, das müssen Sie schon selbst ermitteln – «

Maria fand sich bestätigt. Diesen Menschen musste man seine Geschichten erzählen lassen. Er schien immer mehr Gefallen an der Situation zu finden, in die er die Hüttenbesucher gebracht hatte. Er drohte damit, die für ihn perfekteste aller Polizeitruppen auszulöschen, er brauchte den großen theatralen Auftritt. Doch bis dahin wollte er seine Gedanken ausbreiten. Er wollte ein langes Referat über sich selbst halten. Verbrechen waren ja oft auch nichts anderes als tätliche und auch ziemlich endgültige Referate über sich selbst.

»Wir können etwas für Sie tun«, sagte Dr. Rosenberger gerade zu Prokop. »Wenn Sie jetzt aufgeben – «

»Sparen Sie sich diese ausgelutschten Phrasen!«, unterbrach ihn der. »Sie können gar nichts für mich tun. Das brauchen Sie auch nicht. Ich befinde mich in der komfortablen Lage, dass ich nichts mehr zu verlieren habe. Ich bin jetzt schon dran wegen Geiselnahme, Freiheitsberaubung, Nötigung, Angriff auf Organe der Staatsgewalt – « Er zählte die Begriffe an den Fingern auf. »Macht allein schon zehn bis fünfzehn Jährchen. Weiter geht es mit Herbeiführung einer Sprengstoffexplosion, versuchter gefährlicher Körperverletzung, und ein guter Staatsanwalt packt noch Vorbereitung eines terroristischen Angriffs obendrauf. Da kommen weitere fünf Jahre zusammen. Also. Ob ich jetzt aufgebe oder Sie alle in die Luft sprenge, das kommt rein gefängnistechnisch auf dasselbe heraus.«

Er kam in Fahrt. Maria hätte das Ergebnis ihrer Analyse gerne mitgeteilt. Aber für Seelenzustände gab es nun mal keine taktischen Handzeichen.

»Hören Sie die Böllerschüsse?«, fuhr Prokop fort und deutete hinaus. »Sie kommen in einem bestimmten Rhythmus. Es wird gar nicht auffallen, wenn wir hier oben Weihnachten ähnlich geräuschvoll, aber auf unsere Weise feiern.«

Wie zur makabren Bestätigung hörte man jetzt aus dem Tal sieben dumpfe Kanonenschläge. Der Countdown lief.

Maria nutzte den Moment, in dem sich Prokop kurz wegdrehte, um aus dem Fenster zu deuten, um die Teamkollegen bezüglich Prokops Profil zu briefen. Dazu bedurfte es keiner taktischen Zeichen. Sie deutete auf Prokop, ließ mit der Hand eine Gans schnattern und zeigte den Daumen nach oben: Lasst ihn reden.

Nicole linste besoffen zu Maria und nickte: Habs verstanden. Sogar Verena Vitzthum hatte die Augen zu Prokop erhoben, trotzig und zornig, aber sie hörte zu. Nur Greg hatte nichts mitbekommen. Er starrte vor sich hin, murmelte unverständliche Worte, rutschte auf dem Stuhl hin und her, war nicht bei der Sache. Maria machte ihm dezente Zeichen, sich ruhig zu verhalten. Vergeblich.

»Du gehst mir langsam aber so was von auf die Nerven!«, schrie Prokop plötzlich in seine Richtung.

Er riss die Deringer vom Tisch, richtete sie auf Greg und drückte ab. Zweimal. Und noch einmal. Und ein letztes Mal.

45

»Hast du den Blitz dort oben gesehen?«

Auf der gegenüberliegenden Seite des Talkessels, auf einem kleinen Hügel, hatten zwei Kanoniere des Schützenvereins Aufstellung genommen. Sie waren für die Weihnachtsböller verantwortlich und bekamen ihre Kommandos über Funk. Das spritzende Knistern der Funkgeräte durchbrach die Stille der Nacht. Der Mond lächelte schief über diese winzigen Menschenwichte, die sich anmaßten, die bösen Geister der Raunächte mit ein paar Knallern zu verjagen. Er warf schnippisch den Kopf zurück und legte ihn auf eine vorübertreibende Schneewolke. Schnell versank er in ihr, fiel jedoch Sekunden später unten als altes, abgegriffenes Geldstück wieder heraus. Den beiden Schützen war kalt. Und unheimlich. Weihnachten ist die Zeit der Trollgeister und Perchten, die Legenden berichteten von wüsten Umtrieben auf den Bergen. Einer alten alpenländischen Sage nach sollen am 24. und 25. Dezember Tiere sprechen können. Wenn man sie jedoch hört, erfährt man lediglich Details über den eigenen Tod: wann, wo und wie genau, also lauter Dinge, die man gar nicht unbedingt wissen will. In abgeschiedenen Tälern werden die schönsten

Neugeborenen geraubt und gegen hässliche Wechselbälger ausgetauscht. Die sieben Kalikanzari sägen im Landkreis Cham am Weltenbaum, die Seelen der Verstorbenen haben Ausgang, Rauweiber, Habergoaßn, Tresterer, Buttnmandl, Hirnpecker und der Schiache Leckmi treiben ihr Unwesen. Im Alpenland anscheinend geballt. Und diese ganze Bagage sollten die paar Schützen mit ihren kümmerlichen Gewehren vertreiben? Wers glaubt. Die Böllerschützen hatten ihre Musketen zusammengebunden, ganz historisch, immer drei zu einem Tipi aufgebaut. Und erst in einer halben Stunde waren sie wieder dran.

»Hast du denn den Blitz dort oben grad gesehen?«, sagte der eine fröstelnd. »Oberhalb vom Maxenrainer-Grat? War das eine Explosion? Das sind doch keine Leute von uns, oder?«

»Nicht dass ich wüsste«, sagte der andere.

»Sollen wirs melden?«

»Ach, warum denn. Du wirst dich getäuscht haben. Vielleicht wars ein Irrlicht.«

Er drehte sich um und starrte entsetzt auf die schattenhafte Figur. Da stand er, der Haberkuck, der jeden mitnimmt zu den sieben Bergen, wo er ihn siebzig Jahre im Stollen arbeiten lässt. Und dann auffrisst.

René Vitzthum beobachtete den Anstieg des Flüssigkeitsspiegels mit Argwohn und Schrecken. Der Boden des Tanks war schon vollständig mit dem scharf riechenden Gebräu bedeckt, das die Vorform von Bier war. Das schaumige Gesöff umspülte seine Knöchel. Und immer noch schoss es sprudelnd und spotzend durch vier Röhren ins Innere des schummrigen Gefängnisses. Er hatte schon versucht, die Hähne mit Kleidungsstücken zu verstopfen, vergeblich, sie wurden durch den großen Druck immer wieder herausgespült. Er griff in die trübe, dampfende Brühe und versuchte, die vergitterte Bodenplatte, die er vorher im Trockenen gesehen hatte, abzuschrauben oder wenigstens hochzubiegen. Keine Chance. Verzweifelt suchte er die Wand nach weiteren Ausbuchtungen und Unebenheiten ab, nach Stellschrauben, Muffen oder Hähnen, mit denen man den Wahnsinn stoppen konnte. Er versuchte, die Tür zu öffnen, durch die er wohl hereingestoßen worden war, er bekam sie nicht auf. Prokop, der Mann mit dem Stirnband, hatte sie zugeknallt und verschlossen. Eine beißende Panikattacke überkam René. Die Brühe schoss weiterhin voll und zischend aus den vier Röhren, es sah ganz so aus, als ob sich der Tank vollständig füllen würde. Bei seinen Tastversuchen bekam er die schon halbalkoholisierte Hopfenhefe immer wieder in den Mund. Er prustete und schluckte. Jetzt stand er schon bis zu den Waden in der Maischflüssigkeit. Er blickte nach oben. In der Mitte des überdimensionalen Flaschenhalses hing eine verglaste, funzelige Industrielampe, unter der eine teighakenähnliche Schraube angebracht war. Sie begann sich vermutlich zu drehen, wenn die Wanne voll war, sie rührte dann den ekligen Sud um. Die Ausdünstungen nahmen René fast den Atem. Was war das? Alkohol? Er hatte keine Ahnung von Verenas heißgeliebtem Hobby. Diese verdammte Bierbrauerei. Sie tranken beide eigentlich wenig. Vor allem kein Bier. Aber Verena hatte in der wochenlang dahinblubbernden Suppe etwas Urtümliches gesehen. Sie hatte von der These eines Wissenschaftlers erzählt, dass die menschliche Hochkultur erst durchs Bierbrauen entstanden wäre, vor fünftausend Jahren, und das gar nicht einmal in Bayern, sondern irgendwo im Chinesischen. Wie hieß der Professor nochmals? René Vitzthum überlegte. Und was hatte Verena immer erzählt, welche Zutaten fürs Bierbrauen gebraucht wurden? Hopfen, Malz, Würzstoffe, Hefe, Gerste, die richtige Temperatur, Dunkelheit und … Himmelherrgott, das war es! Das war vielleicht die Rettung, so konnte er überleben. Nur so. Hektisch suchte er die Wände des Tanks nochmals ab. Er riss sich die Finger an scharfen Kanten auf. Wo war die verdammte Düse? Als er wieder nach unten sah, reichte ihm das Bier bereits bis zu den Knien.

46

snowboarding

grabs
grabs und tricks
tricks
tricks und bones
bones
bones und stands und grabs und
eine referee

47

Greg riss Augen und Mund auf, fasste sich an die Brust und kippte mit dem Stuhl um. Er schlug hart am Boden auf. Alle saßen einen Moment starr vor Schreck da. Dann hörten sie Greg leise röcheln. Doch bevor jemand etwas unternehmen konnte, wandte sich Prokop mit einer unwirschen Handbewegung an die Gerichtsmedizinerin.

»Verena, kümmere dich um ihn. Du bist schließlich die Ärztin hier.«

Sie sandte Prokop einen Blick zu, der eher ein Schlag mit einem Knüppel glich, dann aber setzte sie ihr Gefährt zurück und rollte zu dem am Boden liegenden Greg. Sie beugte sich zu ihm hinunter, fühlte seinen Puls und zog seine Augenlider auseinander.

»Psychotraumischer Schock«, stellte sie nüchtern fest. »Er kommt bald wieder zu sich.« Sie wandte sich abrupt um. »Maria, Sie bringen ihn am besten in die stabile Seitenlage.«

Sie rollte wieder zurück. Wortlos ging die Psychologin zu dem Bewusstlosen und kümmerte sich um ihn.

»Wieso ist der eigentlich ohnmächtig geworden?«, fragte Becker. »Er ist wie unter einer Verletzung zusammengebrochen. Dabei hat es doch nur viermal klick gemacht. Oder hat jemand Schüsse gehört?«

Er blickte kühl zu Prokop und auf dessen Pistole, die er immer noch in der Hand hielt. Maria Schmalfuß sah von dem Bewusstlosen auf.

»Vier Klicks genügen oft. Vielleicht kennen Sie die Geschichte des Mannes, der über Nacht in einem Kühlwagen eingeschlossen war und morgens alle Anzeichen eines Erfrierungstodes aufwies, obwohl das Kälteaggregat gar nicht eingeschaltet war.«

»Ja, kenn ich, aber ich dachte, dass ist eine von diesen urbanen Legenden.«

Greg stöhnte leicht auf. Jetzt schwieg das Team wieder.

»Sie haben jedenfalls abgedrückt«, sagte Dr. Rosenberger nach einer Weile zornerfüllt zu Prokop, der ein fettes Grinsen aufgesetzt hatte. »Sie konnten ja gar nicht wissen, dass die Waffe nicht geladen war. Und das ist Mord.«

»Wenn schon, dann *versuchter* Mord, Herr Rat«, erwiderte Prokop, und er besaß sogar die Unverschämtheit, den voluminösen Bass des Oberrats zu imitieren. »Aber was solls: Er gehört nicht zu unserem Team. Es ist der kollaterale Greg. Jede funktionierende Gruppe hat solch einen Loser dabei. Und er hat mich von Anfang an schon genervt.«

»Sie haben den Tod des Mannes billigend in Kauf genommen«, beharrte Rosenberger.

»Nein, das habe ich nicht«, erwiderte Prokop. »Ich habe natürlich vorbeigezielt. Mit voller Absicht. Das konnten Sie aus Ihrem Winkel nicht erkennen. Ich wollte ihm lediglich einen Schrecken einjagen.« Er wandte sich an Maria. »Und jetzt lassen Sie den Typen in Ruhe da liegen. Dem gehts gut.«

Sie stand widerwillig auf und setzte sich.

Prokop betrachtete die Deringer seufzend.

»Nun ja, damit nicht nochmals jemand auf dumme Gedanken kommt –«

Er stand auf, öffnete die Hüttentür und warf die kleine Waffe in hohem Bogen hinaus in den Schnee. Jennerwein schaltete blitzschnell. Er nutzte die zwei Sekunden der Ablenkung dazu, Hölleisen und Stengele Zeichen zu geben, die Plätze zu tauschen. Der Rest des Teams wusste, dass Jennerweins Plan Gestalt annahm. Dass es ab jetzt jeden Augenblick losgehen konnte.

»Bei all den Störungen vernachlässigen wir den Kommissar aber sträflich«, sagte Prokop. »Jennerwein, erzählen Sie uns doch ein wenig weiter aus der Schule. Das war eine wirklich aufregende Geschichte.«

Jennerwein blickte Prokop ernst an.

»Sie werden verstehen, dass ich in dieser Situation überhaupt keine Lust habe, davon zu erzählen.«

»Ach, das ist aber schade«, sagte Prokop, und

er zog eine Schnute wie ein Kind. »Aber vielleicht kommt die Lust beim Erzählen. Es war gerade so spannend.«

Jennerwein schwieg. Jetzt sah Prokop ihn finster an.

»Sie wollen mich doch bei Laune halten, oder? Dann mal los, Jennerweinchen, erzählen Sie, sonst muss ich mich doch an die Stirn fassen.«

Wieder tippte er sich ans Stirnband. Jennerwein zuckte die Schultern.

»Nun gut.« Er sammelte sich. »Wo war ich stehengeblieben? Bei unserem sogenannten Bomber. Am Samstag hatte er nur das Wort Boooooah! auf eine Dialeinwand geschrieben, am Sonntag hat er Durian-Früchte an den Weihnachtsbaum gehängt. Nein, halt, er hat sie aufgeschnitten in vier Fresskörbe gesteckt.«

»Wie hat er denn das gemacht?«, fragte Prokop neugierig.

»Das war die leichteste Übung für ihn. Der Tombolatisch stand abgedeckt auf der Bühne, man konnte sich unauffällig von hinten heranschleichen und die präparierten Früchte in aller Ruhe platzieren.«

Jennerwein machte eine Pause. Er wiegte langsam und nachdenklich den Kopf, als ob er angestrengt in seinen Erinnerungen kramte. Doch Maria kannte ihn. Sie wusste, dass er sich auf etwas ganz anderes konzentrierte.

»Diese Trachtenvereinshalle hatte nicht zufällig

denselben Hausmeister wie die Schule?«, fragte Prokop augenzwinkernd.

»Wie meinen Sie? Ach, so. Nein, das nicht.«

»Oder denselben Klavierstimmer?«

»Keine Ahnung.«

Hölleisen erhob sich.

»Ich werde dann mal Holz nachlegen, es wird saukalt hier in der Hütte. Sie erlauben doch?«

Prokop vollführte eine gnädige Handbewegung.

»Aber keine Dummheiten, hören Sie, Hölli! Ich habe ein Auge auf Sie.«

»Dann lassen Sie mich aber bitte an den Ofen setzen«, sagte Stengele. »Wissen Sie, ich habs schwer im Kreuz. Die Kälte macht mich ganz mürbe. Wenn Sie erlauben, Herr Prokop, dann tauschen der Franz und ich die Plätze.«

»Aber natürlich, selbstverständlich. Tauschen Sie nur. Der Franz und Sie. Sie können mich übrigens Emil nennen.«

»Emil und die Detektive«, nuschelte Nicole.

Jennerwein gönnte sich ein winzigkleines, kaum sichtbares Schmunzeln. Der Platzwechsel war unauffällig gelungen. Er konnte sich trotz der drückenden tödlichen Bedrohung immer noch auf jeden in seinem Team blind verlassen. Nicole lag weiter mit dem Kopf auf dem Tisch. Sie atmete schwer, schnarchte manchmal leise. Und roch dabei wie ein umgestürzter Lieferwagen einer Schnapsfabrik. Verena Vitzthum war bei ihrer trotzigen Haltung geblieben. Sie hatte die Hände auf der Brust verschränkt. Becker stierte auf die Stelle, wo der Sprengkörper auf dem Tisch gestanden hatte.

»Aber am Montag nach dem Anschlag beim Volkstrachtenerhaltungsverein – was war da? Lassen Sie mich nachdenken«, fuhr Jennerwein zögerlich fort.

Er hatte überhaupt keinen Grund zu zögern. Er konnte sich an jedes Detail der Geschichte genau erinnern. Aber es galt jetzt, Zeit zu gewinnen. Und einen günstigen Augenblick abzupassen, weitere Anweisungen zu geben. Wiederum schnäuzte er sich. »Ja, da war die Sache mit den Lippenstiften«, sagte er schließlich.

»Die Sache mit den Lippenstiften?«, fragte Prokop.

»Ja, ich hatte meine Klassenkameradin Antonia Beissle im Unterricht schon oft dabei beobachtet, wie sie ihren Lippenstift auseinandernahm und untersuchte. Eine nervige Angewohnheit. Wie mich überhaupt die ganze Frau sehr genervt hat.«

»Das tut sie ja wohl bis heute«, warf Maria ein.

»So ist es. Aber der Bomber schien ebenfalls von Lippenstiften fasziniert gewesen zu sein.«

»Jetzt bin ich aber gespannt, wie er das gemacht hat«, sagte Prokop.

»Er hat ein kleines Tab am Boden des Stiftes angeklebt. Wenn die Röhre hochgedreht wird, reißt eine Stahlfeder das Plastik auf.«

»Und wie ist er an die Lippenstifte gekommen?«, fragte Becker, ohne aufzusehen.

Es klang so, als gingen sie in den normalen Ermittlungsmodus über, den sie gewohnt waren.

»Vermutlich hat er sich in die Mädchengarderobe geschlichen und die Taschen geöffnet. Niemand klaut Lippenstifte, deshalb haben sie die Dinger nicht in die Turnhalle mitgenommen, wie zum Beispiel die Geldbörsen oder Schlüssel.«

»Und? Wie gings weiter?«, fragte Prokop ungeduldig.

Er trieb Jennerwein jetzt an. Allzu lange, nachdenkliche Pausen machten ihn wohl nervös. Greg erhob sich langsam vom Boden. Jennerwein hätte es eigentlich vorgezogen, wenn Greg liegen geblieben wäre. Er war damit aus dem Schussfeld und konnte überdies keine eigenmächtigen Aktionen wie vorher starten. Woher hatte er die Pistole überhaupt? Besaß nicht Hölleisen ebenfalls eine Deringer .38?

»Hören Sie, Kommissar! Nicht einschlafen! Wie gings weiter?«

Jennerwein hatte die genauen Handgriffe für insgesamt fünf Personen schon im Kopf. Nur die Rollenverteilung musste er nochmals überdenken. Er holte sein Fläschchen mit verdünnter Meersalzlösung heraus und tropfte es sich umständlich in die Nase.

»Na, wirds bald?«

Jennerwein schniefte und lehnte sich zurück.

»Tja, also, am Montag war immer Mädchenturnen. Die Jahrgangsstufen wurden zusammengefasst. Der Täter hat sich in die Garderoben geschlichen und die Lippenstifte präpariert. Da sie naturgemäß nicht gleichzeitig geöffnet wurden, gaben sie ihre Duftstoffe auch zu verschiedenen Zeiten, über den ganzen Nachmittag verteilt, frei. Einige Mädchen, die zum Beispiel vom Freund abgeholt wurden, schminkten sich nach dem Sportunterricht noch in der Garderobe. Die Bomben gingen also dort los. Manche hatten die Schule aber schon früher verlassen. Man versuchte zwar, sie anzurufen und zu warnen, aber das gelang nicht vollständig. Bedenken Sie, dass es im Jahre 1980 noch keine Handys gab, also konnten nicht alle informiert werden. Zum Beispiel die, die im Auto oder im Bus oder im Zug saßen. Viele gingen ahnungslos nach Hause und benutzten dort ihren Lippenstift. Oder sie gingen ins Café und zogen dort noch schnell die Konturen nach. Das *Alice*, die angesagteste Disco im Ort, musste an dem Abend geschlossen werden. Mein lieber Schwan, da war was los! Die armen Mädchen verbreiteten den Duft also über den ganzen Kurort, zwei, drei fuhren in die Landeshauptstadt, gingen dort mit den Eltern ahnungslos in ein Konzert – «

»Und Boooooooah!«, rief Prokop, der Jennerwein bisher sehr interessiert und ab und zu laut auflachend zugehört hatte.

Maria bemerkte das ausgeprägt Kindliche an ihm. Hubertus musste unbedingt weitererzählen. Vielleicht konnte man Prokop dadurch noch mehr einlullen und unaufmerksam machen. Das war auch Scheherazades Taktik gewesen.

»Und weiter! Und weiter!«

»Ein Mädchen traf es ganz schlimm. Sie hatte den Lippenstift in eine Jacke gesteckt, die sie in den Schrank hängte. Sie zog sie drei Jahre nicht mehr an. Dann, sie hatte die Sache schon längst vergessen, fand sie den Lippenstift und benutzte ihn nichtsahnend. Zu allem Überfluss erwartete sie einen jungen Mann. Das erste Date. Es klingelte, der Verehrer stand mit Blumen draußen, schnupperte … Aus der Beziehung wurde nichts.«

»Dumm gelaufen«, lallte Nicole.

»Bekamen Sie denn etwas von den Lippenstiftanschlägen mit, Kommissar?«

»Nein, nicht sofort. Ich ging nach der Schule gleich heim und erfuhr von der Sache erst später. Am Abend. Ich war bei Antonia Beissle zu Hause.«

Auf Prokops Gesicht erschien ein listiger, wissender Ausdruck.

»Aber die mochten Sie doch nicht, Kommissar!«

»Ja, das stimmt. Sie hatte schon damals eine Art, die einem tierisch auf den Wecker geht. Es gibt so was. Ich hätte mich nie privat mit ihr getroffen. Wir waren eine kleine Gruppe von Matheschwachen, die ab und zu zusammenkamen, um geometrische Kurvendiskussion zu trainieren. Deshalb. Sie hatte sonderbare Angewohnheiten, zum Beispiel die ewige Bastelei mit ihrem Lippenstift. Ich kann mich nicht daran erinnern, dass sie den Lippenstift mal benützt hat.«

»Darauf verzichtet sie bis heute«, fügte Maria spitz hinzu. »Ich wüsste auch nicht, wie man diese schmalen Staatsanwaltslippen schminken sollte.«

Jennerwein nickte. Ein kleines Lächeln erschien auf seinem Gesicht.

»Wir saßen also in der Gruppe und lernten Mathe, diesmal bei Beissles von der Kohlenhandlung Beissle. Immer Montag taten wir das – «

»Bleiben Sie bei der Wahrheit, Kommissar!«, sagte Prokop in gespielt strengem Ton. »Es gab keine Gruppe. Sie waren ganz alleine bei Antonia.«

Jennerwein sah Prokop irritiert an.

»Ja, möglich«, sagte er zögernd. »Vielleicht war ich der Erste. Wir hatten von den Ereignissen in der Schule nichts mitbekommen, sie drehte wieder an ihrem komischen – «

»Sie waren nicht der Erste, Kommissar, Sie waren der Einzige. Es kamen auch keine Matheschwachen mehr. Die einzig Matheschwachen waren Sie und Beissle. Sie waren ein Paar!«

Prokop grinste triumphierend.

»Wie? Ich – wir … woher …«

Jennerwein wirkte jetzt verwirrt. Sein sonst so ruhiges Auftreten war ein bisschen ins Wanken gekommen. Unruhig rutschte er auf dem Stuhl hin und her.

»Sie waren mit Antonia liiert«, sagte Prokop mit einem genüsslichen Schmatzen. »Und zwar liiert mit drei i. Jeder in der Schule wusste es.«

Alle blickten überrascht auf.

»Das ist eine völlig aus der Luft gegriffene – «

»Ganze zwei Jahre ging das!«

»Aber woher – ?«, fragte Jennerwein scharf.

Prokop blickte schelmisch in die Runde.

»Na, Jennerweinchen, erinnern Sie sich nicht mehr an mich? Ich war damals in der 5c, allertiefste Unterstufe. Sie waren in der elften Klasse, ich war der, der auf das Fläschchen getreten ist, nachdem es der Bomber unter dem Linoleum versteckt hat. Das war am Donnerstag, den 4. Dezember 1980.«

»*Sie* waren dabei?«, fragte Jennerwein. Er konnte sein Erstaunen nicht verbergen.

»Ja, die ganze Zeit über. Der Anschlag am 13. Dezember, das war für mich der Höhepunkt. Ich war mit auf der Bühne, als die Boooooah!-Leinwand heruntergerollt wurde.«

Und jetzt stieg in Jennerwein eine vage Erinnerung auf. Er war damals an diesem Samstag im Zuschauerraum gesessen und hatte einen lockenköpfigen Knirps unter den Unterstufenhirten gesehen, der sich an der aufgeschreckten Menge des Publikums gar nicht sattsehen konnte. Und noch eines wurde ihm jetzt klar. Am Anfang des heutigen Abends hatte ihn niemand anderer als Prokop dazu gebracht, die Schulgeschichte zu erzählen. Es passte alles zusammen.

»Du warst mit Antonia Beissle liiert?«, fragte Maria ungläubig. »Aber Hubertus!«

Auf Prokops Gesicht erschien ein diabolisches Grinsen.

»Sehen Sie, deswegen ist die Geschichte besonders prickelnd. Ich wusste, dass Sie früher oder später auf Antonia Beissle kommen würden. Und das ermöglicht mir, Ihnen eine richtig schöne Aufgabe zu stellen. Rufen Sie Ihre Ex an!«

Prokop machte eine große, bedeutungsschwere Pause. Jennerwein starrte ihn entgeistert an.

»Worauf warten Sie, Kommissar? Jetzt gleich!«

»Gestern Nacht ist meine Freundin explodiert ...«

(Die Ärzte, 1995, aus dem Album Planet Punk)

Es gibt sie, die notorischen Tanzverweigerer, die keinerlei Sinn in diesen unnatürlichen Bewegungen sehen. Sie sind nicht unmusikalisch, im Gegenteil, sie wollen in Ruhe der Musik zuhören und sich auf keinen Kampf einlassen. Denn Tanz ist kaum verhüllter Kampf. In dessen Frühgeschichte, in den Zeiten der Sarabandes, Quadrilles und Bourrées, kam man auf dem Parkett wenigstens noch ganz ohne (oder mit ziemlich wenig) Berührungen aus, dann aber, beim Walzer, bei der Polka und beim Landler, begann die Sache mit dem Anfassen, Festhalten, Ziehen und Zerren, und ab da wurde der Tanz zum notdürftig verhüllten Ringen der Geschlechter. Das Umfassen des Halses mit beiden Händen beim schnellen Dreher und bei der Polonaise ist vom Erwürgen nicht allzu weit entfernt, auch das schneidende, bohrende Element bei der Walzerdrehung springt ins Auge, und das Herumwerfen bei Tänzen wie dem Rock 'n 'Roll ist einer Prügelei nicht unähnlich. Einer der ausgetüfteltsten und angeblich sinnlichsten Tänze ist der Tango. Sinnlich? In Wirklichkeit ist er einer der perfidesten Leibesübungen zu zweit, denn er bringt zwei entzündliche Körper nahe zusammen und lässt sie kunstvoll-schmerzhaft explodieren. Die argentinische Tangoschule spricht von den ›pasos de la explosión‹, wenn die Beine plötzlich nach hinten geschleudert werden, so dass der Eindruck entsteht, als ob es das Tier mit den zwei Rücken (›animal con dos espaldas‹) wegen übergroßer Spannung zerreißt.

Die Tangoexplosion! Verena Vitzthum schloss die Augen und versuchte angestrengt, nicht an die eineinhalb Kilo Sprengstoff zu denken, auf denen sie saß. Doch es gelang ihr nicht. In der Zeit vor ihrer Behinderung war sie eine gute Tangotänzerin gewesen. Und auch diese Episode aus ihrer Vergangenheit führte sie wieder zu der tödlichen Bedrohung zurück, in der sie sich alle befanden. Hatte Kommissar Jennerwein eine Lösung? Er schien zuversichtlich. Doch wann gab er endlich das Zeichen zum Angriff?

48

Jennerwein überlegte angestrengt. Sollte er Antonia bei dem Telefongespräch signalisieren, dass er in Gefahr war? Aber wie sollte er einen solchen Hinweis formulieren? Würde sie es verstehen? Sie war auch sonst nicht mit einer schnellen Auffassungsgabe gesegnet. Prokop brach in höhnisches Gelächter aus.

»Wenn Sie Ihr Gesicht sehen könnten, Jennerwein! Ich merke Ihnen doch ganz genau an, dass Sie überlegen, ob Sie Antonia Beissle irgendeine Nachricht zukommen lassen können. Das können Sie. Aber nützt Ihnen das etwas?«

Prokop zog sein Handy aus der Tasche.

»Hier, rufen Sie an!«

Greg stützte die Arme auf dem Tisch auf. Sein Gesicht war aschfahl, er starrte auf einen Punkt auf dem Tisch. Von draußen hörte man den Nachtwind pfeifen, die Holzscheite knackten leise zischend im Kamin.

»Gehts Ihnen gut?«, fragte Hölleisen.

Greg nickte wortlos. Jennerwein wandte sich an Prokop.

»Anrufen? Jetzt? Ja, okay, aber ich habe die Privatnummer nicht im Kopf.«

»Dann sehen Sie halt im Adressbuch Ihres Handys nach«, erwiderte Prokop ungeduldig.

Jennerwein zog die Schultern hoch und zeigte eine entschuldigende Geste.

»Ich habe sie auf einen Zettel aufgeschrieben, und der steckt in meinem Portemonnaie.«

Maria konnte beobachten, wie Prokop die Geste von Jennerwein flüchtig kopierte, bevor er ihm antwortete. Diese Art der Echopraxie, also der zwanghaften Nachahmung, war typisch für histrionische Persönlichkeiten. Das konnte man ausnutzen. Man musste Prokop nur starke Gefühlsregungen mit markanten Gesten und Gesichtsausdrücken präsentieren, so konnte er vielleicht kurz abgelenkt werden. Je mehr Tohuwabohu, desto besser.

Prokops Lächeln spielte wieder ins Diabolische.

»Sie fragen sich, warum ich hier in der Hütte Empfang habe?«

Becker winkte gelangweilt ab.

»Sie benützen einen Repeater, das dachte ich mir schon.«

»Ja, genau, einen Funkverstärker. Vorbereitung ist alles.« Er zog ein kleines, silbernes Kästchen aus der Jackentasche. »In der Gebrauchsanleitung stand, dass er für abgelegene Täler und Höhen hervorragend geeignet wäre. Wir wollen mal sehen, ob das funktioniert.« Prokop drückte ein paar Knöpfe auf dem Kästchen. »Voller Empfang!«

Niemand bemerkte, dass es in der Plastiktüte, in der die abgestürzte Drohne steckte, leise summte.

Bevor Prokop weiterreden konnte, ergriff die Gerichtsmedizinerin das Wort. Sie wandte sich flehentlich an Prokop.

»Ich bitte Sie, Emil: Lassen Sie mich vorher noch ganz kurz telefonieren. Lassen Sie mich jemanden anrufen, der meinen Mann aus dem Tank befreit.«

Prokop blickte sie irritiert an.

»Was soll das sein? Ein Wunschkonzert?«

Verena Vitzthums Stimme wurde noch eindringlicher.

»Emil Prokop, Sie sind ein Schwerverbrecher – «

Hölleisen und Becker blickten erschrocken auf. War das wirklich die richtige Art und Weise, Prokop anzusprechen? Wurde er dadurch nicht provoziert? Maria machte ein beruhigendes Handzeichen in Richtung der beiden. Sie fand, dass es genau der richtige Ton war. Verena machte das gut. Und tatsächlich spannte sich Prokops Körper nach dieser Anrede, ein übermütiges, eitles Lächeln erschien auf seinem Gesicht.

»Sie haben Ihre monströse kriminelle Energie auf unser Team gerichtet«, fuhr die Gerichtsmedizinerin fort. »Das müssen wir so hinnehmen. Sie glauben, mit uns endlich ebenbürtige Gegner gefunden zu haben. Sie sehen das hier als eine Art sportlichen Wettkampf – «

»So weit würde ich nicht gehen«, unterbrach Prokop. Er schien zu bemerken, dass er eingelullt werden sollte. »Ich verknüpfe meinen Namen mit den Ihren, ja, das stimmt. Wie der Attentäter Mark David Chapman den seinen mit dem von John Lennon verknüpft hat.«

»We all live in a yellow submarine«, sang Nicole dazwischen, immer noch mit dem Kopf auf dem Tisch.

»Nur, dass wir uns richtig verstehen«, fuhr die Gerichtsmedizinerin fort. »Ich finde das, was Sie grade machen, abscheulich, moralisch verwerflich, grotesk und töricht. Trotzdem habe ich den Eindruck, dass Sie ein gebildeter, gewitzter, liebenswerter Mann mit einem brillanten Verstand sind. Glauben Sie mir, ich habe in meinem Leben schon viele Menschen erlebt, die Verbrechen begangen haben. Die meisten haben das aus niederen materiellen Gründen getan oder auch aus zweifelhaften politischen. Sie sind keiner von der Sorte. Sie wollen Teil eines funktionierenden Getriebes sein, indem Sie es stören, mit dem Risiko, es vielleicht auch zu zer-stören. Aber das alles hat doch mit meinem Mann überhaupt nichts zu tun! Geben Sie ihn frei. Er steht nicht für die spießige Welt, gegen die Sie kämpfen. Und dann wird es heißen: Okay, er hat das Team als Geisel genommen. Aber dieser Emil Prokop hatte die Größe, einen armen, unbeteiligten Tropf laufen zu lassen!«

Es vergingen ein paar Sekunden. Prokop schien tatsächlich beeindruckt zu sein. Er pfiff leise durch die Zähne. Doch dann wandte er sich abrupt um, als ob er einen empfindlichen Schlag verspürt hätte.

»Wir machen es so, Leute. Hubertus ruft jetzt seine Jugendliebe an, danach befreien wir mal eben nebenbei Verenas Mann. Ein paar Minuten wird er es schon noch aushalten in seinem Wurstkessel.«

Die Gerichtsmedizinerin schüttelte den Kopf.

»Der Kessel läuft gerade mit Wasser und Maische voll«, sagte sie ruhig. »Es ist ein Gärtank. Und er wird ertrinken. Wissen Sie: John Lennon erschießen – ja, gut. Ein Polizeiteam in die Luft jagen – bitte, kann man machen. Aber jemanden in einem Tank kläglich ertrinken lassen – ?«

Prokop tat erstaunt.

»Oh, das wusste ich nicht. Das mit dem Tank. Wir müssen uns also beeilen. Hubertus, Ihr Part! Jede Sekunde zählt. Haben Sie den Zettel mit Antonias Nummer endlich gefunden?«

Prokop gluckste und kiekste amüsiert. Jennerwein zückte seine Geldbörse, in der sich auch Dienstausweis und Marke befanden. Prokop sah nur beiläufig hin. Er schien sich seiner Sache sehr sicher zu sein. Jennerwein suchte. Irgendwo musste der Zettel mit den wichtigen Nummern stecken. Antonia Beissle hatte manchmal staatsanwaltlichen Nachtdienst, da hatte sie ihm auch die Privatnummer gegeben. Für Notfälle. Er hatte aber noch nie angerufen. Jennerwein durchwühlte das Mäppchen und stieß in einem der Seitenfächer auf einen kleinen, stricknadeldicken Spitzstichel, mit dem man Schlösser öffnen konnte. Es war das Überbleibsel irgendeiner Fortbildungsveranstaltung der Kollegen vom Raubdezernat. Er hatte die Einbruchshilfe vollkommen vergessen. Auch vorhin beim Öffnen der Tür wäre das Gerät durchaus nützlich gewesen. Aber konnte man den Spitzstichel nicht auch als Waffe gebrauchen? Er war etwa sieben Zentimeter lang, und Prokop stand zwei Armlängen von ihm entfernt. Wenn er ihn richtig fasste und zustach, konnte er dem Geiselnehmer schwere Verletzungen zufügen. Aber war er dadurch vollkommen auszuschalten? Wohin musste er stechen, damit Prokop keinen klaren Gedanken mehr fassen konnte? Vermutlich gab es solch eine Stelle gar nicht. Jennerwein verwarf einen sofortigen Angriff, das war momentan viel zu unsicher. Aber vielleicht konnte er den Spitzstichel später brauchen. Er fingerte ihn aus dem Geldbeutel, verbarg ihn dabei in der hohlen Hand, wie er es bei seinem Vater, dem Meisterdieb, gelernt hatte. Dann ließ er ihn in der

Hosentasche verschwinden, mit einer klassischen *misdirection*, einer geschickten Ablenkung.

»Ach, hier ist sie ja, die Nummer der Staatsanwältin!«, rief er, und der Satz geriet ihm fast ein wenig zu fröhlich. »Ich hätte nicht gedacht, dass ich die noch einstecken habe.«

Jennerwein wählte.

»Ich habe auf laut gestellt, Hubertus«, sagte Prokop. »Wir alle wollen etwas davon haben.«

»Was soll ich denn sagen?«

»Sag das Richtige, Hubsi.«

Jennerwein schnitt ein genervtes Gesicht. Prokop schien große Freude daran zu haben. Es klingelte sehr lange. Dann sprang der Anrufbeantworter an.

»Hier ist der AB von AB. Sprechen Sie!«

Das Band lief. Hörte Antonia mit? Jennerwein zögerte, etwas auf dem Anrufbeantworter zu hinterlassen. Er war geradezu erleichtert darüber, dass sie nicht abnahm. Es war momentan überhaupt nicht zielführend, ihr von der unheilvollen Situation zu erzählen, in der sie sich alle befanden. Er glaubte zu wissen, wie sie reagieren würde. Antonia ging bestimmt den Dienstweg. SEK-Großeinsatz, Hubschrauber, Blendgranaten, sicher nicht die leichte Kavallerie. Sie wusste von dem Hüttenabend, fast hätte er sie mit eingeladen. Jennerwein suchte mit dem Daumen der Hand, die das Handy hielt, nach dessen Mikrophon.

Als er die Vertiefung gefunden hatte, kratzte er mit dem Nagel daran. Wenn sie die Nachricht später abhörte, würde sie kein Wort verstehen.

»Hallo Antonia«, rief Jennerwein betont heiter ins Telefon. »Das ist ja ein netter Spruch, von wegen AB und AB. Hier ist Hubertus. Fröhliche Weihnachten. Wenn du da bist, geh bitte ran. Du fragst dich sicher, weswegen ich anrufe –«

Abermals machte Jennerwein eine Pause, um Zeit zu gewinnen. Doch jetzt riss ihm Prokop den Apparat aus der Hand.

»Jetzt reichts mir aber mit dem Gestottere. Hallo, Frau Staatsanwältin, hier spricht Emil Prokop. Gehen Sie ran! Wenn nicht, werden Sie es bereuen. Sie haben die einmalige Gelegenheit, ein Verbrechen aus nächster Nähe mitzuerleben. Ihnen müssen die Ohren geklingelt haben, wir haben viel über Sie gesprochen heute Abend auf der Hütte von Kommissar Jennerwein. Was man da so alles hört! Eieiei! Lippenstifte zerlegen, in Chemie nicht aufpassen, Mathenachhilfe mit Hubertus –« Jetzt machte Prokop eine Pause. »Nanu, Sie sagen ja gar nichts! Sind Sie wirklich nicht zu Hause?«

»Das war der AB von AB. Danke für Ihre Nachricht«, sagte die Staatsanwältin. Wütend warf Prokop das Handy auf den Tisch.

49

Rechenaufgabe in einem Lehrbuch für bayrische Fachoberschulen aus dem Jahr 1980:

»Die Polizei setzt speziell ausgebildete Scharfschützen ein, um Attentäter bei günstiger Gelegenheit kampfunfähig zu schießen. Die Beamten treffen mit 60prozentiger Sicherheit. Berechnen Sie unter der Annahme, dass alle Schützen gleichzeitig schießen, die Anzahl der Beamten, die eingesetzt werden müssen, wenn das Unternehmen mit der Wahrscheinlichkeit von 95 Prozent verlaufen soll.«

Im Jahr 1980 boykottierten die meisten westlichen Sportverbände die Olympischen Sommerspiele in Moskau, Ronald Reagan wurde zum Präsidenten der USA gewählt und Muhammad Ali beendete seine Boxerkarriere. Zur gleichen Zeit besuchte Antonia Beissle das Gymnasium des Kurorts, sie hatte den Spitznamen *Das Brikett* verpasst bekommen, wegen ihrer pechschwarzen Augen und ebensolchen Haare, wegen ihrer Vorliebe für schwarze Röcke, aber auch wegen der elterlichen Kohlenhandlung, schließlich auch wegen des Parteibuchs ihres Vaters, der im Gemeinderat saß. Ihr erging es momentan wie vielen. Nach anfänglicher Sympathie für den anarchistischen

Störer der behäbigen Schulordnung hatte sie es langsam satt. Im Grund war das Katz-und-Maus-Spiel genauso ermüdend geworden wie der Schulunterricht selbst. Antonia betrat das Klassenzimmer, grüßte nach allen Seiten und setzte sich an ihren Platz. In der ersten Schulstunde versuchte Deutschlehrer Klaas Hasenöhrl, den Unterschied zwischen Novelle und Roman zu erklären. Sie zog den Lippenstift aus dem Etui und begann, ihn aufzuschrauben. Die Stunde verging, beim Lehrerwechsel zur zweiten Stunde vertrat sie sich ein wenig die Beine und lief dabei fast Hubertus Jennerwein in die Arme.

»Und?«, sagte sie.

»Und was?«, gab Hu schlagfertig zurück.

»Schon eine Idee?«

»Wovon eine Idee?«

»Von der Identität des Bombers.«

Hu wiegte den Kopf.

»Ich weiß nicht so recht. Ich habe dazu noch zu viele Ideen. Ich bin aber überzeugt davon, dass der Bomber einerseits seine Linie wie bisher verfolgt, sich andererseits etwas Neues einfallen lässt.«

»Also ein Thema mit Variationen.«

»So kann man das sehen.«

»Beziehungsweise riechen.«

»Oder so.«

»Und heute? Was steht heute auf dem Programm?«

Jennerwein lächelte geheimnisvoll.

»Weiß ichs?«

Beide setzten sich wieder. In der nächsten Stunde erfuhren sie einiges über Ursachen und Folgen des Dreißigjährigen Kriegs. Antonia starrte aus dem Fenster. Schon wieder hatte sie ihren Lippenstift in der Hand und fummelte an ihm herum. Sie musste sich das schnellstens abgewöhnen.

Auch Hubertus ›Hu‹ Jennerwein passte diese Stunde nicht so recht auf. Wieder einmal. Nur im Hintergrund drang die Stimme des Geschichtslehrers eintönig an seine Ohren. Äußerlicher Anlass … des Dreißigjährigen Krieges … 1618 … Prager Fenstersturz … Es sollte noch Jahrzehnte dauern, bis Jennerwein begriff, welche Anwendungsmöglichkeiten in dieser Geschichte lagen. Hubertus starrte auf die Hinterköpfe der vor ihm Sitzenden. Der Bomber versuchte, jeden Tag etwas Neues zu bieten und Richtungen einzuschlagen, die keiner erwartete. Er wollte originell sein. Hubertus hatte sich in der Schulbibliothek von Frau Böckel ein paar psychologische Bücher empfehlen lassen. Bei Sigmund Freud hatte er den Satz *Kreativität ist Kompensation nicht erfüllter Bedürfnisse* gelesen. Der Satz gefiel ihm. Er wendete ihn hin und her und betrachtete ihn von allen Seiten. Welche unerfüllten Bedürfnisse trieben den Bomber zu solch einer aufwändigen Aktion? Hubertus schrieb den Sigmund-Freud-Satz in sein rotes Büchlein.

»– stürmten mit Degen und Pistolen bewaffnete Adelige die Böhmische Kanzlei in der Prager Burg. Das geschah am 23. Mai sechzehnhundert –«, trug der Geschichtslehrer gerade vor, wobei ihm der volltönende Richard-Strauss-Pausengong mitten in die Jahreszahl fuhr. Einige fragten:

»Sechzehnhundertwannnochmal?«

»Na, sechzehnhundertwannwohl!«, gab der Geschichtslehrer ein wenig genervt wegen dieser dummen Nachfrage zurück.

Jennerwein trat hinaus auf den Gang und beobachtete die vorbeieilenden Schüler. Ganz hinten sprang die Klassenzimmertür der 10b auf. Er sah Vierheilig und Karla Schuchart herauskommen, danach die schöne und reiche Irene Gödeke, auf die Bernie so stand.

»Halt, meine Herrschaften, nicht so schnell!«

Das war der Klassenleiter der 10b, ein begeisterter Verfechter des nicht-frontalen Projektunterrichts. Er lief heraus und scheuchte die voreiligen Schüler wieder zurück. Dann schloss er die Tür. Drinnen quälte er sie die ganze Pause sicher wieder mit einem furchtbar komplexen und mehrdimensionalen Projekt wie fremdsprachig Plätzchen backen. Der Schulgang füllte sich. Kreativität ist Kompensation nicht erfüllter Bedürfnisse. Der Satz wurde Jennerwein zum Ohrwurm. Ein Schüler ist eigentlich ja nichts anderes als ein Haufen nicht erfüllter Bedürfnisse mit Haut drumherum. Wann aber wird er kreativ? Mitten in diese Überlegungen hinein schreckte Jennerwein auf. Irgendetwas lag in der Luft, er wusste nur noch nicht was. Er schnupperte. Keine Buttersäure, keine Schwefelsäure, keine Durian-Frucht. Und jetzt roch er es. Es stank nicht. Im Gegenteil. Es duftete. Oder es roch zumindest nicht so schlecht wie sonst. Im Gang breitete sich eine Melange aus Tannennadeln und Moos aus, vielleicht war auch noch etwas Drittes dabei. Es duftete nach – ja, nach was? – vielleicht nach Wald. Schließlich wusste er es. Es war ein Parfüm. Natürlich kannte er den Geruch nicht konkret, aber es musste ein Parfüm sein. Dann kam von der anderen Seite des Ganges ein Schwall von Hyazinthe und Sandelholz. Und kurz darauf einer mit undefinierbaren, vielleicht eher sakralen Dämpfen. Weihrauch oder etwas Ähnliches.

Die Gerüche schwebten vorbei, verflogen aber wieder lautlos seufzend im Nichts des dunklen Schulgangs, so wie Schulwissen verfliegt. Dann aber ging es wieder los. Eine schwere Brise aus Juchtenleder kam auf, Hubertus trat unwillkürlich einen Schritt zurück. In diese Konkurrenz mischten sich Moschus und Jasmin. Jetzt bemerkten es die Schüler und Lehrer auf den Gängen ebenfalls. Sie blieben stehen, stutzten, drehten sich in alle Richtungen, richteten ihre Nasen dahin und dorthin, fächelten sich Luft zu, lachten verwirrt, schüttelten den Kopf und gingen weiter. Aber es war nicht zu ignorieren. Diese Aufeinanderstapelungen der gegensätzlichsten und widersprüchlichsten Parfüms kamen nicht etwa von Schülerinnen oder weiblichen Lehrkräften, die zu dick aufgetragen hatten. Sie kamen vom Bomber persönlich, der sich diesmal einen gewissermaßen antizyklischen Scherz geleistet hatte. Als sie alle zur dritten Stunde wieder im Klassenzimmer saßen, lagen die schweren und schwülen Schwaden der Häuser Cartier, Dior und Lauder immer noch über und zwischen ihnen. Das Gemisch war Barbarei. Als ob man in einem Spitzenrestaurant alle feinen Speisen in eine Schüssel würfe, mixte und als Brei servierte. Oder als ob man alle seine Lieblingssongs auf zwanzig Plattenspielern gleichzeitig abspielte.

Im Klassenzimmer war es schließlich nicht mehr auszuhalten. Die Fenster öffnen nützte ebenfalls nichts. Denn wie so oft war auch diesmal die Quelle nicht auszumachen. Hubertus hatte sofort das Bild des Bombers vor sich, der sich in den Gängen der Schule bewegte und den Duft nach und nach versprühte. Aber hatte er die Parfüms schon fertig gemischt in seiner Sprühflasche? Das konnte nicht sein, das hatte er vorhin anders wahrgenommen. Die Aromen waren von verschiedenen Seiten gekommen. In der zweiten Pause bewegte sich Hubertus wieder durch die Gänge. Viele hatten dicke Pullover übergezogen, weil sie nach draußen in den Pausenhof gehen wollten. Er betrachtete die wollenen Rücken genau. Und mit seinem Blick für das Auffällige wurde er bald fündig.

»Ich darf doch?«

»Was?«

Hubertus entschuldigte sich bei Frau Böckel und wies sie darauf hin, dass an ihrem Pullover hinten etwas Kleines, Glitzerndes hing.

»Danke, Hubertus. Aber was ist das?«

Sie zog ein kleines Kügelchen aus der Rückseite ihres Pullovers, es war nicht größer als eine Perle, und es hing mit einem winzigen Haken an den Fäden des Pullovers. Das Kügelchen glich einem kleinen porösen Schwamm, er duftete nach –

»Igitt! *Opium*, das würde ich nie verwenden!«, sagte die Frau mit dem glatten Scheitel. »Das passt überhaupt nicht zu mir.«

Jennerwein drückte das Schwämmchen aus und roch daran. Er begriff. Die Flüssigkeit war eingefroren gewesen, in diesem Zustand war sie noch geruchlos. Erst durch die Körperwärme wurden die Duft-Tiger aus dem Käfig gelassen. In der Werbung hieß es: *Opium. Klingt herzhaft warm und dunkel aus.* Von wegen. Man hatte den Eindruck, dass man diese Zumutung den Rest seines Lebens zu riechen hatte.

»Eigentlich ein ganz einfaches Prinzip«, sagte Hubertus später in der Klasse zu seinem Freund Bernie Gudrian.

»Einfach schon, aber das kann nicht nur einer gemacht haben«, fügte Gu hinzu. »Es müssen mehrere gewesen sein.«

»Oder es war doch bloß einer«, widersprach Antonia Beissle, die in der Nähe stand. »Aber ein ganz Genialer.«

Mit einem schnellen Blick streifte sie Hubertus Jennerwein.

50

Der Mann mit den drei zusammengebundenen Gewehren der Marke Anschütz fluchte leise. So lange war er schon unterwegs, und jetzt hatte er sich vermutlich zum x-ten Mal verlaufen. Wenigstens hatte die Blutung fast aufgehört. Verdammte Tollpatschigkeit, eine Schneewechte nicht als solche zu erkennen und hineinzutappen wie ein Anfänger. Er war abgerutscht und an einem herausstehenden Stein hängen geblieben. Dabei hatte er sich eine schmerzende Schürfwunde am Bein zugezogen. Gott sei Dank war nicht mehr passiert. Was wäre gewesen, wenn er sich etwas gebrochen hätte! Unbeweglich, ganz allein und ohne Funkverbindung. Manche waren auf diese Weise schon umgekommen. Und diese ganze Hektik nur wegen der verdammten Organisation, die hinter ihm her war. Der Mann stapfte fluchend weiter. Die anderen warteten vermutlich schon ungeduldig auf ihn.

Eines war klar: Der ehemalige Polizeihauptmeister Johann Ostler war es *nicht*, der hier ziellos umherirrte. Ostler nämlich stieg zur gleichen Zeit die vereiste Brösinger-Leite hinter dem Duxbichl-Grat ab. Er überquerte inkognito die Alpen und achtete peinlich darauf, keine Spuren zu hinterlassen. Er hatte es nicht eilig, zudem war er ein erfahrener Bergsteiger und genoss die Nachtwanderung. Ostler war der Überraschungsgast von Jennerweins Hüttengaudi. Er hatte geplant, ganz klassisch um Mitternacht an die Tür zu klopfen und als Geist aus der Vergangenheit aufzutauchen. Bruder Sebastian, wie er inzwischen hieß, verschärfte sein Tempo. Er hatte sich seinen neuen Namen selbst auswählen dürfen. Ihm hatten die vielen unterschiedlichen Zuständigkeiten des Heiligen gefallen. Der Hl. Sebastian wurde gegen die Feinde der Kirche, gegen die Pest und andere Seuchen angerufen. Er hielt seine schützende Hand über Brunnen, Quellen und fließende Gewässer. Zudem war er der Schutzpatron der Sterbenden, Eisenhändler, Töpfer, Gärtner, Gerber, Bürstenbinder, Soldaten und Schützenbruderschaften, Kriegsinvaliden, Büchsenmacher, Eisen- und Zinngießer, Steinmetze, Jäger, Leichenträger, Waldarbeiter und – Polizisten. Bruder Sebastian, zur Zeit beschäftigt im Staatssekretariat des Vatikans, war schon zwei Jahre nicht mehr in seiner Heimat gewesen. Jetzt hatte er das erste Mal Urlaub bekommen, und den hatte er dazu genutzt, von Rom aus über die Alpen zu fahren. In streng geheimer Mission natürlich. Er durfte sogar seine beiden Söhne treffen und Kontakt zu Dr. Rosenberger aufnehmen. Der hatte ihm von der Hüttenfeier erzählt und vorgeschlagen mitzukommen. Ostler schritt munter weiter. Er dachte inzwischen schon auf Italienisch. Manchmal auch auf Lateinisch. Beide Sprachen waren für Mitglieder des Vatikanischen Geheimdienstes Bedingung.

Draußen heulte eine Windbö auf, sie zischte und krächzte, als ob jemand einen Schrei losgelassen hätte. Vielleicht war es auch ein Schrei. Im Innenraum der Hütte, rund um den Holztisch, war es ganz still. Niemand hatte etwas gesagt, seit Prokop das Telefon wütend auf den Tisch geworfen hatte. Maria sah sich unruhig um. Täuschte sie sich oder machte sich jetzt im Team Lethargie breit? Ergaben sich alle in das unausweichliche Schicksal? Solch ein Zustand musste unbedingt vermieden werden. Sie suchte nach Worten, um die Truppe aufzumuntern. Hansjochen Becker schnupperte. Roch es hier nicht nach Gas? Er bildete sich ein, gerade eine Spur von der scharf riechenden Beimischung des Butangases in die Nase bekommen zu haben. Hatte das etwas mit dem zu tun, was Stengele dort oben im Speicher getrieben hatte, als er sich angeblich ein Pflaster holen wollte? Becker schnupperte nochmals unauffällig. Nein, nichts. Er musste sich wohl getäuscht haben. Trotzdem war er beunruhigt. Hatte der Chef Gasflaschen im Speicher gelagert? Becker saß in der Nähe eines der Vorderfenster. Vorhin hatte er bemerkt, dass es nicht ganz dicht schloss. Vielleicht konnte er es bei Gelegenheit noch ein bisschen weiter öffnen. Nur sicherheitshalber.

Auch Gisela schnupperte. Sie war nur vierzig Meter von der Hütte entfernt, deshalb konnte sie die kleine Menge Gas mit ihren Perzeptoren erfassen und bestimmen. C_4H_{10}. Sie hatte immer noch kein Kommando von Becker erhalten, deshalb blieb sie in aufmerksamer Wartestellung. Die kleine Frau im Anorak, die sich vorhin auf sie gestürzt hatte, war weggelaufen, in den Wald hinein, den Berg hinunter. Gisela hatte sie eine Zeitlang mit dem Infrarot-Sensor verfolgt, dann aus dem Sichtfeld verloren. Es war auch gut, dass sie weggelaufen war. Denn so hatte die Frau von der Explosion nichts abbekommen und war vermutlich unverletzt geblieben. Das wiederum konnte Gisela von sich selbst nicht gerade behaupten. Sie war schwer lädiert. Sorgsam führte sie einen Kontroll-Check aller funktionserhaltenden Systeme an sich durch. Es sah nicht gut aus für sie. Außer ihren wichtigsten operativen Denkfunktionen und ein paar Perzeptoren war nicht mehr viel von ihr übrig. Wenn Becker Gisela einen Chip zum Seufzen eingebaut hätte, dann hätte sie jetzt geseufzt.

51

In der Hütte ergriff der Mann, der sich Emil Prokop nannte, als Erster wieder das Wort.

»Einfach nicht an den Apparat gegangen!«, rief er wütend. »Ich bin mir sicher, dass sie zu Hause war, die feine Frau Staatsanwältin. Das Brikett. Ja, so haben wirs gern. Ich wollte die Dame einbeziehen, weil sie ja eigentlich auch zum Team Jennerwein gehört, oder etwa nicht?«

Wieder schritt er zur Hüttentür, stieß sie voll Zorn mit dem Fuß auf und stellte sich in den offenen Rahmen. Vor der dunklen Hintergrundkulisse des Waldes erschien Prokop größer, als er war. Er hat schon wieder eine Bühne gefunden, dachte Maria. Diesmal spielt er den Rasenden. Jennerwein überlegte kurz, ob jetzt der geeignete Augenblick war, mit der Befreiungsaktion zu beginnen. Nein, es war besser zu warten, bis Prokop wieder hereinkam und er selbst in seiner Reichweite stand.

Prokop schlug mit der Faust an den Holzrahmen.

»Ich bin wahnsinnig enttäuscht von Ihnen allen«, sagte er kopfschüttelnd und blickte einen nach dem anderen angewidert an. »Ich kenn Sie gar nicht wieder. Dieser lasche Haufen soll das berühmte Team Jennerwein sein? Wo sind denn jetzt Ihre psychologischen Tricks, Maria? Und Becker, wo sind Ihre legendären technischen Möglichkeiten? Haben Sie gar nichts gefunden, um Kontakt zur Außenwelt herzustellen?«

Unsere Strategie, ihn ins Leere laufen zu lassen, funktioniert, dachte Maria. Er wird immer erregter. Unsere scheinbare Passivität macht ihn wahnsinnig.

Prokop stützte sich mit beiden Händen an den Türzargen ab, so dass er wie ein gerahmtes Gemälde des späten, düsteren Goya wirkte: *Wüstling mit Stirnband vor Supermond.*

»Die eine liegt besoffen da«, fuhr er fort, »der andere hat es im Kreuz wie ein Rentner, die dritte winselt mich wegen ihrem Mann an, die vierte wirft mit psychologischem Müll nur so um sich. Und dann unser Jennerweinchen!« Er zeigte auf den Kommissar. »Ich habe mich so darauf gefreut, meinen Helden einmal persönlich kennenzulernen. Und was habe ich vorgefunden? Einen unbeweglichen Zauderer mit roter Schnupfennase! Ja, worauf warten Sie denn eigentlich noch? Wo sind die berühmten entschlussfreudigen Aktionen? Wo die tollkühnen Überraschungsangriffe? Jennerwein, hallo, aufwachen! Team in Gefahr!«

Prokop lachte faunisch, geriet ins Husten, verschluckte sich dabei fast. Als er sich wieder in Pose stellte, um mit seiner Tirade fortzufahren, unterbrach ihn Verena Vitzthum.

»Emil, Sie haben es mir vorhin versprochen! Ich bitte Sie inständig: Rufen Sie jemanden wegen meinem Mann an! Oder lassen Sie mich das tun!«

Sie griff zu Prokops Handy, das vor ihr auf dem Tisch lag. Jennerwein bemerkte mit Schrecken, dass sie es hochnahm und eine Nummer eintippte.

»Was treibst du da?«, schrie Prokop. Wieder war er dabei, die Beherrschung zu verlieren.

»Ich will nicht mich retten, sondern meinen Mann!«, entgegnete Verena.

Mit zwei Schritten war er bei ihr, riss ihr das Handy aus der Hand und warf es durch die offene Tür hinaus ins Dunkel. Jeder im Raum konnte das leise Plopp hören, als es in einigen Metern Entfernung auf dem harten Schnee aufschlug. Verena Vitzthum starrte auf ihre leere Hand. Sie bemerkte, dass diese leicht zitterte. Doch plötzlich erschien ein hoffnungsvolles Schimmern in ihren Augen. Sie atmete tief durch und verschränkte die Hände wieder auf der Brust. Ihr war gerade eine Möglichkeit eingefallen, wie René doch noch überleben konnte. Auch wenn der Tank ganz vollief. Sie schloss die Augen und stellte sich den kleinen, unauffälligen Vorsprung links unterhalb der Tür vor. Die Rettung befand sich dort. Wenn René auf dieselbe Idee kam wie sie, dann konnte er vielleicht noch eine Stunde oder zwei aushalten. Aber auch in diesem Fall musste Jennerwein seinen Plan rasch ausführen.

Prokop knallte die Hüttentür zu, blieb aber in deren Nähe stehen.

»Ich sage es ganz offen: Sie verdienen nichts anderes, als ausgelöscht zu werden.« Er sagte es mit echter Verbitterung. »Sie alle, wie Sie dasitzen. Es werden bessere Teams kommen. Jüngere, wendigere. Sie gehören zum alten Eisen. Sie sind Geschichte. Und ich werde mit zu der Geschichte gehören, so oder so. Die eineinhalb Kilo Sprengstoff zünden noch weitere Ladungen, die ich in der Nähe versteckt habe. Es wird kein Zeuge übrig bleiben. Und ich werde mich davonmachen, keine Sorge –«

Maria unterbrach ihn.

»Emil, Sie haben uns jetzt genug vorgespielt. Sie sind nicht der, als den Sie sich ausgeben. Sie sind kein psychisch kranker Mensch nach Klassifikation C1/14 oder wie auch immer. Ich halte von diesen Schubladen ohnehin nicht viel.«

»Was bin ich also in Ihren Augen?«

Prokop fragte das mit großem Ernst. Marias Meinung schien ihn sehr wohl zu interessieren. Sie sandte einen winzig kleinen, fragenden Blick zu Jennerwein: so weitermachen? Jennerwein nickte ebenso unmerklich.

»Sie sind ein Wichtigtuer. Ja, ein Wichtigtuer. Die

alten, umgangssprachlichen Ausdrücke treffen es oft am besten. Bei Ihnen handelt es sich nicht um einen Defekt, Sie sind nicht krank, Sie sind charakterschwach, Emil Prokop, oder wie immer Sie auch heißen mögen.«

Prokop lächelte. Er hatte nach seinem Wutausbruch vorhin wieder zur alten, stoisch-zynischen Fassung zurückgefunden.

»So, ein Wichtigtuer«, sagte er leise. »Dann wird euch eben ein Wichtigtuer ausknipsen! Aber eine Sprengung, die zu einem sofortigen, schmerzlosen Tod führt, ist viel zu großzügig für euch. Ich habe ein Experiment vor. Ich möchte testen, wie belastbar ihr alle seid. Physisch und psychisch, wie man so schön sagt.«

Jennerwein straffte die Schultern. Das war der Moment, mit der Aktion zu beginnen. Prokop war durch Marias Intervention vollkommen abgelenkt. Er redete sich jetzt in Rage. Gleichzeitig wirkte er sehr erschöpft. Das war der gefährlichste Zustand, in dem sich ein Geiselnehmer befinden konnte. In dieser Phase neigte er zu katastrophalen Panikreaktionen, und Prokop war kurz davor. Jennerwein richtete sich auf, ein entschlossener Zug trat in seine Miene. Er hob die Hand, wie wenn er einen Orchestereinsatz geben wollte. Sein Team wusste, was jetzt kam, nämlich die konkrete Aufgabenverteilung, diesmal per Handzeichen.

Es hätte viel zu lange gedauert, jedem einzelnen die Kommandos zu übermitteln, es musste blitzschnell geschehen, und in der übernächsten Sekunde musste schon die eigentliche Aktion durchgeführt werden. Jennerwein war bereit. Alle waren bereit. Fast alle.

Denn bei jedem Schlachtplan, und sei er noch so ausgeklügelt, gibt es eine Bruchstelle, einen Schwachpunkt, den auch der ausgebuffteste Stratege nicht bedacht hat. Meistens bestand die Malaise aus menschlichem Versagen. Aber dass es ausgerechnet Ludwig Stengele war, der dem Druck nicht mehr standhielt und unter der Last der tödlich drohenden Gefahr zusammenbrach, hätte niemand voraussehen können. Ausgerechnet Stengele, der Superprofi, der schon so viele lebensgefährliche Einsätze schadlos überstanden hatte, der stahlharte Hund und muskelbepackte Haudrauf, ausgerechnet dieses scheinbar stärkste Glied in der Kette hatte jetzt ein Blackout. Im allerungünstigsten Zeitpunkt. Maria bemerkte es zuallererst. Stengele atmete verdammt schnell und flach, als ob er hyperventilierte, als ob er sich dagegen wehren wollte schlappzumachen, als ob er sich zusammenreißen wollte, das aber nicht schaffte. Stengeles Mundwinkel zuckten, und seine Hände verkrampften sich. Seine Augen wurden glasig, er blinzelte, sein Körper begann zu zittern. Nein, der hatte sich nicht mehr im Griff, der war auf keinen Fall einsatzbereit.

Verena Vitzthum bemerkte die unnatürlich flache und rasselnde Atmung Stengeles als Nächste. Stengele blinzelte angestrengt, seine Wangen röteten sich und – er weinte! Dicke Tränen liefen über seine Wangen. Schließlich brach es aus ihm heraus. Mit einem herzerweichenden, jaulenden Schrei schlug er sich auf den Kopf, raufte sich die Haare und heulte los.

»Ich wollte doch heute Abend gar nicht hier sein! Ich gehöre nicht mehr zu Team –«

Er streckte seine Hände flehentlich in Richtung Prokop. Der schüttelte nur ungläubig und enttäuscht den Kopf. Dann fixierte er den Allgäuer mit tiefer Verachtung.

»Du jämmerliche Figur!«, sagte er voller Abscheu. »Ich kann gar nicht glauben, was ich da höre!«

Stengele keuchte und richtete sich ein Stück auf.

»Bitte … machen Sie dem Ganzen ein Ende … ich kann nicht mehr …«

»Halts Maul, du Idiot. Und bleib auf deinem Stuhl hocken.«

Doch Stengele erhob sich jetzt. Mit einer erschreckend winselnden Stimme flehte er Prokop an:

»Bitte, bitte, lassen Sie wenigstens *mich* gehen. Ich bin seit zwei Jahren nicht mehr bei der Polizei. Ich gehöre wirklich nicht dazu. Ganz ehrlich. Bitte Emil, ich kann Ihnen Fluchtmöglichkeiten verschaffen. Auch Geld. Oder Waffen. Ich mache, was Sie wollen, aber lassen Sie mich hier raus!«

Er schob den Stuhl zurück und warf sich vor Prokop auf den Boden. Dann rutschte er auf den Knien zu ihm und versuchte, dessen Beine zu umklammern. Der wich kurz zurück, doch Stengele bekam ihn am Hosensaum zu fassen.

»Sie kennen mich als harten Kerl, aber das täuscht, das spiel ich nur dauernd, das schiebe ich nur vor, im Inneren –«

Stengele weinte jetzt wie ein kleiner Junge. Er plärrte, wischte sich die Tränen von den Wangen.

»Lassen Sie mich bitte gehen. Haben Sie Mitleid mit mir. Ich habe Ihnen doch nichts getan … Ich gehöre nicht mehr zum Team … diese windigen Beamtenköpfe …«

Prokop stieß den am Boden Liegenden hart mit dem Fuß zurück. Er trat noch zweimal nach. Stengele sank in sich zusammen, blieb auf dem Boden liegen und wimmerte und schluchzte weiter. Prokop schüttelte fassungslos den Kopf.

»Ich habe Ihnen doch nichts getan«, wiederholte Prokop und äffte Stengeles weinerlichen Ton nach. *»Ich gehöre nicht mehr zum Team!* Das ist ja unfassbar!«

Prokop bückte sich, um Stengeles Hände von seinen Hosenbeinen zu lösen. Dann trat er noch einmal zu. Der verächtliche Zug auf seinem Gesicht war einer wütenden Fratze gewichen.

52

*»♫ Stack banana till thee morning come
Daylight come and me wan' go home«*

»Du könntest mal was anderes auflegen«, sagte die Frau in der kleinen Garage. »Dieser Harry Belafonte hängt mir langsam zum Hals raus.«

Sie saß am Campingtisch und löste Kreuzworträtsel.

»Was denn?«, fragte der Mann unkonzentriert.

»Ein Weihnachtslied zum Beispiel. Es ist Weihnachten. Vergessen?«

Der Mann schwieg. Er schraubte an der Drohnensteuerung, programmierte dies, programmierte das, hackte auf der Tastatur herum, starrte auf den Bildschirm und zeigte dabei einen Gesichtsausdruck, als ob er kurz vor der Lösung des Problems stünde. Dazwischen blitzte immer wieder tiefe, verbissene Verzweiflung auf. An der Wand hingen vergilbte Streckenkarten der Flugrouten Frankfurt-Kapstadt. Doch die halfen ihm jetzt auch nicht weiter.

Aber der Mann blieb hartnäckig. Vielleicht lag es an dieser verflixten Schaltung. Oder an dem verfluchten Algorithmus … Er tippte eine Reihe von Zahlen ein. Mit einer niedrigeren Frequenz, die unter dem normalen Funkverkehr lag … Er unterbrach. War da nicht ein Kratzen an der Tür gewesen? Jetzt schon wieder. Auch die Frau hatte es gehört. Sie öffnete vorsichtig.

»Na, hab ichs mir doch gedacht!«, rief sie und bückte sich auch schon, um den Kater auf den Arm zu nehmen. Dann zuckte sie zurück, sie sah die Blutspur, die das Tier hinter sich herzog. Es hatte eine Maus gefangen, schlich sich jetzt mit wachsamen, blitzenden Augen in eine Ecke und verzehrte sie schmatzend.

»Dein Weihnachtsbraten!«, sagte die Frau zu der Katze. »Lass ihn dir schmecken!«

»Wenigstens der Kater ist wieder zurück«, sagte der Mann, stand vom Computer auf, reckte sich und betrachtete das raubgierige Geschöpf, das sich mit unbezähmbarem Blutdurst über seine winterliche Beute hermachte. »Da wird sich Tobias aber freuen. Sollen wir ihn anrufen?«

»Nein, es ist viel zu spät. Jetzt schläft er sicher schon. Gleich morgen früh überbringen wir ihm die frohe Botschaft.«

Beide betrachteten das Naturschauspiel, zwar ein wenig angeekelt, aber doch fasziniert. Die Katze fraß sich um die Mäusegalle herum, hatte schließlich alles aufgeputzt und ließ nur die winzigkleine Innerei liegen.

»Jetzt müssten wir bloß noch wissen, wo die Drohne steckt«, sagte die Frau. »Hast du denn was erreicht mit der Bastelei?«

Der Mann schüttelte den Kopf.

Niemand achtete auf den Bildschirm. Während sie weiter der Katze zusahen, erschien dort eine unauffällige Anzeige: >`Verbindung hergestellt`<. Dann tauchte der Oberkörper eines lockenköpfigen Mannes mit Stirnband auf, unscharf und verschwommen, wegen des flackernden Kaminfeuers mit gespenstischen Schatten im Gesicht, aber es war eindeutig Emil Prokop. Er beugte sich gerade hinunter zu einer Gestalt am Boden, die nicht zu sehen war und die ihn anscheinend umklammerte. Dann schoben sich die Hände von Kommissar Jennerwein ins Bild, sie deuteten strikt militärisch und von maschinenartiger Präzision zu jedem der am Tisch Sitzenden: DU!, >///://– – –///<, DU! ///– → =/?// und DU!. Das Ganze ging so rasend schnell, als hätte Karajan einen Allegrettoeinsatz bei Vivaldi dirigiert. In der nächsten Sekunde sprangen mehrere Leute, die man vorher nicht gesehen hatte, auf, sie fuchtelten wild mit den Händen, tauschten die Plätze, fielen zu Boden, umklammerten sich, veranstalteten einen grotesken und stummen Tumult – der Ton war nicht angeschaltet. Schließlich erschien Prokops entsetztes, wütendes Gesicht, die Augen traten ihm fast aus den Höhlen, und er hatte den Mund so weit aufgerissen, dass man meinte, eine hässliche Holzlarve vor sich zu haben. Dann ein Lichtblitz, der alles in grelles Weiß tauchte. Der Monitor flackerte. So schnell die Verbindung aufgebaut worden war, so schnell war sie verschwunden. Alles war schwarz.

»♫ *Daylight come and me wan' go home*«

»Immer noch kein Bild«, sagte der Mann, als er wieder vor den Computer trat. »Es gibt einfach keine Verbindung.«

»Gehen wir ins Bett«, sagte die Frau. »Komm, Miezi.«

53

Strategisches Hundzeichen ›Ablenkungsmanöver‹: die flache Hand mit gespreizten Fingern und der Handfläche nach außen senkrecht hochhalten und eine schnelle Wischbewegung nach unten damit durchführen.
(Quelle: NATO, Military Symbols and Signs)

Eigentlich hätte es ja Dr. Rosenberger machen sollen. Das war Jennerweins erster Gedanke gewesen, als es galt, Prokop abzulenken, um die strategischen Zeichen zum Angriff zu geben. Für Rosenbergers Einsatz sprach, dass es einen Film gab, *Die Kanonen von Navarone*, einen Kriegsschinken aus den sechziger Jahren mit Stars wie David Niven, Gregory Peck und Anthony Quinn, von dem Jennerwein wusste, dass ihn der Oberrat gesehen hatte. Sie hatten sich einmal über seine Lieblingsszene unterhalten, in der sich Anthony Quinn, der knochenharte Hund, bei einem Täuschungsmanöver winselnd in den Staub wirft, worauf sich die bösen Nazis täuschen lassen und überwältigt werden konnen. (Die titelgebenden Kanonen von Navarone fliegen darauf spektakulär in die Luft, wie es sich für einen Actionfilm gehört.) Hier in der Hütte sollte ein ähnliches Ablenkungsmanöver gestartet werden, wobei sich Jennerwein dann doch für Ludwig Stengele als Misdirector, als Ablenker und Nebelkerzenwerfer entschieden hatte, weil Prokop genau das vielleicht am wenigsten erwartete. Und Stengele hatte das hündische Winseln und Jämmerlich-im-Staub-Liegen geradezu perfekt gespielt, sogar mit echten Tränen, absolut überzeugend, filmreif! Jennerwein hatte in den paar Sekunden, die Prokop damit beschäftigt war, den ekelhaften Feigling abzuschütteln, genug Zeit gehabt, die Zeichen an die Teammitglieder weiterzugeben. Stengele hatte sich furchtbar gut erniedrigt! Und Prokop war darüber so überrascht, enttäuscht und wütend gewesen, dass er ein paar Sekunden unaufmerksam war. Jeder hatte jetzt einen speziellen Handgriff durchzuführen. Nur das Feuer im Kamin hatte keine andere Aufgabe als zu brennen.

Der Plan: Hölleisen sollte Greg ruhigstellen, Rosenberger und Becker sollten Verena Vitzthum aus dem Rollstuhl heben. Gleichzeitig musste Maria den Vorhang zu einem der hinteren Fenster auf die Seite ziehen. Nicole und Stengele hatten die verantwortungsvollste und schwierigste Aufgabe. Sie mussten den leeren Rollstuhl auf beiden Seiten packen und ihn durch das geschlossene Fenster hinaus in den Abgrund schleudern. Jennerwein schließlich würde Prokop mit dem Spitzstichel ausschalten. Die ganze

Aktion, vom ersten Einsatzzeichen an bis zum letzten Griff, durfte nicht länger als vier oder fünf Sekunden dauern.

Hölleisen näherte sich Greg rasch und leise. Blitzartig packte er ihn mit einer Hand am Hinterkopf, mit der anderen hielt er ihm den Mund zu. Greg zappelte und versuchte, sich dem Griff zu entziehen. Er prustete und schlug um sich, doch der Polizeiobermeister (Jennerwein hatte ihn wegen seiner Riesenpranken ausgewählt) konnte die Geräusche auf ein Minimum reduzieren. Dann riss Hölleisen den rothaarigen Mann im Trainingsanzug zu Boden und behielt ihn dort im Schwitzkasten. Über ihm flogen die Fetzen. Stühle stürzten um, Gläser zersplitterten auf dem Tisch, Scherben prasselten auf ihn nieder. Eine Glasscheibe barst und kurz darauf – verdammt nochmal! – wieso so kurz darauf??? – vernahm Hölleisen einen lauten Knall. Die Explosion nahm ihm fast den Atem. Obwohl er die Augen fest geschlossen hatte, verspürte er den grellen, scharfen Lichtblitz. Er befand sich im Zentrum der Explosion. Das war das Ende. Die Operation war misslungen.

Kurz zuvor hatten sich Rosenberger und Becker auf ihre Aufgabe konzentriert. Ihre Muskeln waren gespannt bis zum Zerreißen. Nachdem Hölleisen Greg überwältigt hatte, schnellten sie von ihren Stühlen hoch, die krachend nach hinten umstürzten. Verena Vitzthum hatte die Arme schon ausgestreckt, die beiden Männer packten die Frau unter den Schultern, und mit dem laut geschrienen Kommando Hebt – an! zerrten sie sie aus dem Rollstuhl, rissen sie hoch in die Luft und zogen sie über den Tisch. Gläser stürzten krachend um, Porzellan zerbarst, alle drei fielen polternd auf den Boden und gingen dort in Deckung. In der nächsten Sekunde splitterte schon das Fensterglas. Ein unglaubliches Glücksgefühl breitete sich in Verena aus. Es hatte geklappt. Der verdammte Rollstuhl, auf dem sie den ganzen Tag gesessen hatte, war aus dem Fenster geworfen worden! Doch dann hörte sie den entsetzlichen Knall, der viel zu schnell erfolgte. Die Druckwelle erfasste sie und riss sie nach hinten. Die Sprengladung musste noch im Fenster hochgegangen sein, ihr Rollstuhl war vermutlich im Rahmen hängengeblieben. Schmerzensschreie ertönten um sie herum. Der Plan war misslungen. Und René war verloren.

Wenige Sekunden vorher hatte Maria von Hubertus die Aufgabe zugewiesen bekommen, den großen Vorhang aus dickem Stoff beiseitezuziehen. Sie glaubte zu wissen, was Hubertus vorhatte. Als Hölleisen an ihr vorbei auf Greg zugestürzt war und ihm den Mund zuhielt, sprang sie auf und riss so stark an dem Stoff, dass er aus den Ringen sprang. Er fiel auf sie herunter und nahm ihr die Sicht. Sie hörte Gläser- und Porzellangeklirr vom Tisch her, dann, direkt über sich, ein Krachen, als ob ein schwerer Gegenstand aus dem Fenster geworfen worden wäre. Der Rollstuhl! Und mit ihm auch die Bombe. Maria rappelte sich auf, sie versuchte, sich aus dem Vorhang zu strampeln, da wurde sie von einem Lichtblitz geblendet, der ihr mit einem schmerzhaften Brennen in die Augen fuhr. Eine Explosion! Und gleich darauf ein unheilvolles Krachen in der Wand und im Deckengebälk über ihr. Ein kalter Lufthauch umfing sie. Als sie die Augen aufriss, sah sie, was geschehen war. Sie erstarrte.

Als Nicole endlich aus ihrer Rolle der schnarchenden Säuferin geschlüpft war, verwandelte sie sich schlagartig in eine funkensprühende Kampfmaschine. Sie sprang auf, um das Rollstuhlrad auf ihrer Seite zu ergreifen. Dabei streifte ihr Blick Prokop, der sich gerade zum Tisch umwandte, um zu sehen, woher der Lärm kam. Beide sahen sich für Sekundenbruchteile an. Nicole wandelte die zornige Energie in Muskelkraft um. Sie und Stengele packten gleichzeitig zu. War der Allgäuer verletzt? Sein Gesicht war blutverschmiert. Sie schrien gemeinsam: Und – hoch! Jetzt musste der Rollstuhl mit großer Wucht aus dem Fenster geworfen werden. Der Rahmen war nicht übermäßig groß, der Stuhl passte knapp durch, es musste auf Anhieb gelingen. Die Gerichtsmedizinerin würde direkt in den Armen von Rosi und Becker landen. Hölleisen lag mit Greg schon am Boden, Prokop jedoch, so viel konnte sie erkennen, starrte in ihre Richtung, und seine Augen hatten sich zu schmalen, wutentbrannten Schlitzen verengt. Nicole wusste, dass er jetzt versuchte, diese üble Brain-Computer-Interface-Nummer durchzuziehen und den Sprengstoff per Gedankenübertragung zu zünden. Vielleicht bluffte er auch nur, aber das konnten sie nicht riskieren. Die Sprengladung draußen im Wald war schließlich auch hochgegangen. Aber jetzt! Sie schrie sich die Seele aus dem Leib: UND – WURF! Der Rollstuhl flog durchs Fenster. Geschafft. Er würde nach unten stürzen und seine tödliche Wirkung weitab von der Hütte entfalten. Doch schon im selben Moment gab es einen großen, hellen Knall. Eine heiße Druckwelle erfasste Nicole, sie spürte einen heftigen Schlag an der Brust. Tausende von Nadeln stachen sie ins Gesicht, sie blickte nach oben, die Decke kam auf sie zu. Dann wurde sie nach hinten geschleudert, an die gegenüberliegende Wand. Dort fiel sie zu Boden. Alles umsonst. Der Plan war fehlgeschlagen.

Ein paar Sekunden vorher saß Greg starr vor Schreck auf seinem Stuhl. Am liebsten hätte er sich ebenfalls vor Prokop auf die Knie geworfen, genauso wie dieser Allgäuer, der überraschenderweise Nerven gezeigt hatte. Plötzlich bekam er keine Luft mehr. Eine grobe Hand verschloss seinen Mund. Dieser bisher so sympathische Dorfpolizist (er nannte Hölleisen insgeheim so) hatte ihn angegriffen und drückte ihn auf den Boden – warum denn das auf einmal? Waren hier alle verrückt geworden? Greg schluckte und hustete. In was war er da nur hineingeraten! Er schickte ein kurzes Stoßgebet zum Himmel. Zusätzlich einen stummen Fluch. Er hörte ein teuflisches Klirren, kurz darauf einen großen, ohrenzerfetzenden Knall. Irritiert blickte er an die Decke. Er sah den klaren Nachthimmel über sich.

Einige Augenblicke vorher hatte noch vollkommene Ruhe in der Hütte geherrscht. Prokops Enttäuschung über den winselnden und wehleidigen Kerl, der an seinen Beinen hing, verwandelte sich in blanke Wut. Er hatte sich vorgestellt, mit Heroen zu kämpfen, um selbst Held zu werden. Jetzt eine Enttäuschung nach der anderen. Er wandte sich ab und fluchte. Stengele hielt sich an seinem Bein fest. Er trat ihm mit dem anderen Fuß ins Gesicht, Stengele jaulte auf wie ein Hund. Und nochmals. Und nochmals. Zornig wandte er sich ab und drehte sich zum Tisch. Aber was war das! Eine heiße Welle von Angst und Schrecken durchzuckte ihn. Alle waren vom Tisch aufgesprungen und begannen gerade, wild und scheinbar undiszipliniert durcheinanderzuschreien. Ein Veitstanz! Einige hatten die Arme in die Höhe gerissen, Prokop imitierte die Geste unwillkürlich. Verena Vitzthum stürzte über den Tisch auf zwei Teammitglieder zu. Und jetzt erst begriff er. Sie hatten ihn reingelegt. Die waren nicht etwa wütend auf Stengele, der am Boden lag, die waren nicht außer Rand und Band, sondern … Und Stengele lag auch gar nicht am Boden. Er stand plötzlich wieder neben dem Tisch und begann, den leeren Rollstuhl in die Höhe zu stemmen … Stengeles Gesicht war blutverschmiert … Er und Nicole brüllten: Und – hoch! Die entsetzliche Erkenntnis durchfuhr ihn wie ein Blitz. Sie hatten ihn geleimt. Wut, Verzweiflung, Trauer, Selbstmitleid, eine bittere Melange der allerschlechtesten Gefühle durchfuhr ihn. So sollte das nicht laufen. Jetzt musste er handeln. Während er zur Tür robbte, zündete er die einzige Waffe, die ihm zur Verfügung stand. Er konzentrierte sich. Er hat das oft geprobt, und immer hatte es geklappt. Er stellte sich einen Punkt vor, der plötzlich anschwoll und zu einer Kugel wurde, die immer größer wurde und sich rasend ausbreitete. Die Kugel war schon bei ihm angelangt, sie trug ihn mit sich, weit weg von hier, und endlich ertönte der Knall, der große und befreiende Knall. Er hatte es geschafft. Er hatte diese verdammten Idioten in die Hölle geschickt. Emil Prokop lag draußen im Schnee und verspürte den eiskalten Hauch der klaren Mondnacht. Schnell rappelte er sich auf und verschwand im Schatten der Bäume.

Stengele spürte, wie sich die Schuhspitze von Prokop in seine Augenhöhle bohrte, er fühlte einen stechenden, widerlichen Schmerz. Der Kerl hatte ihn empfindlich getroffen. Stengele versuchte, sich zu orientieren, doch er konnte rechts überhaupt nichts mehr sehen und links nur noch verschwommen. Das Blut, das ihm in die Augen rann, schmerzte, doch für den Schmerz hatte Stengele jetzt keine Zeit. Er sprang auf, Nicole wartete sicher schon auf ihn, auf der anderen Seite des Rollstuhls. Als er sich aufrichtete, bemerkte er, dass er nicht mehr fähig war, sich zu orientieren. Er war so gut wie blind. So ging es nicht. Er musste es anders machen. Er hatte doch das Innere der Hütte vorher mehrmals gecheckt. Er hatte ein Bild von ihr im Kopf. Stengele schloss die Augen. Unsicher tastend griff er dorthin, wo er das linke Rad des Rollstuhls vermutete. Er konnte es nicht gleich fassen, er musste nachgreifen. Jetzt hatte er eine Speiche in der Hand. Und das Fenster? Das musste sich schräg über seiner Schulter befinden. Er hörte Nicoles Stimme. Und – hoch! Stengele versuchte, sich zu konzentrieren. Es klappte. Gleich kam das andere Kommando. Nicole schrie es heraus. Ihre Stimme überschlug sich. UND – WURF! Stengele legte all seine Kraft in die Aktion. Er hörte das Fenster splittern. Dann explodierte etwas in Stengeles Kopf, und er stürzte zu Boden.

Nachdem Jennerwein das endgültige Handzeichen zum Start der Operation gegeben hatte (Daumen, Zeige- und Mittelfinger ausgestreckt, dann eine schnelle Handbewegung von oben nach unten), hatte Jennerwein den Eindruck, als ob das Räderwerk einer Maschine plötzlich zu arbeiten begonnen hätte, rasend schnell und enorm zielgerichtet. Kommandos wurden gebrüllt, Menschen flogen über den Tisch, Stühle stürzten um, ein Vorhang wurde aus der Halterung gerissen – und ein Rollstuhl knallte scheppernd an den Fensterrahmen. Er blieb dort mit einem Rad hängen und kippte langsam, viel zu langsam nach außen. Jennerwein überlegte nicht lange. Er hechtete zum Tisch, flankte darüber und trat mit dem Fuß heftig an den Rollstuhl. Geschafft. Geschafft? Er fasste den Spitzstichel fester, den er immer noch in der Hand hielt. Dann bekam er einen Schlag auf den Kopf, der ihn zu Boden schleuderte. Die Wand! Die Rückwand der Hütte brach krachend auf und neigte sich nach außen! Als er nach oben blickte, sah er, dass das Dach halb weggesprengt worden war. Werkzeug, Bretter, altes Gerümpel aus dem Speicher stürzten auf ihn herunter. Ein Ski kam mit der Spitze voraus auf ihn zu.

54

Die Voraussagung des mittelalterlichen Propheten Nostradamus für Mittwoch, den 17. Dezember des Jahres 1980, lautete: »Der junge Löwe holt zum Prankenschlag aus, haut aber nicht zu. / Das bereitet dem alten Löwen größere Schmerzen als ein Schlag.« Die Prophezeiung aus dem fernen Jahr 1553 war wie immer ein bisschen nebulös, aber vielleicht hatte sie ja den Bomber zur heutigen Attacke inspiriert. Wer wusste das schon so genau, woher er seine Anregungen bezog.

Einige Schüler und Lehrer hatten sich in der letzten Woche des Schuljahres 1980 krankgemeldet, andere hielten trotzig aus und spekulierten weiter. Sie hatten sich mit den täglichen Überraschungen abgefunden. Viele hatten sich heute mit Nasenklammern und Erfrischungstüchern bewaffnet, einige trugen Atemschutzmasken und (vom Direktorat ausdrücklich genehmigte) Motorradhelme. In der Schule vergingen die ersten fünf Stunden ohne Zwischenfälle, gleich am Anfang der sechsten aber hob sich der Vorhang zu einem neuen Akt des Schreckens. Denn in jedem Klassenzimmer knisterte, knackte und spotzte es plötzlich aus dem Durchsagenlautsprecher. Dann hörte man eine markante männliche Stimme:

»Hier spricht – *(lange, effektvolle Pause, dann:)* – der Bomber!«

Alle waren wie elektrisiert. Die Worte waren so richtig Edgar-Wallace-mäßig hingeknallt, nur dass in diesem Fall nicht der Hexer, sondern der Bomber sprach. Alle saßen gebannt in den Schulbänken mit ihren lächerlichen Schutzvorrichtungen, und dann kam der Angriff aus einer ganz anderen Richtung! Nämlich aus dem Direktorat. Man hörte mit Erstaunen, dass es die Stimme von Wenzel war, dem dritten Direktor. Der sprach immer die Durchsagen. Aber OStD Alwin Wenzel und der Bomber? Das konnte nicht sein. Nach einem weiteren Knacken hörte man:

»Weihnachten rückt näher, liebe Freunde, es sind nur noch wenige Tage bis dahin –«

Klar, das war hundertprozentig die Stimme von Wenzel, aber irgendwie anders als sonst. Unnatürlicher und abgehackter. Nach viel ungläubigem Staunen und Kopfschütteln kamen die Ersten darauf, was hier geschehen war. Jemand hatte während des Jahres die Durchsagen von Wenzel aufgenommen und die Texte zusammengestückelt, jetzt spielte er sie ab. Im

Sekretariat musste also ein laufendes Tonband vor dem Mikrophon stehen.

> »Ich \ hoffe, \ Ihr \ hattet \ alle \ viel \ Spaß \ bisher, \ bei \ unserem \ Gang \ durch \ die \ Welt \ der \ Düfte \ und \ Gestänke. \ Bis \ zum \ Heiligen \ Abend \ habe \ ich \ noch \ einige \ Überraschungen \ für \ euch –«

Zu diesem Zeitpunkt saßen die drei Direktoren und mehrere Fachbereichsleiter in einer Besprechung. Am Mittwoch fand immer die wöchentliche Direktoratssitzung in einem leeren Klassenzimmer statt, das Sekretariat war dann verwaist. Mit von der Partie war die Chefsekretärin, Fräulein Nächtlich. Sie bestand auch auf dieser Anrede ›Fräulein‹ und verteilte an alle Schüler Bonbons. Als die Lautsprecheransage ertönte, sprang sie zusammen mit den drei Direktoren auf, gemeinsam rannten sie durch die Gänge. Im Laufen sagte der erste Direktor zum zweiten:

»Das ist doch völlig unmöglich, wir haben doppelt zugesperrt!« »Und wir können es ja nicht gewesen sein«, keuchte der zweite Direktor zum dritten.

Fräulein Nächtlich war außer Atem, sagte nichts, japste nur unverständliche Ausdrucke. Schließlich sperrte der erste Direktor die doppelt verschlossene Tür auf, aber niemand befand sich in den Büros. Außerdem war das Durchsagenmikrophon gar nicht eingeschaltet. Sie brauchten eine halbe Ewigkeit, um herauszufinden, wie der Bomber das hinbekommen hatte. Im Vorzimmer des Sekretariats, das jeder betreten konnte, befand sich ein Steckkästchen, das die Mikrophonanlage über das ganze Schulhaus verteilte. Für einen geschickten Bastler war es durchaus möglich, ein noch kleineres Kästchen dazwischenzuschalten, das die vorweihnachtliche Botschaft in die Welt des Schulhauses schickte. Momentan ließ der Bomber Herrn Wenzel sagen:

> »Ich rate jedem von euch, stets eine Stinkbombe in der Tasche zu tragen. Ihr braucht sie gar nicht zu werfen. Ihr werdet euch sicher und leicht fühlen. Vor dem Lehrer. Vor den Eltern. Vor den Mitschülern. Vor den Verwandten …«

Er hatte sehr viel Text zusammengeschnitten, das Tonband lief herrlich lange. Es folgten nun Tipps, wie man Bomben selbst herstellen kann. (Tinte auf Schulkreide tropfen, sehr eklig.) Schließlich wies er auf einen Sonderservice hin. Am Schulausgang hätte er heute einen Tisch mit Fläschchen vorbereitet, an dem sich jeder nach Gusto bedienen könne … Nach langem, angestrengtem Suchen entdeckten die drei Direktoren, Fräulein Nächtlich, das Hausmeisterehepaar und der Detektiv das zwischengeschaltete Modul und klemmten es ab. Egal, das Wesentliche war schon gesagt. Der Detektiv inspizierte die Vorrichtung und war der Meinung, dass einer der vielen Boxenbastler der Täter sein musste. Das war natürlich völliger Quatsch, aber trotzdem kam Gunnar Viskacz aus der 11a in Verdacht. Es war ein Klassenkamerad von Hubertus Jennerwein. Der Hi-Fi-Freak wurde sofort ins Direktorat zitiert und befragt, er stritt die Tat aber entrüstet ab. Die drei Direktoren versteiften sich immer mehr auf den armen, unschuldigen Viskacz, er wurde den ganzen Nachmittag über festgehalten, dann heimgeschickt, dort wartete schon die Polizei auf ihn. Während sie auf ihn einredeten, klingelte es. Schwerfällig erhob sich Hölleisen senior. Auf der Fußmatte lag ein Zettel.

»Da schau her«, sagte der Gendarm. »Eine Nachricht.«

»Und wie lautet die Nachricht?«, fragte Gunnars Vater.

»Es ist schlecht zu lesen. Verschmierte Druckbuchstaben. *Gunnar wars nicht. Der Bomber.*«

Die Polizei zog wieder ab, aber es blieb etwas Schmutz an Viskacz kleben. Und er hatte den psychologischen Knacks des Leveling-Effekts weg: Ein zu Unrecht Beschuldigter hat das Bedürfnis, eine Straftat zu vollbringen, um sozusagen wieder auf null zu sein. Was niemand damals ahnte: Viskacz sollte viel später tatsächlich auf die schiefe Bahn geraten und eine kriminelle Tat begehen. Aber was damals schon einige ahnten: Ein Schüler aus seiner Klasse sollte Polizist werden und diesen Fall aufklären.

Die bereitstehenden Stinkbombenfläschchen am Schulausgang waren schneller weg als reduzierte Badelatschen beim Sommerschlussverkauf. Jeder freute sich über das Schildchen: »Selbstbedienung! Habt Spaß! Schöne Weihnachten!« Die Klassenleiter konnten die Schüler nicht mehr daran hindern, hinauszulaufen und den Tisch zu plündern. Die ersten Stinkbomben wurden schon ein paar Meter weiter auf den Asphaltboden des Schulhofs geworfen. Sogar Lehrer und Lehrerinnen machten mit. Auch eine, von der man das gar nicht erwartet hätte. Daraufhin angesprochen, sagte die feine Frau Haage (pfirsichfarbene Seidenbluse mit Schößchen und Plisseerock):

»Ich wollte das verdammte Ding bloß loswerden.«

Sie sagte es auf Französisch. Und auch diesmal klang es wieder sehr elegant.

55

Der Geist war aus der Flasche. Nach dem BCI-Kommando von Prokop begannen die wütenden Kräfte, die in den eineinhalb Kilo Sprengstoff eingesperrt gewesen waren, ihre zerstörerische Wirkung zu entfalten. Sie atomisierten die stabile Box, in der das Kästchen aus Acryl steckte, verloren dabei allerdings schon etwas an Energie. Verena Vitzthum hatte Prokop am frühen Nachmittag dazu überreden können, den Rollstuhl zu wechseln und statt des leichten, modernen Gefährts den alten zu verwenden. Sie hatte ein paar fadenscheinige medizinische Gründe wie bessere Ergonomie und wärmere Polsterung vorgeschoben, Prokop hatte den Braten nicht gerochen. Denn in Wirklichkeit steckte unter dem Sitz des alten Stuhls eine Transportbox aus dickwandigem Edelstahl. Die hatte sie sich einbauen lassen, als sie noch in der tropenmedizinischen Abteilung arbeitete und hochinfektiöse Proben zu transportieren hatte. Die Transportboxen mussten superstabil sein, weil Dutzende davon aufeinandergestapelt wurden. Wer weiß, wofür es gut ist, hatte sie noch gedacht. Und jetzt war es für etwas gut gewesen. Der Sprengsatz hatte tatsächlich einen wenn auch geringen Teil seiner Energie verloren. Wäre er in der Hütte losgegangen, hätte es immer noch dafür ausgereicht, die Einrichtung samt Insassen zu zerstäuben. Aber der Rollstuhl war außerhalb des Fensters explodiert, viel wütende Energie hatte sich in den eisernen Gestängen festgebissen. Doch der Dschinn, den Prokop losgeschickt hatte, war selbst im Hinunterstürzen in den Abgrund immer noch stark genug gewesen, die hintere Hüttenwand aus der Bodenverankerung zu reißen. Der Rollstuhl war einen Augenblick zu lang im Fenster hängen geblieben, Stengele hatte durch seine eingeschränkte Sehfähigkeit nicht millimetergenau zielen können. Jennerweins Plan war im Großen und Ganzen aufgegangen, aber eben nicht vollständig. Die hintere Hüttenwand kippte nun langsam Richtung Abgrund und stürzte lautlos in die Tiefe. Der Dachboden der Hütte, der zwei seiner Trägerstützen verloren hatte, senkte sich herab, die Decke der Stube drohte mitsamt dem ganzen Dachfirst einzustürzen und alles unter sich zu begraben.

Maria Schmalfuß riss sich den Vorhang, in den sie sich verheddert hatte, vom Leib. Als sie sich endlich befreit hatte, schnappte sie keuchend nach Luft. Sie bekam einen Hustenanfall wegen des umherfliegenden Staubs. Mit schmerzverzerrtem Gesicht fasste sie sich an die Ohren, eine laute Sirene schrillte in ihrem Kopf, so sehr hatte der Knall ihr Trommelfell malträtiert. Sie musste so schnell wie möglich raus aus dieser Hütte. Doch als sie die Augen öffnete, machte sie eine entsetzliche Entdeckung. Dort, wo gerade noch das Rückfenster gewesen war, dessen Vorhang sie heruntergerissen hatte, befand sich nichts mehr, rein gar nichts mehr. Maria begriff es nicht gleich. Absurd langsam wurde ihr bewusst, in welcher Lage sie sich befand. Sie stand eine Armlänge vom Abgrund entfernt. Unter ihr gähnte die Tiefe. Trotz der Schneeflocken, die sie umwirbelten, starrte sie mit angstvoll geweiteten Augen hinaus in die Nacht, ein kalter, stoßweiser Wind pfiff dazu ein hämisches Lied. Doch statt sich panisch schnell umzudrehen und von der Gefahr wegzulaufen, blieb sie wie angewurzelt stehen. Im Gegenteil, sie beugte sich mit dem Oberkörper sogar vor, als ob der Schrecken dadurch verschwinden würde oder wenigstens weniger grässlich wäre. Sie war nicht mehr imstande, klar zu denken, die Gesetze der Logik spielten keine Rolle mehr. Sie beugte sich noch ein Stück weiter vor. Ein heißer Schwall von Angst und Entsetzen überkam sie, klatschnass klebte ihre Kleidung am Körper, sie hatte das Gefühl, dass ihr heißes Wasser aus allen Poren schoss. Was sie theoretisch in vielen neunmalklugen Abhandlungen über Akrophobie gelesen hatte, spürte sie jetzt lebensbedrohlich und aus allernächster Nähe. Höhenangst war nicht etwa die Angst hinunterzustürzen, sondern ganz im Gegenteil das brennende Bedürfnis, sich fallenzulassen. Trotz des Schneegestöbers, das immer stärker wurde, erkannte sie unten, weit unten, undeutlich einen glitzernden Bach, dazu eine riesige Tanne, die bis zur Hälfte der Felswand heraufreichte, sie erkannte schemenhaft schneebedeckte Hügel und Bäume, und plötzlich breitete sich ein wohliges Gefühl der Geborgenheit in ihr aus. Sie wollte springen und sich treiben lassen. Sie wollte durch die stillen Lande fliegen, als flöge sie nach Haus. Maria Schmalfuß stand am Rand, schwankte schon bedenklich, die Lust, loszulassen, nahm überhand und hatte sie schon fast vollständig erfasst. Da spürte sie plötzlich eine grobe Hand am Oberarm.

»Frau Doktor, was machen Sie da!«

Hölleisen stand neben ihr und zerrte sie vom Abgrund weg. Er schrie ihr ins Ohr.

»Kommen Sie schnell da weg, wir müssen raus aus der Hütte. Sie fällt gleich in sich zusammen.«

Maria kniff die Augen zu. Äußerst widerwillig ließ sie sich wegziehen. Das Pfeifen in ihren Ohren ließ nicht nach. Was hatte Hölleisen da gerade geschrien?

Jennerwein rappelte sich vom Boden auf. Schnell drehte er den Kopf zur Hüttentür. Sie hing schief in den Angeln und stand offen. Wo war Prokop? Er befand sich jedenfalls nicht mehr in der Hütte, das zeigte ihm ein kurzer Blick. War die Gefahr dadurch gebannt? Egal, zuerst musste er sich um sein Team kümmern und feststellen, wer verletzt war. Hölleisen kam in Jennerweins Blickfeld. Der Polizeiobermeister zog Maria Schmalfuß von der aufgerissenen Wand weg, quer durch den demolierten Raum, sie stolperten über die Trümmer, hin zur Tür, Maria schien völlig orientierungslos. Hölleisen stieß sie grob hinaus ins Freie. Dann eilte er zu Greg, der bewusstlos am Boden lag, packte ihn an den Füßen und zog ihn ebenfalls hinaus in den Schnee. Jennerwein fasste sich an die Ohren. Das Sausen und Pfeifen, das die Explosion verursacht hatte, war schier unerträglich. Er atmete durch, konzentrierte sich und sah sich im Raum um. Sein Blick streifte den Ofen. Wie zum Hohn stand er immer noch an der Wand der Stube, ein gemütlich flackerndes Feuer brannte darin, das Ofenrohr war unbeschädigt und reichte die Seitenwand hinauf zur Zimmerdecke, in der es verschwand. Doch die Deckenbretter ächzten, manche wölbten sich nach unten, das Dach würde nicht mehr lange halten. Er hatte nur noch wenige Sekunden.

Zu allem Überfluss trieb eine starke Windbö dickflockige Schneeflocken ins offene Zimmer und trübte die Sicht erheblich. Doch Jennerwein hatte mit Entsetzen erkannt, dass Verena, der Oberrat und Becker unter dem zusammengebrochenen Tisch eingeklemmt waren.

»Hölleisen, hierher!«, schrie Jennerwein. »Helfen Sie mir, die Trümmer wegzuräumen.«

Jennerwein spürte, dass seine Schulter schmerzte. Jetzt erinnerte er sich erst wieder, er hatte vorhin einen starken Schlag abbekommen. Doch dann war Hölleisen zurück. Er deutete auf seine Ohren, schrie etwas, Jennerwein verstand es nicht. Er wies auf das Knäuel Menschen, das am Boden lag. Gemeinsam zogen sie die drei stöhnenden Gestalten aus dem Schutt, zuerst die Gerichtsmedizinerin, die mit einem kurzen Nicken bestätigte, dass sie okay war.

»Tragen Sie Verena hinaus!«, schrie Jennerwein. »Beeilung!«

Im Holzboden hatte sich schon ein großer, hässlicher Riss aufgetan. Nicht nur die Decke drohte einzubrechen, es bestand auch die Gefahr, dass sie alle in den Keller mit den historischen Waffen stürzten. Der Schneefall wurde stärker, deshalb konnte Jennerwein seine Umgebung nur noch schemenhaft erkennen. Trotzdem tastete er sich langsam in Richtung Rosenberger und Becker vor. Das Feuer in dem unversehrten Kamin brannte immer noch, wie ein kleiner, höhnischer Gruß aus der Hölle. Eine Gestalt näherte sich taumelnd. Es war Nicole. Sie legte ihm den Arm auf die Schulter. »Sind Sie okay, Chef?«, schrie sie ihm ins Ohr.

Er nickte grimmig und hielt beide Daumen hoch. Sofort half sie, den massigen Körper des Oberrats aus den Trümmern zu ziehen. Er schien verletzt zu sein, sein Gesicht war schmerzverzerrt. Mit einem bösen Knall gaben die Bretter der Decke nach, durch den entstandenen Spalt rutschten Bretter, Wäsche, Geschirr und anderes Gerümpel herunter. Jennerwein und Nicole konnten sich gerade noch an die Hüttenwand drängen und der Sturzflut ausweichen. Dann zogen sie Rosenberger durch die Tür hinaus und warfen ihn wie erlegtes Wild in den Schnee. Als sie wieder zur Hütte zurückeilten, kam Hansjochen Becker schon aus der Tür. Seine Hand war blutverschmiert, er taumelte und kroch mehr, als er ging. Sie ergriffen ihn und zerrten ihn weg von der Hütte, den kleinen Abhang hinunter. Das war keine Sekunde zu früh, denn jetzt begann das Holz aufzukreischen, Bretter rissen auseinander, die Dachsparren drehten sich und barsten unter der großen Last. Entsetzt mussten sie mitansehen, wie die ihnen zugewandte Seite des Dachbodens nach unten kippte, um schließlich geräuschvoll auf den Boden zu knallen. Durch die entstandene Schräglage rutschte ihnen das restliche Sammelsurium von Gegenständen aus dem Dachboden entgegen, sie hechteten außer Reichweite und packten alle Personen, die sich noch in der Nähe der Hütte befanden, an Händen und Beinen, um sie vor den herabrollenden Gegenständen in Sicherheit zu bringen. Jennerwein und Nicole ließen sich völlig erschöpft in den Schnee fallen und rangen nach Atem.

Doch Jennerwein richtete sich sofort wieder auf. Er musste rasch feststellen, wie schwer die Verletzungen der einzelnen Teammitglieder waren. Seine Schulter schmerzte höllisch. Zwei, drei feste Atemzüge noch, ein paar Sekunden der Konzentration, dann …

Erschrocken wandte er sich um. Die Hütte, die schon fast komplett in sich zusammengefallen war, gab einen zischenden, klagenden Laut von sich. Der gusseiserne Brennofen war umgefallen, sein Fenster aufgesprungen, die heiße Glut quoll langsam heraus. Innerhalb weniger Sekunden loderte eine Stichflamme hoch in den Nachthimmel und erhellte das Schneetreiben. Leichter Wind strich über den Hügel, liebkoste ihn auf schreckliche Weise und stöberte noch mehr Glut auf. Schnell hatte das Holz der Hütte Feuer gefangen, Funkengarben sprühten bis zu ihnen her, alle, die sich noch selbständig bewegen konnten, entfernten sich so weit wie möglich von der Hütte, zogen und zerrten die anderen mit. Auch Jennerwein war einige Meter weitergelaufen. Als er sich wieder umdrehte, sah er, dass nur noch eine Hüttenwand aufrecht stand. Es war die, an der das Foto seiner Eltern hing. Jetzt stürzte auch sie krachend zusammen. Mit einem letzten, schrecklichen Geräusch rutschte der Rest des Dachbodens auf sie zu. Verkohlte Bretter, zerschmolzenes Plastik, Töpfe, Kannen und mehrere Paar historische Ski und andere Wintersportgeräte, schließlich eine blaue, verbeulte Gaskartusche, die Jennerwein vor die Füße rollte.

So krochen sie noch weiter außer Reichweite der Lawine. Die zusammengefallene Hütte brannte lichterloh. Jennerwein starrte auf die Flammen. Einem von ihnen hatte er nicht helfen können. Ludwig Stengele hatte es nicht mehr geschafft.

56

Im Jahre 1980 wurde auf den Guru Bhagwan im Ashram in Poona ein Mordanschlag verübt: Ein extremistisch gesinnter Hindu warf während des Morgenvortrags ein Messer nach ihm, das ihn jedoch verfehlte. 1980 feierte auch Götz von Berlichingen, der Ritter mit der eisernen Hand, seinen 500. Geburtstag, die Deutsche Post brachte dazu eine Sonderbriefmarke heraus. Leck-o-leck! (Das normale Briefporto belief sich damals auf 40 Pfennige.) Am Donnerstag, den 18. Dezember 1980, am vorletzten Schultag vor den Weihnachtsferien, kam im Gymnasium des Kurorts ein Schüler namens Schendel-Schott in Verdacht. Er wurde aus der Klasse heraus ins Direktorat zitiert, dort saß er nun einer Art Inquisitionsgericht gegenüber. Darunter war auch der vom Direktor angeheuerte Privatdetektiv, der fest davon überzeugt war, dass es nur Schendel-Schott und niemand anders sein konnte. Mit dem Ruf »Ich habe ihn! Endlich! Wir sind am Ziel!« war er ins Direktorat gelaufen und hatte Meldung erstattet.

Schendel-Schott war ein sogenannter Intelligenzbolzen. Also kein gewöhnlicher Streber, Klassenprimus oder Einserschüler, sondern ein richtiges großhirngesteuertes Kaliber mit ein paar Gigabyte mehr an kleinen grauen Zellen als der Durchschnitt. Ein Intelligenzbolzen eben. Solche wie Schendel-Schott hatten übrigens meist keine glänzende Karriere vor sich, ihre Genialität nützte ihnen nichts, behinderte sie eher auf ihrem Lebensweg. Sie endeten oft kläglich, weil sie schließlich unter die Räder des unerbittlichen Mittelmaßes und träge dahinfließenden Mainstreams gerieten.*

Doch noch war Schendel-Schott ein beneidenswerter Intelligenzbolzen. Er hatte mehrere Klassen übersprungen, er korrespondierte mit diversen Universitäten, in einer obskuren wissenschaftlichen Disziplin gab es auch schon die ziemlich rätselhafte und nicht ganz leicht zu begreifende *Schendel-Schott'sche Regel.* Momentan nützte ihm das alles nichts, er saß auf einem Holzstuhl, um ihn herum geiferte die heilige didaktische Inquisition auf ihn ein.

Es war an diesem Tag noch kein Anschlag geschehen, man hoffte, einen solchen zu verhindern, indem man ihn, den superklugen und neunmalgescheiten Hirni,

---

* So auch bei Schendel-Schott. Er ging 1980 zur Schule. Das ist jetzt weit über 30 Jahre her. Hat man je wieder von ihm gehört? Lässt er sich googeln? Hat er irgendwo eine wichtige Position inne? Na also.

der alle Lehrer zur Verzweiflung trieb, geschnappt hatte.

»Wieso sollte ich das tun?«, fragte er höflich in die Runde.

»Du bist der Einzige, der zu diesen ganzen Sachen fähig ist«, antwortete der Direktor. Er duzte alle, also duzte er auch Schendel-Schott. Vor allem ihn. »Heronsbrunnen, Opium, Durian und so weiter. Du bist ein guter Physiker, ein guter Chemiker, ein guter Biologe. Nur du konntest diese ganzen Sachen zusammenmischen und konstruieren. Und vor allem konntest du die ganze Zeit zu Hause sitzen und die Anschläge vorbereiten, ohne dass es in der Schule auffällt. Du brauchst wahrscheinlich nicht zu lernen.«

Schendel-Schott erhob höflich den Finger.

»Herr Direktor, Sie haben sich eben der rhetorischen Figur des *responsum precantem* bedient. Denn das ist nicht die Antwort auf meine Frage. Sie haben Gründe aufgezählt, warum ich fähig bin, es zu machen. Aber warum sollte ich es wirklich tun?«

Das Kolloquium schwieg. Ein unangenehmer Typ. Typisch Intelligenzbolzen.

»Vielleicht langweilt dich die Schule?«, schlug der Direktor vor.

»Das tut sie auch. Aber Stinkbomben werfen ist auf die Dauer genauso langweilig.«

Er stritt die Taten ab. Man musste ihn schließlich gehen lassen. Er überquerte den leeren Pausenhof und war stolz auf sich. Er war keine Petze. Er kannte den Bomber, hatte ihn aber nicht verraten. Nicht dass er dessen Aktionen gutgeheißen hätte. Sie waren pubertär, kleinbürgerlich und geistlos. Aber er war auch keine Petze. Er fühlte sich heute Vormittag moralisch richtig gut drauf, ihm fiel auch gleich ein altgriechisches Zitat von Aristoteles dazu ein.

An diesem Donnerstagmorgen wurde die Pause wegen dichten Schneeregens drinnen abgehalten. Der Hausmeister hatte seinen üblichen Fressstand aufgebaut, er und seine Frau verkauften verschiedene Sorten von Gebäck, der große Hit waren jedoch zuverlässig die sogenannten ›Amerikaner‹. Das beliebte Pausengebäck wurde vom Café Kreiner angeliefert, dem angesagten Kalorientempel in der Ortsmitte. Sie wurden eifrig gekauft, und darauf setzte der Bomber heute. Diesmal hatte er eine speziell angerührte Buttersäure-Emulsion unter den Zuckerguss gespritzt, die dadurch konserviert wurde. Bissen die Schüler nun hinein, kam das Gemisch mit Sauerstoff in Berührung, und die Buttersäure wurde freigesetzt. Die Schüler bemerkten es erst nach dem zweiten oder dritten gierigen Zuckerschnapper. Das Boooooah! erschallte an allen Ecken und Enden, im Lehrerzimmer, im Musiksaal. Dieser Anschlag, die *Variation XVIII*, war quasi eine Parodie des alten Silvesterkrapfenscherzes, bei dem ein ›Berliner‹ statt mit

Pflaumenmus mit Senf serviert wurde. Später erst erfuhr man, dass die präparierten Amerikaner auch an andere Adressen im Kurort geliefert worden waren, in die beiden Volksschulen, in die Berufsschule, in ein paar Hotels, in einige öffentliche Stellen, wie zum Beispiel in das US-amerikanische Marshall-Center für Strategische Studien, Letzteres gab dem Ganzen sogar noch eine beinahe politische, aufrührerische Bedeutung, die bisher eigentlich gefehlt hatte.

Als Hubertus davon erfuhr, nahm er sich für den Nachmittag vor, den Weg der vergifteten Amerikaner von der Konditorei Kreiner bis zur Schule zu verfolgen. Er kannte Herrn Kreiner ganz gut, denn der Konditormeister und sein Vater waren Knastkollegen gewesen.

»Klar, die Einspritzung kann auch schon hier bei mir geschehen sein«, sagte Kreiner. »Natürlich nicht in meiner Backstube, sondern hinten im Hof. Dort wird die Ware aufgeladen. Wir haben nur einen einzigen Fahrer, der holt immer wieder neue Paletten aus der Konditorei, lässt die fertigen Backwaren draußen natürlich in der Zeit unbeaufsichtigt. Da kann schon mal jemand in den Wagen steigen und sich an dem Zeug zu schaffen machen. Wir fahren auch andere Schulen und Kunden an. Da ist es dasselbe. Auf dem Hof zur Volksschule wäre es möglich.« Kreiner machte eine Pause und sah Hubertus scharf an. »Wer denkt schon an so was! Ich wars jedenfalls nicht, wenn du das angenommen hast! Einen schönen Gruß an deinen Vater.«

Der Zweimetermann Kreiner wandte sich wieder seinem Kunstwerk aus Spritzguss und Marzipan zu. Hubertus verabschiedete sich und verließ die Backstube. Er stieß fast mit zwei Polizisten zusammen, die Kreiner wohl ebenfalls sprechen wollten. Es waren andere als die, die er in der Schule gesehen hatte. Hubertus blieb stehen, bückte sich und tat so, als würde er sich die Schnürsenkel binden.

»Können wir Sie mal ganz kurz sprechen, Herr Kreiner?«

Kreiner seufzte.

»Einmal im Knast, immer der Erste, der verdächtigt wird, wie?«

Hubertus lauschte angestrengt, erfuhr jedoch nicht viel Neues. Sie stellten genau dieselben Fragen, die er gestellt hatte. Auch beim Rückweg beachteten sie ihn nicht. Er nahm sich vor, wenn er einmal Polizist war, die Meinung von Jugendlichen zu hören, die sich in der Nähe herumtrieben. Die Recherchen in der Volksschule, in der Berufsschule und bei allen anderen Stellen, wohin die Amerikaner geliefert worden waren, ergaben ebenfalls nichts.

Am nächsten Tag, dem letzten Schultag vor den Weihnachtsferien, hatte Hubertus eine vage Ahnung, was der Bomber heute treiben würde. Er hatte sich bisher von Mal zu Mal gesteigert, hatte viel Grips in die Attacken gesteckt, heute würde er, gerade weil sein Publikum so viel erwartete, vielleicht etwas ganz anderes machen. Und so war es auch. In der dritten Stunde, als im ganzen Haus süße und gemütliche Weihnachtsgeschichten vorgelesen wurden, als die Kerzen brannten, warf der Bomber wie beim ersten Anschlag ein Fläschchen in den Treppenhausschacht, an genau derselben Stelle, zu genau derselben Zeit. Hubertus ärgerte sich. Genau das war seine Spekulation gewesen. Nachdem alle auf etwas noch Raffinierteres, Abseitigeres gefasst waren und ihre Blicke in die entlegensten Ecken und Winkel gerichtet hatten, kopierte er einfach den ersten Anschlag. Jennerwein hätte sich auf die Lauer legen sollen. Dann hätte er den Bomber leibhaftig gesehen.

57

So musste es sich in der Hölle anfühlen. Durch das unbezähmbare Feuer herrschte brennende Hitze, der böhmische Eiswind sorgte für schneidende Kälte. Beides gleichzeitig. Jennerweins Trommelfelle kochten. Er spürte die Nachwirkungen der Explosion noch immer schmerzhaft in den Ohren. Da er annahm, dass es allen anderen genauso erging, brüllte er seine Worte mehr heraus, als dass er sie rief.

»Wer von Ihnen hat sein Handy dabei? Versuchen Sie nochmals, ob Sie hier draußen Empfang haben!«

Er drehte den bewusstlosen Greg auf den Rücken und zog ihm den Apparat aus der Tasche. Keine Funkverbindung. Auch sonst hatte niemand Empfang. Jennerwein eilte von einem zum anderen und machte sich ein Bild über das Ausmaß der Verletzungen, soweit er das als medizinischer Laie beurteilen konnte. In unnatürlichem Winkel verrenkte Glieder, Hautabschürfungen, Platzwunden. Es schien so, als ob nur er selbst, Franz Hölleisen und Nicole Schwattke von größeren Blessuren verschont geblieben waren. Nicole hatte es geschafft, den herumfliegenden und herabstürzenden Teilen geschickt auszuweichen. In ihrem Blick lag eine Mischung aus wilder Entschlossenheit und Rachsucht. Jennerwein bemerkte das und legte ihr beruhigend die Hand auf die Schulter. Sofort gewann sie ihre professionelle Ruhe wieder. Dr. Rosenberger hatte es ziemlich übel erwischt. Er war nicht mehr fähig aufzustehen und gab an, die Beine nicht mehr zu spüren. Beckers Arm blutete stark, Maria schien unverletzt, aber apathisch und orientierungslos.

»Was ist mit Ihnen, Verena? Sind Sie ok?«

»Ja, was denn sonst!«, schrie sie trotzig zurück. »Ich halte noch eine Weile durch, bräuchte aber dringend meine Medikamente. Ich hätte noch welche im Auto, aber ich denke, dass Prokop damit geflohen ist. Er hat ja den Schlüssel eingesteckt.«

»Da haben Sie bestimmt recht. Halten Sie durch, Verena. Nur noch eine halbe Stunde. Bis dahin haben wir Hilfe geholt.«

»Wenn das noch für meinen Mann reicht!«, sagte sie verzweifelt.

Im heiser gebrüllten Telegrammstil berichtete ihr Jennerwein jetzt von den Verletzungen, die er bei den Teammitgliedern festgestellt hatte.

»Dann soll mich zuerst jemand zu Dr. Rosenberger tragen«, entschied sie.

Jennerwein wandte sich um. Das Schneetreiben hatte zugenommen. Dicke Schneeflocken mischten sich jetzt mit grauen, beißend scharf riechenden Rauchschwaden.

»Hölleisen!«

Wie aus dem Nichts erschien der Polizeiobermeister.

»Ja, Chef?«

»Nehmen Sie Verena huckepack und tragen Sie sie zu den Verletzten.«

Hölleisen machte sich sofort ans Werk, Jennerwein wandte sich an Nicole.

»Durchsuchen Sie das Gerümpel, das aus der Hütte geflogen ist, nach Brettern und Platten, aus denen man Unterlagen und Tragen improvisieren kann. Vor allem die schwerer Verletzten sollten nicht im Schnee liegen. Und achten Sie selbst darauf, Abstand zum Feuer zu halten. Die Gefahr, die von dem Gebäude ausgeht, ist noch nicht vorüber.«

Die Hütte war kaum mehr als solche zu erkennen, doch die Holzteile brannten immer noch lichterloh. In unregelmäßigen Abständen schossen meterhohe Funken in den Nachthimmel, Wände fielen krachend um, Bretter splitterten auseinander. Der Brandgeruch, dem sie ungeschützt ausgesetzt waren, wenn der Wind wieder umschlug, nahm ihnen allen den Atem.

»T-Shirt ausziehen!«, schrie die Gerichtsmedizinerin gerade Rosenberger und Hölleisen an. »Stoff im Schnee anfeuchten, dann vor Mund und Nase halten!«

Eine Horde von dicken Schneeflocken trieb fast

waagrecht über die brennende Ruine, eine zusätzliche Windbö nahm die Glut wie mit einer Schaufel auf und warf sie zischend in ihre Richtung.

Der Spurensicherer Hansjochen Becker wusste auch ohne die Ärztin, dass er sich den Arm gebrochen hatte, er schiente ihn notdürftig mit einem abgebrochenen Skistock, den er im Schnee gefunden hatte, und wickelte seinen Pullover drumherum. Die Schmerzen linderte das kaum.

»Ich werde Decken und Waffen aus meinem Auto holen«, schrie er Jennerwein ins Ohr. »Vielleicht kann ich damit herfahren, wenn es noch funktionstüchtig ist.«

»Tun Sie das«, schrie Jennerwein zurück. »Aber seien Sie vorsichtig! Prokop könnte sich noch irgendwo versteckt halten.«

Becker schrie etwas Unverständliches zurück. Dann verschwand er im Schneegestöber, Richtung Auto.

Die Sichtweite betrug nicht mehr als ein paar Meter, doch es war nicht weit zu seinem Geländewagen. Und Becker wusste den Weg. Mit der unverletzten Hand fischte er sein Handy aus der Tasche und versuchte abermals, Gisela über Funk zu erreichen. Wieder ohne Erfolg. Becker hoffte inständig, dass Gisela einsatzbereit war. Ihr war es möglich, sich auch bei großer Hitze den Trümmern zu nähern. Er war vorher in Gedanken die Teammitglieder durchgegangen. Mit Schrecken hatte er festgestellt, dass Stengele fehlte. Vielleicht gab es doch noch eine winzig kleine Chance, ihn zu finden. Becker beschleunigte seine Schritte. Jetzt war er bei der kleinen Senke angelangt, an der sie die Autos abgestellt hatten. Als Erstes erblickte er seinen klobigen Geländewagen. Daneben hatte der Landrover der Gerichtsmedizinerin gestanden. Wie Jennerwein vermutet hatte, war er verschwunden. Prokop war damit wohl ins Tal geflohen. Der kleine wendige Jeep von Maria Schmalfuß, für Becker eher Spielzeug als geländegängiger Wagen, musste ein paar hundert Meter weiter unten stehen. Auf dem alten Forstweg. Jetzt hielt Becker erschrocken inne. Er war auf zehn Meter an den Parkplatz herangekommen und bemerkte sofort, dass die Heckklappe seines Wagens sperrangelweit offenstand. Gisela war also wie geplant ausgestiegen. Aber sie hätte doch die Heckklappe wieder geschlossen. Eine Falle! Er konnte nicht riskieren, etwas aus dem Laderaum zu nehmen, das Risiko, dass Prokop den Wagen präpariert hatte, vermutlich mit Sprengstoff, war viel zu groß. In Reichweite lagen die Decken, der Notfallkoffer, die Wasserflaschen, die Überlebenspakete – doch das alles war jetzt nutzlos. Bei näherem Hinsehen bemerkte Becker, dass das Flight-Case, mit dem Gisela transportiert wurde, geöffnet war. Gisela musste also doch herausgekrochen sein, als er sie angefunkt hatte.

Aber wo befand sie sich? Was war mit ihr passiert? Becker machte sich fluchend auf den Rückweg. Er war unkonzentriert. Auf halbem Weg zu den anderen rutschte er aus, fiel auf seinen gebrochenen Arm, schrie auf vor Schmerzen und blieb schließlich resigniert und erschöpft im Schnee liegen. Ohnmächtige Schwärze umhüllte ihn.

Der Oberrat biss in sein Taschentuch, um nicht laut aufzuschreien. Er hatte die Augen zusammengekniffen. Die Gerichtsmedizinerin war über ihn gebeugt, sie stillte die blutende Wunde mit dem Pullover, den sie ihm vom Leib gerissen hatte. Jennerwein assistierte dabei. Verena versorgte alle Verletzten notdürftig, Nicole zerrte sie aus dem nassen, durch die Feuersbrunst schmelzenden Schnee.

»Ich habe eine Idee, Chef«, brüllte Hölleisen. »Ich gehe die Strecke zurück, die ich hergekommen bin. Da habe ich einen Funkmast gesehen. Es müsste doch mit dem Teufel zugehen, wenn ich da keinen Empfang hätte! Wenn ich mich beeile, bin ich in zwanzig Minuten dort.«

»Ja, das ist eine gute Idee!«, versetzte Jennerwein. »Veranlassen Sie zunächst die Befreiung von Verenas Mann. Dann lassen Sie Rettungshubschrauber und Einsatzkräfte hierherkommen.«

Hölleisen wollte schon gehen, da fügte Jennerwein hinzu:

»Ihr Weg führt an der Stelle vorbei, wo die Probeexplosion von Prokop stattgefunden hat. Dort hat jemand biwakiert. Schauen Sie, ob da noch wer ist. Aber seien Sie vorsichtig, Hölleisen!«

Auch der Polizeiobermeister verschwand im dichten Schneegestöber, in die entgegengesetzte Richtung, in die Becker gegangen war.

»Und jetzt suchen wir nach Prokop«, rief Jennerwein entschlossen zu Nicole. »Wir beide laufen zu Marias Jeep und versuchen, ihn flottzumachen. Dann fahren wir ins Tal, vielleicht sind wir damit schneller in einem funkfähigen Bereich als Hölleisen. Wenn wir Funk haben, lösen wir Alarm aus und bitten um Unterstützung.«

»Ich habe eine Waffe im Auto«, ergänzte Nicole.

Jennerwein runzelte die Stirn. Eine Waffe. Das gefiel ihm gar nicht. Wenn sie nur Prokop nicht entdeckt hatte! Jennerweins Blick blieb an ein paar zusammengezurrten Skiern hängen, die bis hierher geschleudert worden waren. Die dazu passenden Schischuhe waren zwar drangebunden, aber es würde viel zu lange dauern, sie anzuziehen und sie in die prähistorische Bindung zu stecken.

»Ich habe vorhin einen alten Schlitten unter den Trümmern gesehen«, rief Jennerwein in Richtung Nicole. »Ich versuche es mit dem. Gehen Sie zu Fuß. Wer zuerst am Wagen ist –«

»Den Schlitten habe ich auch gesehen«, unterbrach Nicole. »Er ist groß genug für uns beide. Ich fahre mit.«

Der Schlitten war noch intakt. Auch Nicole und Jennerwein verschwanden schließlich im Schneegestöber.

Die Böllerschützen, die immer noch auf der gegenüberliegenden Seite des Talkessels auf ihren nächsten Einsatz warteten, schreckten aus ihrem glühweinseligen Suri auf.

»Hast du das gehört?«

»Was? Wo?«

»Da drüben. Wieder oberhalb vom Maxenrainer-Grat. Komisch, das hat sich angehört wie der Startschuss für ein Silvesterfeuerwerk.«

»Was? An Weihnachten ein Silvesterfeuerwerk?«

»Wahrscheinlich die Österreicher. Werden schon wieder einmal in die falsche Knallkörperkiste gegriffen haben.«

»Sollen wirs melden?«

»Ach was. Den Gefallen tun wir denen nicht. Die blamieren sich so schon genug. Morgen stehts in der Zeitung: Österreich verwechselt Weihnachten und Silvester.«

58

Das Schneetreiben hatte nachgelassen, es klarte wieder auf, der Supermond stand am Himmel wie der leergefressene Blechnapf eines gierigen Straßenköters. Verena Vitzthum strich den nassen Schnee von Gregs Arm und fühlte seinen Puls. Der war unregelmäßig und deutlich verlangsamt. Sie überprüfte den Pupillenreflex. Trotz des wabernden Zwielichts aus Feuerschein und Dunkelheit konnte sie erkennen, dass der Pupillenreflex gestört war. Alle Symptome deuteten auf eine Gehirnerschütterung hin. Greg hatte sie sich vermutlich beim Sturz auf den Boden zugezogen. Auf jeden Fall brauchte der Mann weitergehende ärztliche Hilfe. Sie hüllte ihn in eine Decke, die Nicole in den Trümmern gefunden hatte. Während Verena routiniert weiterarbeitete, kreisten ihre Gedanken um René, der hilflos im Biertank eingeschlossen war. Sie versuchte, sich in seine Lage zu versetzen. Ganz unten, auf der gegenüberliegenden Seite der Tanktür, etwa in Knöchelhöhe, befand sich eine Einspritzdüse, die den Sauerstoffgehalt der Maische regelte. Sie pumpte in regelmäßigen Abständen ein paar Deziliter Luft in den Tank. Verena hoffte inständig, dass auch René auf diese kleine Überlebenschance kam.

René versuchte, sich zu erinnern. Was hatte ihm Verena von der Luft- oder Sauerstoff- oder Wasweißichnoch-alles-Zufuhr erzählt? Gab es nicht eine Düse, die Luft einspritzte? Er stand momentan hüfthoch in der trüben, körperwarmen Brühe und suchte die Wand des Tanks ab, die schon halb mit Flüssigkeit bedeckt war. In Kopfhöhe standen einige Hähne und Rohre heraus, die er vorhin schon alle überprüft hatte. Aber war es nicht logischer, dass ein Gas von unten eingepumpt wurde? Ja richtig, dadurch stieg es auf und mischte sich so leichter mit dem Gebräu. Es half alles nichts. Er musste nochmals tauchen. Die nasse Kleidung hing schwer an seinem Körper, es war vernünftiger, sie auszuziehen. Als er das geschafft hatte, holte er tief Luft und ließ sich nach unten sinken. Zentimeter für Zentimeter tastete er den unteren Rand der Wanne ab, und tatsächlich fühlte er jetzt einen kleinen Stutzen. Er tauchte wieder auf. Dann ballte er die Faust und stieß einen Freudenschrei aus. Auf der Oberfläche der Flüssigkeit, genau über dem Stutzen blubberte es, von unten stiegen die Luftblasen hoch. Sofort tauchte er wieder, um das ausströmende Gas mit der Hand zu fühlen. Aber nutzte ihm das etwas? René versuchte, den Stutzen mit dem Mund zu umschließen und die Luft herauszusaugen, doch er verschluckte sich dabei nur furchtbar. Keuchend und hustend stieg er wieder hoch, und er gab wirklich eine lächerliche Figur ab: alt, nackt, mit feuerrot gehustetem Kopf. Das Sauerstoffrohr half ihm rein gar nichts! Er hatte auch den Eindruck, dass der Maischepegel immer schneller stieg. Panisch blickte er nach oben an die Decke des Tanks. Plötzlich kam ihm eine Idee. Das ovale Glas der Industrielampe! So konnte es vielleicht gehen. Er musste es nur noch losmachen. In René stieg ein Gefühl der Hoffnung und Erleichterung auf. Aber er bemerkte auch die Wirkung des eingeatmeten Alkohols. Er bekam einen Schwips. Oder war das Einbildung? Lief das auf die Geschichte des Mannes hinaus, der eine Nacht im Gefrierschrank eingeschlossen war und am nächsten Tag erfroren aufgefunden wurde, obwohl die Gefrierfunktion gar nicht eingeschaltet war …?

Lisa und Philipp Grasegger legten ihre Virtual-Reality-Helme ab. Die Bilder des Adventure-Spiels rauschten noch flackernd und irrlichternd durch ihre Köpfe, sie brauchten einige Minuten, um wieder in der Realität anzukommen.

»Gutes. Spiel.«, sagte Philipp.

Lisa nickte nachdenklich.

»Wir hätten unsere Drohne doch nochmals zu der Hütte hochschicken sollen?«, sagte sie.

»Warum. Das. Denn. Jetzt.«, erwiderte ihr Bruder.

»Ich hab da so ein Gefühl? Jennerwein hat sich gar nicht bedankt? Für die Plätzchen?«

»Mama. Will. Das. Nicht. Basta.«

Eine Weile saßen Lisa und Philipp schweigend da. Dann schlüpften sie wieder in ihre Anzüge und begannen ein neues VR-Spiel.

59

Im Jahre 1980 lagen die 99 Luftballons von Nena noch unaufgeblasen in ihrer Schublade, Nina Hagen wiederum war schon voll im Geschäft, sie trällerte zu der Zeit ♫ »*Wenn ich ein Junge wär, das wäre wunderschön …*« Konstantin Wecker schwitzte am Flügel und knödelte sein Lied von Willi. Doch kein Poster dieser drei deutschen Stimmakrobaten hing in Hubertus Jennerweins Bude. Sein Musikgeschmack ging in eine ganz andere Richtung. Er liebte die Blues Brothers, deshalb schmückte John Belushi die Wand. Doch momentan war auch der verdeckt, denn Hubertus hatte sein Zimmer vollständig tapeziert mit großen Flipchart-Blättern, die wiederum bekritzelt waren mit Namen, Pfeilen, Kreisen, Orten, Zeitpunkten.

»Bereitest du einen Banküberfall vor?«, fragte seine Mutter, die hereingekommen war und auf die Blätter sah.

Er blickte sie fast erschrocken an. Der Witz war riskant. Immer befürchtete Hubertus, dass aus den kleinen Diebstahlsdelikten Dirschbiegels einmal ein großer Bruch mit langem Gefängnisaufenthalt werden würde.

»Ach, jetzt weiß ich, was das alles darstellen soll«, sagte seine Mutter mit Blick auf die vielen Namen und Orte. »Du jagst den Bomber! Pass bloß auf, dass du nicht selbst in Verdacht gerätst.«

Young Jennerwein gewann ein immer präziseres Bild vom Bomber. Jetzt in den Ferien hatte er Zeit, Profile zu erstellen, Verdächtige in die engere Wahl zu nehmen und auch manche Personen ganz auszuschließen. Er fasste einen Entschluss. Er wollte heute die Polizeistation des Ortes aufsuchen, hoffend, dass ihm dort jemand Auskunft über den Stand der Ermittlungen geben konnte.

»Was willst du denn, Bursch?«, fragte ihn ein mürrischer, älterer Beamter. Er blickte dabei kaum von der Schreibmaschine auf. Ohne Jennerweins Antwort abzuwarten, fuhr er fort:

»Bist du aus dem Gymnasium? Du kommst doch nicht etwa wegen diesem lästigen Stinkbombenwerfer? Jeden Tag bekommen wir fünf Hinweise und können ihnen nicht nachgehen. Also, sag schon: Was willst du?«

Jennerwein zögerte. Genau das hatte er fragen wollen. Doch der Polizist blickte ihn jetzt so streng und ungnädig an, dass ihm die Frage nicht recht über die Lippen kommen wollte. Aus einer trotzigen Laune heraus sagte er stattdessen:

»Nein, keine Sorge, deswegen bin ich nicht hier.

In der Schule hatten wir Besuch von einem Berufsberater. Wir sollten uns schon mal Gedanken in die eine oder andere Richtung machen. Und ich wollte eigentlich schon immer Polizist werden. Ganz dumm gefragt: Muss man da eine Lehre machen? Ich weiß, dass Sie viel zu tun haben. Aber kann ich vielleicht Infomaterial mitnehmen?«

Der Beamte ließ von seiner Schreibmaschine ab und musterte Hubertus scharf.

»Polizist willst du werden?«

»Ja, ich glaube, dass das etwas für mich wäre.«

Der Beamte stand jetzt sogar auf, um ihn eingehender und noch spöttischer zu betrachten. Schließlich sagte er lächelnd:

»Du bist kein Polizist.«

»Warum nicht?«, fragte Jennerwein forsch.

»Du machst nichts her. Ein Polizist muss was hermachen. Du bist sicher ein netter Kerl, aber ein leeres Hemd. Und jetzt geh wieder zurück in die Schule.«

»Heute ist der erste Ferientag.«

»Siehst du, *wir* haben nie Ferien. Damit geht es schon einmal los.«

»Klar mache ich in meinem Alter noch nichts her. Aber das kann ja noch werden.«

»Nein, ich hab da einen Blick dafür. Such dir einen anderen Beruf. Dich würde in Uniform keiner ernst nehmen. Beim besten Willen nicht. Und jetzt schleich dich.«

Hubertus verließ die Polizeistation wieder. Genau sieben Jahre später sollte er sie als junger Polizeianwärter wieder betreten. Jetzt lief er durch den Ort. Es herrschte Ananaswetter, ein prächtiger Wintertag, genau das Richtige für die vielen Touristen, die heute in der Wintersporthölle eintrafen. Sie waren morgens angekommen, hatten in ihren Hotels, Pensionen oder Fremdenzimmern bereits eingecheckt und gingen erwartungsvoll durch die Schnickschnackmeile. Andenkenläden mit beziehungsreich-originellen T-Shirts, Metzgereien, die mit Weißwürsten warben, Kaufhäuser mit Touristenkram, Schokoladengeschäfte mit grinsenden Weihnachtsmännern. Der lange Samstag tat ein Übriges, um das Geschäft zu beleben. Hubertus beobachtete das Treiben nachdenklich. Der Bomber hatte seine Energien bisher auf ›erwachsene‹ Bereiche wie Bildung, Brauchtum und Kultur ausgerichtet. Tourismus war auch so etwas. So viele Touristen wie in den Winterferien waren das ganze Jahr nicht im Ort. Zu den üblichen Weiße-Weihnacht-Junkies kamen noch Zigtausende von Urlaubern, die jetzt schon zum Neujahrsspringen angereist waren. Eine ideale Bühne! Hubertus machte sich auf den Weg nach Hause und vervollständigte seine Flipchart-Listen. Im Mittelpunkt stand die Übersicht aller bisherigen Anschläge. Gab es da irgendein Muster? Eine Handschrift? Eine Entwicklung?

1. Treppenhaus
2. Reckstangenschacht
3. Kleiderspind
4. Linoleumritze
5. Schultafel
6. Klimaanlage
7. Klavierhämmerchen
8. Lehrerzimmer
9. Präparierte Wecker
10. Heronsbrunnen
11. Zwiebel im Buch
12. Milch in der Autolüftung
13. »Booooooah!« beim Krippenspiel
14. Durian im Fresskorb
15. Lippenstifte
16. Parfüms
17. Schuldurchsage
18. Präparierte Amerikaner
19. Wiederholung des ersten Anschlags: Treppenhaus
20. ?

Hubertus versuchte, ein System zu erkennen, das es erlaubte, den nächsten Anschlag vorauszusagen. Er zeichnete die Tatorte auf und verband die Punkte miteinander. Doch Hubertus Jennerwein, der durch die schroffe Abweisung des griesgrämigen Polizisten abgeturnt worden war, kam nicht so recht weiter.

Es war früher Nachmittag, als sein Freund Bernie anrief.

»Hast du es schon gehört?«

»Nein, was?«

»Diesmal hat es die Souvenirmeile erwischt. Ganz in der Nähe der Schule.«

Jennerwein stieß einen erstaunten Ruf aus. Aber richtig überrascht war er nicht.

»Ja, in jedem zweiten Geschäft ist eine Bombe hochgegangen«, fuhr Bernie fort. »Die Touristen haben sich bei dem schönen Wetter auf die Souvenirs gestürzt, die Läden waren voll, und auf einmal ging es los. Reihenweise reisen die Touristen wieder ab. Geile Sache!«

Hubertus machte sich auf den Weg in einen Andenkenladen, dessen Besitzerin er kannte. Er hatte Frau Giebel schon mehrfach bei der jährlichen Inventur geholfen, sie hatte ihn anständig dafür bezahlt. Auch sie hielt sich die Nase zu, ein Hauch von Buttersäure lag noch im Raum.

»Schön, dass du gekommen bist, Hubertus.«

»Haben Sie schon was gefunden, Frau Giebel?«

Sie schüttelte ärgerlich den Kopf.

»Ich will mich ein bisschen umsehen. Sie erlauben doch?«

Er untersuchte die ausgestellten Waren im Laden, was gar nicht so leicht war. Schneekugeln mit Bergen,

Aschenbecher mit König-Ludwig-Motiven, Wolpertinger, weißblaue Einstecktücher, Sammeltassen mit launigen Sprüchen, (›Gsund samma‹), Schlüsselanhänger, Salz- und Pfefferstreuer, Stocknägel, … Aus dem Lautsprecher ihrer kleinen Anlage dudelte ohne Unterlass der Song von Bill Ramsey:

♫ *Souvenirs, Souvenirs,*
kauft, ihr Leute, kauft sie ein!
Denn sie sollen wie das Salz
in der Lebenssuppe sein.

… Halstücher, Schnupftabakdosen, Kugelschreiber, Miniaturgemälde … Hier bei Frau Giebel gab es wirklich tausend Möglichkeiten, eine Bombe zu verstecken.

Wieder einmal war nicht zu orten, woher der Geruch kam. So suchte Hubertus nach Flüssigkeitsresten. Die Gegenstände, die er überprüfte, schienen immer kleiner zu werden. Besonders gründlich checkte er die vielen verschiedenen Weihnachtskugeln, die Frau Giebel im Angebot hatte. Sie waren jedoch allesamt unversehrt. Dann nahm er sich die Auslage vor. Als er sich reckte, um die Schultern ein wenig zu entspannen, als sein Blick deswegen durch die Auslagenscheibe nach draußen fiel, bemerkte er eine Stelle im Glas, in der sich das Licht etwas unregelmäßiger brach. Er hielt es zunächst für eine Unebenheit oder eine Schmutzschliere. Aber eine Unebenheit ausgerechnet in der einbruchssicheren und gebürsteten Auslagenscheibe? Und eine Schmutzschliere ausgerechnet bei Frau Giebel, die sofort mit dem Lappen nach draußen lief, wenn dort jemand mal ans Glas hauchte? Jennerwein betrachtete die Stelle näher. Er strich mit dem Finger darüber. Es war eine handtellergroße Verdickung. Und tatsächlich war Flüssigkeit herausgeronnen, ein klebriger Rest war noch zu sehen. Er roch dran – und wandte sich angeekelt ab. Auch dieser kleine Tropfen Buttersäure hatte sein Werk getan. Die Verdickung selbst wies winzige Risse auf. Jennerwein verstand. Jemand hatte die Säure in einer bierdeckelgroßen Glasplatte eingeschlossen, das Glas von innen an die Scheibe geklebt und es schließlich zum Platzen gebracht. Den Stoff einzuschmelzen, war sicherlich keine große Sache, ein Bunsenbrenner schaffte die 600° locker, bei dem Glas weich wurde. Das und die Fixierung an der Scheibe konnte er in den letzten Tagen vorbereitet haben. Aber wie hatte er die Glasplatte danach zertrümmert?

»Waren heute vor dem Anschlag schon Kunden da, Frau Giebel?«

»Ja freilich, jede Menge«, erwiderte Frau Giebel säuerlich. »Mein Laden läuft gut, weißt du. Das heißt, bis jetzt lief er gut. Heute kommt wahrscheinlich niemand mehr.«

»Ist Ihnen etwas Besonderes aufgefallen? Hat sich jemand dort an der Scheibe zu schaffen gemacht?«

»Nein, nicht dass ich wüsste.«

»Auch nicht in den letzten Tagen?«

»Ach du liebes bisschen! Da sollten Sie aber mal wieder lüften, gute Frau!«, rief ein Tourist, der eingetreten war, um gleich darauf wieder kehrtzumachen.

»Siehst du«, sagte Frau Giebel. »So geht das laufend.«

Jennerwein war sich jedoch sicher. Der Bomber war in den vergangenen Tagen oder vielleicht sogar erst heute gekommen, um die Scheibe zu präparieren. Die Frage war wirklich die, wie er die Gläser in diesem und in den anderen Geschäften zum Splittern gebracht hatte.

Aus der Telefonzelle gegenüber rief Hubertus seinen Physiklehrer an. Aus der Telefonzelle? Ja, durchaus: Wir schreiben das Jahr 1980. Physik war eigentlich nicht das Lieblingsfach von Hubertus, aber er mochte den engagierten Lehrer.

»Hier Leiff.«

»Frohe Weihnachten, Herr Leiff. Hier spricht Hubertus Jennerwein aus der 11a. Ich habe nur eine Frage: Kann man dünnes Glas zersingen? Ich meine, so, dass es splittert?«

»So wie es dieser Oskar Matzerath in der Blechtrommel gemacht hat?«

»Ja, genau.«

»Wieso willst du das wissen?«

»Sie haben sicher schon von dem heutigen Anschlag gehört. Der Bomber hat nach diesem Prinzip gearbeitet.«

Herr Leiff lachte.

»Das ist aber jetzt doch eigentlich sehr verdächtig, dass du mich anrufst.«

»Würde ich Sie anrufen, wenn ich der Bomber wäre?«

»Vielleicht gerade deswegen. Du lenkst den Verdacht von dir ab, indem du ihn auf dich ziehst.«

»Aber Herr Leiff!«, erwiderte Jennerwein entrüstet.

»Ja, wie auch immer«, versetzte Leiff fröhlich. »Wo hat er diesmal zugeschlagen, der Gute?«

»In den Andenkenläden, direkt neben der Schule.«

»Da hat er sich mal ein wirklich sinnvolles Ziel ausgesucht. Er wird mir sowieso immer sympathischer. Also, ich erkläre dir mal, wie das mit dem zersplitterten Glas funktioniert. Mit der menschlichen Stimme geht es schon mal nicht, die hat nicht genug Schalldruck. Und nicht genug Reinheit. Du musst das Glas nämlich mit seiner Eigenfrequenz beschallen, ziemlich laut und möglichst ohne Schwankungen. Das bringt auch der beste Sänger nicht hin. Zu schwach, zu ungenau.«

»Und womit geht es dann?«

»Besser geht es mit einem Sinuston. Den kannst du mit einer Elektrogitarre erzeugen. Du musst nur laut aufdrehen –«

Eine E-Gitarre! Jennerwein fiel der Band-Probenraum der Schule wieder ein, an dem er letzte Woche bei seinem Streifzug durch die Kellergänge vorbeigekommen war. Rein musikalisch hatte der Gitarrist nicht viel zuwege gebracht, man hatte nicht einmal das Lied erkennen können. *Another One Bites The Dust* oder so ähnlich. Jetzt fiel es ihm wieder ein: Es hatte sich eher nach einem Ausprobieren von Tönen angehört. Wie hieß die Band nochmals? The Frame? The Flame? The Fame?

»Hallo, Hubertus, bist du noch da?«, fragte Leiff gerade.

»Ja, natürlich«, erwiderte Hubertus. »Ich muss die Glasplatte also mit dem gleichen Ton beschallen, den sie selbst macht, wenn ich sie zum Klingen bringe?«

»Genauso ist es. Der Fachausdruck ist ›Resonanzkatastrophe‹. Das ist so wie bei den oft zitierten Soldaten, die im Gleichschritt über eine Brücke marschieren –«

Hubertus bedankte sich bei Herrn Leiff und fragte Frau Giebel, ob jemand draußen E-Gitarre gespielt hätte.

»E-Gitarre? Soll das ein Witz sein?«

»Ein Straßenmusiker zum Beispiel.«

»Nein, so was haben wir hier nicht.«

»Ist denn ein Lautsprecherwagen vorbeigefahren, mit einer Durchsage und Musik dazwischen?«

»Nein, auch nicht.«

Jennerweins Blick fiel auf den Lautsprecher der kleinen Anlage in Frau Giebels Laden. Bill Ramsey sang immer noch sein Lied von den Souvenirs:

♫ *Charlie Chaplins Schuh,*
und Picassos Kamm,
von der Garbo eine Brille,
und der Monroe einen Schwamm.

Wie konnte Frau Giebel das den ganzen Tag aushalten? Hubertus besuchte noch die anderen Geschäfte, die mit Geruchsbelästigungen und Kundenschwund zu kämpfen hatten. Er nahm sicherheitshalber Frau Giebel mit, die ihren Laden zusperrte und den aufgebrachten Geschäftsleuten erklärte, dass man es bei Hubertus mit einem aufgeweckten Jungen zu tun hatte, der dem Bomber dicht auf der Spur war. Es waren überall die gleichen unauffälligen und bierdeckelgroßen Glasplatten an den Innenseiten der Schaufenster befestigt, die meisten davon waren jetzt zerbrochen. Doch dann hatte Hubertus Glück. In der *Chocolaterie Yvonne* war die Glasplatte noch unbeschädigt. Hier hatte es nicht funktioniert. Er nahm sie vorsichtig ab, hielt sie an die Tischkante und schlug leicht dagegen, um sie auf diese Weise zum Klingen zu bringen. Er ging mit dem Ohr ganz nah hin. Und dann wusste er, wie der einfallsreiche Bomber die über zwanzig Glasplatten zum Zerreißen gebracht hatte. Er hatte ein akustisches Großereignis ausgenutzt, das niemandem auffiel, weil es so regelmäßig stattfand. Er fragte sicherheitshalber nochmals nach:

»Wann hat der Gestank eingesetzt?«

»Etwa um zwölf Uhr Mittag.«

Zu Hause schrieb er in das rote Büchlein:

20. Dezember: Wöchentlicher Probealarm der Katastrophenschutzsirene.

60

Inzwischen hatte es aufgehört zu schneien, die Sicht war wieder viel besser geworden. Es waren nur ein paar hundert Meter zu der Stelle, an der Marias Auto ein paar Stunden vorher hängen geblieben war. Jennerwein und Nicole fuhren mit dem Schlitten, Jennerwein steuerte, Nicole krallte sich mit einer Hand am Schlittenrahmen fest, mit der anderen hielt sie die Taschenlampe hoch, die sie vorhin im Schnee gefunden hatte. Es war eine stabförmige und wasserdichte Hochleistungs-LED-Lampe, wie sie auch Bergsteiger verwendeten. Hatte nicht Ludwig Stengele eine solche besessen?

»Sehen Sie, Chef, da vorne muss es sein!«, schrie Nicole. »Halten Sie an, sonst fahren wir noch vorbei!«

Der Schlitten bremste, eine Fontäne von Schnee spritzte auf beiden Seiten weg. Sie sprangen ab, den Rest der Strecke liefen sie zu Fuß. Nicole bemerkte schon von weitem, dass der Baum, an den sie den kleinen, wendigen Jeep Marias angeseilt hatte, mitsamt den Wurzeln in die Tiefe gestürzt war.

»Ich schätze, das war Prokops Werk«, rief sie zornig.

»Das glaube ich nicht«, erwiderte Jennerwein. »Dazu hatte er keine Zeit mehr. Er ist vermutlich denselben Weg hinuntergefahren, den er heraufgekommen ist. Also die neue Forststraße. Wenigstens hat er sich so nicht Ihre Dienstwaffe aus dem Auto greifen können.«

»Die Sache ist mir wirklich peinlich«, sagte Nicole. »Aber egal! Wie viel Vorsprung wird er haben?«

Jennerwein überlegte.

»Ich schätze, nicht mehr als eine Viertelstunde.«

Sie mussten sich immer noch anschreien, das Sausen in den Ohren hielt nach wie vor an. Jennerwein tippte Nicole auf die Schulter und wies ins Tal.

»Prokop muss da irgendwo auf den Serpentinen des neuen Forstwegs sein.«

»Mit dem Schlitten holen wir ihn nie ein!«, stieß Nicole zornig hervor.

Nicole war auf hundert. Was war bloß in sie gefahren? Das ging weit über den normalen Ermittlungseifer hinaus. Sie musste ein persönliches Hühnchen mit Prokop zu rupfen haben. Währenddessen hatte sie ihr Handy gezückt und noch einmal auf die Funkanzeige geblickt.

»Mannomann, wir haben hier immer noch keinen Empfang. Ich hoffe, Hölleisen hatte an seinem Funkmast mehr Glück. Was sollen wir jetzt tun, Chef? Wir haben keine Chance mehr, Prokop zu kriegen.«

»Es gibt eine Abkürzung«, entgegnete Jennerwein. »Nämlich die Rinne, durch die Stengele und ich heute aufgestiegen sind. Ich kenne die Strecke halbwegs. Es ist schon lange her, aber ich habe die gefährlichen Stellen noch einigermaßen in Erinnerung. So könnten wir Prokop wahrscheinlich einholen. Ich fahre mit dem Schlitten, Sie folgen zu Fuß.«

»Auf gar keinen Fall, Chef«, schrie Nicole zurück. »Ich komme mit Ihnen mit. Zu zweit haben wir vielleicht eine Chance gegen ihn.«

Jennerwein nickte. Er wusste, dass er Nicole nicht davon abbringen konnte mitzufahren.

»Also gut. Sie sitzen hinten und leuchten mit der Taschenlampe. Wenn ich mich zurücklehne und bremse, dann tun Sie das auch.«

Für eine genauere Einführung in die Kunst des Rodelns und Schlittenfahrens war keine Zeit. Sie stießen sich ab und nahmen schon auf den ersten Metern gut Fahrt auf, so steil ging es hinunter. Jennerwein war diese Strecke als Jugendlicher oft gefahren. An einigen Stellen gab es Klippen und Überhänge, denen man ausweichen musste, hie und da eine Schneewechte und so manches plötzlich auftauchende Gestrüpp. Das alles sah bei Nacht aus wie die unbeweglichen Skelette von zischenden und triefäugigen Trollen, Werwölfen, Vampiren und Dryaden … Schnell waren Jennerwein und Nicole im Dunkel der Nacht verschwunden.

Polizeiobermeister Franz Hölleisen hatte sich eines der altmodischen Paar Ski geschnappt, die die Explosion angeschwemmt hatte, er war in die vorsintflutlichen Skischuhe geschlüpft und lief jetzt zügig die leichte Steigung hinauf. Er lief querfeldein und mitten durch den Tiefschnee, die Skier halfen ihm dabei sehr. In seiner Jugend war er einmal dritter oberbayrischer Meister im Skilanglauf gewesen, aber eine vorgefertigte Loipe gab es natürlich ebenso wenig wie eine Streckenbeleuchtung. Als Erstes steuerte er das idyllisch gepflanzte Ensemble aus Latschen und Zirbelkiefern an, das ihnen Jennerwein gezeigt hatte. Etwas weiter bergauf stieß Hölleisen auf ein zerfetztes Biwak, das bei der ersten Explosion zerstört worden war. Beruhigt stellte er fest, dass sich wohl niemand darin befunden hatte. Er suchte die Umgebung ab. Keine menschlichen Überreste. Gott sei Dank. Auf Splitter von Robotern achtete er nicht. Typisch. Roboter kamen immer zuallerletzt dran. Dabei war das kleine metallische Ärmchen, das da im Schnee lag, durchaus ein Hinweis auf das Schicksal von Gisela. Hölleisen glitt weiter in die Nacht. Die Gedanken an das Team verliehen ihm Kraft. Bald war er an der großen eisernen Funksäule angelangt. Er zückte sein Handy und rief die Polizeidienststelle an. Nur Rauschen. Keine Verbindung. Hölleisen fluchte laut. Er hielt das Handy in verschiedene Richtungen, probierte es nochmals und noch ein drittes Mal. Kein Durchkommen. Die Flüche Hölleisens gerieten immer gotteslästerlicher. Sollte er unverrichteter Dinge wieder zurückfahren? Nein, einen Versuch wollte er noch wagen. Er drückte eine eingespeicherte Nummer. Die der Graseggers. Er hörte, dass jemand abnahm, ob es Ursel oder Ignaz war, konnte er nicht ausmachen, der Anruf war wie mit einem Beil zerhackt.

»Hier ist der Hölli!«, schrie er ins Telefon. »Wenn ihr mich hört, fahrt sofort in die Mayserstraße, zu unserer Gerichtsmedizinerin. Ihr Mann ist dort im Keller eingesperrt. Hallo! Hallo! Ich wiederhole –«

»Komischer Anruf?«, sagte Lisa zu ihrem Bruder. »Irgendwas mit Gerichtsmedizinerin? Mayserstraße?«

»Wer. War. Das.«, fragte Philipp.

»Keine Ahnung?«

Sie berichteten Ursel von dem Anruf. Die erkannte die Nummer auf dem Display.

»Das war Hölleisen«, sagte sie nachdenklich. »Die Gerichtsmedizinerin wohnt in der Mayserstraße. Ich war letzten Sommer mal da. Aber die ist doch mit auf der Hütte! Da stimmt wirklich was nicht. Gut gemacht, Kinder. Ich schau mal vorbei.«

Sie warf sich in den Mantel und verließ das Haus.

Es klingelte an der Tür. Frau Rosenberger, die Gattin des Oberrats, sah durchs Fenster auf die Veranda.

Eine kleine, schmächtige Frau stand dort draußen, sie trug nur einen dünnen Anorak und war völlig durchnässt. Frau Rosenberger öffnete die Tür einen Spalt, klinkte aber die Kette nicht aus.

»Entschuldigen Sie, dass ich bei Ihnen geklingelt habe«, sagte die junge Frau gehetzt. »Ich bin eine Bekannte Ihres Mannes. Ich bitte Sie inständig, mich einzulassen. Sie sind meine letzte Rettung.«

Frau Rosenberger zögerte.

»Haben Sie denn eine Parole?«

»Format C:«, antwortete die junge Frau leise.

Frau Rosenberger nickte und öffnete die Tür ganz. Das Mädchen sah hilfsbedürftig aus.

»Können Sie mich irgendwo unterbringen, bis Ihr Mann von der Hütte zurückkommt?«

»Aber was ist denn geschehen?«

»Ich habe versucht, mit ihm Kontakt auf der Berghütte aufzunehmen, bin aber vorher angegriffen worden und musste fliehen.«

»Fliehen?«, rief die Gattin Rosenbergers entsetzt. »Richtig fliehen? Aber was ist mit meinem Mann?«

»Ich fand es besser hierherzukommen. Und keine Angst: Es sind genug Polizisten dort oben, die die Situation meistern werden. Können Sie mich verstecken, bis Ihr Mann zurückkommt?«

»Wir feiern gerade eine Party«, sagte die Frau von Dr. Rosenberger. »Es sind lauter Polizisten. Oberrat Böninger, Hauptkommissar Marsch –«

Die junge Frau erstarrte. Böninger und Marsch. Ausgerechnet. Das waren genau die, die sie in Verdacht hatte, sie verraten zu haben. Frau Rosenberger musterte sie undurchdringlich. Hatten ihre Augen nicht gerade verschlagen aufgeblitzt? Konnte man denn niemandem mehr trauen? Die Frau Oberrat wandte sich jetzt um und rief etwas ins Innere. Als sie sich umdrehte und hinaus auf die Veranda trat, war die Informantin schon wieder im Dunkel der Nacht verschwunden.

Die beiden Böllerschützen auf der gegenüberliegenden Seite des Talkessels kamen nicht zur Ruhe. Gerade war einer von ihnen eingeschlafen, da wachte der andere wieder auf und rüttelte ihn.

»Du!«

»Ja, was ist denn?«

»Da drüben.«

»Wo drüben?«

»Jetzt sieht es aus wie ein Johannisfeuer.«

»Ein Johannisfeuer im Winter? So blöd können nicht einmal die Österreicher sein.«

»Doch, anscheinend schon.«

»Sind da nicht Hütten in der Nähe?«

»Hütten? Aber das wär doch gefährlich!«

»Da stimmt ja nichts mehr. Die Welt ist aus den Fugen.«

»Dann beschwer dich halt.«

»Mach ich. Morgen.«

Sie krochen wieder zurück ins Biwak.

Der Mann, der sich Emil Prokop nannte, saß im Auto von Verena Vitzthum und fuhr die Serpentinen des Forstwegs hinunter. Die Sprengladung, die er hinten im Laderaum verstaut hatte, zwang ihn dazu, langsam zu fahren. Er steckte sich eine Zigarette an. Als er den Rauch ausblies, erschien ein fettes, triumphales Grinsen in seinem Gesicht. Alle Sprengladungen hatte er nicht zünden können. Aber die wesentliche schon. Die Hütte war explodiert und in Flammen aufgegangen, das konnte niemand überlebt haben! Er hatte gesiegt. Die ganze Aktion war zugegebenermaßen schleppend losgegangen, aber zum Schluss hatte die Sache an Dramatik gewonnen, wie er sich das gewünscht hatte. Bald würde er den Parkplatz erreichen. Und dann schnell rein ins eigene Auto und nichts wie weg von hier. Er freute sich schon auf die Schlagzeilen in der Zeitung und die Fernsehberichte. Er würde sie sammeln, wie er alles vom Team Jennerwein gesammelt hatte. Schade, dass er nicht seinen wirklichen Namen in der Zeitung lesen konnte. Plötzlich verspannte sich sein Gesicht. Er war ins Schleudern gekommen. Das Auto hatte sich quergestellt. Er schlidderte auf den Wegrand zu, gerade noch an einem Baum vorbei. Durch die jähe Lenkbewegung kam er allerdings von der Forststraße ab, rutschte schräg den Hang hinunter, bis er den Boden der Rinne erreicht hatte. Dann hatte er den Wagen wieder im Griff. Er kannte diese Strecke. Es war eine Abkürzung, er war sie im Herbst schon einmal gefahren. Emil Prokop holperte über die Piste, Richtung Tal.

Als Antonia Beissle von ihrer Weihnachtsfeier nach Hause kam (wie langweilig, nichts als Staatsanwälte!), hörte sie als Erstes den Anrufbeantworter ihres Festnetzanschlusses ab. Doch sie vernahm lediglich Gekratze und undeutliches Gemurmel. Vermutlich falsch verbunden. Sie wollte die Nachricht schon löschen, da brachen die Kratz- und Schleifgeräusche plötzlich ab, und sie hörte die aufgebrachte und bedrohlich wirkende Stimme eines Mannes, den sie nicht kannte. Aber was sollte denn das? Ein Verbrechen aus nächster Nähe miterleben? Wahrscheinlich wieder einmal ein Verrückter. Sie hatte die Stimme noch nie gehört. Als Staatsanwältin bekam sie häufig solche Anrufe. Aber woher hatte der ihre Nummer? Und wieso war plötzlich von Jennerwein die Rede? Und dann auch noch von einer Hütte! War das ein Scherz? Letzte Woche hatte sie im Amtsgericht bei einem Flurgespräch mitbekommen, dass das Team Jennerwein vorhatte, eine Weihnachtsparty zu veranstalten. Sie war ein wenig gekränkt gewesen, dass sie nicht eingeladen worden war. Aber egal. Staatsanwältin Dr. Antonia Beissle goss sich einen alkoholfreien Weihnachtspunsch ein. Es war sicherlich ein Spinner. Aber wenn Hu wirklich in Gefahr war? Sie durfte nichts riskieren. Seufzend wählte sie die Nummer des Kriminaldauerdienstes und berichtete den Beamten von dem Anruf. Nur sicherheitshalber. Man versprach, der Sache nachzugehen. Antonia legte auf. Im Fernsehen begann gleich der Weihnachtsdauerschinken *Tatsächlich … Liebe*, mit Hugh Grant, dem Hu so unglaublich ähnlich sah. Antonia seufzte erneut.

61

1980 war das Jahr, in dem in der Bundesrepublik die Sommerzeit eingeführt wurde. 1980 war auch das Jahr, in dem der deutsche Großmeister Robert Hübner gegen den Exilrussen Kortschnoi in Meran um die Schachweltmeisterschaft spielte, jedoch in der siebten Partie eine Springergabel übersah, daraufhin einen Turm und die Weltmeisterschaft verlor. Frau Deutzl wiederum, die Elternbeiratsvorsitzende des Gymnasiums, hatte zu dieser Zeit drei schulpflichtige Kinder. Am Sonntag, den 21. Dezember, roch es im ganzen Haus scharf nach fauligem Fisch. Zuerst durchsuchte sie ihre Wohnung wütend und verbissen, sah hinter jedem Polster nach, saugte, putzte, wischte, scheuerte. Schnüffelte an ihren drei Kindern, steckte diese nacheinander unter die Dusche, schrubbte und bürstete sie, bis sie drei gekochten Hummern glichen. Auch sie selbst und Herr Deutzl duschten. Alle begriffen sofort, dass sie Ziel des Anschlages geworden waren.

»Das Problem lösen wir schnell«, sagte Herr Deutzl, der zweite Elternbeiratsvorsitzende. »So ein Fisch fällt doch gleich ins Auge.«

Er teilte die Familie ein, in die Wohn- und Küchengruppe, in die Schlaf- und Kinderzimmergruppe. Frau Deutzl war sich sicher, dass der Anschlag ihr persönlich galt, der Fischanschlag sollte wohl eine Anspielung auf ihre nordfriesische Herkunft sein. Sie setzte ihre Lesebrille auf. Nachdem die erste generalstabsmäßige Durchsuchung nichts gebracht hatte, durchkämmten die Deutzls die Wohnung nochmals, durchstöberten auch Mülleimer, sahen in Zuckerdosen und Wäscheschränken nach. Sie duschten alle nochmals, schnupperten an den Abflussrohren, beschnüffelten sich gegenseitig. Doch der Fischgeruch lag eisern in der Luft, im Erdgeschoss schien er am stärksten zu sein. Und besonders penetrant fischelte es in der geräumigen Diele. Die Deutzls machten sich dort ans Werk. Sie rissen die Wandtapeten herunter und schmissen sie draußen weg.

»Es hätte sowieso neue gebraucht«, sagte Herr Deutzl.

Sie schraubten die Lampen ab und stocherten im Elektrogehäuse herum. Alle, auch die Kinder, listeten inzwischen ihre Freunde auf, die sie in den letzten Wochen besucht hatten. Wem traute man so etwas zu? Die Liste wurde länger. Sie entfernten die Teppiche. Sie rissen die Bodenleisten heraus.

»Die haben mir sowieso nicht mehr gefallen.«

Es roch immer noch stark nach Fisch. Das Telefon klingelte. Frau Deutzl ging ran.

»Ach, bei euch auch?«, hörte man sie sagen. »Und

wo? – In der Diele? Das ist ja ein Ding. Und bei den Eckhards? Auch in der Diele!«

Hubertus Jennerwein fand diesen Anschlag rückblickend (gleich nach dem Schriftzug Boooooah! im Theater) den zweitelegantesten, weil einfallsreichsten und durchdachtesten. Man kam einfach nicht drauf, wenn man in der Diele stand und sie sauber schrubbte. Wenigstens nicht durch schnüffeln und duschen, eher durch nachdenken. Die Frage war: Was gehört zur Diele – und gehört gleichzeitig nicht zur Diele? Die Antwort war ganz einfach: der Briefkasten. Der Bomber hatte sich Wohnungen ausgesucht, deren Briefkästen an der Innenseite der Haustür angebracht waren. Am Samstag Abend warf er präparierte Flyer ein, die nach Werbung aussahen, niemand sah über die Feiertage im Postkasten nach, und die biologische Bombe konnte sich in Ruhe entwickeln. Und es war auch nicht einfach Fisch, den hätte man in der Tat schnell gefunden.

Yps war in dieser Zeit ein Comicmagazin für Kinder, das jedoch auch Erwachsene gerne lasen. Jede neue Nummer brachte eines der begehrten Gimmicks (Urzeitkrebse, Maschine, die viereckige Eier macht, Agentenausrüstung …), in einer weiteren Rubrik gab es immer Tipps für lustige Streiche. In einem wurde geraten, Garnelenschalen auszuwaschen, mit dem

Bügeleisen zu plätten, auf Papier zu kleben und zwischen Vaters Geschäftsbriefen zu plazieren, damals noch ohne tz. Der Geruch setzte nach 20 bis 24 Stunden ein.

Die Garnelenschalen entfalteten also ihr volles Bouquet. Viele Familien versammelten sich an diesem vierten Adventssonntag in der Diele, die wenigsten kamen auf den Briefkasten, und wenn, dann lag eine Werbesendung drin, die dann eben kurzerhand weggeworfen wurde. Bei den Familien Gudrian und Jennerwein wurde nichts eingeworfen, ihre Briefkästen hingen im Freien, am Gartenzaun, was solch einen Anschlag wenig sinnvoll machte. Der Bomber hatte sich über das Jahr wohl alle Adressen mit Innenbriefkästen aufgeschrieben. Der Bomber. Hubertus öffnete sein rotes Büchlein, das ihm seine Mutter geschenkt hatte.

»Du schreibst Tagebuch?«, fragte sie spöttisch, als sie das sah.

»So ähnlich«, antwortete er.

Er schrieb. Er vervollständigte seine Liste mit dem bisherigen Täterprofil.

Hochintelligent
Technisch versiert
Kreativ (manischer Tätertyp, Serientäter)
Zielstrebig (pedantischer Tätertyp)

Hat sich Durian-Früchte beschafft (???!!)
Ist zu jeder Tages- und Nachtzeit unterwegs
VOR ALLEM ABER KÖNNEN ES –

Jennerwein hielt mitten in dieser großbuchstabigen Notiz inne und legte den Stift aus der Hand. Es hatte an der Tür geklingelt.

62

Der hinkende Mann mit dem prallen Riesenrucksack, aus dem drei mit einem Plastikclip zusammengezurrte Kleinkaliberbüchsen ragten, war endlich am Ziel. Er warf den Rucksack auf den Boden, formte mit den Händen einen Trichter und rief den drei Snowboardern zu, die im oberen Drittel der Halfpipe standen und einige Tricks probierten. Gerade war der *Brainless* dran. Das ist ein Fakie angefahrener Frontflip mit einer 540 Drehung, der aufgrund des Fakie-Anfahrens entgegengesetzt der Flugrichtung geflipt wird, im Prinzip also ein Fakie-Flatspin. Die Snowboarder hielten inne, lösten sich aus den Verknotungen und hüpften vor Freude in die Luft. Sie winkten und schrien:

»Hey, Sloopy!«

»Endlich! Sloopy ist gekommen!«

Sie fuhren auf ihn zu, umarmten ihn und klatschten ihn ab.

»Hey, Slowcoach, wo warst du denn so lange?«

»Erstens ist mein Navi ausgefallen«, sagte Sloopy genervt. »Ganz plötzlich und ohne Ansage. Ich hatte schon den Sicherheitsdienst der Konkurrenz in Verdacht. Aber ich glaube, der verdammte IOC-Kontrolleur war mir auf den Fersen. Ich habe ihn gerade noch abschütteln können. Dabei habe ich mir das Knie an einem Stein aufgerissen. Es ist nur eine Schürfwunde, aber sie blutet wie verrückt.«

Während sie ihn mit Sprühpflaster verarzteten, erzählte Sloopy weiter.

»Und was hier am Berg abgeht! Hüttenzauber ohne Ende! Bei einer dieser Partys habe ich Jennerwein durchs Fenster erkannt. Ihr wisst schon, das ist dieser coole Kriminalkommissar, von dem man überall liest!«

»Jennerwein? Noch nie gehört.«

»Google mal ›Kurort‹ und ›Kommissar‹, da poppt als Erstes ›Jennerwein‹ hoch.« Sloopy wies nach oben. »Seine Fete steigt nur ein paar Kilometer von hier entfernt. Dort sitzt er gerade inmitten seiner Cops.«

»Cops?«, rief einer der Snowboarder erschrocken. »Und wenn die was von unserer Aktion spitzkriegen?«

»Ich glaube nicht, dass die noch was mitkriegen! Bei denen fließt der Glühwein in Strömen. Außerdem sympathisieren Polizisten eher mit uns Sportlern als mit den Funktionären vom IOC.« Sloopy klatschte in die Hände. »Jetzt sollten wir aber langsam mit unseren Tricks beginnen. Es wird eine lange Nacht.«

Sloopy teilte die Waffen aus. Jeder der Snowboarder griff sich eine Büchse der Marke Anschütz Kaliber .22 und betrachtete sie ehrfurchtsvoll. Die Schießprügel in den Händen der superlockeren Snowboarder wirkten abgefahren. Aber sie wollten ja auch eine abgefahrene Sportart entwickeln. Deshalb waren sie hier. Sie wollten eine Mischung aus Biathlon, Snowboarding, Tontaubenschießen und Wasserturmspringen vorstellen. *Snowboarden ist umgekehrtes Turmspringen*, hatte ein Race-Philosoph einmal gesagt.

»Ich habe die Wurfmaschine für die Scheiben dabei«, sagte Sloopy. »Ich stelle mich am besten in der Mitte der Pipe auf und schieße die Dinger hoch. Ihr fahrt mit einfachen Turns und Beginner slides runter und versucht, die Tontauben abzuschießen. Wenn es hell wird, möchte ich ein paar gelungene Schüsse filmen und gleich an den Verbandspräsidenten schicken.«

Sloopy packte seinen Rucksack aus und begann, die Wurfmaschine klarzumachen. Die drei Test-Snowboarder machten sich auf den Weg zum oberen Ende der Pipe.

Das, was sie jetzt vorhatten, hätten sie auf einer normalen Halfpipe nicht ausprobieren können. Die neue Sportart konnte nur hier, in menschenleerem Gelände und bei Nacht und Nebel, getestet werden. Es war natürlich trotzdem nicht ungefährlich. Auch wenn es Sportgewehre waren, die sie benützten, konnten sie wegen unangemeldeter Rumballerei in freier Natur jederzeit angezeigt werden. Deshalb hatten sie sich diesen Termin gewählt. Am ersten Weihnachtsfeiertag knallte und krachte und böllerte es ohnehin an allen Ecken und Enden. Aber wenn man sie erwischte, dann war Sense mit der neuen Sportart, für die sie noch dringend Sponsoren suchten. Bei den olympischen Sportarten, besonders bei den Wintersportarten, und da wieder speziell bei allerneuesten Trend- und Fun-Sportarten, gab es ein für den Laien undurchblickbares Gezerre und Gehakle zwischen den Funktionären, den Sponsoren, den Veranstaltern und den technischen Ausrüstern. Es herrschte Krieg um die Fleischtöpfe, denn in die neuen olympischen Wintersportdisziplinen floss furchtbar viel Geld. Die Entwicklungsarbeit, die Sloopy und seine drei Testläufer leisteten, musste absolut geheim bleiben.

»Haben wir eigentlich schon einen Namen für das, was wir hier treiben?«, fragte einer der behelmten Schneeathleten während des Hochstapfens.

»Wie wärs mit *Bi-Boarding*?«

»Das klingt ein bisschen dirty.«

Kaum war der Erste oben angekommen, fuhr er auch schon wieder ab, schraubte sich juchzend in die Höhe, gleichzeitig flog die Tontaube, er pflückte sich das Gewehr vom Rücken und schoss auf sie. Die

Scheibe aus bröckeligem Material zersplitterte in alle Richtungen.

»Es funktioniert«, rief der zweite begeistert ins Mikro seines Integralhelms. »Und es sieht absolut perfekt aus!«

»Ich glaube, ich habe den Namen für die neue Disziplin«, erwiderte der andere. »Es muss unbedingt *Gun-Boarding* heißen! Mit tausend verschiedenen Gun-grabs.«

Sie sprangen abwechselnd, einer stand immer bei Sloopy und analysierte die Tricks. Der Snowboarder, der sich momentan in der Nähe der Wurfmaschine befand, fieberte darauf, nochmals aufzusteigen. Als er zu der breiten Einfahrtsspur nach oben schaute, riss er die Augen auf. Was war das? Die Lichtkegel zweier Autoscheinwerfer tauchten über dem Absprunghügel auf. Eine Kontrolle vom IOC? Das durfte doch nicht wahr sein! Der Wagen rutschte mehr, als er fuhr, er schlingerte und brach nach allen Seiten aus. Was war denn das für ein Verrückter? Jetzt schlidderte der Landrover auf sie zu und stellte sich vor der Wurfmaschine quer. Ein Mann mit Stirnband sprang heraus und lief auf sie zu. Das Ganze war so schnell gegangen, dass sie wie angewurzelt stehen geblieben waren.

»Verdammt, räumt das Ding weg!«, schrie der Mann mit Stirnband.

Was war denn das für ein schräger Vogel!

»Cool down, Chef«, sagte Sloopy. »Dein Ton gefällt mir nicht.«

Prokops Gesicht verfinsterte sich. Er trat einen Schritt auf Sloopy zu und herrschte ihn an.

»Geh auf die Seite, du Idiot, sonst fahr ich dich über den Haufen!«

»Komm runter, Alter. Was willst du hier? Das ist unsere Pipe.«

Der Mann mit dem Stirnband stieß einen Fluch aus und stürzte auf Sloopy und den anderen Snowboarder zu, die wichen unwillkürlich einen Schritt zurück. Was hatte der vor? Warum bedrohte er sie? Doch plötzlich erschien oben ein weiterer Lichtkegel, allerdings ein viel kleinerer. Eine Taschenlampe? Zwei schreiende Gestalten rasten mit einem Schlitten auf sie zu, kamen ein paar Meter vor ihnen zum Stehen. Prokop riss einem der verdutzten Snowboarder das Gewehr vom Rücken und richtete es in Richtung des Schlittens. Die beiden Gestalten hinter der Taschenlampe erhoben sich.

»Geben Sie auf!«, ertönte eine beherzte Männerstimme, die einmal durch die Pipe und wieder zurückschallte. »Hier spricht Kommissar Jennerwein. Prokop, Sie haben keine Chance mehr zu fliehen.«

»Was?«, rief Prokop entsetzt. »Jennerwein? Aber Sie sind doch –«

Er fasste das Gewehr fester. Dann lachte er hämisch auf.

»Kommissar, ich weiß nicht, wie Sie es geschafft haben, eineinhalb Kilo Sprengstoff zu überleben, aber ich habe hier im Auto noch eine weitere Ladung vorbereitet. Sicherheitshalber. Sie wissen: Ein Gedanke von mir, und alles fliegt in die Luft.«

Nicole trat in den Scheinwerferkegel von Verenas Landrover. Sloopy erstarrte. Wer war denn diese Lara Croft, die so unglaublich wütend aussah? Sie öffnete den Mund, um etwas herauszuschreien, doch kein Wort kam über ihre Lippen. Schritt für Schritt trat sie auf Prokop zu.

»Bleiben Sie stehen!«, schrie der. Er richtete das Gewehr auf sie und zielte.

Oben stand der dritte Snowboarder. Er konnte kaum glauben, was ihm sein Kumpel per Mikro zugeraunt hatte. Ein Verrückter, der alles in die Luft sprengen wollte und der gestoppt werden musste. Der Snowboarder atmete tief durch. Dann mal los. Er fuhr in die Absprungrampe und nahm Schwung für einen Eight-Degree-Granny Jumbo. Völlig schnörkellos stieg er in die Lüfte. Jetzt hatte er den Scheitelpunkt der Flugparabel erreicht. Das war ein besonderer Moment, eine Zehntelsekunde der Schwerelosigkeit, die aber den Kick gab, den nur der Snowboarder verspürte. Er griff nach seiner Anschütz, zog sie nach vorn und richtete sie nach unten. Im Doppelkegel der

Scheinwerfer erkannte er den Verrückten mit dem Stirnband, den ihm sein Kumpel beschrieben hatte. Jetzt konnte er sein Gesicht erkennen. Es kam ihm so vor, als hätte er stundenlang Zeit, sein Ziel genau zu erfassen und abzudrücken …

»Aber Moritz aus der Tasche
Zieht die Flintenpulverflasche,
Und geschwinde – stopf, stopf, stopf –
Pulver in den Pfeifenkopf.«

(Wilhelm Busch, Lehrer Lämpel)

BANG, BAOUM, BRRRAMM, BEAN, WOOSH, SSSHHZAMM, POUF, KRACH, KRACKS, NACK, PLATZ, BLAM, BLANG, BLIMP, BOM, BOOM, BOUM, BRAOUM, BUM, BWANG, FA DUM, FAP, FLORP, FOOOSH, FUUM, FWOM, KABLAM, KA-BOOM, KA-BUMM, KAWUMM, KATATOOM, KRAK-TAKA-BOOM, WARR, POKAWUMM, KAR-RACHH, POM, PUFF, PWAANG, KRACH, KRATCH, RUMBLE, RUMPEL, SSSKRACK, BAUZ, BOIMM, SPUNG (Universum explodiert), THUM, THUNK, TATSCHING, KABRUMPLE, KPOK, TONG, BRO-DOLOMM, KRAKLE, KRAWUM, KROPH, BÄNG, FATS, FROTE, BROCH, RUMMP, BORROMBOM, KWANG, KWOOM, KLIRR DI BIRR (Glas splittert), BONK, BRANNNG, BOTOMB, HUP, RUMS, SMASH, VAROOM, VOOMP, WABUMM, CATACROC, PLIC (Kopf explodiert), CHKRACH, WONK, PLATZ, PLOT, POPPOP, BADABOING, SSSSSS-FT (Lunte brennt, Fehlzündung), WROMP, ZUNG, BRACKKK,

ZOOT, ZORT, HACK-GACK-IKLE-SHLIK (Ein Braten gerät in den Ventilator und fliegt als Hackfleisch im Zimmer herum)

(Häufige Explosionsgeräusche in Comics)

63

Immer wieder rauschte ihm die Szene durch den Kopf. Wie in einer Endlosschleife spulte sich der fatale Katastrophenfilm ab und riss exakt an derselben Stelle. Zuerst warf sich Hölleisen auf Greg, dann hievten Rosenberger und Becker Verena aus dem Rollstuhl, Maria zog den Vorhang beiseite, schließlich wuchteten die beiden körperlich fittesten und durchtrainiertesten Beamten des Teams den Rollstuhl aus dem Fenster. Und wieder von vorn. Hölleisen warf sich auf Greg, Rosenberger und Becker hievten Verena aus dem Rollstuhl …

Doch irgendetwas war dabei schiefgegangen. Ludwig Stengele glaubte zu wissen, woran es gelegen hatte. Die verfluchte Kartusche hatte ihn abgelenkt. Kurz nach dem Wurf hatte er den Kopf gehoben und mit dem unverletzten Auge undeutlich wahrgenommen, wie ein blaues, verbeultes Gerät aus der Luke des Speichers rollte und nach unten fiel. Kurz war ihm der Gedanke durch den Kopf geschossen, dass dieses uralte, defekte Ding explodieren und alles in Brand setzen konnte. Doch dann war schon der fürchterliche Knall gekommen und mit ihm eine heiße, apokalyptische Druckwelle, die alle Gedanken aus dem Hirn peitschte. Unwillkürlich hatte er sich an der Wand festgehalten, doch die war nach außen gebrochen und hatte ihn ein Stück mitgerissen. Es war ein Wunder, dass er nicht mit ihr in die Tiefe gestürzt war.

Er hatte sich gerade noch festklammern können, dicht unterhalb der Kante der Steilwand, die er noch vor ein paar Stunden hinab- und wieder heraufgeklettert war. Er konnte so gut wie nichts mehr sehen, eine Folge von Prokops Tritt, dem beißenden Rauch und dem Explosionsblitz. Vor seinen Augen schwamm ein dunkelroter Schlierenvorhang. Es war besser, wenn er sie ganz schloss, doch auch dann verschwand die blutrote Farbe nicht. Stengele krallte sich mit der einen Hand an einem faustgroßen, herausragenden Stein fest, seine andere verschwand halb in einer Felsspalte. Er wusste, dass er sich so nicht mehr lange halten konnte. Stickige Rauchschwaden schlugen ihm ins Gesicht, in seinen Beinen krochen üble Muskelkrämpfe hoch. Doch Stengele riss sich zusammen. Er hatte nicht überlebt, um jetzt aufzugeben. Nach oben zu klettern war aussichtslos, auf dem Areal, auf dem die Hütte gestanden hatte, tobte inzwischen die Feuerhölle, vor deren Hitze er nur deshalb einigermaßen geschützt war, weil der eisige Dezemberwind in unregelmäßigen Böen an die

Felswand schlug und für ein wenig Kühlung sorgte. Stengeles verzweifelte Hilferufe, die er in den letzten Minuten ausgestoßen hatte, waren nicht erwidert worden. Die Explosion hatte sie wohl alle erwischt. Alle außer ihn.

Der Allgäuer war gewiss ein exzellenter Kletterer, er hatte sich auch schon öfter an die gefährliche Kunst des sicherungslosen Free-Solo-Climbing gewagt, aber momentan war er blind, taub und am Ende seiner Kräfte. Deswegen schien es ihm viel zu riskant, die vierzig bis fünfzig Meter hinabzuklettern. Er traute sich einiges zu, aber das würde er nie und nimmer schaffen. Die Idee, zwar nach oben zu steigen, jedoch links oder rechts an der Hütte vorbei, hatte er schon gleich am Anfang verworfen. Das Zementfundament, das Jennerweins Hütte an der Bergkante stabilisierte, war auf beiden Seiten ein paar Meter nach außen verlängert worden. Von der Kante nach unten gab es also nur glatten Beton, an dem man unmöglich hochklettern konnte. Aber Stengele hatte eine andere Idee. Am Nachmittag hatte er ein paar Meter unterhalb der Felskante ein Eisenrohr entdeckt, das eine Handbreit aus der Wand ragte. Ein Wasserrohr, ein Lüftungsrohr, was auch immer. Das Rohr hatte sich ziemlich stabil angefühlt, und es war jetzt nur zehn oder fünfzehn Meter von ihm entfernt. Er könnte dort hinklettern, sich mit seinem Gürtel einhängen, eine Weile verschnaufen und neue Kräfte sammeln. Wenn die schneidenden Muskelkrämpfe nachließen, wäre ein Abstieg vielleicht doch möglich. Er konzentrierte sich. Wo genau hatte sich das Rohr befunden? Rechts oder links von seiner jetzigen Position? Auf welcher Seite des Daches war er am Abend hinuntergeklettert und wo hatte er zum Zeitpunkt der Explosion gestanden? Er wählte die rechte Seite. Langsam und unter Höllenqualen in Armen und Beinen bewegte er sich seitwärts, mühsam tastend, greifend und Tritt fassend. Kam ihm dieser eine seltsam geformte und gerippte Stein nicht bekannt vor? Tatsächlich, jetzt erinnerte er sich an eine bestimmte Struktur der Felswand. Hier! Es war schon richtig gewesen, sich die Tritte einzuprägen, wie es alte, erfahrene Bergsteiger immer geraten hatten. Jetzt ertastete er einen größeren, etwas abgeflachten Vorsprung, einen Meter daneben musste das Rohr sein. Angetrieben durch diesen Gedanken fühlte er neue Kräfte in sich aufsteigen. Er trat fester auf, hangelte sich mit der einen Hand etwas seitwärts, tastete mit der anderen Hand. Dort in Griffweite musste es sein. Noch ein paar Zentimeter … Ein jäher Schmerz durchzuckte seine Hand. Fast hätte er mit der anderen Hand losgelassen, so wütete der Schmerz. Er hatte das Rohr nur kurz umfasst, es war glühend heiß. Jetzt roch er die glühende Holzasche, die in unregelmäßigen Stößen aus dem Rohr gepumpt wurde. Das Eisenrohr musste direkt in die brennende Hütte oder in den Keller führen, anders war der speiende Feuerregen nicht zu erklären. Ein katastrophaler Fehlversuch. Seine Hand war taub vor Schmerz. Stengele fühlte seine Kräfte schwinden. Ein Abstieg war jetzt ganz und gar unmöglich geworden.

In die Verzweiflung mischte sich eine neue Idee. Warum war er nicht gleich darauf gekommen! Er musste es anders versuchen. Völlig anders. Am Bergfuß stand eine riesige, uralte Tanne, die sicher zwanzig oder dreißig Meter in die Höhe ragte. Ihre Zweige reichten bis an die Felswand. Wenn er es schaffte, noch einmal auf die linke Seite zu klettern und über den Baum zu kommen, wenn er sich dann fallen ließ, dann bestand die verschwindend kleine Chance, dass ihn die Zweige auffingen. Was blieb ihm auch anderes übrig.

Stengele mobilisierte alle Energien, die er aus seinem geschundenen Körper herauspressen konnte. Seine rechte Hand war durch die Verbrennung so gut wie unbrauchbar geworden, er verspürte das Bedürfnis in sich aufsteigen, sofort in die Tiefe zu springen, nur um diese brüllenden Schmerzen schnell zu beenden. So kletterte Stengele zurück, ohne Sicherung, blind und explosionstaub. Diesen einen Tritt noch … und noch ein Stück weiter … und noch eine Bewegung auf einen winzigen Vorsprung zu … und noch ein Griff mit der Hand …

Als er eine weitere, gigantische Explosion aus Richtung der Hütte hörte, eine Explosion, der weitere folgten, die sich zu einem donnernden maschinengewehrähnlichen Geknatter steigerten, stieß sich Ludwig Stengele mit beiden Beinen fest von der Felswand ab.

64

Emil Prokop fuchtelte mit dem Sportgewehr in der Luft herum, doch Nicole kam weiter drohend auf ihn zu. Mit eingezogenem Kopf und geballten Fäusten stand sie schließlich vor ihm im Schnee. Jennerwein trat einen Schritt vor. Seine Hand hatte er in die Tasche gesteckt, sie umfasste den Spitzstichel.

»Sie glauben wohl, dass Sie Ihr perfides Spiel einfach so weiterspielen können?«, fragte er in scharfem Ton.

Sowohl er als auch Nicole befanden sich im Scheinwerferkegel des Landrovers.

»Herrlich, herrlich!«, rief Prokop. »Die paar Stunden Angst, Schrecken und Aufregung haben mich zutiefst befriedigt. Vielleicht hats Ihnen ja ebenfalls Spaß gemacht, wer weiß. Es ist zwar nicht alles so gekommen, wie ich mir das vorgestellt habe. Aber ich habe mir meinen Platz in den Geschichtsbüchern erkämpft. Das genügt mir. Und jetzt ist Schluss für euch.«

Er warf einen kurzen Blick zu Verenas Landrover, wie um sich zu versichern, dass er immer noch dort stand. Der Motor lief, die Fahrertür war geöffnet. Sloopy kam ein paar Schritte näher und baute sich vor Prokop auf.

»Sag mal, was soll das eigentlich, hä? Was für ein Spinner bist du denn? Du kommst mit deiner Karre sowieso nicht mehr hier raus.« Er zeigte die Bahn hinunter. »Da, am Ende der Pipe, nach der kleinen Rechtskurve endet die Strecke und es geht steil bergab. Da erwarten dich nur verstreute Schottersteine. Das schaffst du nicht. Du brichst dir höchstens das Genick. Auch ein Landrover nützt dir da nichts.«

»Ich glaube nicht, dass du das beurteilen kannst«, erwiderte Prokop in herablassendem Ton. Er hob die Flinte und schoss Sloopy ohne weitere Vorwarnung in die Brust.

Sloopy kippte röchelnd nach hinten und wand sich im Schnee, dann blieb er regungslos liegen. Nicole hielt es nicht mehr länger an ihrem Platz. Sie rannte los, um sich auf Prokop zu werfen, der inzwischen die Anschütz herumgerissen hatte und jetzt auf sie anlegte. Ein besseres Ziel hätte Nicole gar nicht abgeben können, sie stand voll im Scheinwerferlicht und befand sich genau in Prokops Schussfeld. Jennerwein erschrak. Nicole war völlig ohne Deckung, und er konnte ihr nicht helfen! Doch plötzlich knickte Prokop mit einem Bein ein und schrie laut auf. Sein Brüllen hallte durch die Halfpipe. Er ließ die Waffe sinken, griff sich an den Oberschenkel und blickte mit schmerzverzerrtem und gleichzeitig wutentbranntem Gesicht nach oben in den Nachthimmel. Abermals riss er die Waffe hoch und schoss. Einmal. Zweimal. Es waren nur wenige Sekunden vergangen, doch diese Zeit hatte Jennerwein genutzt, um aus dem Licht des Scheinwerferkegels zu laufen und sich in den Schnee zu werfen. Er hatte es sogar geschafft, die starr dastehende und vor Wut bebende Nicole mit sich zu reißen und sie so aus der allerbrenzligsten Gefahrenzone zu bringen. Kaum lagen die beiden im Schnee, krachte ein paar Meter hinter ihnen etwas zu Boden. Jennerwein zuckte zusammen. Das dumpfe Aufschlagsgeräusch ließ Übles vermuten. Er drehte sich vorsichtig um. Er sah einen Snowboarder mit verknoteten Beinen leise stöhnend in seine Richtung schliddern. Dabei verlor er seinen Integralhelm, der langsam in die andere Richtung rollte, als wollte er sich still und heimlich aus dem Staub machen.

Prokop war humpelnd zum Schlitten gelaufen, stützte sich mit beiden Händen auf ihn und schob ihn an, um Anlauf zu nehmen. Nach wenigen Metern sprang er auf. Er schoss die Pipe-Rinne abwärts.

»Halt, Nicole, tun Sie das nicht!«

Jennerwein richtete sich auf. Doch es war zu spät. Nicole war schon zum Landrover gelaufen und hineingesprungen. Sie trat aufs Gas und preschte Prokop nach. Die Heckklappe hatte sich geöffnet, Kisten,

Flaschen und viel medizinisches Gerät polterten aus dem Laderaum.

Schnell lief Jennerwein zu dem angeschossenen Sloopy. Der stöhnte gotterbärmlich, doch Jennerwein erkannte, dass ihn die Kugel unterhalb der Schulter getroffen hatte und dass auf den ersten Blick keine lebensgefährlichen Verletzungen entstanden waren. Jennerwein riss sich sein Hemd vom Leib und improvisierte einen Verband. Dann eilte er zu dem vom Himmel gefallenen Snowboarder, dessen Gewehr ein paar Meter weiter im Schnee lag. Unglaublich, dass er von dort oben geschossen und Prokop getroffen hatte. Als Jennerwein ankam, waren die anderen beiden Snowboarder schon über ihn gebeugt.

»Seid ihr denn alle verrückt geworden?«, fragte der eine und klappte seinen Helm hoch. »Was ist hier eigentlich los?«

Es war ein Junge von vielleicht fünfzehn, höchstens sechzehn Jahren, der ihn verängstigt ansah. Die andere Gestalt entpuppte sich als Frau um die zwanzig.

»Sind Sie von der Organisation?«, fragte sie misstrauisch.

»Ich bin Polizist!«, rief Jennerwein. »Hilfe ist unterwegs.«

Sofort wandte sich die Frau wieder dem Verletzten zu und untersuchte ihn. Der schrie immer wieder gellend auf.

»Wie gehts ihm?«, fragte Jennerwein. »Sind Sie medizinisch versiert?«

»Das musst du schon sein als Snowboarder«, erwiderte sie. »Der hat einige Knochenbrüche. Wir versorgen ihn. Zisch ab und mach diesen verdammten Schweinehund fertig.«

Jennerwein erhob sich. Nicole war nicht mehr zu sehen. Doch jetzt vernahm er Motorengeräusche. Mehrere Hubschrauber kamen aus Talrichtung und flogen über sie hinweg. Hatte es Hölleisen doch geschafft, Hilfe anzufordern?

»Warum fliegen die weiter?«, fragte der Junge. »Warum landen die nicht hier bei uns?«

Jennerwein zeigte bergaufwärts.

»Dort gab es ein großes Problem. Wir haben Verletzte –«

Bevor er weitersprechen konnte, zerriss ein lauter Knall die Stille der Nacht, der alle erschrocken zusammenzucken ließ. Es folgte eine knatternde Kaskade von Explosionen, die alle aus Richtung der Hütte kamen.

»Was ist das?«, rief der Junge erschrocken. »Sind das Kampfhubschrauber? Beschießen die uns etwa?«

Jennerwein schüttelte den Kopf. Er glaubte zu wissen, was da im Keller der Hütte explodiert war. Dort waren die historischen Waffen von Dirschbiegel gelagert. Vermutlich gab es auch Pulvervorräte. Musste er jetzt befürchten, dass der halbe Hang weggesprengt wurde? Kaltes Entsetzen breitete sich in ihm aus. Schließlich waren keine Motorengeräusche mehr zu hören. Er konnte bloß hoffen, dass sich sein Team weit genug von der Hüttenruine entfernt hatte.

Johann Ostler, einst bayrischer Polizeihauptmeister, jetzt Bruder Sebastian und Mitglied des Sicherheitsdienstes des Vatikanstaates, stand auf der Kuppe des verschneiten Hügels und betrachtete den Nachthimmel. Wie hatte er dieses einzigartige satte Dunkelblau alpenländischer Nächte vermisst! Doch jetzt war keine Zeit zum Träumen. Er musste zu Jennerweins Blockhütte. In einer halben Stunde konnte er dort sein. Ostler zuckte zusammen, ging instinktiv hinter einem Baum in Deckung. Doch er entspannte sich sofort wieder. Um ihn herum knallte und donnerte es in unregelmäßigen Abständen, es war schließlich Freinacht und die Nacht der Heiligen Anastasia, es half alles nichts, die bösen Geister mussten vertrieben werden. Und das ging nun einmal nur geräuschvoll. Ostler hatte es bisher peinlich vermieden, jemandem zu begegnen, er war um jede Böllerschützengruppe herumgeschlichen und jedem Feuerrad ausgewichen. Diese eine Anhöhe noch, in der dahinterliegenden Senke musste sich nach seinem Plan Jennerweins Hütte befinden, einsam und versteckt, von der Zivilisation unberührt. Nur deshalb hatte er sich darauf eingelassen, Jennerwein zu besuchen, er konnte es sich nicht leisten, von irgendjemandem gesehen zu werden, offiziell war er vermisst. Eigentlich sogar mausetot. Mausetot war ein guter Zustand, wenn man im Dienst des Herrn stand. Ostler stapfte weiter. Er war noch nie auf Jennerweins Hütte gewesen, war auch furchtbar aufgeregt, seine alten Kameraden wiederzusehen. Als er die Hügelkuppe erreicht hatte, sah er hinunter. Trotz der Dunkelheit konnte er erkennen, dass sich hier ein kleines Tal ausbreitete, in dessen Mitte ein Bach floss. In der Ferne ragte eine schroffe, vielleicht vierzig bis fünfzig Meter hohe Felswand auf. Schemenhaft sah er, dass am Wandfuß eine einzelne, mächtige und uralte Tanne in die Höhe schoss. Obwohl er die Gegend um den Kurort herum gut kannte, war er hier noch nie gewesen. Brannte oben auf der Felskante nicht ein Feuer? Es überstieg allerdings die Ausmaße eines der beliebten Anastasiafeuer. Das gefiel Ostler ganz und gar nicht. Warum hatte ihn Rosi nicht darüber informiert, dass die Blockhütte doch nicht so einsam gelegen war? Dass sich in der Nähe offenbar weitere Personen aufhielten und feierten? Jetzt aber tat sich etwas. Mit dumpfen Knallgeräuschen schossen grünliche Feuergarben empor, die langsam ins Rotliche und Violette wechselten. Ostler war beeindruckt. Hier wurde ein Griechisches Feuer abgebrannt, eine uralte, byzantinische Methode, ein Feuerwerk mit einfachem Schießpulver und speziellen Farbbeigaben zu produzieren. Das sah ganz nach den Burschen vom historischen Schützenverein aus. Ostler seufzte nostalgisch. Als er noch aktiv gewesen war, hatten sie im Schützenverein überlegt, der Sendlinger Mordweihnacht vom 25. Dezember 1705 auf diese Weise zu gedenken. Es war ein wunderschönes, vielfarbiges Feuerwerk. So mussten die bayrischen Könige im Nymphenburger Schloss Weihnachten gefeiert haben. Ostler lächelte. Er freute sich, dass der Plan, die alten Bräuche hochzuhalten, jetzt umgesetzt worden war. Nur ärgerlich, dass ihn Rosi nicht informiert hatte. Es war wahrscheinlich zu spät dafür gewesen. Ostler wusste, dass er da auf keinen Fall raufgehen durfte. Die Gefahr, erkannt zu werden, war viel zu groß. Ein andermal. Bruder Sebastian legte noch eine Gedenkminute für den Schmied von Kochel, den tapferen bayrischen Volkshelden ein, dann trat er enttäuscht und traurig den Rückweg an. Ein andermal. Ganz sicher.

Nicole bretterte die Halfpipe hinunter und fuhr dabei Schlangenlinien wie ein Snowboarder. Sie wusste jetzt, dass Prokop am Ende der Halfpipe nicht weiterkam, sie konnte ihn aber vorher erwischen. Die offene Heckklappe verursachte einen Heidenlärm. Und endlich sah sie Prokop auf dem Schlitten. Auch er fuhr Schlangenlinien. Wenn sie jetzt Gas gab, konnte sie ihn rammen. Doch bald war die Strecke zu Ende. Die Pipe beschrieb noch eine leichte, unübersichtliche Rechtskurve, dann war da nichts mehr. Der Landrover schoss über die Kante und flog hinein ins Dunkel der Nacht. Nur der Supermond stand als alter, einsamer Zeuge am Himmel. Er bedeckte sein kaltes Gesicht mit einem weißen Wolkentuch.

65

1980 kamen die ersten serienmäßigen Airbags auf den deutschen Markt, die Chinesische Mauer wurde unter Denkmalschutz gestellt, und am Montag, den 22. Dezember, war in Bayern offizieller Beginn der Weihnachtsferien. Nicht nur die Mitglieder der Schulfamilie, viele Bewohner des Kurorts warteten gespannt auf die nächsten Aktionen des Bombers. Auch am Stammtisch des Wirtshauses *Zur Roten Katz* gab es heftige Diskussionen.

»Also ich tät einmal die Bürokraten angreifen«, sagte ein vierschrötiger Wirtshaushocker gerade. »Ich würde mich in eine Amtsstube reinschleichen und ein bestimmtes Kalenderblatt präparieren. Sagen wir einmal, das von heute. Nur so als Beispiel. Und wenn er es dann in der Früh abreißt, der sture Beamtenschädel – Boooooah!«

»Ja, das wäre was«, stimmte sein Gegenüber zu. »Dann müssten die bei der Gelegenheit auch einmal das ganze Rathaus auslüften. Schaden täts nicht.«

»Ich wiederum tät in den Löschtank was reingeben«, sagte ein leibhaftiger Oberbrandmeister der Freiwilligen Feuerwehr. »Dann irgendwo einen kleinen Brand legen, die Feuerwehr kommt, tatütata, und versaut beim Löschen das ganze Haus.«

»Die Restaurants und Wirtschaften waren auch noch nicht dran!«, sagte der Vierschrot. »Da wären die Gäste schnell draußen.«

»Mach bloß keinen Schmarrn!«, brüllte der Wirt der *Roten Katz* von der Theke herüber. »Ich werde dich im Auge behalten.«

So wurde geredet und spekuliert, schließlich neigte sich der Montag seinem Ende zu. Bis zum Abend geschah nichts, die Spannung stieg, man erwartete jeden Augenblick einen Anschlag, doch der ließ auf sich warten. Jedermann konnte es spüren: Der Bomber war auch dann präsent, wenn er keine Stinkbombe warf.

»Oder im Schützenhaus«, schlug der Vierschrötige in der *Roten Katz* vor. »Beim Scheibenschießen.«

Er hatte wegen der Aufregung inzwischen schon einige Weißbiere intus.

»Im Schützenhaus?«

»Ja, die Patronen mit den Flascherln austauschen, und beim ersten Schuss mit dem Luftgewehr – batsch! – haben wir die Bescherung!«

Der Bomber ließ den Dienstag genauso geruchlos verstreichen wie den Montag. Oder hatte er aufgegeben? Hatte er eine Blockade? Eine Bombhemmung?

Hubertus Jennerwein hielt von all diesen Erklärungsmöglichkeiten nichts. Er wusste, dass die geruchlosen zwei Tage eine Art kunstvolle Generalpause vor dem ganz großen Anschlag bildeten, der an Heiligabend geschehen sollte.

Musiklehrer Biederstätter *(»Con due gomiti«)* hatte eine ganze Stunde darüber geredet. Über gut gesetzte und effektvolle Pausen bei künstlerischen Werken.

»Je größer die Musik, desto größer die Pausen«, hatte er gesagt.

Und er hatte solch eine Pause vorgespielt. In dem Orchesterstück *Don Juan* von Richard Strauss gab es kurz vor Schluss eine überraschende, bedeutungsvolle Generalpause über zwei Takte, dann endete das Werk in ›ersterbendem‹ e-Moll. Und weil ja Richard Strauss ein großer Sohn des Ortes war, waren die zwei anschlagslosen Tage vielleicht sogar eine Anspielung darauf.

Und so geschah es.

»Oder jemandem einem halben Zentner frischen Stallmist durchs Dachfenster schütten«, sagte der Vierschrötige am Stammtisch und spielte damit auf einen beliebten Polterabendscherz an.

66

René Vitzthum stand bis zum Hals in der ekligen Brühe. Bald würde ihm nichts mehr anderes übrigbleiben, als im Bier zu schwimmen – eine perverse Vorstellung! Am Ende würde nicht einmal das mehr gehen. Der große, furchteinflößende Mixer begann sich jetzt langsam und ruckelig über ihm zu drehen. Er musste sich beeilen. Er musste unbedingt zu der Industrielampe hochspringen, dessen Schutzglas ihm die einzige Möglichkeit für seine Rettung zu sein schien. Beherzt hielt er eines der rotierenden Blätter fest, zog sich an ihm hoch und versuchte, die Plastikkappe von der Lampe herunterzuziehen. Verdammt, warum war ihm das alles nicht schon früher eingefallen! Er versuchte, diesen Gedanken aus seinem Kopf zu bekommen, das brachte ihm momentan gar nichts. Und wieder zog er sich hoch, bekam jetzt endlich das Gitter zu fassen, erst mit einer, dann mit beiden Händen, er hing jämmerlich an der Lampe, zuckte, riss und rüttelte, strampelte mit den Beinen in der schäumenden Flüssigkeit. Das Gitter und das milchglasähnliche Plastik waren heiß, die Stäbe schnitten schmerzhaft in seine Finger. René rutschte ab und stand wieder bis zum Hals im Bier. Mit großer

Kraftanstrengung zog und strampelte er sich erneut hoch. Und tatsächlich! Diesmal gelang es ihm, das Gitter herunterzureißen und mit ihm die Plastikschale. Der Flüssigkeitsspiegel stieg weiter, so dass der große Ventilator schon das Bier durchpflügte, schmatzend, zischend, in immer schnellerem Tempo. Er griff sich die geriffelte Plastikschale, die die Größe eines Brotlaibs hatte, holte noch einmal tief Luft und tauchte mit ihr nach unten. Als er die Augen öffnete, erkannte er erleichtert, dass der lebensrettende Sauerstoff immer noch aufwärts perlte. Er hielt das Plexiglas mit der Wölbung nach unten über das Rohr. Und tatsächlich. Die Luft verdrängte langsam das Wasser aus der Schale. Er schätzte, dass sie etwa fünf Liter fasste. Doch nun kam der eigentlich schwierige Akt. Er legte den Kopf in den Nacken und versuchte, sich die lebensrettende Maske mit dem Sauerstoff überzustülpen, um dadurch die Nase in die Sauerstoffblase stecken zu können. Es gelang nicht gleich auf Anhieb, dann aber konnte er die reine, nicht mit schweren Bierdämpfen verseuchte Luft atmen. Er atmete in der Biermaische aus. Und in der Schale ein. Und aus. Und ein. Jetzt musste er die Schale erneut mit Luft füllen. Und wieder ein und aus. Langsam spürte er jedoch, dass sich bleierne Müdigkeit in ihm ausbreitete. War das wirklich Luft oder Sauerstoff? Oder ein ganz anderes Gas? Hätte er nur besser aufgepasst, als ihm Verena davon erzählte. Jetzt merkte er auch, wie betrunken er langsam wurde. Mit Schrecken fiel ihm ein, dass Alkohol nicht nur über den Magen, sondern auch über die Haut aufgenommen werden konnte. Nackt und bloß wie ein Fötus, so steckte René Vitzthum in einem Biertank.

Lange konnte das nicht gutgehen.

67

Ob gläubig oder nicht, am Abend vor dem eigentlichen Christfest strömten die Bewohner des Kurorts traditionell auf den Friedhof, um die Gräber der Verwandten zu besuchen. So auch am 23. Dezember 1980. Man ratschte mit dem und jenem, wünschte sich frohe Feiertage (»trotz allem«, fügten viele hinzu) und lauschte den Klängen der örtlichen Blasmusik. Um fünf Uhr am Nachmittag begann das Konzert, dazwischen sangen Chöre. Meistens der Kirchenchor, der Männerchor Alpenglühen, der Gemischte Chor Gipfelecho, der Singkreis Rehragout, die A-cappella-Formation Die Stimmbändiger …

Hubertus Jennerwein hatte sich vorgenommen, das Grab seiner Großeltern zu besuchen. Da er im Gegensatz zu den meisten Einwohnern ohnehin nicht mehr mit einem Anschlag heute rechnete, war er ganz entspannt. Er machte sich allein auf den Weg, denn sein Vater war in der JVA und seine Mutter hasste Friedhöfe. Er nutzte den Gang zum Grab, um den ganzen Fall nochmals von allen Seiten zu betrachten. Inzwischen wusste er, wer hinter den Anschlägen steckte. Sein erster Impuls war es heute

Morgen gewesen, zum Telefonhörer zu greifen und den Übeltäter kurzerhand anzurufen. Aber er wollte eine edle Tat vollbringen. Er wollte ihm den morgigen weihnachtlichen Abschlussanschlag ausreden. Dazu musste er sich mit ihm treffen. Genauer gesagt musste er sich mit *ihnen* treffen. Jennerwein war überzeugt, dass es ein Team war, ein Kollektiv, ein Schwarm, wie auch immer. Eine schöne Denkbarriere war es gewesen, dauernd vom Bomber und noch einmal vom Bomber zu reden. Jedes Mal, wenn der Ausdruck fiel, verfestigte sich die Vorstellung von einem Einzeltäter. Dass gleich ein ganzes Kampfgeschwader am Werk war, daran dachte niemand. Außer vielleicht Hubertus. Am Friedhofseingang traf er auf den Direktor der Schule.

»Du schon wieder«, sagte der erwartungsgemäß.

Der Viersternefriedhof quoll über von Besuchern, er hatte diese Bezeichnung wegen des phänomenalen Viersterneblicks auf die Kramerspitze erhalten, die allerdings jetzt unergründlich im Dunkeln lag. Jennerwein traf auf viele aus der Schulfamilie, Eltern, Schüler, Lehrer, Einheimische wie Zugezogene. Der Chemielehrer Heinz Peterchen kam auf ihn zu, schüttelte ihm die Hand und wünschte fröhliche Weihnachten. Frau OStRin Grunst (Erdkunde) und Herr Kemmer (Biologie) grüßten ihn, Frau Haage (Französisch) trug heute einen mattschwarzen, halblangen

Kaschmirmantel mit Schleierhütchen. In Schwarz wirkte sie sogar noch eleganter und französischer. Der Bürgermeister redete auf eine Gruppe von Einheimischen ein, er setzte seinen Hut dauernd auf und ab, um Vorbeikommende zu grüßen. Ein neben ihm stehender vierschrötiger Mann sagte gerade zu ihm:

»Gut ginge es auch beim Eisstockschießen. An einen Eisstock hingeklebt, geschossen, und dann Boooooah!«

Der Kirchenchor setzte mit einer Motette ein. Ein Solotenor schmetterte in die Nacht, der Mond verzog sein Gesicht zu einem winzig kleinen Lächeln.

Die beliebtesten Vornamen waren heuer Julia, Katrin, Sebastian und Michael. Eine Mass Bier auf dem Oktoberfest kostete 4,80 DM. Der vergangene Sommer ging in Regen und Kälte unter, und auch für heute, den 23. Dezember 1980, berichtete der Deutsche Wetterdienst nichts Positives: Bremen – bedeckt mit etwas Regen, Dresden – bedeckt mit Regen, Zugspitze – bedeckt mit Schnee. Also Schmuddelwetter allerorten. Auch im Kurort. Ein perfektes Wetter für Verschwörungen.

Endlich stand Hubertus Jennerwein vor dem Grab seiner Großeltern und zündete dort eine Kerze an. Er verschränkte die Hände und starrte auf das Geburtsdatum seines Opas mütterlicherseits: 1. April.

Doch die gehörige Besinnung auf die Vergänglichkeit des Lebens wollte nicht aufkommen. Erstens hatte er seine Großeltern kaum gekannt, zum anderen kreisten seine Gedanken um die Bombertruppe. Jetzt wusste er endlich: Geplant hatten sie die Anschläge sicher zusammen, bei der Durchführung waren jedoch jeweils unterschiedlich viele Leute beteiligt gewesen. Zum Präparieren der ›Amerikaner‹ im Auslieferungswagen der Konditorei Kreiner brauchte es sicher das ganze Team. Um die Milch in die Kühlergrills der Lehrerautos zu kippen, genügten zwei, die sich als Hausmeisterehepaar verkleidet hatten.

»Ja, er war schon eine gute Haut, dein Opa.«

Wer? Ach so, ja, der Opa. Eine alte Frau, die Hubertus nicht kannte, war zu ihm ans Grab getreten und hatte das weihnachtliche Gesteck mit Weihwasser besprengt. Er konzentrierte sich wieder auf den Fall. Die Truppe bestand sicherlich aus Leuten, die sich schon länger kannten und die sich aufeinander verlassen konnten. Zuerst war sein Verdacht auf die uralten Exschüler gefallen, die er im Kellergang getroffen hatte und die dort herumgealbert und auf ganz locker gemacht hatten. Er hatte damals noch eine Weile an der Tür zum Schluckerkeller gelauscht, sie hatten tatsächlich von gemeinen Schulstreichen gesprochen. Aber die Exschüler konnten es nicht sein. Denn wie sollte einer dieser Alten auf eine hohe Leiter klettern und den Heronsbrunnen auf einer

Deckenplatte fixieren? Wie sollten diese umtriebigen, aber als solche erkennbaren Greise unauffällig in die Schulaula kommen und das Boooooah! an die Projektionsleinwand schreiben?

»Guten Abend, Frau Giebel!«, sagte er. »Frohe Weihnachten!«

»Ja, toll«, erwiderte die Souvenirkrämerin sarkastisch. »Das ganze Weihnachtsgeschäft hat er mir versaut, der Idiot.«

Jennerwein wandte den Kopf zum Kiesweg. Sein Puls schlug schneller, seine Atemfrequenz erhöhte sich. Dort ging einer von ihnen. Mit Anorak und dicker Pudelmütze. Jennerwein verabschiedete sich schnell von Frau Giebel und trat hinaus auf den Weg. Der dick Vermummte blickte sich um, Hubertus verbarg sich hinter einer Konifere. Das hätte er gar nicht tun müssen, so unauffällig wie er war. Dieser eine aus dem Bombergeschwader war ganz und gar nicht in besinnlicher Laune. Jennerwein bemerkte, dass er öfter innehielt und überlegte, welchen Weg er zu seinem Ziel nehmen sollte. Der verhielt sich so, als wollte er zu einem Treffpunkt gehen. Und was gab es einen besseren Treffpunkt für eine konspirative Zusammenkunft als einen vorweihnachtlichen, dunklen Friedhof mit seinen vielen Winkeln, Ecken und Mauern. Hubertus hatte trotz der halb heruntergezogenen Pudelmütze kurz das Gesicht des Verschwörers gesehen. Er kannte ihn. Nicht eben gut, aber gut genug, um zu wissen, zu welcher Clique er gehörte.

Im Endeffekt hatte eine kleine Frucht Hubertus Jennerwein auf die richtige Spur gebracht. Die exotische Durian-Frucht war in den Neunzehnhundertachtzigern in Europa vollkommen unbekannt. Schon mit dem Begriff hätte niemand etwas anfangen können, und kein noch so internationaler Obst- und Gemüsehändler hätte einem die Stinkefrucht besorgen können. Man hätte schon selbst hinfahren müssen. Nach Malaysia, Borneo oder Sumatra. Und wer war in Kuala Lumpur, der Hauptstadt von Malaysia, gewesen? Das war der entscheidende Hinweis. Der spätere Kriminalhauptkommissar war vor Freude über diesen Ermittlungsfortschritt in seinem Zimmer herumgesprungen. Also erstens eine zusammengeschweißte Gruppe, zweitens eine mit einem Gruppenmitglied, das in Kuala Lumpur gewesen war, und drittens eine Clique, deren Mitglieder in allen möglichen Vereinen waren. In Chören, Orchestern Volkstrachtenerhaltungsvereinen, Sportklubs, Theatergruppen, Yps-Abonnenten-Zirkeln …

Der mit der Pudelmütze bog jetzt ab, sie kamen in einen Bereich des Friedhofs, in dem es etwas stiller zuging, es war das bessere Viertel, sozusagen das Dahlem, Bogenhausen oder Blankenese des Viersternefriedhofs. Hier gab es schmiedeeiserne Grabkreuze, Grüfte, Grotten, sogar eine Krypta. Und zu einer dieser Familiengrüfte ging der Einzelbomber wohl. Die vierte Überlegung Jennerweins war die gewesen, dass es in der Gruppe einen mit einem großen Bastelkeller geben musste, eher mit einer Bastelhalle. Das war zum Beispiel ein Autohaus. Und dann kam, fünftens, die große Willenskraft dazu, die vermutlich das ganze Jahr schon geplanten und vorbereiteten Anschläge auch konsequent durchzuziehen.

Der Bomber sah sich jetzt um. Abermals verbarg sich Jennerwein hinter dem Stamm einer großen Eiche. Der mit der Pudelmütze verlangsamte seine Schritte, blieb stehen, zündete sich eine Zigarette an, nahm ein paar gierige Züge, hustete, warf sie weg, drückte sie aus, verscharrte sie im Schnee. Der musste noch viel lernen. Er ging weiter. Und endlich wusste Hubertus, was sein Ziel war. Sie trafen sich nicht, wie er ursprünglich angenommen hatte, hinter der Friedhofsmauer, sondern in der geräumigen Familiengruft der Senckendorffs, einem alten bayrischen Adelsgeschlecht. Hubertus bemerkte gleich, dass vor der Gruft eine Wache postiert war, die den mit der Pudelmütze ohne weiteres einließ. Die Wache blickte aufmerksam umher. Hier war Endstation für Hubertus. Was jetzt?

Der Klassiker wäre gewesen, ein Steinchen zu werfen und den Wächter wegzulocken. Das hatte Hubertus in hundert Abenteuerromanen gelesen. Aber ein Steinchen im Schnee? Lächerlich. Die andere Möglichkeit war die, die Wache, auch ganz klassisch, niederzuschlagen. Doch das war nicht Jennerweins Stil. Er wählte eine dritte Möglichkeit. Die Krypta Senckendorff glich einem aufwändigen Gartenhäuschen, sie schloss oben mit einer gemauerten Rotunde ab. Er schlug einen großen Bogen um das Gebäude, kletterte auf die Friedhofsmauer und kam so schließlich ungesehen aufs Dach der Gruft. Wie er vermutet hatte, gab es hier einen vergitterten Luftschacht, durch den man nach unten blicken konnte.

Viel zu sehen bekam er zwar nicht, zumal die zehn oder zwölf Leute in der Gruft alle dick eingehüllt waren in winterliche Klamotten, zumal sie fast alle Mützen trugen, die die Gesichter verdeckten. Aber die Akustik des alten Gemäuers war gut, Jennerwein konnte sie belauschen. Und er hatte zusätzliches Glück. Sie besprachen die letzten Einzelheiten des morgigen Anschlags. Perfekt. Jennerwein suchte sich eine nicht ganz so unbequeme Stellung, dabei fiel sein Blick auf den leeren Friedhofsweg. Der Wächter stand mit dem Rücken zu ihm, er hatte nichts von seiner Kletterei bemerkt. Aber wer kam da den knirschenden Kiesweg entlang? Es war Schendel-Schott, der Intelligenzbolzen der Schule! Hatte er etwas mit den Verschwörern zu tun? Nein, das war eigentlich nicht möglich. Er sagte Hallo zu der Wache, die grüßte beiläufig zurück. Dann blickte er hoch zu Jennerwein und grinste unverschämt wissend. Dem fuhr der Schreck in alle Glieder. Doch Schendel-Schott zeigte keine weiteren Reaktionen. Er tat so, als hätte er den Lauscher auf dem Dach nicht gesehen und ging einfach weiter. Jennerwein atmete auf. Hatte er in dem Intelligenzbolzen einen Verbündeten?

Jennerweins Lage war äußerst schmerzhaft und unbequem. Unter ihm herrschte gerade gespannte Stille. Dann sagte einer:

»Das Allerschärfste ist doch, dass wir es geschafft haben, den Verdacht auf das Hausmeisterehepaar zu lenken. Eine wirklich reife Leistung!«

Hubertus zuckte zusammen. Auch er hatte Gudrian nicht ganz ausgeschlossen. Aber in diesem Punkt hatte er sich schwer getäuscht.

»Wir müssen Tempo machen«, hörte er schließlich eine andere Stimme. »Meine Familie kommt nach dem letzten Stück der Blasmusik hierher. Also los jetzt.«

Hubertus lauschte angespannt. Sie gingen noch einmal alle Punkte für morgen durch. Er bekam das volle Programm mit, wer was wie und wo im Einzelnen machen sollte. Respekt, die haben sich was vorgenommen, dachte Jennerwein. Es sollte eine Kombination aller bisherigen Anschläge werden. Alle Techniken sollten noch einmal in einem großen Paukenschlag vorgeführt werden. Und Jennerwein war auch in einem weiteren Punkt auf der richtigen Spur gewesen: Sie hatten es auf die Kirchen abgesehen. Nicht auf eine. Auf alle Kirchen des Landkreises.

In den größten und bezüglich der Mitternachtsmette beliebtesten hatten sie die Kirchenfenster mit zusätzlichen Gläsern präpariert, das ohrenbetäubende Getöse der Weihnachtsglocken sollte sie zum Springen bringen. In anderen Kirchen wollten sie sich in die mikrophongestützten Predigten einmischen, die Stimme des Pfarrers sollte weggeblendet und stattdessen Bibelstellen mit Höllengestank und Schwefelduft eingeblendet werden: »Die siebenköpfige Schlange, aus deren Maul stinkender Geifer tropft, wird sich erheben und auf dem ganzen Erdkreis einen Geruch der Pestilenz und Fäulnis verbreiten …« Sie wollten den Kirchgängern der Weihnachtsmetten Zettel in die Taschen mit Booooooah! stecken, sie hatten Hostien präpariert, die beim Brechen üble Surströmming-Gerüche verbreiteten. Sie wollten teuflische Essenzen in den Weihrauch mischen, die Gesangsmappen der Chöre mit geruchsbezogenen Texten präparieren …

»Kuck mal, da droben auf dem Dach ist einer!«, rief plötzlich ein Mädchen, dessen Stimme Jennerwein ziemlich gut kannte.

68

Der Landrover schoss waagrecht und ohne nur im Geringsten zu zittern an Prokop vorbei durch die Luft, als wolle er noch ewig so weiterfliegen. Die linke Vordertür stand offen und flatterte im Fahrtwind, sie krachte in den Angeln, es hatte fast den Anschein, als würde der Wagen versuchen, mit diesem einen Flügel noch eine letzte Anstrengung zu unternehmen, sich in der Luft zu halten. Schließlich kippte er doch nach vorn, senkte sich zuerst langsam, dann immer schneller nach unten, befand sich jetzt im steilen Sturzflug und knallte schließlich auf den spitzen Geröllsteinen auf, die auf dem Abhang verteilt waren. Knirschend grub sich der Wagen in den Schnee, er schien darin herumzuschnüffeln, kippte dann noch ein letztes Mal um und blieb mit einem bösen, öligen Geräusch auf der Seite liegen. Es folgte eine unheilvolle Stille. Eines der Räder drehte sich langsam, die Tür, die vorher im Wind geflattert hatte, war abgerissen, sie lag vermutlich irgendwo im Schnee zwischen den spitzen Steinen. Die leere Türöffnung starrte wie ein großes, schwarzes Auge in den Nachthimmel. Die Sekunden verstrichen. Das Rad kam langsam zum Stillstand.

Emil Prokop starrte hinunter zu dem demolierten Gefährt. Er stand am Ende der Halfpipe und wartete darauf, dass die Sprengladung, die er im Wagen versteckt hatte, explodierte. Doch nichts geschah. Er hatte zwar noch keinen BCI-Befehl gegeben. Er wollte das erst tun, wenn die verfluchte Kommissarin vielleicht doch noch aus dem Wrack gekrochen kam. Dann würde er sie endgültig erledigen. Prokop wartete. Er hatte den Zünder so eingestellt, dass sich der Sprengsatz auch bei großer Gewalteinwirkung selbst entzündete. Er setzte sich auf den Schlitten, mit dem er bis hier ans untere Ende der Halfpipe gefahren war. Prokop wusste von seinen Streifzügen im November, dass man von hier aus nicht ohne weiteres ins Tal kam, schon gar nicht mit dem Schlitten. Er hatte aber gesehen, dass auf der anderen Seite der Schanze ein kleiner Trampelpfad nach unten führte. Aber hatte jetzt im Auto nicht etwas aufgeblitzt? Hatte es da nicht eine Bewegung in der dunklen Augenhöhle gegeben? Prokop starrte angestrengt hinunter. Nein, er musste sich getäuscht haben. Die verdammte Kriminalkommissarin aus Westfalen, die ihn den ganzen Abend über so fies mit ihrer angeblichen Betrunkenheit getäuscht hatte, war sicher schon hinüber.

Emil Prokop griff sich mit beiden Händen an Stirn und Wangenknochen. Das war seine Konzentrationshaltung. Er versuchte, sich die Bewegungen im

Geist vorzustellen, die für die Auslösung des Zünders notwendig waren. Er würde durch die Explosion zwar seinen Standort verraten, aber um zu dem kleinen, steilen Fluchtweg zu gelangen, musste er an dem Autowrack vorbei. Das war viel zu gefährlich, wenn der Sprengstoff noch scharf war. Prokop unterbrach seine Konzentrationsübung und lachte laut auf. Dass ausgerechnet Nicole Schwattke und Kommissar Jennerwein den Feuersturm auf der Hütte als Einzige überlebt hatten, war ja köstlich! Prokop versuchte, sich erneut zu konzentrieren. Wenn ihm nur sein Bein nicht so weh getan hätte. Es war zwar nur ein Streifschuss, aber sein Oberschenkel brannte höllisch. Wieder fasste er sich an Stirn und Wangenknochen. Aber es funktionierte nicht. Er musste näher ran, um den Zünder zu aktivieren. Als er sich vom Schlitten erhob, traf ihn ein mörderischer Schlag.

Nicole war die Halfpipe mit dem Landrover nach Art der Snowboarder hinuntergefahren, in Schlangenlinien, von einem Hang zum gegenüberliegenden. Zweimal hatte sie den Schlitten von Prokop schon mit ihren Scheinwerferkegeln erfasst, aber der war mit seinem kleinen Gefährt viel wendiger unterwegs als sie. Dann hatte sie ihn schließlich aus den Augen verloren. Nicole erschrak. Im unteren Viertel der Halfpipe gab es keine Steilwände mehr, sie raste jetzt ungebremst auf den Abgrund zu. Sie musste hier raus!

In einem Trainingslager hatte sie den kalten Ausstieg mehrfach geübt, allerdings nicht auf einer holprigen Schneepiste und in dieser Geschwindigkeit. Trotzdem versuchte sie, die einzelnen Schritte der hochriskanten Aktion nacheinander abzurufen. Tür auf. Beine anziehen und auf den Sitz stellen, Drehung um neunzig Grad. Griff zum Lenkrad, das Auto von der Sprungrichtung wegsteuern, dann mit dem Kopf voraus abspringen. Sanft abrollen. Fertig. Doch hier in diesem ratternden Landrover war das gar nicht so einfach. Sie wurde nach allen Seiten geschleudert, bekam auch die Tür nicht sofort auf. Panik erfasste sie. Sie konnte sich kaum in der Hocke halten. Noch fünfzig Meter. Noch dreißig Meter. Sie war in keiner guten Position zum Sprung, aber sie musste jetzt unbedingt raus. Sie drückte die schwere Wagentür so weit wie möglich von sich weg und hechtete in die Nacht. Aus den Augenwinkeln sah sie noch, wie der leere Landrover über die Klippe glitt und ungerührt weiterflog. Der weiße Boden kam auf sie zu und gab ihr mehrere klatschende Ohrfeigen. Obwohl sie versuchte, sich sanft abzurollen, schlug sie schmerzhaft hart auf, überschlug sich mehrmals, schlidderte mit dem Gesicht über den steinübersäten Boden, kam schließlich zehn Meter vor der Klippe zu liegen. Nicole atmete schwer. Jeder Knochen im Leibe tat ihr weh. Als sie sich ins Gesicht fasste, spürte sie tausend blutende Schürfwunden. Doch der Schmerz stachelte sie an. Fieberhaft versuchte sie, sich zu erinnern, an welcher Stelle sie Prokop das letzte Mal gesehen hatte. Ächzend stand sie auf und bewegte sich vorsichtig in die Richtung, in der sie ihn vermutete. Sie blickte kurz in den Abgrund. Dort lag der Landrover auf der Seite, rauchend, dampfend, in den letzten Zügen. Aber er war nicht explodiert. Die Sprengladung hatte sie wahrscheinlich oben verloren, als die Heckklappe aufgesprungen war. Der Schreck fuhr ihr in alle Glieder. Jennerwein war noch in der Nähe! Und die verletzten Snowboarder!

Sollte sie nach oben laufen? Nein, sie musste erst das hier zu Ende bringen. Langsam tappte sie die ganze Front der Klippe entlang. Und dann sah sie ihn. Er saß auf dem Schlitten, hatte den Kopf in die Arme gestützt und blickte nach unten zum Wagen. Er war verletzt, der Snowboarder hatte ihn am Bein getroffen. Adonisgleicher Lockenkopf, wie? Sie unterdrückte die heftige negative Gefühlsaufwallung. Das war ganz und gar nicht professionell. Sie näherte sich ihm von hinten, kroch die letzten Meter, konnte sich aber dann nicht mehr beherrschen, sprang auf, vergaß alle polizeilichen Verhaltensmaßregeln, rannte auf ihn zu und versetzte ihm mit einem gellenden Schrei einen unbarmherzig derben Schlag in den Nacken.

Prokop krümmte sich, fuhr blitzschnell herum und blickte mit Entsetzen in das blutverschmierte Gesicht einer schreienden Gestalt. Dass es Nicole Schwattke war, die da vor ihm stand, begriff er erst, als sie ihm an die Gurgel ging und ihn anbrüllte:

»Du verdammtes Schwein!«

Sie hatte schon wieder überlebt. Er schlug ihr die Arme nach oben weg, sprang auf und nahm sie fest in den Schwitzkasten. Doch sie konnte sich herauswinden, nachdem sie ihm ein paar gezielte Handkantenschläge in die Seite gegeben hatte. Beide taumelten, gingen dann wieder aufeinander los. Nicole war jünger und besser ausgebildet, aber sie hatte einen schweren Sturz hinter sich und war völlig ausgepumpt. Sie rangen miteinander, wälzten sich schreiend im Schnee, versuchten, sich zu treten und zu schlagen. Schließlich entkam Nicole einem weiteren Würgegriff, sie sprang auf und versuchte, etwas Distanz zu ihm zu gewinnen. Auch Prokop war wieder aufgesprungen. Er ballte beide Fäuste und ging in Position.

»Ach, du willst einen kleinen Boxkampf, meine Liebste? Klar, komm her, kannst du haben!«

Er wollte sie provozieren. Auch sie hob die Fäuste. Er täuschte links an, schlug mit rechts in ihre Richtung, sie konnte ausweichen und schlug einen Doppelhaken. Er hüpfte humpelnd zur Seite. Sie trat einen Ausfallschritt vor, täuschte eine Gerade an, zog zurück, täuschte mit der anderen Faust eine weitere Gerade an, holte mit dem Fuß aus, um ihm einen Tritt in die Brust zu verpassen. Das war Nicoles Spezialität. So hatte sie im Training schon viele Kollegen auf die Matte geschickt. Im Schnee hatte sie jedoch noch nie gekämpft. Das mit dem Tritt war keine gute Idee gewesen. Sie rutschte aus, strauchelte und fiel. Sofort war Prokop bei ihr und trat sie hart in die Seite. Sie jaulte auf vor Schmerz. Und noch ein Stoß. Sie schnappte nach Luft. Sie hatte keine Energie mehr aufzustehen. Nicole bemerkte entsetzt, dass er sie an den Füßen packte und durch den Schnee zog. Dem Abgrund zu. Ihr fehlte die Kraft, sich zu wehren. Doch plötzlich spürte sie keine Bewegung mehr. Prokop hatte von ihr abgelassen. Als sie aufblickte, hatte er die Hände erhoben, hinter ihm stand ein Mann. Im fahlen Mondlicht blitzte etwas an Prokops Hals. Ein Spitzstichel.

»Geben Sie endlich auf«, schrie Jennerwein. »Ich werde nicht zögern zuzustechen.«

Prokop schien zu überlegen. Dann breitete sich ein fieses Grinsen auf seinem Gesicht aus.

»Zustechen?«, fragte er höhnisch. »Sie wollen wirklich zustechen, Jennerweinchen? Ich glaube nicht, dass Sie das übers Herz bringen, Sie Weichei –«

Seine Worte wurden von dem immer stärker werdenden Dröhnen eines Hubschraubers überdeckt.

Schnee wirbelte auf und der gleißend helle Strahl eines Suchscheinwerfers erfasste die drei Gestalten.

»Achtung, Achtung – «

Jennerwein blickte nach oben. Die Kavallerie war da.

69

René wusste, dass er das nicht durchstehen würde. Der Propeller ruckte immer wieder an, gab dabei ein kreischendes, metallisches Geräusch von sich. Momentan lief er wieder ziemlich schnell und wirbelte die Flüssigkeit wie ein überdimensionaler Mixer durcheinander. Es war dabei kaum möglich, ruhig dazustehen. Und er wurde immer betrunkener. Ein Gefühl der Lethargie und Gleichgültigkeit stieg in ihm auf, es wurde immer schwerer, dagegen anzukämpfen. War es nicht sinnlos, sich so zu plagen? War es nicht besser aufzugeben? Und wieder hielt René die mit Luft gefüllte Plastikschale über sich und nahm einen kräftigen Zug von dem lebenserhaltenden Gas. Immer wieder gingen seine Gedanken hin zu Verena. Sie hatte schon oft Straftäter auf Bewährung betreut und auch zu sich nach Hause eingeladen. War dieser schmierige Lockenkopf einer von denen?

Kurz nachdem Lisa und Philipp Grasegger den Anruf von Hölleisen erhalten hatten, hatte sich Ursel auf den Weg in die Mayserstraße gemacht. Das Holzhaus lag ruhig da, es war verschneit, ein richtiges Hexenhäuschen im Winter. Der Balkon war mit Lichterketten geschmückt, Autospuren im Schnee verrieten, dass hier jemand vor ein paar Stunden weggefahren war. Was sollte sie tun? Sie entschloss sich, trotz der vorgerückten Stunde, an der Haustür zu klingeln. Keine Reaktion. Vielleicht hatten die Kinder ja den Anruf falsch verstanden. Oder Hölleisen hatte einfach aus einer Bierlaune heraus angerufen und sich nur für die Plätzchen bedankt. Ursel klingelte nochmals. Wieder rührte sich nichts. In diesem Haus befand sich niemand. Wer sollte dann in Gefahr sein? Die Gerichtsmedizinerin war doch mit ihrem Mann zusammen auf der Hütte! Ursel wagte noch einen Versuch. Sie betrat das Grundstück, ging um das Haus herum, klopfte an allen Fenstern, rief auch mehrmals laut. Schon erschienen die ersten Nachbarn an den Fenstern und wunderten sich, was sie da trieb. Es würde nicht mehr lange dauern, da würden die ersten ihre Beobachtungen der Polizei melden oder dem bürgerwehrartigen Sicherheitsdienst, der seit neuestem unterwegs war. Ursel beendete ihren Rundgang und stapfte wieder nach Hause. Ignaz und die Kinder saßen im Wohnzimmer. Man beschloss, zuerst einmal eine kräftige Brotzeit aus dem Kühlschrank zu holen – kalte Kalbfleischpflanzerl mit Senfsoße, gebeizte Truthahnschenkel mit Johannisbeermarmelade, zweierlei Sorten selbstgebackenes Brot, panierte Wammerl –, um ein nachmitternächtliches Besprechungsmahl abzuhalten.

»Wir können da nicht einfach einbrechen«, sagte Ursel. »Mich haben schon ein paar Leute gesehen.«

»Dann lass es halt sein«, versetzte Ignaz und stach in die Lachsforellenpastete.

»Aber ich habe trotzdem ein komisches Gefühl.«

Schließlich machten sich alle vier auf den Weg. Auch sie klingelten und klopften. Lisa hielt ihr Ohr an eine Fensterscheibe.

»Ich höre manchmal ein Summen oder Surren?«, flüsterte sie.

Ignaz winkte ab.

»Die hat einen Haufen medizinische Geräte im Keller, die wird sie halt vergessen haben auszuschalten.«

Sie verschafften sich schließlich Einlass über die Terrassentür, eine leichte Übung, denn sie war unvorsichtigerweise gekippt. Dann betraten sie vorsichtig die Wohnung. Niemand war im Haus. Das surrende Geräusch, das Lisa gehört hatte, kam aus dem Keller, die dicke, eiserne Kellertür war jedoch verschlossen. Ursel schüttelte den Kopf.

»Die wird doch keine Maschine laufen lassen und seelenruhig auf die Hütte fahren!«

Ignaz kam von oben.

»Im Gang und im Wohnzimmer hat es einen Kampf gegeben, da bin ich mir ganz sicher. Der Teppich ist verrutscht. Ein paar Geschirrstücke sind zerbrochen.«

»Wir. Sollten. Die. Polizei. Rufen.«, sagte Philipp.

»Spinnst du?«, fuhr Ursel ihn an. »Jetzt sind wir schon eingebrochen, jetzt ziehen wir das durch.«

Ignaz wandte sich an Philipp.

»Lauf heim, Bub, geh in die Werkstatt, zu der Schublade, wo *Kleinzeug* draufsteht –«

»Das brauchst du nicht«, sagte Ursel und hielt ein walnussgroßes Päckchen hoch. »Den Plastiksprengstoff hab ich schon dabei.«

Sie praktizierten die weiche Paste in beide Türangeln, hielten gebührend Abstand und sprengten ein Teil der Wand heraus. Sie betraten den Laborkeller und sahen sich um. Auf den ersten Blick war außer den vielen fremdartigen Geräten nichts Auffälliges zu sehen. Plötzlich zuckten alle zusammen. Ein Motor war angesprungen. Alle Blicke richteten sich auf den monströs großen, glockenähnlichen Metallbehälter.

»Was zum Teufel ist das denn?«, entfuhr es Ursel.

Sie trat auf eine Seite des Tanks, las die Inschrift *Nicht bei laufendem Betrieb öffnen!* und griff an die Klinke.

Nach einigem Ruckeln öffnete sich die Tür. Alle schrien auf. Eine trübe, schaumige Brühe ergoss sich über Ursel, sie sprang entsetzt zurück, rutschte dabei auf dem nassen Boden aus. Doch sie rappelte sich gleich wieder auf. Schnell leerte sich der Inhalt des Tanks, dann ein erneuter Schock: Ein feuerroter Kopf erschien am unteren Ende der Tür und mit leichten, schwappenden Stößen wurde ein nackter, runzeliger Körper herausgedrückt, der auf der metallenen Türschwelle liegenblieb. Sofort sprangen Philipp und Lisa hin und zogen den zuckenden Mann an den Händen aus dem Tank, brachten ihn in eine stabile Seitenlage. Er schrie auf. Lisa hielt seine Schultern, Philipp klopfte ihm auf die Brust.

»Das ist der Mann der Gerichtsmedizinerin«, sagte Ursel und wrang ihre tropfnasse Jacke aus. »Wir brauchen sofort einen Notarzt.«

»Er. Lebt. Noch.«, sagte Philipp.

»Bier wird er freilich keines mehr trinken«, setzte Ignaz hinzu.

70

Zwei Wochen waren seit den schrecklichen Ereignissen auf Jennerweins Hütte vergangen, als der Mann, der sich immer noch Emil Prokop nannte, dem Ermittlungsrichter vorgeführt wurde. Der Name gefiel ihm inzwischen. Seinen echten wollte er gar nicht mehr wiederhaben. Er schien bester Laune zu sein, stritt nichts ab, verhielt sich so, als ob er an einer gelungenen und glanzvollen Festspielpremiere mitgewirkt und dort Regie geführt hätte. Er lobte die Dramaturgie des Teams insgesamt, tadelte den einen oder anderen für Nachlässigkeiten und Versäumnisse, vergab Schulnoten für alle.

»Es handelt sich bei diesem Täter um eine sogenannte histrionische Persönlichkeit«, stellte der erste psychiatrische Gutachter fest.

»Da muss ich Ihnen widersprechen, Herr Kollege«, hielt der zweite psychiatrische Gutachter dagegen. »Es handelt sich bei ihm um eine schwere multi-dysfunktionale Störung.«

Emil Prokop gefiel das.

Sie versammelten sich im Krankenzimmer. Das Team Jennerwein hatte sich nach gelösten Fällen schon oft im Spital wiedergetroffen, aber noch nie waren die Blessuren so übel ausgefallen wie diesmal. Lediglich Jennerwein selbst war nur leicht verletzt, bei manchen konnte es noch Wochen dauern, bis sie genesen waren. Andere hatten bleibende Schäden davongetragen. Sie begrüßten sich stumm.

Nicole Schwattke musste von einer Pflegekraft hereingeführt werden. Man hätte sie auf den ersten Blick gar nicht erkannt, ihre Hände und ihr Gesicht waren vollständig verbunden, nur ein wütendes westfälisches Auge starrte aus den weißen Mullbinden heraus. Sie grüßte den Oberrat, der von seiner Frau im Rollstuhl ins Zimmer geschoben wurde. Dr. Rosenbergers Körper war vom Bauch abwärts mit komplizierten Apparaturen und Stützelementen bedeckt: Hüftpfannenbruch, Lendenwirbelfraktur, viele Stauchungen, Quetschungen, Prellungen. Man hatte ihm auch eine nicht näher genannte Anzahl von inneren Organen entnommen. Alle schwiegen zunächst bedrückt.

»Alles Gute zum Dreikönigstag«, sagte Jennerwein schließlich mit einem aufmunternden Lächeln.

Wegen seiner angeknacksten Schulter hatte man ihm eine Schlinge verpasst. Unter dem gesunden Arm trug er ein Päckchen mit der Aufschrift Café Konditorei Kreiner. Er legte es vorsichtig auf die Bettdecke.

»Ich habe Ihnen vor zwei Wochen auf der Hütte eine Mitternachtsüberraschung versprochen«, sagte er leise. »Zu dem selbstgekochten Süppchen ist es ja nun leider nicht mehr gekommen, aber ein alter Freund meines Vaters, der Konditormeister Kreiner, hat mir ein paar leckere ›Amerikaner‹ gebacken. Schöne Grüße von ihm.«

Jennerwein öffnete die Schachtel. Diejenigen, die ihren Hals noch recken konnten, sahen, dass jede der kleinen fliegenden Untertassen eine Inschrift trug: Gute Besserung für das Team Jennerwein.

»Sie wissen ja, dass der Konditor ein ehemaliger Straftäter ist«, sagte Jennerwein. »Aber einer, der sich geläutert hat.« Er wandte sich an den Oberrat. »Auf der Hütte habe ich übrigens kurz überlegt, ob *er* nicht Ihr Überraschungsgast sein könnte.«

»Nein, da lagen Sie ausnahmsweise einmal ganz falsch«, versetzte Dr. Rosenberger. Das Lächeln fiel ihm schwer. Auch sein dröhnender Bass war ein bisschen matter geworden. Er zögerte. Sollte er von der diskreten Kontaktaufnahme zu Johann Ostler alias Bruder Sebastian überhaupt noch erzählen? Ein andermal vielleicht. Dr. Rosenberger hob die Hände zu einer fast segnenden Geste.

»Beim nächsten Treffen bringe ich diesen Überraschungsgast mit, versprochen.«

»Beim nächsten Treffen?«

»Das auf *meiner* Hütte stattfinden wird.«

Jetzt gelang ihm das Lachen wieder ein bisschen dröhnender.

Maria Schmalfuß musterte ihn scharf. Die Beantwortung der naheliegenden Frage, wer der Überraschungsgast denn nun gewesen war, vermied er augenscheinlich. Er hatte sicher seine Gründe. Maria Schmalfuß löste ihren Blick von Dr. Rosenberger. Sie war zwar körperlich unversehrt geblieben, hatte sich allerdings wegen einer schweren spezifischen Belastungsstörung in psychiatrische Behandlung begeben müssen. Sie zitterte immer noch am ganzen Körper.

»Neurasthenischer Tremor«, sagte sie leichthin und zuckte die Schultern, als sie die fragenden Blicke bemerkte. »Aber keine Sorge, das vergeht wieder. Das wäre doch gelacht. Ich habe schon in ganz andere Abgründe geblickt.«

Nicole sah sie mit einem westfälischen Auge mitfühlend an. Jennerwein verteilte die honigsüßen Amerikaner, und alle bissen hinein, auch Ignaz und Ursel Grasegger, die etwas verlegen im Hintergrund gestanden hatten. Solch eine große Polizeipräsenz machte ihnen wohl doch immer noch zu schaffen.

»Welche Ehre, dass wir eingeladen worden sind!«, sagte Ursel, Ignaz nickte stumm.

»Ach was«, winkte Jennerwein ab. »Was täten wir ohne Sie beide!«

Verena Vitzthum, die Gerichtsmedizinerin, wandte sich an die ehemaligen Bestattungsunternehmer.

»Auch wir wollen Ihnen nochmals für Ihre spontane und selbstlose Hilfe danken.«

Der neugeborene René nahm Ursel in den Arm und drückte sie. Tränen der Rührung traten ihm ins Gesicht.

Alle sahen schweigend zu Boden. In die Stille hinein klopfte es an der Tür, ins Zimmer traten vier weitere Besucher. Die Teammitglieder tauschten fragende Blicke: Kennen wir die? Unterschiedlichere Typen hätte man sich kaum vorstellen können. Ein älterer Mann vom Typ fitter Frührentner zog ein Rollstativ mit einer Infusionsflasche neben sich her, ein Riesenverband prangte auf seiner Brust. Er wirkte eher verärgert als krank. Ein junger Mann asiatischen Aussehens schleppte sich auf zwei Krücken dahin, man konnte ihm die Anstrengung ansehen, einen Schritt vor den anderen zu setzen. Eine junge, sportlich wirkende Frau im praktischen Kurzhaarschnitt wollte ihn stützen, doch er winkte ab. Nur der Junge von vielleicht fünfzehn Jahren trabte locker neben der Gruppe her. Das schräge Quartett blieb schweigend vor dem Krankenbett stehen. Auch Jennerwein hatte die Vierergruppe zunächst irritiert gemustert, jetzt erhellte sich seine Miene.

»Ach, das ist ja schön, dass Sie uns besuchen«,

sagte er. »Ich darf Ihnen vielleicht mein Polizeiteam vorstellen –«

»Ich würde vorschlagen, wir duzen uns, Leute«, unterbrach ihn der fitte Frührentner. »Ich bin Sloopy.«

»Und wer von Ihnen ist jetzt der Meisterschütze?«, fragte Hansjochen Becker.

Der asiatisch aussehende Mann stützte sich auf einer Krücke ab, hob die andere Hand und streckte den Zeigefinger hoch, doch schon diese kleinen Bewegungen fielen ihm sichtlich schwer.

»Ich habe mir dabei insgesamt siebzehn Knochen gebrochen«, sagte er mit leicht fernöstlichem Akzent. »Aber Hauptsache, Sie haben das Schwein erwischt.«

»Das haben wir«, sagte Nicole

Jennerwein stellte sein Team vor. Alle schüttelten sich, sofern möglich, die Hand.

»Als ich durchs Hüttenfenster geschaut habe«, sagte Sloopy, »hab ich den üblen Typen für Ihren Chef gehalten. Ganz ehrlich, so war es. Er hatte sowas Dominierendes.«

»Prokop hatte in der Tat was Dominierendes«, versetzte Hansjochen Becker.

Auch ihn hatte es schlimm erwischt. Ein komplizierter Splitterbruch am Arm, zwei Zähne ausgeschlagen, Erfrierungen zweiten Grades am ganzen Körper. Er saß wie Dr. Rosenberger im Rollstuhl. Jennerwein reichte ihm eines der Gebäckstücke. Er musste gefüttert werden.

»Danke, Chef«, knurrte Becker. Man sah ihm an, dass auch er sich in dieser hilflosen Lage ziemlich unwohl fühlte. »Gottseidank war Prokop so dumm zu glauben, dass der Spitzstichel irgendeine Gefahr darstellt. Als ich das mit Ihrer improvisierten Waffe erfahren habe, ist mir nachträglich noch ganz angst und bange geworden.«

»Nun ja«, sagte Verena Vitzthum (Hautabschürfungen, Erfrierungen, temporäre Taubheit). »Man kann auch mit solch einem biegsamen kleinen Stichel durchaus mannstoppende Verletzungen herbeiführen, zum Beispiel an der Carotis externa –«

»Jetzt ist aber wirklich Schluss mit den Fachsimpeleien!«, sagte ihr Mann René (Alkoholvergiftung) gespielt streng. »Der Fall ist erfolgreich abgeschlossen, Sie alle haben heute wieder einmal versprochen, keinerlei ermittlerische Themen zu berühren.«

Ein zustimmendes Gemurmel erfüllte den Raum.

Als die vier Snowboarder das Krankenzimmer verließen, stießen sie fast mit einem Mann zusammen, der äußerlich gänzlich unverletzt schien. Zahnlücke, rote, struppige Haare, sogar das Pflaster auf der Nase fehlte nicht.

»Ich bin gerade entlassen worden«, sagte Greg. »Schwere Gehirnerschütterung, aber keine bleibenden Schäden. Hoffentlich. Ich wollte mich bloß noch von Ihnen verabschieden. Und natürlich entschuldigen. Und den Trainingsanzug zurückgeben.«

Er legte ein Päckchen auf das Krankenbett. Zerknirscht schaute er in die Runde.

»Ja, ich weiß: Fast hätte ich das Ganze versaut. Und die Sache mit der Pistole – na ja, als ich erfahren habe, dass Sie alle Polizisten sind, überkam mich einfach dieser Drang. Ich wollte etwas haben, was nur Polizisten haben dürfen. Eine Waffe, einen Ausweis, eine Dienstmarke. Dabei dachte ich, ich hätte durch meine Therapie diese Sammelsucht voll im Griff. Fehlanzeige.«

Er trat einen Schritt auf Hölleisen zu.

»Wegen der Deringer noch. Ich besorge Ihnen eine neue, versprochen. Ganz bestimmt.«

»Ist schon gut.«

»Sie hören von mir.«

Greg gab jedem die Hand und verschwand im Dunkel des Krankenhausgangs.

»Ein komischer Vogel«, sagte Ignaz Grasegger. »Der ist ja voll daneben.«

»Eigentlich wollte ich von ihm ja noch wissen, ob er jetzt zum Elinger-Hof gehen wollte oder zur Golmser-Hütte«, sagte Hölleisen.

»Aber das können wir ihn ja bei der Hauptverhandlung fragen«, wandte Dr. Rosenberger ein. »Da ist er sicher als Zeuge geladen.«

Hölleisen griff in die eine Jackentasche, dann in die andere. Er wirkte erschrocken. Hektisch schaute er sich im Zimmer um.

»Herrschaftseiten! Wo ist denn mein Geldbeutel! Da ist meine Dienstmarke, mein Polizeiausweis und alles drin. Aber vielleicht habe ich ihn ja in meinem Zimmer liegen lassen.«

»Nur eines würde mich interessieren, Chef«, fragte Nicole. Ihre Stimme war wegen des Verbandes reichlich gedämpft. Man musste genau hinhören, sie klang wie in Watte verpackt. »Wann ist Ihnen eigentlich die Idee gekommen, den Rollstuhl aus dem Fenster zu werfen?«

»Ich bin durch meine eigene Schulerzählung draufgekommen«, entgegnete Jennerwein. »Sie erinnern sich: Dienstag, 16. Dezember 1980, der Anschlag mit den vielen Parfüms. Wir hatten Geschichtsunterricht bei einem Lehrer, dessen Name ich vergessen habe. Aber an die Stunde selbst kann ich mich noch gut erinnern. Thema war der Beginn des Dreißigjährigen Kriegs im Jahre 1618. Und womit begann der?«

Einen Moment lang herrschte Schweigen. Dann rief Ursel:

»Ach, natürlich! Mit dem Prager Fenstersturz. Die beiden königlichen Statthalter Jaroslaw –«

»Lass gut sein«, unterbrach Ignaz.

»Ich hatte einfach das Bild vor mir, wie ein Körper aus dem Fenster fliegt«, sagte Jennerwein.

Die Gerichtsmedizinerin wandte sich ihm zu.

»Wollen Sie uns bei dieser Gelegenheit vielleicht verraten, wer der gemeine – oder die gemeinen – Stinkbombenwerfer in Ihrer Schulzeit waren?«

Alle sahen Jennerwein erwartungsvoll an. Nur Maria zuckte zusammen. Kam jetzt das große Geständnis? Sie war sich auf der Hütte irgendwann plötzlich ganz sicher gewesen, dass niemand anderer als Hubertus der Täter war. Es war doch gut möglich, dass Jennerwein als Jugendlicher etwas angestellt hatte, was er jetzt als Ermittler aufzuarbeiten versuchte. Es war der klassische Fall einer psychopathologischen Regression.

»Sie sehen mich plötzlich alle so entsetzt an«, sagte Jennerwein verwundert. Dann lachte er. »Nein, ich hatte damit nichts zu tun. Ich habe die Verschwörer am Abend vor Weihnachten in der Familiengruft der Familie Senckendorff belauscht und dabei erfahren, dass sie eine große, unappetitliche Sauerei an Heiligabend veranstalten wollten. In allen Kirchen. Sie haben mich entdeckt und vom Dach der Rotunde runtergezogen.« Jennerwein lächelte amüsiert. »Eigentlich wollten sie mich vermöbeln, aber was hätte das schon gebracht. Also haben sie mich ausgequetscht, wie ich draufgekommen bin.«

»Wer? Wer!«, schrie Hölleisen in komischer Verzweiflung. »Wer hätte Sie vermöbelt und hat es dann doch gelassen! Wir wollen jetzt endlich die Namen wissen, Chef. Raus mit der Wahrheit!«

Jennerwein erhob sich von seinem Stuhl und schaute hinaus aus dem Fenster des Krankenzimmers. Der Abend senkte sich schon langsam über diesen Dreikönigstag, wie ein Buch, das fast ausgelesen war und langsam zugeklappt wurde.

»Einige von Ihnen werden es schon bei meiner Erzählung auf der Hütte geahnt haben«, fuhr er fort. »Eine ganze Schulklasse war daran beteiligt. Und zwar eine, deren Klassenzimmer auf demselben Gang wie das meiner Klasse lag. Die 10b. Ich hatte ja zunächst alle zehnten Klassen ausgeschlossen. Zu unreif, zu wankelmütig, zu ziellos. Aber das war ganz falsch gedacht. Denn in welchem Alter ist man am risikobereitesten?«

Jennerwein drehte sich um und schaute fragend in die Runde.

»Na, in der Pubertät, wann sonst«, sagte Verena Vitzthum wie selbstverständlich. »Das ist evolutionär bedingt. Vor eineinhalb Millionen Jahren sind die Eltern meist gestorben, wenn die Kinder in die Pubertät kamen. Für die Dreizehn- bis Fünfzehnjährigen begann der Kampf ums Überleben. Die meisten Chancen hatten die, die am experimentierfreudigsten waren. Streitlust, Mut zum Risiko, Ablehnung alles Alten – die Pubertierenden waren die eigentlichen Helden. Sie sind es meiner Meinung nach immer noch.« Verena setzte eine listige Miene auf. »Ich habe mir am Anfang Ihrer Hüttenerzählung gedacht, dass eine 10. Klasse für solch eine Anschlagsserie ganz gut passen würde. Nichts ist aktiver auf der Welt als ein Pubertierender. Halt, falsch: Noch aktiver ist ein ganzer Haufen Pubertierender.«

Maria nickte.

»Wie sagt Rochefoucauld? *Jugend ist eine beständige Trunkenheit: Sie ist das Fieber der Vernunft.*«

»Ich kannte die ganzen psychologischen Hintergründe damals natürlich noch nicht«, fuhr Jennerwein fort. »Ich war ja selbst gerade erst der Pubertät entwachsen. Aber ganz speziell auf diese 10b gekommen bin ich durch die Hochglanzprospekte einer weltweiten Hotelkette, die an verschiedenen Stellen im Kurort auslagen. Irene Gödekes Eltern haben im Jahr zuvor eine neue Ferienanlage in Kuala Lumpur eröffnet. Die Durian-Früchte stammten von da, deren Hauptanbaugebiet ist Malaysia. Irene hat vor Bernie ein bisschen damit angegeben, dass sie in den Ferien hinfliegen durfte. Er hat es mir erzählt. Sie hat die seltenen Früchte mitgebracht.«

»Irene war die Rädelsführerin?«

»So kann man das nicht sagen. Es gab keinen Leader. Sie haben alles zusammen beschlossen. Aber Irene hat den Anstoß zu der ganzen Sache gegeben.«

»Sie haben also ein richtig ausgefeiltes Projekt durchgezogen«, sagte Becker. »Respekt. Ich schätze, einige haben dabei mehr gelernt als in so mancher Unterrichtsstunde.«

»Gut möglich. Der Klassenlehrer der 10b hatte es mit Projektunterricht, das kam damals langsam in Mode. Allerdings waren die Projekte, die er vorgeschlagen hatte, stinklangweilig. Deshalb haben sie sich übers Jahr sozusagen ihr eigenes Projekt aufgebaut. Sie haben Weihnachten auf ihre spezielle Art gefeiert. Karla Schuchart, Toni Moss, Irene Gödeke, natürlich auch Vierheilig und all die anderen. Und es hat geklappt. Karla, deren Eltern das Autohaus Schuchart führten, hat den Bastelkeller beigetragen, in der Autowerkstatt hatten sie alle Möglichkeiten für ihre Experimente. Und sie waren ungestört. Den Eltern haben sie gesagt, sie würden etwas für die Schule vorbereiten, danach ist kein Erwachsener mehr reingekommen.«

»Aber Moment mal«, wandte Maria ein. »Das schwierige Alter kann doch allein noch kein Motiv für einen derart aufwändigen Verstoß gegen die öffentliche Ordnung sein.«

»Ja richtig, es gab noch einen ganz privaten Grund«, entgegnete Jennerwein. »Unser damaliger Wirtschaftskundelehrer Donnepp hat bei einem der Anschläge gesagt: *Wie kann man seine Kreativität nur für solch einen Unsinn vergeuden!* Die Gruppe hat aber das Stinkbombenwerfen nicht als Unsinn empfunden. Vor allem Irene Gödeke nicht. Sie wollte damit etwas aufarbeiten. Etwas für sie sehr Ärgerliches.«

Jennerwein machte eine Pause. Der Mond war hinter den Eisenstäben des Krankenzimmerbalkons aufgegangen. Er lugte zu ihnen herein wie ein böser Säugling, der den Ausbruch aus seinem Gitterbett plant. Jennerwein nahm seine Nasentropfen. Er war immer noch ziemlich verschnupft. Schließlich fuhr er fort:

»Die Hotelkette von Irenes Eltern bestand in den Achtzigern aus über dreißig Residenzen, die über die ganze Welt verstreut waren. Was ich damals nicht wusste: Bei Hotels, Restaurants und ähnlichen touristischen Unternehmungen gilt die Faustregel, dass der Dezember allein so viel Umsatz bringt wie das ganze restliche Jahr. Das bedeutet den totalen Stress für alle Event-Kaufleute. In ihrer ganzen Kindheit hatte Irene deshalb ihre Eltern in der Vorweihnachtszeit kaum zu Gesicht bekommen. Für sie war die Weihnachtszeit ein Albtraum. Die Eltern waren unterwegs, um Weihnachtsspezialwochenenden zu veranstalten. Weihnachtssondermenues zusammenzustellen, Spaßweihnachten in der Südsee zu organisieren, typisch deutsche Weihnachtsbräuche in Südamerika bekanntzumachen und und und. Irene hingegen wurde zu Verwandten abgeschoben. Deshalb schob sie einen richtigen Hass auf Weihnachten. Sie hat sich bei irgendeinem Wandertag mit anderen aus der Klasse darüber unterhalten, denen es ähnlich ging. Mit Karla Schuchart und Toni Moss. Auch das Autohaus Schuchart und die Spielbank hatten in der Vorweihnachtszeit mit tausend Sonderaktionen ihre Hoch-Zeit. Irene hatte versonnen eines der Garantiert-Echt-Nürnberger-Plätzchen betrachtet, die in den Zimmern aller Gödeke-Hotels weltweit als Begrüßungsleckerli auf dem Kopfkissen lagen.

›Die alle mit einer Stinkbombe präparieren‹, hatte Irene gesagt. ›Weltweit. In den Zuckerguss was reinspritzen, und von London bis Tokio, von Kuala Lumpur bis Berlin ein einziger Aufschrei! Weltweit! Da wäre es gleich vorbei mit der Gödeke'schen Weihnachtsstimmung.‹

Und so war die Idee geboren«, schloss Jennerwein und biss demonstrativ unvorsichtig und genussvoll in einen der Amerikaner.

Maria nickte.

»Psychologisch durchaus einleuchtend. Das ganze Projekt stand unter dem Motto: Weihnachten und was man dagegen tun kann.«

»Und Vierheilig?«, fragte Nicole. »Dieser Jean-Baptiste mit den Seidenhemden?«

»Auch eine Rechtsanwaltspraxis hat im Dezember den höchsten Mandantenverkehr. Da geschehen die meisten Untaten, vom Diebstahl bis zum Mordversuch. Vierheilig einzuspannen war übrigens einer der geschicktesten Winkelzüge. Er hat den Verdacht bewusst auf sich gelenkt, ich selbst habe dazu beigetragen, den Verdacht wieder zu zerstreuen. Danach hat ihn niemand mehr verdächtigt. Aber er selbst hat die raffinierte Mechanik im Spind gebastelt.«

»Und hat der letzte Anschlag dann noch stattgefunden?«, fragte Dr. ›Rosi‹ Rosenberger.

»Nein. Ich habe sie überredet, es bleiben zu lassen. Ich habe sie davon überzeugt, dass sie momentan noch große Sympathien in der Bevölkerung haben. Aber das würde sich rasch ändern, wenn sie zum Beispiel Hostien entweihten – da würde der Spaß für viele Gläubige und auch Ungläubige aufhören. ›Wenn ihr aber jetzt abbrecht und alles verschwinden lasst‹, habe ich zu ihnen gesagt, ›wird immer wieder von euch erzählt werden.‹ Ich habe bis in die Nacht hinein mit ihnen diskutiert. Schließlich kam auch noch Schendel-Schott vorbei, der hat mich unterstützt. Mit richtig geschliffenen Argumenten. Da haben sie nachgegeben.«

»Ach, interessant«, warf Maria ein. »Die Rebellen haben einen gebraucht, der ihnen ebenbürtig ist.«

»Komisch«, versetzte Jennerwein. »Genau dasselbe hat Irene Gödeke vor über dreißig Jahren auch zu mir gesagt.«

»Was ist aus ihr eigentlich geworden?«

»Die Hotelkette ihrer Eltern ging im nächsten Jahr pleite, sie war plötzlich nicht mehr so reich, und da hat Bernie endlich gewagt, sich mit ihr zu verabreden. Sie sind bis heute glücklich verheiratet.«

»Ein Happy End«, sagte Hölleisen äußerst heiser (schwere Erfrierungen, Lungenentzündung, Trommelfellruptur). »Weiß denn Bernie Gudrian von der ganzen Sache?«

»Nein, das glaube ich nicht. Ich habe den Verschwörern in der Krypta versprochen, niemanden zu verraten. Im Gegenzug sollten sie sämtliche Heiligabendaktionen einstellen. Sie haben schließlich eingewilligt.«

»Und die Anschläge konnten vollständig gebremst werden?«

»So ziemlich. Außer der Predigt des alten Pfarrer Heimeran. Der hat tatsächlich eine Kanzelansprache gehalten, die sich gewaschen hatte. Da ging es um übelriechende siebenköpfige Schlangen, aus deren Maul stinkender Geifer tropft, um Gerüche der Pestilenz und Fäulnis … Aber das hat man auf sein Alter geschoben.«

Sie gingen, rollten und humpelten an diesem Abend in die Abendmette, die an Heiligdreikönig traditionell gefeiert wurde. Es war eine gesungene Bauernmesse, bei der es recht stimmungsvoll zuging. Einige

Rollstühle wurden in die Kirche geschoben, die Gemeinde grüßte ehrfurchtsvoll. Infusionsflaschen und Krücken klapperten, als der Chor sang, aber die Kirchgänger waren stolz auf das Team. Über dem Altar war eine trompetende Putte als Weihnachtsdekoration an einem dünnen Faden aufgehängt worden.

»Sieht aus wie ein Jumper«, flüsterte Sloopy den anderen Snowboardern zu. »Macht gerade einen 320er Innensoul Frontside Tailslide 270 off Duckwalk. Und grabt dabei eine Posaune.«

Jennerwein stand unter der Empore und blickte hinauf. Dort setzte der Kirchenchor mit einer stimmungsvollen Kantate ein. Bei einer leisen Stelle hörte Jennerwein etwas klirren. Am Boden lag ein kleines, braunes Fläschchen, das zerbrochen war. Sofort waren die Achtziger wieder da. Betonfrisuren, Schulterpolster, Blues Brothers. Er bückte sich, hob einen Splitter auf und roch daran. Dann blies er erleichtert Luft aus. Es war ein Parfümfläschchen, das jemand fallen gelassen hatte. Das Mandelöl verbreitete einen herrlichen Duft. Jennerwein stand wieder auf, atmete durch, wischte sich die Finger an einem Taschentuch ab. Er drehte sich um und schaute, ob ihn jemand beobachtet hatte. Ein uralter Mann, den er vorher gar nicht bemerkt hatte, stand zwei Meter hinter ihm.

»Du schon wieder«, sagte sein ehemaliger Direktor vorwurfsvoll.

71

Zur selben Zeit lag der kleine Tobias schon in seinem Bett. Traurig starrte er auf die leere Kiste, die immer noch geöffnet am Boden lag. Gewiss, die entlaufene Katze war wieder zurück, das war die Hauptsache. Aber die Drohne, die er zu Weihnachten geschenkt bekommen hatte, wo steckte die? Er stellte sich vor, dass sie sich verirrt hatte, noch herumflog und nach ihm suchte. Darüber schlief er ein und träumte von schneebedeckten Tälern und felsigen Höhen, um die eisige Luft pfiff. Der kleine Tobias wusste nicht, dass er die Drohne nie mehr in seinem Leben zu Gesicht bekommen würde. Bei der Explosion auf der Hütte war die Plastiktüte, in die Hansjochen Becker Willi gesteckt hatte, in hohem Bogen Richtung Abgrund geflogen, war in einer Felsspalte hängen geblieben, immer tiefer gerutscht und im Lauf der Jahre in eine siliciumkieselgefüllte Kalkfistel geraten. Willi war versteinert worden. Als Jjóoglyü und M'nallh 40 000 Jahre später die Gegend mit ihren verbliebenen biologisch basierten Geräten scannten, entdeckten sie die Drohne.

»Noch ein Relikt aus vergangener Zeit«, rief M'nallh.

»Aber was um alles im Universum ist das?«, fragte Jjóoglyü.

Sie hatten sich inzwischen an den Gedanken gewöhnt, hierbleiben zu müssen. Die Kontinente hatten sich in den 40 000 Jahren erheblich verschoben, Amerika war wieder mit Europa verschmolzen, der Teil der Alpen, auf der Jennerweins Hütte gestanden hatte, lag am südchinesischen Meer. Und die kleine Schröpfkogelspitze war um das Fünfzigfache gewachsen. Frau OStRin Grunst, die Erdkundelehrerin mit der Margaret-Thatcher-Betonfrisur, hätte ihre helle Freude daran gehabt.

Zweitausend Seidenspinnerraupen waren bereits ausgeschlüpft und bildeten die zweite Generation der neuen Erdenbewohner. Auch sie betrachteten die versteinerte Drohne neugierig.

»Ich weiß nicht«, murmelte M'nallh und strich sich den feisten Thorax glatt. »Es könnte sich vielleicht um eine archaische Lebensform handeln, die wir übersehen haben.«

Willi schien die beiden Insekten mit großen Augen anzustarren. Als ihn M'nallh in die Klaue nahm, zitterte er leicht. Die Fühler richteten sich auf.

»Ich glaube, es ist ein Käfer!«

»Aber einer von ungeheuren Ausmaßen!«

Willi glich nach all den Jahren immer noch einem Käfer mit dunkelbraunem Rückenpanzer und sechs schwarzen, stämmigen Beinen. Er drehte sich leicht im Kreis und gab ein ungutes, leises Knirschen von sich. Dann hob er seine Deckflügel, blickte in Richtung der beiden Seidenspinner-Astronauten und glotzte sie mit seinen Facettenaugen an. Das Glimmen in seinen Augen erstarb: Willis Batterie war endgültig leer. Jjóoglyü beugte sich ein wenig vor, um ihn genauer zu mustern.

»Ich glaube, es ist eher eine Maschine«, sagte er.

Sie zerlegten Willi in seine Einzelteile und stießen schließlich auf das enthaltene Videomaterial. Fasziniert betrachteten sie das genau choreographierte Rettungsballett der Jennerwein'schen Truppe bis hin zum Wurf des Rollstuhls aus dem Fenster. Dann plötzlich weißes Flimmern.

»Wahrscheinlich ein Katastrophenfilm«, sagte M'nallh.

Sie spulten zurück und konnten einen Blick in Jennerweins Wohnung werfen. Ein Plakat von den Blues Brothers hing an der Wand. Unter John Belushi prangte in großen Lettern: *I may be gone, but Rock and Roll lives on*. Sie spulten noch weiter zurück und sahen sich den ganzen Film an. Auch den Anfang.

Und bei dem Demonstrationsfilm, der damals eigentlich nur die superscharfe HD-Qualität zeigen sollte, machten Jjóoglyü und M'nallh noch eine erstaunliche, für sie sensationelle Entdeckung. Willi, die Drohne, war über eine Wiese geflogen und hatte die Blumen und Insekten gefilmt.

»Das gibts doch nicht!«, rief Jjóoglyü plötzlich entgeistert. »Sieh dir das mal an! Da fliegen welche von uns herum!«

»Dann waren diese Menschen gar nicht die dominierenden Lebewesen auf diesem Planeten.«

»Sieht fast so aus.«

»Na dann: auf ein Neues.«

Der kleine Tobias schreckte im Schlaf auf. Was hatte er da bloß geträumt.

Danksagung

Mein herzlicher Dank geht diesmal an alle, die mir über die Jahre die Treue gehalten haben, nämlich sämtliche Leser und Hörbuchhörer, die an den vielen Abenteuern Jennerweins teilgenommen haben und die sich jedes Mal wieder freuen, wenn ein neues Buch erscheint. Viele haben mir gute und brauchbare Tipps gegeben, haben mit ihren konstruktiven Fragen dazu beigetragen, Ungereimtheiten zu beseitigen. Ich danke dafür. Ein großes Dankeschön auch an Marion Schreiber. Die hat es diesmal besonders hart getroffen, mit ihr zusammen habe ich nämlich zu Hause alle vierundzwanzig geschilderten Geruchsattentate getestet, was doch aus naheliegenden Gründen meistens ziemlich unerträglich war. Besonders bei der Durian-Frucht. Wir sind insgesamt zweimal umgezogen. Das alles hat sie mit engelsgleicher Geduld ausgehalten. Mein besonderer Dank gilt auch Cordelia Borchardt, ohne sie wäre der Roman nicht das geworden, was er ist. Sie als Lektorin hat so viel Schönes und Brillantes zu meinem elften Werk beigetragen, sei es auf sprachlicher wie auf inhaltlicher Ebene. Meine Meinung: Ohne ein gutes Lektorat bist du wirklich verratzt und verraten. Des Weiteren habe ich auch schon oft **erlebt**, dass ein sonst passabler Roman ohne einen guten Verlag nichts wert ist. **Mehr** ist **dazu** wirklich nicht zu sagen. Der abschließende Dank geht also an die vielen Mitarbeiter der S. Fischer Verlage. Ich nenne sie immer die unermüdlichen Fischer-Engel, die besonders in diesem Jubiläumsjahr **im**mense Arbeit geleistet haben. Ein nebenbei hingeworfenes ›Danke‹ wäre hier zu wenig, einer gerechten Wertschätzung am **nächsten** käme eine teuflisch tiefe Verbeugung. Vielleicht sogar ein altertümlicher, **roman**tischer Kratzfuß.

Herbst 2018

Wenn Sie über weitere Neuerscheinungen von mir informiert werden wollen, dann senden Sie eine E-Mail mit Ihrem Namen an

newsletter@joergmaurer.de

Ich freue mich auf Ihre Zuschrift!

Mit vielen Grüßen

Jörg Maurer

Jörg Maurer
Schwindelfrei ist nur der Tod
Alpenkrimi

Hoch über dem idyllisch gelegenen Kurort schwebt ein wunderschöner Heißluftballon. Doch ganz plötzlich ist er verschwunden. Vom Winde verweht? Abgestürzt? Oder explodiert? Kommissar Jennerwein und sein Team ermitteln auf windigen Gipfeln und bei aufgeblasenen Lokalprominenten. Doch Jennerwein wirkt bei der Spurensuche unkonzentriert, geradezu abgelenkt. Seit langem besucht er heimlich einen mysteriösen Unbekannten im Gefängnis. Was mag der verbrochen haben? Und warum sucht Jennerwein den Rat des Bestatterehepaars a. D. Grasegger? Da taucht der Unbekannte auf einmal im Kurort auf, und Jennerweins gesamte Existenz droht wie ein Ballon zu zerplatzen…

544 Seiten, broschiert

Jörg Maurer

Im Grab schaust du nach oben

Alpenkrimi

Böllerschüsse und Blaskapelle am Friedhof des idyllisch gelegenen Kurorts: Eine schöne Beerdigung, sagen alle, die danach ins Wirtshaus gehen. Nur Kommissar Jennerwein muss wieder zum Dienst, denn die Sicherheitslage ist durch einen G7-Gipfel angespannt. Derweil sucht ein Mörder eine Leiche, ein fataler Schuss fällt, und das Bestatterehepaar a.D. Grasegger kämpft um seine Berufsehre. Jennerwein muss einem Geheimnis nachspüren, das jemand mit ins Grab nehmen wollte…

»Maurer punktet mit überraschenden Wendungen, Wortwitz und feinsinnigen Beobachtungen.« *Freundin*

512 Seiten, gebunden